June Perry
White Maze

© privat

June Perry

alias Marion Meister liebt es, in andere Charaktere und ungesehene Welten zu schlüpfen. Besonders gerne erfindet sie zukünftige Szenarien, die von unserer Gegenwart nicht weit entfernt sind. Die ersten Augmented-Reality-Spiele hat sie sich auf den Reisen durch alte Ruinen selbst erdacht, später entdeckte sie *Paper & Pen* sowie Video-Adventure-Games für sich. Inzwischen fiebert sie den unbegrenzten Spiel-Möglichkeiten der virtuellen und erweiterten Realität entgegen – diese haben sie zu »White Maze – Du bist längst mittendrin« inspiriert.

June Perry

WHITE MAZE

DU BIST LÄNGST MITTENDRIN

Arena

FSC
www.fsc.org
MIX
Papier aus verantwortungsvollen Quellen
FSC® C110508

1. Auflage 2018

Dieses Werk wurde vermittelt durch die Literarische Agentur
Thomas Schlück GmbH, 30827 Garbsen
Das Zitat auf Seite 5 stammt aus: Theodor W. Adorno: Minima Moralia.
Gesammelte Schriften 4, Suhrkamp Verlag, Frankfurt/Main 1997.
Umschlaggestaltung: ZERO Werbeagentur, unter Verwendung
von Bildern von © FinePic®, München
Gesamtherstellung: Westermann Druck Zwickau GmbH
ISBN 978-3-401-60372-8

Besuche uns unter:
www.arena-verlag.de
www.twitter.com/arenaverlag
www.facebook.com/arenaverlagfans

Es gibt kein richtiges Leben im falschen.

Theodor W. Adorno in »Minima Moralia«

//Prolog

Wer bin ich?

Vermutlich stellt sich jeder irgendwann in seinem Leben diese Frage. Besonders, wenn man sechzehn Jahre alt ist, ist das die Kernfrage, um die sich alles dreht. Die Freunde, mit denen du abhängst, die Klamotten, die du trägst, die Dinge, die du cool findest, all das definiert dich.

Also ist auf den ersten Blick die Frage ganz leicht zu beantworten:

Ich bin Vivian.

Ich bin sechzehn.

Ich hab zwei beste Freundinnen.

Ich bin in der Schule durchschnittlich.

Aber ist das alles?

Was macht mich wirklich aus?

Wer *bin* ich?

Ich hatte sehr viel Zeit, über diese Frage nachzudenken. Ob ich die Antwort gefunden habe?

Lasst uns von vorne anfangen.

Der Sommer war da, makellos blauer Himmel, glühende Sonne. Der Pool auf unserer Terrasse, mit Blick auf die pulsierende Stadt, war wie immer erfrischend. (Vermutlich streichen sie deshalb Pools in diesem eisigen Hellblau. Damit er kühl aussieht, obwohl das Wasser eigentlich warm ist.) Nach der Schule tauchte ich jeden Tag in das glitzernde Blau, bevor ich mich für Downtown schick machte.

Was fühlst du, wenn du ins Wasser gleitest? Die Kühle der Farbe oder die echte Wassertemperatur? Ich hab da nie drüber nachgedacht. Was ist real? Was ich sehe? Was ich fühle? Was ich denke?

Doch ich wollte die Geschichte vorne beginnen.

Also: Mein Name ist Vivian Tallert, und ich schätze, ich hab jede Menge Glück gehabt mit dem Wie und Wo meines Lebens.

Zum Beispiel mit meinem Aussehen. Groß genug, um gesehen zu werden, und einen guten Stoffwechsel, der mit Bikinis keine Probleme hat. Hellbraune Haare, die etwas langweilig aussehen, aber dafür machen meine großen braunen Augen umso mehr her. Für alles andere habe ich ein ziemlich geräumiges Badezimmer mit jeder Menge Kram.

Überhaupt brauchte ich mir um nichts Sorgen zu machen. Mein Leben war ein Traum: Wir wohnten in einem coolen Haus in der Villengegend von Pacific Palisades. Mom hatte mir einen Kreditkartenzugang gegeben und fragte nie, wo ich war oder wo ich hinwollte. Wäre die Schule nicht gewesen, hätte ich wohl den ganzen Tag am Strand oder in den Clubs abgehangen. So traf ich meine BFFs Sara und Kelly eben zuerst in der Schule und dann am Strand. Und wenn wir mal nicht zusammen waren, texteten wir uns ununterbrochen. Unsere Welt drehte sich um Klamotten und Jungs – natürlich. (Da gab's einen an der Schule, Ruven, der war cool und ich war ein bisschen verknallt. Aber er hat Mist gebaut und ich hab ’ne Woche lang geheult und Schokoeis gefuttert.)

Schule war okay. Mathe und Sport habe ich gehasst, aber wer tut das nicht? Ansonsten blieb ich unauffällig und hatte deswegen keinen Ärger mit den Lehrern.

Vielleicht hätte ich einen auf Homecoming-Queen machen können – ihr wisst schon, die Wahl zum beliebtesten Mädchen der Schule –, aber ich wollte keinen Fanclub. Mir reichten meine Mädels, und ich hielt mich aus allen Verbindungen und Wettbewerben raus.

Nur die Nerds wussten vielleicht, wer ich war. (Jetzt denkt bloß nicht, ich sei selbst einer gewesen. Nein. Ich war immer ON – aber kein Nerd!) Sie kannten meinen Namen, weil sie meine Mom vergötterten: Sofia Tallert, die unangefochtene Königin der AR-Spiele.

Meine Mom hat die genialsten Games entwickelt, die weltweit auf der Straße gespielt werden. Acht der Top-Ten-Spiele sind ihr Werk. Und von ihr habe ich immer die neusten Linsen bekommen, und zwar noch bevor sie im Handel waren. Aber das hängte ich nicht an die große Glocke. Ich wollte keine Follower in der Schule oder falsche Freunde, die nur auf die Games und Linsen scharf waren und mir deswegen Honig ums Maul schmierten.

In der Schule waren nur AR-Brillen bis zur Version 3.8 zugelassen, doch die waren schon lange out. Brillen! Wer benutzt heute noch eine Brille? Seit fast drei Jahren waren Datenlinsen angesagt. Natürlich gab es dadurch regelmäßig Ärger, weil die Lehrer komplett die Kontrolle verloren, wer die Antwort aus dem Netz abschrieb oder aber tatsächlich gelernt hatte.

Keine Ahnung, wie oft ich im Unterricht mit den AR-Linsen

online war, ohne dass ein Lehrer es gemerkt hat. Sehr oft vermutlich. Allerdings war ich immer vorsichtig, hielt mich mit den Schummeleien im guten Mittelfeld. Wirklich. Zu viele Einsen hätten mich nur auffliegen lassen. Besonders in Mathe.

Mit einem winzigen Fingerzeig blendete sich die Antwort in mein Sichtfeld ein. Zu jedem Typen hatte ich sofort sein Social-Media-Profil parat und konnte seinen Status checken. Sara, Kelly und ich, wir liebten unsere Linsen. Alle coolen Kids hatten sie. Und wenn wir blaumachten, trafen wir uns unten bei Gomez im *A-Frame*. Dann loggten wir uns mit den Linsen in *Wisdom of the Dwarf* ein (ja, auch so ein Renner von Mom) und jagten durch die City.

Kaum hatten wir *WOD* betreten, wurde die reale Welt, in der wir uns bewegten, von den Bildern des Spiels überlagert. Es war einfach so cool, durch den Stadtpark zu cruisen und dabei Goldschätze zu finden oder hinter den Piers für die Frachtcontainer einen Gnom zu versteinern. Die Linsen waren so gut, dass man jedes Mal vergaß, eine Illusion zu sehen, die die Realität überlagerte. Man vergaß, dass man sich in der *Augmented Reality* bewegte, der erweiterten Realität.

Und wenn ich mal genug von allem hatte, setzte ich mich ins *Paralellum* ab, meinem Lieblings-VR-Café mit unglaublich vielen Szenarien. Dort chillte ich dann in der virtuellen Realität am Strand von Hawaii, trank auf der Zugspitze Kakao oder frühstückte unter dem Eiffelturm. In der VR und AR ist alles möglich.

Mein Leben war wirklich easy. Wie eines von Moms Spielen.

Es war ohne Konsequenz.

Bis zu dem Tag, als Mom meine Welt mit 900 Watt in Rauch aufgehen ließ.

Jemand hatte *Enter* gedrückt.

//Vivian

Es ist Freitagvormittag und strahlender Sonnenschein. Wir haben Mr Mirkens und seinen Ethikunterricht sausen lassen und uns stattdessen ins *A-Frame* abgesetzt. Es wäre eine Sünde gewesen, es nicht zu tun. Denn das schicke Eiscafé liegt direkt an der Strandpromenade und wir können die Surfer bei ihren *Party Waves* anhimmeln und dabei einen Milchshake schlürfen. Absolut genial.

»Schau mal.« Kelly streckt ihr Bein vor, damit wir ihre neuen Riemchensandalen bewundern können. Sie sind kirschrot und sehen wirklich sexy aus.

»Cool«, geben Sara und ich zurück. Gleichzeitig lasse ich die Shopping-App in meinen Datenlinsen laufen und weiß eine Sekunde später, dass es die Sandalen bei *Sousies* im Sonderangebot gibt. Kelly ist eine absolute Schnäppchenjägerin. Wo immer ein Designer im Outlet auftaucht, ist sie zur Stelle. Manchmal glaube ich, sie hat fünf Apps parallel laufen, um nichts zu verpassen.

»Ja, find ich auch.« Kelly bewundert selig ihren Fuß. »Ein echtes Schnäppchen. Ich dachte, ich zieh sie heute Abend zu dem roten Trägerkleid an.« Rot ist ihre Farbe. Mit ihren Goldlocken verdreht sie so den Jungs reihenweise den Kopf.

»Zu Leons Party?« Sara löffelt ihren Erdbeershake aus. »Ich glaub, der hat ’nen Pool.« An der Bewegung ihrer Hand erkenne ich, dass sie kurz auf Maps nachsieht, ob das Haus wirklich einen hat.

Wir tragen alle drei die aktuellste Version der Vision-Lens, momentan die besten AR-Linsen auf dem Markt. Wie immer hat meine Mom sie uns spendiert. Allerdings hatte sie dabei ein ziemlich ernstes Gesicht gemacht. »Das ist das letzte Mal, dass ich dir und deinen Freundinnen Linsen mitbringe«, hatte sie gesagt. Ich hatte schon Luft geholt, um sie anzumotzen, wie unfair ich das von ihr fand. (Sie weiß, sie hat mich so verwöhnt, dass ich bei einem Nein sofort auf hundertachtzig gehe.) Aber schließlich hatte Mom gegrinst und geflüstert, dass es die letzten Vision-Lens sind, weil sie nächsten Monat die Lucent-Linsen zum Testen bekäme.

Lucent-Linsen! Die Dinger werden unglaublich!

Ich habe schon Werbung dafür gesehen. Die Lucent-Linsen von *Mainhead* (das ist die Firma, für die Mom all die genialen Spiele entwickelt) werden noch schneller sein und die Darstellung der AR absolut realistisch. Realität und erweiterte Realität sind damit kaum noch zu unterscheiden. Mom hat mir das bestätigt: Die Lucent-Linsen bieten zum ersten Mal realistische Wahrnehmung *aller* Sinne. Sehen, Hören, Riechen, Schmecken und Fühlen. Das ist doch der Wahnsinn, oder? Wie lange ich diesen Linsen entgegengefiebert habe und auch dem Spiel, das Mom dafür entwickelt hat. Beides wird gleichzeitig auf den Markt kommen und sicher einschlagen wie eine Bombe.

Und heute Morgen war es so weit: Die Lucent-Linsen lagen auf dem Küchentresen. Drei Päckchen mit rosa Schleifchen. (Manchmal hat Mom was Niedliches an sich.) Kelly und Sara bemerken mein verträumtes Schmunzeln zum Glück nicht, weil sie gerade einen Surfer fest im Blick haben, der mit seinem Board aus dem Wasser steigt. (Sagte ich schon, dass wir dieses Eiscafé lieben?)

Obwohl ich in letzter Zeit oft sauer auf Mom bin, hätte ich sie küssen können. Aber sie war bereits auf dem Weg in ihr Büro bei *Mainhead*. Sie tüftelt noch am Game für die Linsen und ist deshalb kaum noch zu Hause. Und wenn, dann schließt sie sich in ihr Homeoffice ein. Kein Zutritt für mich. Nicht mal Anklopfen ist gestattet. An solchen Tagen gibt's für mich einsames Mikrowellenessen oder ich hau ab zu Sara und Kelly. Die beiden sind meine eigentliche Familie.

Mein Vater ist schon lange weg. Irgendwo in der Welt wird er wohl sein. Er meldet sich nicht bei uns. Ich habe ihn nie besonders interessiert und inzwischen ist er mir auch egal. Keine Ahnung, was zwischen ihm und Mom vorgefallen ist. Vielleicht war ich das Problem? Aber was soll's! Ich bin über den Punkt hinweg, an dem ich ihn mir zurückgewünscht habe, Mom und ich kommen sehr gut ohne ihn klar.

Jedenfalls habe ich Sara und Kelly noch nichts von den drei Päckchen erzählt, die in meiner Tasche stecken. Der Release der Lucent-Linsen ist für nächste Woche angekündigt. Die Aufregung unter den Usern ist groß, alle gieren danach, obwohl die Teile ganz schön teuer sind. Vermutlich gibt es wieder Zeltlager vor den Läden.

Ich grinse weiter in mich hinein, weil ich mir vorstelle, wie ich sie Sara und Kelly überreiche. Die zwei werden Augen machen! Heute Abend vor der Party gebe ich sie ihnen. Die werden ausrasten!

»Jepp. Pool. Sag ich doch.« Sara wischt die Maps-Info aus ihrem Blickfeld. »Also Bikini unters Kleid.« Mit zufriedenem Lächeln schiebt sie den leeren Becher von sich und ich ertappe mich dabei, wie ich mich frage, wohin Sara eigentlich all den Süßkram steckt, den sie täglich so wegfuttert. In die Kleidergröße S passt das Zeug definitiv nicht.

Mein Kleid für heute Abend hängt am Spiegel, frisch aus der Reinigung. Es ist türkis, geht knapp übers Knie, ist über und über mit Pailletten bestickt und hat einen Glockenrock. Ich liebe es. Der Stoff ist so weich und die Farbe sieht zu meiner gebräunten Haut einfach umwerfend aus.

Und *umwerfend* ist die Losung des Abends! Schließlich geht das Gerücht um, dass Lenny auftauchen wird. Er hat eine Rockband und ihr Videokanal ist in meinem Abo. Ich bin fast immer die Erste, die einem neuen Video der *Punkwaves,* wie sie ihre Band nennen, einen Like verpasst. Zugegeben, der Bandname ist echt daneben, denn weder ist es Punk noch sind die Jungs Surfer, aber Lenny ist wirklich süß. Seine blonden Haare sehen jeden Tag aus, als wäre er gerade aus dem Bett gekrochen, und er hat so ein niedliches Lächeln mit 'nem Grübchen. Leider teilt die Hälfte der Mädels an der Schule meine Meinung in Sachen Lenny. Und da ich nicht zu dieser aufdringlichen Cheerleadersorte gehöre, hat Lenny mich noch nicht so richtig auf dem Schirm. Aber wozu gibt's Partys? Deshalb liegt auch schon seit gestern Abend alles bereit: Kleid, Schuhe und Accessoires. Wenn ich damit nicht auffalle! Obwohl Lenny brav mein Follow mit einem Gegen-Follow quittierte, hat er keine Ahnung, wer ich bin. In der Schule hat er mich jedenfalls noch nie gegrüßt.

Heute Abend werde ich das ändern.

Da bemerke ich, wie Sara und Kelly mich angrinsen.

»Was denn?«, frage ich ertappt.

»Schon gut. Dazu brauchen wir keine Vision-Lens.« Lachend tut Kelly so, als würde sie irgendeine Gedankenmagie zaubern, und wedelt mit den Händen vor meinem Gesicht herum wie diese Zaubertrickser auf den Videokanälen. »Wir können deine Gedanken lesen.«

Lachend schlage ich ihre Hand weg. »Ey, lass das!«

»Zu spät!« Sie schließt die Augen und ruft in einem albernen Singsang: »Lenny! Oh Lenny! Viv kann nur noch an dich denken!«

Sara kichert und ich merke, dass ich rot werde. »Ach, kommt schon, ich hab auch nicht gelacht, als du auf diesen – wie hieß der gleich? – abgefahren bist.« Vorwurfsvoll sehe ich Kelly an.

Sie zieht eine Schnute. »Okay. Da war ich aber krank. Deshalb zählt das nicht. Ich hatte Fieber.«

»Liebesfieber!«, giggelt Sara.

»Egal, Mädels.« Kelly steht auf. »Heute Abend wird super! Bis wir uns in Schale schmeißen müssen, bin ich extrem dafür, dass wir noch eine Runde *WOD* spielen!«

»Ja«, springt Sara ein. »Vielleicht hat jemand den Goldtopf gefunden, aus dem 33. Quest?«

WOD – Wisdom of the Dwarf – kann man überall spielen, an ganz normalen, öffentlichen Orten wie dem Pier oder dem Musikpavillon. In der ganzen Stadt findet man Aufgaben und versteckte Hinweise und Schätze und immer wieder trifft man andere Spieler, kann sich verbünden oder sie austricksen, um selbst den Schatz zu bekommen. Letzte Woche haben wir die magische Schriftrolle des 32. Quests gefunden.

Ich schiele auf die Uhr, die in mein Sichtfeld eingeblendet ist. »Okay. Aber nur 'ne Stunde. Dann muss ich los.«

»Ohhh, aaaaah! Leeeeenny!«, trällert Kelly und knufft mich neckend in die Seite.

Ich grinse. Yes. Heute Abend würde Lenny endlich mitkriegen, wer Vivian Tallert ist.

//Vivian

Noch immer hat niemand das 33. Quest gelöst. Wir natürlich auch nicht, dafür war dann doch nicht genug Zeit. Deshalb haben wir nur ein wenig am WOD-Portal im Park abgehangen und uns schließlich einer Gruppe Jungs angeschlossen, die die 27. Aufgabe lösen wollten. Ich dachte, wir könnten super bei ihnen punkten, weil wir dieses Quest schon vor Wochen gelöst haben. Aber falsch gedacht! Moms Game-Engine ist so gut programmiert, dass sie uns einfach Hinweise für andere Orte und Rätsel gegeben hat und wir reichlich dämlich dastanden. (Danke Mom.)

Also haben wir uns abgesetzt und sind nach Hause, um uns für den Abend fertig zu machen. Es ist unsere erste Party bei Leon – seine Partys sind legendär. Er ist einen Jahrgang über uns und seine Eltern grundsätzlich nicht zu Hause, wenn er einlädt. Letztes Jahr haben sie uns »Küken«, wie sie uns abschätzig genannt haben, nicht reingelassen.

Doch dank 75B sieht das inzwischen etwas anders aus.

Als ich zu Hause ankomme, steht Moms Wagen vor der

Tür. Ungewöhnlich. Normalerweise arbeitet sie bis spät in den Abend. Gerade jetzt, vor dem Release, ist sie total gestresst und kommt sogar meist erst nachts heim. Irgendwie scheint es jedes Mal, bevor ein neues Spiel online geht, Probleme zu geben. Ich mach dann immer lieber einen Bogen um sie. Sie wechselt in diesen Phasen kaum ein Wort mit mir, brummelt nur wirren Sourcecode vor sich hin und ist eigentlich bloß körperlich anwesend.

Ich lasse mein Rad auf den Rasen fallen und lege im Vorbeigehen die Hand auf die Motorhaube. Sie ist nur sonnenwarm, Mom demnach schon eine Weile da. Vermutlich hat sie sich wieder in ihrem heiligen Büro eingeschlossen und programmiert.

»Hey, Mom!«, hallt meine Begrüßung durch den Eingangsbereich. Unsere Villa ist eigentlich zu groß für uns zwei. Mom hat sie gekauft, als sie bei *Mainhead* befördert wurde. Sie hat gesagt, sie habe sich in den Ausblick auf die Stadt verliebt. Und der ist echt nicht schlecht, denn das Haus liegt in den Santa Monica Mountains. Ich mag es, wenn wir abends auf der Terrasse sitzen und die Lichtströme der Autos unter uns betrachten, die Adern der Stadt, während der rote Sonnenball weiter hinten im Pazifik versinkt.

Ich werfe meine Tasche aufs Sofa, das auf einem flauschigen weißen Teppich vor einem riesigen Flatscreen steht. Mom liebt Weiß. Unsere ganze Einrichtung ist weiß. Sie hat es mir mal erklärt: Weiß steht für sie einerseits für den Anfang, das weiße Blatt Papier. Alles kann darauf geschehen. Und gleichzeitig ist Weiß wie das Licht: Alle Farben stecken darin, man müsse nur mit dem richtigen Werkzeug drangehen und es filtern. Und dann wird man die andere Welt sehen.

Die andere Welt.

Schon bevor sie zu *Mainhead* ging, war das ihr Thema.

Mom hat immer davon geträumt, eine andere Welt erlebbar zu machen. Die reale Welt zu verzaubern. Jetzt ist sie die Königin der AR. Sie hat tatsächlich eine parallele, magische Welt erschaffen. (Ja, ich bin ziemlich stolz auf meine Mom.)

»Mom! Ich bin da.«

Ich gehe durch das Wohnzimmer, an der offenen Küche vorbei und schiebe die hohe Glastür auf, die zur Terrasse und dem Pool hinausführt. Die Gardinen werden von einer leichten Brise gebauscht und der Lärm der Stadt dringt nur als sanftes Summen herauf.

Auf der Terrasse ist sie nicht, der Pool liegt glatt wie ein makelloses Stück Himmel zwischen den Liegestühlen.

»Mom?«

Da höre ich sie auf der Treppe. Sie hat es wohl eilig, denn sie rennt. »Wo hast du sie hin?«

»Was? Alles okay?« Ich wende mich ihr zu.

»Wo sind sie?«, fährt sie mich an. Erst jetzt bemerke ich, wie schrecklich sie aussieht. Ihre Haare, die sie immer lose hochgesteckt trägt, hängen strähnig herab und ihre Mascara ist verlaufen. Hat sie etwa geweint?

»Mom … Was ist passiert?« Plötzlich klopft mir das Herz bis zum Hals, ich weiß nicht mal, warum.

Sie packt mich an den Schultern und schüttelt mich. »Wo sind sie? Hast du sie drin?«

»Was denn, Mom? Wovon redest du?«

»Die Linsen! Hast du sie drin?« Sie ist voller Panik.

Ein Gefühl der Angst kriecht in mir hoch.

»Was? Ja. Ich meine, nein! Die Lucent-Linsen?« Ich kann mich nicht erinnern, Mom jemals so aufgelöst gesehen zu haben.

Mom hat immer für alles einen Plan und eine Lösung parat. Sie verliert nie die Kontrolle.

Setz dich hin und denk in Ruhe darüber nach, das ist ihr Credo. Damit nervt sie mich immer, wenn ich wegen irgendeiner Sache in Stress gerate. *Du musst einen kühlen Kopf behalten. Nur so wirst du eine Lösung finden. Kopflosigkeit und überstürztes Handeln bringen nur noch mehr Probleme.*

Gerade habe ich nicht den Eindruck, dass sie sich an ihre eigenen Ratschläge erinnert.

»Sie sind in meiner Tasche. Ich wollte sie Sara und Kelly heut Abend mitbringen …«

Mom lässt mich los, hechtet zum Sofa, reißt meine Tasche auf und schüttet alles aus. Zwischen Lipgloss, dem inzwischen kaum mehr benutzten Smartphone, Kaugummis und anderem Krempel liegen drei silbrig schillernde Päckchen. Die rosa Schleifen sind etwas zerdrückt. Moms Hände zittern, als sie sie aufreißt und die Lucent-Linsen auf ihre Handfläche gleiten. Sie ballt eine Faust und zerdrückt sie fast.

»Mom!« Was zum Henker hat sie vor? Ich fühle mich schrecklich hilflos. Muss ich einen Arzt rufen? Ist Mom verrückt geworden?

Sie rennt zur Küche.

Als sie die Mikrowelle aufreißt, die Linsen hineinschmeißt und auf volle Power stellt, setzt bei mir für einen Moment das Herz aus.

»Was? … Nein! Mom! Nicht! Mom! Nicht die Linsen!« Ich will verhindern, dass sie meine neue Welt zerstört, auf die ich mich so gefreut habe, doch sie stellt sich mir in den Weg. Ich habe keine Chance. Sprachlos starre ich in die Mikrowelle, in der Funken sprühen. Rauch entsteht und mit einem Knall zerreißt es die hauchdünnen Linsen.

Fassungslos und mit offenem Mund steh ich da und kann nicht glauben, was meine Mutter gerade getan hat.

»Mom, was … Was sollte denn das?«, stammele ich tonlos.

»Pack deine Sachen! Ich hol dich in zwei Stunden ab«, ruft sie, und ehe ich antworten kann, ist sie schon durch die Haustür.

//Milo

Milo las die E-Mail auf seinem Monitor zum dritten Mal. Sofia Tallert hatte sie eben von ihrem Smartphone abgeschickt. Ausgerechnet eine E-Mail, ziemlich altmodisch.

>*Sie sind in uns*<

Was wollte sie ihm denn damit sagen?

Er hatte schon versucht, Sofia zu erreichen, doch sie war nicht online. Im Büro ging ebenfalls niemand mehr ran.

>*Sie sind in uns*<

Er wippte in seinem ergonomischen Bürostuhl vor und zurück und fixierte die einzige Zeile der Mail.

War das irgendein Hinweis für das neue Spiel? Eine neue Ebene, einer ihrer überraschenden Kniffe, um die Spielwelt noch packender zu gestalten? Als wäre das Erlebnis durch die Lucent-Linsen nicht sowieso schon berauschend. Die umfassende Sinneswahrnehmung war einfach genial.

Grübelnd las er die Nachricht ein drittes Mal.

>*Sie sind in uns*<

Eigentlich war es nicht Sofias Art, Spielchen mit ihm zu spielen. Sofia war klar und gerade heraus, Umwege und Überraschungen konnte sie auf den Tod nicht ausstehen.

Milo erinnerte sich, wie sie sich auf einem dieser kindischen *Mainhead*-Betriebsausflüge begegnet waren. Weder er noch Sofia hatten sich für das von der Firma gesponserte Entspannungsprogramm interessiert und so waren sie ins Gespräch gekommen. Obwohl er zu der Zeit noch fast ganz unten hockte und nicht zur Crew der Programmierer gehörte, hatte das die Chefin der Game-Entwicklung nicht gestört. Im Gegenteil, Sofia hatte es spannend gefunden, dass er mit dem Leveldesign zu tun hatte.

Deshalb war Milos Büro auch weiterhin im Westflügel, während Sofia mit ihrer Abteilung im Ostflügel des Turms residierte. Aber er konnte sich wahrlich nicht beschweren, denn sie hatte ihm schon eine Woche nach ihrem Kennenlernen eines der größeren Büros zuweisen lassen, eines mit Panoramafenster und berauschendem Blick auf die Stadt.

Mit Sofia stand er ständig in Kontakt. Sie tauschten sich über Codes aus, feilten gemeinsam an Problemen und dachten sich Quests aus. Sie war seine Lehrerin und er fand, er machte sich als Schüler ganz gut.

Inzwischen war er ihre *Muse*, so hatte sie ihn genannt.

Die Nachmittagssonne schien mittlerweile im richtigen Winkel herein, um auf die Prismen zu treffen, die in die Glaswände seines Büros eingearbeitet waren. Milo beobachtete die Regenbögen, die um ihn herum aufleuchteten. Mit jeder Sekunde entstanden mehr tanzende Farbflecken. Sofia stand auf Regenbögen. Nicht aus einem romantischen, kitschigen Motiv heraus, sondern aus technisch-physikalischen Gründen. Sie waren das zweite Ich des Lichts, wie sie es nannte.

Plötzlich kam ihm ein Gedanke. Sollte die Mail eine Warnung sein?

>*Sie sind in uns*<

War sein Rechner gehackt? Gott verdammt! Es überlief ihn heiß. Kurz vor dem Release von *WOD* vor zwei Jahren hatte sich eine Konkurrenzfirma Zugriff auf den Server der Grafikabteilung verschafft – beinahe war es ihnen gelungen, das Spiel zu sabotieren. Milo wollte gar nicht an die Konsequenzen denken, wenn irgendwer so knapp vor dem Release von *White Maze* ausgerechnet in seinen Computer …

Sofort machte er sich dran, drei Virenscanner durch die Eingeweide des Rechners zu jagen. Wenn irgendjemand die Codes stahl …

Sofia würde ihn umbringen.

Die Klimaanlage im Glaskubus arbeitete perfekt, dennoch rannen ihm Schweißperlen den Rücken hinunter. Zwischen seinen Schulterblättern färbte sich der rosa Hemdstoff dunkelrot, während Milos Finger über die Tastatur flogen.

//Vivian

Die Lucent-Linsen sind nicht zu retten. Die 900 Watt haben ganze Arbeit geleistet. Bravo, Mom! Nur noch verschmortes Plastik, dessen Gestank durch den Raum zieht. Ich öffne die Terrassentür und setze mich für eine Weile an den Pool, starre auf Los Angeles hinab. Das Leben da unten pulsiert wie immer durch die Straßen. Hinter dem Labyrinth der Stadt glitzert das Meer. Die Wellen streben unbeeindruckt im ewig gleichen Rhythmus dem Strand zu. Mein Blick gleitet zum Wolkenkratzer von *Mainhead.* Er ist einer der höchsten Türme in Downtown.

Ist Mom dorthin zurück?

Was meint sie mit *Pack deine Sachen?* War ihr Auftritt gerade eine Strafe für irgendetwas, das ich in ihren Augen verbockt habe? Schmeißt sie mich etwa raus? Aber seit wann interessiert es sie überhaupt, was ich tue oder eben nicht tue? Ich habe keine Ahnung, warum Mom die Linsen geröstet hat. Mir will nichts einfallen, was ihre übertriebene Reaktion rechtfertigen würde.

Als würde das Wetter mit mir fühlen, ballen sich Wolken

überm Meer. Fröstelnd ziehe ich die Knie an und lege mir eines der Handtücher von den Sonnenliegen um die Schulter.

Da poppt ein Selfie von Kelly in meinem Gesichtsfeld auf. Sie ist schon fertig gestylt. Die Party! Verdammt, die habe ich wegen Moms Megakrise ganz vergessen!

Ich stürze die Treppe hinauf, um mich in Schale zu schmeißen, doch der Anblick meines Zimmers lässt mich zurückprallen. Mom hat es durchwühlt! Meine Wäsche ist aus den Schubladen gezerrt, meine Kleider sind aus dem Schrank gerissen worden. Ich weiß gar nicht, wohin ich treten soll, selbst meinen Schmuck hat sie aus den Schatullen gekippt. Alles liegt kreuz und quer verstreut.

Fassungslos hebe ich meine Lieblingsohrringe auf. Die Bügel sind verbogen, bei einem ist der Stein aus der Fassung gebrochen.

Ich könnte heulen vor Wut, doch ich bin zu geschockt. Als ich das Bad betrete, knirschen Scherben unter meinen Sohlen – und es stinkt nach allen Parfüms gleichzeitig. Die Flakons und Tiegel sind von der Ablage gefegt und auf den Fliesen zerborsten. Was ist bloß in sie gefahren! Hätte sie mich nicht einfach bitten können, ihr die Linsen wiederzugeben?

Das Paillettenkleid, das ich für die Party an den Spiegel gehängt habe, finde ich zerknittert unter einem Berg Klamotten. Tränen steigen in mir hoch. Das kann nicht wahr sein! Wütend öffne ich mit ein paar Fingerbewegungen die Messenger-App und klopfe bei Mom an. Ich will sofort eine Erklärung. Eine Entschuldigung! Vier Mal versuche ich es, aber sie reagiert nicht. Also lasse ich das Tracking laufen. Auf dem Stadtplan in meinem Sichtfeld ploppen die Markierungen für meine Freunde auf. Sara ist schon auf dem Weg zu Kelly. Egal. Ich tippe das Icon für

Mom an. Ein drehendes Rad zeigt an, dass in der Cloud nach ihr gesucht wird. Dann kommt die Meldung: *nicht lokalisierbar.*

Mom ist offline?

Mom ist *niemals* offline!

Jetzt bin ich richtig wütend. Erst macht sie mir so eine Szene und dann verkriecht sie sich? Ich renne die Treppe hinunter zum Sofa, wo sie meine Tasche ausgeschüttet hat, und aktiviere mein Smartphone. Dann eben mit diesem verstaubten Ding. Ich versuche, sie auf ihrem Handy anzurufen. Sie ist nostalgisch genug, es immer noch zu benutzen. Doch sie hat es abgeschaltet.

Wütend pfeffere ich meins aufs Sofa und kämpfe gegen den Heulkrampf, der sich in mir ausbreiten will. Ich will eine verdammte Erklärung für Moms Zerstörungswut!

Kelly textet mich an. Vor meinen Augen blinkt ein Briefumschlag-Icon auf. Widerwillig tippe ich mit einer Geste darauf und lese den kurzen Text, der vor mir schwebt. *Wo bleibst du? Wir sind ready.*

Mit einem Wutschrei sprinte ich zurück in mein Zimmer. Ich lasse mich von Mom doch nicht so runtermachen. Sie hat kein Recht, mir mein Leben zu ruinieren!

Leider hat sie ganze Arbeit geleistet. Keins meiner Lieblingsstücke ist noch zu gebrauchen. Das Paillettenkleid ist völlig zerknittert, außerdem ist ein Träger abgerissen.

Erst nachdem ich tief durchgeatmet und eine weitere Heulattacke unterdrückt habe, sage ich laut zu meinen Linsen:

»Nachricht an Kelly: Mom hat mir den Abend ruiniert. Geht ohne mich. Komme vielleicht nach.«

Mit einem Wisch schicke ich die Nachricht ab und lasse mich auf mein verwüstetes Bett fallen. Das Screentime-Icon blitzt vor mir auf und ich aktiviere mit einem Seufzen den Videochannel.

»Hey, Mädels.« Vor mir schwebt ein Videobild von Kellys Zimmer. Sie sitzt vor ihrem Schminkspiegel und sieht sich und dadurch mich an. Für meinen Geschmack trägt sie zu viel Mascara, aber die zarte Goldkette ist ein perfektes Accessoire zu dem roten Spaghettiträgerkleid. Ich merke, wie sich etwas in meinem Bauch zusammenkrampft, und versuche ein Lächeln. Es misslingt kläglich.

»Was soll das? Du kannst uns nicht hängen lassen!«, höre ich Sara. Kelly macht dazu ein böses Gesicht.

»Schaut euch doch diesen Mist hier an!« Ich sehe mich im Zimmer um, damit sie durch meine Linsen mitkriegen, welches Massaker Mom angerichtet hat.

»Ach du meine Güte! Welche Bombe hat denn bei dir eingeschlagen?«

»Eine Bombe namens Mom.« Der Kloß in meinem Magen verdichtet sich.

»Oh Shit! Viv! Was hast du angestellt?«

»Und warum hast du uns davon nichts erzählt! Muss 'ne coole Nummer gewesen sein«, mischt sich Sara grinsend ein. Wahrscheinlich hat Kelly die Bilder auf Saras Linsen geteilt.

»Ich hab keine Ahnung, was ich angestellt hab. Mom war irgendwie voll neben der Spur. Hat geschrien, ich soll meine Sachen packen, und ist abgehauen. Und jetzt ist sie auch noch offline!« Ich stelle mich ebenfalls vor meinen Spiegel, damit die beiden mich sehen können.

»Offline!« Sara ist fassungslos. Ich höre es deutlich an ihrer Stimme. Sie taucht hinter Kelly im Spiegel auf. Ihren blauen Augen, die mich unter dem geraden schwarzen Pony verblüfft mustern, hat sie ein dramatisches Smokey-Eyes-Make-up verpasst.

»Offline?«, wiederholt Kelly. »Warum ist sie offline?«

Der Druck in meinem Magen nimmt mir fast den Atem. »Mädels, gebt mir doch einen Livestream von der Party. Ich warte hier auf Mom. Ich will da sein, wenn sie heimkommt.«

Ich kann an Kellys Flunsch sehen, dass sie es doof findet, wenn ich nicht mitkomme.

»Und Lenny?«, fragt Sara.

»Ach, Lenny ... Der wird mich nicht vermissen.« Ich wende mich vom Spiegel ab, damit die beiden nicht mein Zittern bemerken.

Kelly entkommt beinahe ein Grinsen, doch dann schiebt sie mitleidig die Unterlippe vor und schickt mir schließlich ein Küsschen.

»Ich euch auch«, sage ich und beende die Video-App.

Verloren setze ich mich auf die Bettkante und lasse dem Heulkrampf freien Lauf.

//Sofia

Einer Eingebung folgend drückte Sofia Tallert alle Etagenknöpfe. Der Fahrstuhl würde in jedem Stockwerk des *Mainhead*-Towers halten.

Hoffentlich verwirrte es ihren Verfolger. Oder war es genau das, was er erwartete? Sie hatte keine Ahnung, wo er ihr auflauerte, aber sie wusste, er war da. Sie musste schneller sein als er.

Fluchend schob sie sich gerade noch rechtzeitig aus der Kabine, bevor die Fahrstuhltüren sich schlossen. Gut, das wird ihn überraschen, dachte sie und eilte zum Treppenhaus. 18. Stockwerk! Bist du jetzt ganz von Sinnen!, schimpfte sie mit sich selbst. In ihren Pumps und dem Bleistiftrock kam sie nur langsam die Stufen hinauf. Immer wieder sah sie sich um, lauschte. Folgte ihr wirklich jemand? Noch hatte ihn kein Geräusch, kein Schatten verraten.

Außer ihrem keuchenden Atem war nichts zu hören.

Es war zu spät für die Mitarbeiter und zu früh für die Putzkolonne. Sie war allein mit ihrem Verfolger. Er und sie – und das Schicksal der Welt.

Auf Etage fünf verließen sie die Kräfte und sie nahm doch den Fahrstuhl. Wenige Meter von ihrem Büro entfernt, im 18. Stockwerk, stieg sie aus. Die Arbeitsplätze lagen im Dunkel, blaues LED-Licht beleuchtete den Flur. Sie wunderte sich, dass heute keiner Überstunden machte. Schließlich gab es kurz vor einem Release immer noch etliche Probleme. Diesmal mehr als jemals zuvor. Doch das Problem hatte sich tief in der Basis des Spiels festgesetzt. Viel zu lange, von allen unbemerkt, hatte er sich wie ein Virus eingenistet. Hatte ihre Arbeit verändert, sabotiert.

Hoffentlich hatte Milo ihre Nachricht erhalten. Und hoffentlich hatte er sie verstanden.

Sofia schloss die Augen, drückte sich an die kalte Betonwand des Büroflurs. Ihr wurde bewusst, dass sie Angst hatte. Ein für sie ungewohntes Gefühl, denn es war irrational. Derartige Emotionen ließ sie nie zu, sie verwirrten das logische Denken. Die Tatsache, dass die Angst nun einfach da war und sie sie nicht wegargumentieren konnte, ängstigte Sofia noch mehr. Für sie gab es nichts auf der Welt, das nicht analysiert und wofür nicht eine Lösung gefunden werden konnte. Alles war mit Logik und den Gesetzen der Physik oder Mathematik zu erklären. Deshalb hatte Sofia ihre Parameter für irrationale Gefühle wie Angst auf null gesetzt. Schließlich hatte sie immer alles unter Kontrolle. Schon bevor ein Problem entstand, hatte sie es erkannt und eine Lösung in Arbeit.

Dieses Problem hatte sie bereits vor Monaten bemerkt, ihm jedoch keinen großen Stellenwert eingeräumt. Ein furchtbarer Fehler, wie sie inzwischen wusste. Und während sie noch seinen Spuren gefolgt war, um die Quelle zu finden, hatte *er* sein Spiel begonnen.

Jetzt war sie sich unsicher, was sie mehr ängstigte, der Gedanke, keine fertige Lösung parat zu haben, oder das Wissen, dass sie sterben würde.

Mit geschlossenen Augen tastete sie sich den Flur entlang, an dessen Ende ihr Büro lag.

Das Tückische an ihrem Gegner war, dass sie ihn nicht sehen konnte. Wann immer sie gedacht hatte, sie hätte ihn festgesetzt, war er verschwunden. Und sie hatte lange nicht herausgefunden, wie ihm das gelang.

Sie zählte die Türen, schob sich blind weiter, die Augen weiterhin geschlossen.

Warum war sie die Einzige, die ihn gesehen hatte? Weil sie seinen Hack entdeckt hatte?

Ihre Gedanken rasten. Der Code des neuen Spiels flimmerte in ihrem Kopf. Sie kannte jede einzelne Variable, jede Subroutine. Es war, als würde sie in dem Code leben.

Das war immer schon so gewesen, das machte ihren Erfolg aus. Sie konnte die Funktionen regelrecht vor sich *sehen,* in allen Farben des Regenbogens. Die Welt lag in makellosem Weiß vor ihr, sie musste dieses Weiß nur auffächern und da war er: der Code.

Der Code, der alles durchströmte. Bereits als Kind hatte sie ihn gesehen und war für verrückt gehalten worden. Seitdem redete sie nicht mehr darüber. Es war ihr Geheimnis und sie nutzte es, um diese unglaublichen Spiele zu entwickeln. *Das entscheidende Kriterium ist Schönheit; für hässliche Mathematik ist auf dieser Welt kein beständiger Platz,* hatte der Mathematiker G. H. Hardy einmal gesagt. Genauso sah es auch Sofia. Wenn eine Codezeile nicht perfekt war, dann war ihre Farbe stumpf und fleckig; mit einem Blick konnte sie dadurch Fehler in den Programmen erkennen.

Doch diesmal hatten die schadhaften Codes keine Flecken aufgewiesen. Im Gegenteil, sie hatten weiterhin geleuchtet, ihr Farbton hatte sich nur ein klein wenig verändert. Aber diese hauchdünne Dissonanz im Farbspektrum hatte Sofia auf seine Spur gebracht.

Jetzt stand sie hier mit geschlossen Augen im Dunkel und hatte blanke Angst.

Öffne nicht die Augen, befahl sie sich. Fast musste sie lachen. Du bist wie ein Kind, das sich die Augen zuhält und denkt, Mama sieht sie deshalb nicht mehr.

Sie musste an Vivian denken. Panik überkam sie, dass sie nicht genug für ihre Sicherheit getan hatte. Doch ein Anruf hätte ihre Tochter nur in Gefahr gebracht. Es war besser, wenn sie nichts wusste. Vivian war schlau, sie würde es selbst herausfinden – im Fall der Fälle. Aber noch hatte Sofia die Chance, ihn zu stoppen. Im Moment war der Notfallcode zwar inaktiv. Doch ein Klick und die Abschaltung würde starten.

Mit den Fingern ertastete sie das Namensschild neben der Bürotür. *Sofia Tallert. Head of Development.*

Für einen Augenblick verharrte sie und atmete durch. Sie hatte es fast geschafft. Sie musste nur *Enter* drücken und ihr Notfallprogramm würde dann alles regeln.

Langsam öffnete sie die Tür und schob sich ins Büro. Noch immer hielt sie die Augen geschlossen. Versteckte sich.

»Mrs Tallert! Welch Überraschung. Zu so später Stunde noch bei der Arbeit?«

Reflexartig riss Sofia die Augen auf. *Er* war hier! Saß in ihrem Sessel und lächelte sie abfällig an. Vor ihm auf ihrem Schreibtisch lag eine Pistole mit Schalldämpfer. Direkt neben ihrem Firmenlaptop.

Dem Laptop, auf dem sie den einzigen externen Zugang zu ihrem Notfallprogramm hatte.

>>*enter*<<

Begann nun sein Spiel oder endete es?

//Vivian

Kelly und Sara melden sich unablässig per Chat. Sie sind auf der Party und schicken Bilder vom Pool, wollen, dass ich endlich rumkomme. *Vergiss, was deine Mom gesagt hat,* schreibt Kelly. *Was soll die schon machen?*

Das ist dein Leben, versucht Sara, mich zu überreden. *Komm zu uns und hol es dir.* Sie verziert ihr Posting mit unzähligen bunten Emoticons. Sie blinken und flimmern vor meinen Augen.

Doch hinter den eingeblendeten Textschnipseln ist meine Realität grau-braun.

Es ist nicht mehr mein Zimmer.

Aber es ist mein Leben.

Und ich fühle mich, als wäre es mir eben gerade aus dem Leib gerissen worden.

Vor mir steht ein wässriger Kakao in einem braunen Plastikbecher. Automatenkakao. Angewidert schiebe ich ihn weg. Mein Blick wandert zum Fenster neben mir. Das Rollo ist schief und ich kann hinaussehen. Ich bin im achten Stockwerk, schätze ich, jedenfalls hoch genug, um den *Mainhead*-Tower im Zentrum der Stadt zu sehen. War er schon immer so schwarz und drohend?

Wie ich in dieses Zimmer gekommen bin, erinnere ich mich nur schemenhaft.

Das Klingeln an der Haustür.

Der Glaube, Mom sei zurückgekommen.

Die Hoffnung, sie würde mir alles erklären.

Eine Frau in Uniform.

Ein Polizeiwagen in der Auffahrt.

Meine Hoffnung – zerschlagen.

Der Gestank von künstlichem Tannenduft und Polsterreiniger, als ich in den Wagen einsteige.

Stille während der Fahrt.

Mein Leben – es ist weg – gelöscht.

Hinter mir im Großraumbüro herrscht reges Treiben. Tastaturgeklapper dringt zu mir, piepende Computer (in staatlichen Einrichtungen regiert wohl noch immer die technologische Steinzeit), Menschen, die mit ihren Brillen und Linsen sprechen.

Ich wende mich um. Durch eine große Scheibe kann ich alles beobachten. Ein Kommen und Gehen, als ob die Welt sich einfach weiterdreht.

Für eine Sekunde will ich laut loslachen, als mir bewusst wird, dass dieses Polizeirevier tatsächlich so aussieht wie in den Filmen. Sogar die Nutte mit der roten Perücke wird soeben hereinbugsiert.

Ich will lachen, aber ich kann nicht, denn ich habe keine Ahnung, wo mein Körper gerade ist.

Ich fühle nichts.

Alles ist taub.

Wieder blinkt eine Nachricht in meinem Sichtfeld auf. Mit

einer Handbewegung schalte ich den Messenger aus und gehe offline.

Genau wie Mom.

Jemand bittet mich, meine Linsen rauszunehmen. Erst jetzt bemerke ich, dass mir ein Mann gegenübersitzt.

Wie lange sitzt er da schon?

Er begegnet meinem verwirrten Blick mit einem Lächeln. Er ist alt. Vielleicht Ende dreißig.

Folgsam nehme ich die Linsen raus. Es ist mir egal, ich will momentan nichts von der Welt wissen. Er schiebt mir eine blaue Aufbewahrungsbox hin. Nachdem ich die Linsen in die Flüssigkeit gelegt habe, schließe ich sie mit einem Klicken.

»Ist Ihnen etwas Ungewöhnliches an Ihrer Mutter aufgefallen?«, fragt er. Seine Stimme klingt beruhigend.

Mom hat die Lucent-Linsen getoastet.

Doch ich starre weiterhin auf die Linsenbox und schüttle stumm den Kopf. Kaum merklich. Oder heftig? Eigentlich kann ich gar nicht genau sagen, ob mein Körper reagiert. Von weit her höre ich mich sagen: »Sie war hektisch.«

Mom ist nie *hektisch*.

Man muss einen klaren Kopf haben, wenn man ein Problem lösen will.

Der Mann mir gegenüber nickt. Noch immer lächelt er. Ob mich das beruhigen soll? Er braucht mich nicht zu beruhigen, denn ich spüre nichts. Ich bin wie tot.

Tot.

Wie kann sie tot sein? Sie war doch eben noch bei mir. Sie hatte Pläne. Wie kann sie da tot sein?

Der Beamte sieht mich forschend an. Habe ich das gerade etwa laut gesagt?

»Wir werden ihn finden.« Er sagt es leise, aber nachdrücklich. Ich verstehe, dass er mir damit Mut machen will, meint, ich solle nicht verzweifeln. Sie finden ihn.

»Wen?« Von weit her komme ich zurück, beginne meinen Körper wieder zu spüren. Seine Begrenzung. Die Enge hier drin.

Mir ist kalt.

Ein anderer Mann schiebt den, der eben mit mir gesprochen hat, vom Stuhl. Offensichtlich haben sie eine Meinungsverschiedenheit.

Was hat er gerade gesagt?

Wir werden ihn finden.

Wen? Meinen Vater?

Kann ich drauf verzichten.

Der neue Mann setzt sich mir gegenüber. »Miss Tallert?«

Ich nicke.

»Die vorläufigen Ergebnisse sind da. Es besteht kein Zweifel. Es tut mir sehr leid. Ihre Mutter hatte einen Herzinfarkt.«

Es nieselt, als ich vor das Polizeigebäude auf die Straße trete. Das Leben der Stadt zeigt sich unbeeindruckt vom Regen – obwohl es hier offiziell nie regnet.

Wie immer gleicht der Verkehr einer Blechschlange. Die wenigen Leute, die zu Fuß unterwegs sind, hetzen zu ihren Verabredungen. Ich verharre, bleibe mitten im Strom stehen, lege den Kopf in den Nacken und sehe in den Himmel. Spüre die Tropfen weich auf meiner Haut. Ein lebendiges Gefühl.

Ein Mann tritt neben mich, doch ich schaue weiter in den bleigrauen Himmelsspalt, den die Häuser wie ein stählernes Ufer rahmen.

»Miss Tallert? Ist bei Ihnen jemand zu Hause?«

Ich erkenne seine Stimme, es ist der Kommissar, der zuerst mit mir gesprochen hat. Also wende ich mich ihm zu.

»Sie sollten nicht allein sein, Miss Tallert. Wenn Sie möchten, benachrichtige ich gerne einen Verwandten oder einen Freund.«

Ohne Schirm, ohne Kapuze steht er neben mir im Regen. Das Wasser hat seine Haare schon durchtränkt, sie kleben ihm am Kopf. Regen rinnt ihm über die Stirn, tropft von seiner Nase.

Es scheint ihm wichtig zu sein, mit mir zu reden. Jedenfalls ist er mir nachgegangen, ohne sich die Zeit zu nehmen, einen Schirm oder Mantel zu holen.

»Da sind ein paar Freunde«, sage ich.

Er mustert mich einen Moment. »Na gut.« Unter seinem Hemd zieht er eine Plastiktüte hervor. »Zeigen Sie sie niemandem, ich verliere sonst meinen Job. Aber –« Er blickt sich zum Eingang des Polizeireviers um. »Sie sollten sich Ihr eigenes Bild über die Wahrheit machen.«

»Die Wahrheit?« Ich verstehe nicht, was er meint.

Er drückt mir die Tüte in die Hand, sie ist überraschend schwer. »Die Akte Ihrer Mutter ist offiziell geschlossen, denn es gibt keinerlei Anhaltspunkte für … Fremdeinwirkung. Die Überwachungsvideos auf den Fluren zeigen nur Ihre Mutter. Sie verhält sich allerdings sehr sonderbar.«

Sein eindringlicher Blick will mir irgendetwas sagen – aber ich verstehe ihn einfach nicht.

»Sehen Sie sich die Bilder an! Wir konnten keine Fingerabdrücke oder fremde Fasern im Büro Ihrer Mutter finden.« Erneut schaut er gehetzt hinter sich. »Ich kann Ihnen nicht helfen – aber sehen Sie genau hin! Das war kein normaler Herzinfarkt.« Gebückt rennt er zurück in das Polizeirevier.

Die Plastiktüte in meiner Hand ist glitschig von all dem Regen.

//Prepender

Es war für ihn ein Leichtes gewesen, am Portier vorbeizukommen. Eine Schande, wie viel Kohle der Kerl da unten verdiente, dachte Prepender. Wenn die Bewohner dieser Luxusappartements wüssten, wie der Kerl seinen Dienst verschlief – dann gute Nacht.

Der Aufzug stoppte im 27. Stockwerk.

Prepender grinste in sich hinein und eilte zur Tür auf der linken Flurseite. Appartement 276, wunderbar. Er hielt die gefälschte ID-Karte vor den Sensor und das Schloss schnappte auf.

Das Licht ließ er aus, stattdessen aktivierte er den Nachtsichtmodus seiner Linsen. Sein Interface zeigte ihm den Grundriss der Wohnung. Zwei Schlafzimmer, offene Küche zum Wohnbereich, Glasfront vom Boden bis zur Decke. Irgendein Life-Stylist hatte dieses Penthouse eingerichtet. Persönlichkeit war hier nicht zu finden. Aber Geld steckte in jedem Detail und das war wohl alles, worauf es ankam. Ihm war diese Dekadenz zuwider.

Die Welt war ein ekelhafter Ort geworden, voll von Gier und Neid. Es widerte ihn an.

Er schlenderte zum Bad oder, besser gesagt, zum Spa-Bereich. Neben einem Whirlpool wuchsen üppige Palmen in Töpfen aus poliertem Schiefer. Es roch nach tropischen Früchten, deren Namen er nicht kannte. Wenn Leute Geld hatten, fiel ihnen eine Menge Quatsch ein, für den sie die Kohle rauswerfen konnten. Nur ihren Gestank nach Selbstsucht konnten sie damit nie übertünchen.

Er brauchte eine Weile, um das Schränkchen mit den Kosmetika zu entdecken. Zwischen Flakons mit überteuertem Rasierwasser und Parfüm wurde er fündig.

Die Kontaktlinsen lagen in einer extra dafür angefertigten blauen Kugel. Er betrachtete sie amüsiert. Hatte es da nicht mal ein Game gegeben, in dem solche Kristallkugeln Schlüssel zu anderen Levels waren? Dieser Typ hatte sich tatsächlich für seine Linsen eine nachbauen lassen. Typisch Nerd.

Er kippte die Linsen samt Wasserlösung in das schwarze Marmorbecken und zog ein Röhrchen aus seiner Jackentasche. Im Nachsichtmodus wirkte es, als fluoreszierten die Linsen. Mit den Zähnen zog er den Verschluss ab und schüttete den Inhalt in die Kugel. Wie winzige Fische schwappten die Linsen darin herum. Zufrieden schraubte er die Kugel wieder zu und stellte sie an ihren Platz zurück. Die beiden alten Kontaktlinsen las er aus dem Becken auf und stopfte sie in das Röhrchen. Er ließ es in die Jacke gleiten und verließ das Bad.

Gelangweilt sah er sich im Appartement um. Er hatte es nicht eilig. Er hatte alle Zeit der Welt. Deshalb schlenderte er zum übergroßen, zweiflügligen Kühlschrank. Er war fast leer. Nur ein paar in Plastik verpackte, schrecklich gesunde und deshalb verboten teure Superfoods lagen darin. In der Tür standen fünf Bier. Er nahm sich eines heraus und ging zum Panoramafenster hinüber.

Fasziniert trat er an das Fenster. Draußen wölbte sich ein sternenklarer Himmel über die funkelnde Stadt. Sein Atem beschlug das Glas, als er sich mit der Stirn dagegenlehnte und hinab auf die City sah. Autolichter flossen zwischen den dunklen Blöcken der Gebäude hindurch. Eine ahnungslose Welt lag zu seinen Füßen. So friedlich und doch so zerfressen von Bosheit. Gier trieb die Lichter dort unten an.

Er zwinkerte und aktivierte dadurch sein Spielerkonto. Wie so oft loggte er sich in *Wisdom of the Dwarf* ein und sofort legte sich ein Netz aus leuchtenden Markierungen über die Lichtbahnen der Stadt.

Prepender zoomte an einen blinkenden Punkt heran, den er mit einem Zielkreuz versehen hatte. Er bewegte sich auf ihn zu.

»Zeit zu spielen«, flüsterte er.

//Vivian

Zu Hause angekommen, lasse ich alle nassen Kleidungsstücke von mir fallen. Das Kleid, den Bolero, die Schuhe. Nur in Unterwäsche setze ich mich aufs Sofa, wickle mich in eine der Decken und betrachte die Plastiktüte, die mir der Polizist gegeben hat. Als ich sie auf den Tisch lege, breitet sich eine winzige Pfütze unter ihr aus. Die ganze Taxifahrt über habe ich die Tüte angestarrt. Zuerst war Stille in meinen Gedanken.

Nach der Leere kam die Gedankenflut. Was wollte dieser Kommissar? Meine Mutter ist tot! Wie hatte das passieren können?

Mom ist tot.

Sie wurde in ihrem Büro gefunden. Nach unserem Streit – der aber gar kein Streit war.

Mom, warum hast du mir keine Chance gegeben, mit dir zu sprechen?

Erinnerungen und Gefühle prallen brodelnd in mir aufeinander, branden in mir hoch, verfestigen sich, bohren und reißen an mir. Die letzten Jahre lebten Mom und ich auf verschiedenen

Planeten. Bilder aus meiner Kindheit würgen mich, als Mom und ich so viel Zeit und Liebe teilten. Ich war der Meinung gewesen, dass es irgendwann wieder so sein würde. Dass wir wieder zueinanderfinden würden, wenn … wenn die Arbeit ihr wieder mehr Zeit ließ … wenn ich meinen Abschluss hatte … irgendwann eben …

Wieso können wir nicht *jetzt* reden?

Meine Hände zittern, als ich die Tüte aufwickele und einen braunen Papierumschlag herausziehe. Den Inhalt schütte ich auf Moms weißen Couchtisch.

Es sind Fotoausdrucke. Bilder von Moms Büro. Und Bilder von … von ihr. Darauf war ich nicht gefasst.

Ich renne zur Toilette und übergebe mich.

Es dauert eine geraume Zeit, bevor ich mich zurück an den Tisch wage, bevor ich mich traue, die Fotos noch einmal in die Hand zu nehmen – sie anzusehen.

Der Kommissar hat mir die Aufnahmen des Polizeifotografen zugesteckt.

Mit der Decke wische ich die Pfütze vom Tisch und breite die Fotos aus. Ich kann kaum atmen, meine Kehle ist wie zugeschnürt.

Moms Büro ist verwüstet. All ihre Unterlagen und Notizen sind vom Schreibtisch gefegt. Ihr Laptop wurde in die Glastrennwand zum Flur geschleudert und das Sicherheitsglas ist in Milliarden Diamanten gesplittert. Mom liegt auf der Seite, sie sieht zum Fenster. Auf ihrer cremefarbenen Bluse leuchtet ein Regenbogen.

Überall in ihrem Büro hat sie Prismen. Ihr nerviger Weiß-ist-die-Farbe-aller-Farben-Tick.

Das weiße Licht ist mehr, als das bloße Auge zu erkennen ver-

mag. In ihm stecken alle Farben. Man muss nur wissen, wie man sie sichtbar macht.

Mir fällt ein, was der Kommissar im Revier noch zu mir gesagt hat: *Wir finden ihn.*

Wen?

Mir wird klar, er hat nicht meinen Vater gemeint. Er hat etwas entdeckt, das ihn glauben lässt, dass jemand für Moms Tod verantwortlich ist.

Aber seine Kollegen haben den Fall geschlossen. Herzinfarkt.

Es gäbe keinen Zweifel, hat der andere Mann gesagt.

Aber der Kerl im Regen hat Zweifel. Warum?

Ich zwinge mich, die Aufnahmen abermals anzusehen.

Moms Augen sind geöffnet. Ich kenne diesen Blick. Sie ist wütend. Fassungslos. Es hat sie überrascht.

Ich kann mich nicht erinnern, dass Mom jemals bei einem Arzt gewesen ist.

Aus meiner Tasche krame ich die Linsenbox der Polizei und setze die Vision-Lens ein. Ich suche nach *Herzinfarkt* und bekomme die Informationen eingeblendet. Schlechte Ernährung, Bewegungsarmut, Stress. Es passt. Natürlich, die überarbeitete Chefin, die sogar nachts noch im Büro ist. Kurz vor dem Release des vielleicht wichtigsten Codes, den sie bisher geschrieben hat, bekommt sie die Rechnung für ihr stressiges Leben serviert.

Ich blende den Lexikoneintrag aus.

Niemand auf den Überwachungsvideos, keine Spuren im Büro. Warum hat der Polizist Zweifel?

Sie sollten sich Ihr eigenes Bild über die Wahrheit machen.

Dieser Kommissar hätte Mom gefallen.

Ich beginne, die Fotos zu sortieren, bilde mit der Anordnung ihr Büro nach. Versuche herauszufinden, was zuerst und was zuletzt passiert sein kann.

Für eine halbe Ewigkeit starre ich auf das Bildermosaik, so lange, bis meine Gedanken verstummen und alle Emotionen versiegt sind.

Und plötzlich sehe ich es.

Das Licht im Büro ist ausgeschaltet.

Moms Laptop ebenso.

Sie hat nicht gearbeitet. Sie war gerade erst hereingekommen … (Nachdem sie meine Lucent-Linsen in der Mikrowelle pulverisiert hat.) Etwas ist passiert, das Mom völlig aus der Spur gebracht hat.

Beinahe alle Sachen sind von ihrem Schreibtisch gefegt. Weil sich ihr Körper verkrampft hat, sie nach Halt suchte? Nein. Sie sind geworfen worden, denn sie liegen viel zu weit entfernt von ihrem Arbeitsplatz. Deshalb auch die gesplitterte Scheibe, denn sie hat den Laptop hineingeschleudert.

Hatte sie einen Tobsuchtsanfall? Noch einen?

Schleudert man bei Herzschmerzen sein Laptop durch den Raum? Wohl kaum.

Das Büro sieht eher wie nach einem Kampf aus.

Wir finden ihn.

Wollte Mom einen Angreifer abwehren?

Der Kommissar hat es auch gesehen, deshalb hat er mir die Bilder zugesteckt. Auf den Videos ist jedoch niemand zu sehen, der ihr Büro betreten hätte. Mom ist allein gewesen.

Vermutet der Polizist eine Verschwörung? Dass die Videos manipuliert wurden? *Sehen Sie genau hin.*

Ich lasse mich aufs Sofa fallen.

Mom wusste es. Sie wusste, dass jemand hinter ihr her war – sie war nicht verwirrt, sie hat versucht, jemanden abzuschütteln. Sie wollte ins Büro. Hatte sie dort Beweise gesammelt?

Mein Kopf wird im Sturm von allen Gedanken und Emotionen zurückerobert. Mir wird schwindlig. Tränen tropfen auf das Kissen und die zerflossene Mascara hinterlässt Streifen darauf.

Meine Mom ist tot.

Meine Mom wurde *ermordet.*

Aber die Polizei geht von einem Herzinfarkt aus, deshalb werden sie nicht ermitteln. Dabei ist es so offensichtlich. Mom war der Kopf hinter den Lucent-Linsen und sie hat an einem bahnbrechenden neuen AR-Game gebastelt.

Das Motiv ist eindeutig! Jemand hat ihr den Ruhm nicht gegönnt. Vielleicht wollte jemand ihren Code stehlen. Deshalb hat sie die Lucent-Linsen zerstört!

Und die Polizei schließt die Akte. Die Rechnung des Mörders geht auf.

Nein!

Ich springe auf. In wenigen Sätzen bin ich an der Tür zu ihrem Homeoffice. Ihr heiliger Bereich. Hier durfte ich nie hinein. Dorthin zog sie sich zurück, wenn sie eine Idee hatte, einen Lösungsansatz oder, wie sie oft lachend sagte, wenn der Funke endlich übergesprungen war.

Wenn Mom wichtige Daten besitzt, Daten, die das Motiv für den Mord sein könnten – dann hat Mom auf ihrem Rechner ein Back-up. Ganz sicher. Mom hat immer ein Back-up!

Ich zögere, bevor ich die Klinke runterdrücke und hineingehe.

Der Raum ist weiß und leer. Natürlich. Nichts durfte ihre Inspiration stören. Nur Tisch und Stuhl, beides in Weiß, und ein dunkelgraues Notebook.

Ich schleiche zum Tisch. Es ist, als täte ich etwas Verbotenes, als würde Mom noch im Haus sein … Albern. Ich schüttle den Gedanken ab und sofort spüre ich wieder die schmerzende Leere in mir.

Sie wird nicht zurückkommen.

Meine Finger gleiten über die Tischplatte auf den Laptop zu. Fast meine ich, Moms Duft noch wahrnehmen zu können. Sie hat dieses Zimmer erst vor wenigen Stunden verlassen.

Ich habe Angst vor der Trauer, die sich in mir breitmachen will. Hastig wende ich mich dem Laptop zu. Es ist eckig und ziemlich dick. Ich klappe es auf und suche den Powerknopf. Schließlich entdecke ich an der Seite einen Kippschalter.

On.

Nach einer halben Ewigkeit erscheint ein Eingabefenster. Passwortgeschützt. War klar. Also stöpsle ich den Laptop vom Strom, um ihn mit ins Wohnzimmer zu nehmen. Mithilfe eines Codeknackers kann ich das Ding sicher schnell öffnen, meine Finger suchen am glatten Gehäuse den Slot für … ich erstarre mitten in der Bewegung. Das kann nicht sein! Fassungslos drehe ich den Rechner hin und her, untersuche jede Seite, taste das raue Plastik ab. Nichts! Moms Notebook ist eine Festung! Außer der Stromversorgung hat er keinen Zugang. Da sind weder Buchsen noch Eingänge. Kein USB, kein SD-Slot, nicht mal ein altmodisches CD-Laufwerk. Nichts.

Im Wohnzimmer stelle ich ihn auf die Fotoausdrucke und starre das Bollwerk an.

Ist da die Antwort drauf? Sind hier die Beweise drin, dass Mom ermordet wurde?

Die Daten sind ihr extrem wichtig gewesen, denn sie hat sich einen unhackbaren Computer gebaut. Keiner kann einen Virus einschleusen, noch nicht mal Daten herunterkopieren, weil es keine Andockstellen gibt. Und ganz sicher wird es deshalb auch keine Hardware für einen kabellosen Internetzugang haben.

Je länger ich das graue Monster anstarre, umso sicherer bin ich, dass dieses Notebook das Geheimnis kennt, wer Mom ermordet hat. Vermutlich hat sie darin aber auch nur all ihre Ideen gespeichert und sie wollte verhindern, dass jemand von außen eindringt. Meine einzige Chance ist, das Passwort zu knacken. Nichts leichter als das. Mom hat solch eine Festung doch sicher mit einem schlichten *Vivian* oder *IlikeRainbows* gesichert.

Natürlich nicht.

Mir wird klar, dass ich Hilfe brauche. Und ich weiß auch schon, wer mir helfen kann.

Wenn ich mich beeile, schaffe ich es noch zur dritten Schulstunde.

//Milo

Milo tastete nach der Kugel in seiner Tasche und hielt sich daran fest, um nicht von seinen Emotionen überwältigt zu werden. Die blaue Kugel, in der er seine Linsen aufbewahrte, wirkte wie ein Safepoint auf ihn. Es war eine Sonderanfertigung, eine Hommage an eines der Spiele, die ihn in seiner Jugend zum ersten Mal in herrliche Zauberwelten entführt hatten. Damals hatte er seine Leidenschaft fürs Game-Design entdeckt. Nun arbeitete er bei *dem* Game-Entwickler als Leveldesigner und hatte Sofia getroffen. Das war eindeutig das Beste, was ihm in seinem Leben passiert war. *Sofia.*

Für einen Augenblick musste er innehalten und durchatmen.

Mainheads Chefetage hatte nur ein internes Memo geschickt. Als wäre Sofia irgendein abgesagtes Meeting. Wieder überkam ihn eine Woge der Trauer, wieder schluckte er sie herunter. Natürlich hatte es schon vor dem Memo Gerüchte gegeben. Doch er hatte sie nicht glauben wollen. Nicht seine Sofia.

Er beschleunigte seine Schritte. Sein Ziel, das *Blackhole,* lag nur einen Block von seinem Penthouse entfernt. Auf dem Weg dorthin hatte er einen Abstecher nach Hause gemacht, um seine neuen Linsen zu holen, denn er wollte Sofias und seine Welt mit jeder Faser seines Körpers spüren.

Erst letzte Woche hatte ihm Sofia die finalen Linsen gebracht. Bisher hatte er sie noch nicht ausprobiert. Die ersten Testlinsen waren jedoch sehr überzeugend gewesen. Wie eine Bombe würden die Lucent-Linsen einschlagen, da war er sich sicher. Die Dinger waren unglaublich.

Routiniert fischte er die Linsen aus der Kugel und setzte sie sich ein, bevor er das *Blackhole* betrat. Er zwinkerte zwei Mal, um sie zu aktivieren. Ein leichtes Zwicken fiel ihm unangenehm auf. Ein Punkt, der mit der Entwicklungsabteilung für Usability noch zu klären war.

Die Fenster des *Blackhole* waren mit dunkelblauem Stoff verhangen, kalte LED-Lampen tauchten den Raum in ein fahles Licht. Die grau gestrichenen Wände machten es nicht gemütlicher. Dennoch war dieser Ort in den letzten Monaten Milos zweites Zuhause geworden.

An die Wände gedrückt, warteten ein paar Tische auf Gäste, nur an einem saß ein verliebtes Pärchen und flüsterte sich Geheimnisse zu. Vormittags verirrten sich kaum Menschen in ihre Träume. Abends war es hingegen schwierig, hier noch einen Platz zu ergattern.

Hinter dem Tresen polierte der Barkeeper gelangweilt Gläser und nickte Milo kurz zu. Milo war Stammgast – zusammen mit Sofia.

Milos Griff um die blaue Kugel wurde fester, denn es fühlte sich an, als wäre Sofia bei ihm, es gab keine Erinnerung an diesen Ort ohne sie.

Hastig wandte er sich dem Terminal zu, das direkt neben dem Eingang aufgestellt war.

Das *Blackhole* war eine der ersten Bars gewesen, die die virtuelle Realität als Geschäftsmodell für sich erkannt hatten. Anstatt auf eine teure Dekoration zu setzen, konnte der triste Raum des *Blackhole* dank VR für jeden Gast der Ort sein, den er sich erträumte. Perfekt für Sofias und seine Arbeit.

Am Terminal wurden dem Gast einige vorgefertigte Erlebnisorte bereitgestellt. Es gab Klassiker, wie den *Palmenstrand Karibik* oder *Frühstück unterm Eiffelturm*. Doch das *Blackhole* hatte auch den Service, eigene Welten mitzubringen und sie hochzuladen. Deshalb hatte Sofia diese Bar ausgewählt. Die Hinterzimmer boten den perfekten Spielplatz für Sofias Ideen.

Milo schob seine Login-Karte in das Terminal, auf der Sofias Programm gespeichert war. Er lud das Ambiente hoch, das er gemeinsam mit ihr kreiert hatte, um die Lucent-Linsen in der Entwicklungsphase zu testen.

Zusammen hatten sie Tage und Nächte hier verbracht. Warum sie ihren Code unbedingt hier, in dieser kleinen, unscheinbaren AR-Bar erproben wollte und nicht in einem von *Mainheads* exquisit ausgestatteten Laboren – er hatte nie gefragt. Hier gab es nur sie zwei, und das war alles, was für ihn gezählt hatte.

In seinem Sichtfeld flackerte die Bestätigung für Sofias Ambiente auf.

Ein einfacher Code streamte das Programm auf Milos Linsen. Er musste es nur noch aktivieren.

Zügig durchquerte er den Raum zu einem der Separees. Der Barmann sah noch nicht mal von seinen Gläsern auf. Er war es gewohnt, keinen echten Kontakt zu seinen Gästen zu haben, denn er bekam nur über sein Interface die Bestellungen angezeigt – in welchen Träumen seine Kundschaft sich aufhielt, konnte er nicht sehen.

Später würde Milo sich sicher einen Drink genehmigen, aber jetzt musste er erst zu Sofia – in ihre Welt. Um bei ihr zu sein.

Tristes Grau umfing ihn, als er den separaten Raum betrat – ein Fingertippen auf den virtuellen Enter-Button, der vor ihm schwebte, und Milo stand am Fuß einer Düne. Der nüchterne Raum des *Blackhole* war verschwunden.

Warmer Wind wehte Sand auf seine Schuhe. Er zog sie aus und fühlte die Sandkörner zwischen den Zehen, spürte die Wärme der Sonne, die der Sand gespeichert hatte. Die Temperatur nahm sogar ab, je tiefer er sich mit den Zehen in den virtuellen Sand grub.

Er ging an einem Kiefernwäldchen vorbei und erklomm die Düne. Hier oben war Sofias Lieblingsplatz. Vor ihm breitete sich das Meer aus und die Sonne strahlte am wolkenlosen Himmel. Er sog die Luft ein und roch Salz und Fisch. Am Strand balgten sich zwei Möwen um einen angeschwemmten Krebs.

Zwischen dem Strandhafer fand er die Kuhle, in der Sofia am liebsten saß. Stunden hatten sie hier verbracht und die immer wiederkehrenden Wellen beobachtet.

Milo ließ sich im Sand nieder.

Er fühlte die Leere, die Sofia hinterlassen hatte. Hier, an ihrem Lieblingsplatz, und in ihm.

Mit geschlossenen Augen saß er da, spürte den Wind, der über sein Gesicht strich, und die Sonnenstrahlen auf seiner Haut. Und dann die Tränen, die endlich ihre Wege über seine Wangen fanden.

Mrs Tallert sei überraschend an einem Infarkt verstorben, hatte das Memo nüchtern festgestellt. Die Beisetzung werde von *Mainhead* organisiert. Sie hinterlässt eine Tochter.

Das war's. Mehr war Sofia der Chefetage nicht wert gewesen? Ohne Sofia war *Mainhead* nichts, dachte er bitter. Sie war das Herz, der Verstand dieses mächtigen Imperiums.

Infarkt.

Er wischte die Tränen mit dem Handrücken fort.

>Sie sind in uns<

Was hatte sie ihm sagen wollen?

Sie musste es wenige Stunden vor ihrem Tod geschrieben haben.

Ein Knacken ließ Milo aufhorchen. Hinter ihm im Kiefernwäldchen war ein Zweig zerbrochen. Stirnrunzelnd spähte er über die Schulter, doch er konnte nichts entdecken. Ein leichter Wind vom Meer spielte mit den Ästen der Kiefern.

Schließlich wandte er sich wieder den Wellen zu. Er konnte sie riechen, das Salz auf seinen Lippen schmecken. Es war alles so real! Ein Meisterwerk.

Sofia.

Mit dieser Simulation hatte sie ein Wunder vollbracht.

Sie selbst war ein Wunder gewesen. Und was blieb ohne Sofia von seinem Leben?

Ein bitteres Lächeln schob sich auf seine Lippen. Was würde *Mainhead* ohne sie sein? Ob das dem Vorstand schon klar geworden war?

Er stand auf und klopfte sich den Sand von der Jeans.

Für nächste Woche war der Release der Lucent-Linsen geplant. Ob sie ihn verschieben würden? Sicher nicht. Die Produktion der Linsen lief in China und Indien auf Hochtouren, die Auslieferung hatte begonnen. Wie weit *White Maze* war, wusste er nicht. Der Termin des *Golden Master,* dem Code, der zur Veröffentlichung freigegeben wurde, den die Spieler tausendfach auf ihre neuen Linsen herunterladen würden, der war für diese Woche festgesetzt.

Gerade wollte Milo zum Strand hinab, als er hinter sich abermals ein Geräusch hörte.

Sein Blick suchte das Wäldchen ab. Vielleicht ein Tier? Ein Hase? Die Programmierung war atemberaubend komplex. In all den Wochen hatte sich noch nie ein Ereignis wiederholt. Zwar kehrte der Hase als Bewohner dieser Szenerie immer wieder, doch niemals im gleichen Zyklus. Er tat immer etwas anderes, nahm andere Wege. Sofias künstliche Welt war besser, schöner, wahrhaftiger als die Realität.

Er schlitterte die Düne hinunter und ging auf das Meer zu.

Nur hier hatte die Liebe zwischen ihnen existiert. Die Liebe, die er für Sofia empfand. Hier war sie real gewesen.

Im *Mainhead*-Tower waren sie nur Kollegen. Er – der kleine Nerd aus der Grafikabteilung, sie – die Göttin der AR.

Seine Zehen gruben sich in den nassen Sand, die kühlen Wellen schwappten bis zu seinen Knöcheln.

Milo meinte, hinter sich etwas bemerkt zu haben. Nervös sah er zur Düne, Unruhe packte ihn. Und tatsächlich, da! Was war das? Eine Bewegung, jedoch zu groß für einen Hasen.

Er trat vom Wasser zurück und lief einige Schritte den Strand entlang.

Als er sich erneut umblickte, sah er ihn.

Auf dem Kamm der Düne, dort wo er eben selbst noch gesessen hatte, stand ein Mann.

Milo wusste, dass er nicht Bestandteil des Programms war.

//Vivian

Gott, dieser Gestank in den Computerräumen. Weshalb ließen sich die Nerds nur immer so bereitwillig in den Keller sperren? Muffige Luft in fensterlosen Kerkern, überheizt durch die Lüfter der Rechner, getränkt mit billigem Deo.

»Hallo?«, frage ich in den Raum. Inzwischen verbringen nur noch die Bastler ihre Tage hier unten in den Medienräumen der Schule, denn die Spielsüchtigen sind in der AR und daddeln draußen in der Welt. Computerkurse geben sich die Lehrer nur noch gegenseitig. Den Schülern können sie schon lange nichts mehr beibringen.

Ich bin ja kein Nerd, aber selbst ich erkenne, dass die meisten der Rechner hier nicht mal Bluetooth oder Internet haben. Wer sich mit diesen Kisten noch auskennt, sollte auch wissen, wie ich Moms Laptop knacke.

Hinter einem fetten Monitor ragt ein aschblonder Haarschopf hervor. Ein Junge sieht auf und mustert mich durch seine typische Nerdbrille über den Monitor hinweg.

»Bist du Mike?« Ich stehe immer noch in der Tür, denn ich will nicht, dass er meine rot geweinten Augen bemerkt. Vermutlich ist er einen Jahrgang unter mir, jedenfalls kenne ich ihn nicht. Sicher verbringt er jede freie Minute hier, das erschwert es, reale Freunde zu finden. Es ist mir völlig unbegreiflich, was an den alten Computern so faszinierend ist, dass man freiwillig hier im Keller hockt.

»Und wenn ich Mike wäre?« Er klingt argwöhnisch. Kommt wahrscheinlich nicht oft vor, dass sich ein Mädchen hier blicken lässt.

»Dann hab ich 'ne Frage an dich.« Ich trete einen Schritt vor und lehne mich lässig an einen Tisch. Er soll denken, dass ich weiß, was ich tue, und cool bin. Mein angespanntes Zittern versuche ich, keck wegzulächeln. Schließlich soll er nicht glauben, ich bin seinetwegen nervös.

Sein Blick gleitet an mir hinab und ich vermute, dass er mich nicht einschätzen kann. Ganz sicher sehe ich nicht wie die übliche Kundschaft aus. (Keine Ahnung, *wie* die aussieht.) Weder ich noch Kelly oder Sara hatten es bisher nötig, von den Computernerds irgendwas aus der Schulakte löschen zu lassen. Oder das Limit unserer Kreditkarten zu erhöhen. Oder was auch immer diese Hacker normalerweise anbieten.

»Worum geht es?«

»Ich will zu Tom. Er soll der Beste sein.« Ich sage es zu hastig und ärgere mich.

Mike grinst, als wäre er nicht sonderlich überrascht, dass *eine wie ich* nach Tom fragt. Sein Blick huscht zu meiner Schulter und prompt werde ich rot. Verlegen zupfe ich mein Shirt nach oben. In einem Anflug von Dummheit habe ich ein Shoulder-Top angezogen und einen himmelblauen BH gewählt, dessen Träger nun gut sichtbar ist. Mit Sicherheit denkt er, dass ich bei Tom gar keine Hacker-Hilfe suche …

Schließlich ranken sich etliche Gerüchte um Tom. Ich hab keine Ahnung, ob etwas davon wahr ist. Tom ist zwar mit mir in Geo, doch weder Geo noch er haben mich bisher interessiert. Vielleicht kursieren so viele Geschichten über ihn, weil er immer so geheimnisvoll tut und sich aus allen Sachen raushält. Er geht auf keinen Schulball, trifft sich nicht mit Kumpels zum Zocken, wurde noch nie bei 'ner Session *WOD* gesichtet. Angeblich ist er der Chef einer Hackergruppe. Die sind schon in große Systeme eingedrungen, heißt es, und ich hoffe, dass es stimmt.

»Ich brauche dringend seine Hilfe.« Mike hebt eine Augenbraue und ich ergänze eilig: »Es ist kompliziert.«

Er schiebt die Unterlippe vor und sieht mich mitleidig an. »Oh. Du Arme. Dreht Papa dir den Geldhahn zu, weil du Mathe geschwänzt hast?«

»Kümmere dich um deinen Scheiß. Wo finde ich Tom?«

»So geht das nicht.«

»Was soll das heißen?«

»Du findest Tom nicht. Er findet dich.« Damit wendet Mike sich wieder seinem Rechner zu. »Wenn er dich finden *will.«*

»Das war's? *Wenn er dich finden will?«* Die Arroganz in seiner Stimme macht mich wütend, weswegen ich doch noch einen Schritt näher trete. Jetzt lasse ich das Top absichtlich von meiner Schulter rutschen. Entgeistert starrt er auf den Träger des BHs. Sieht er hier unten vermutlich eher selten. »Ich brauche Hilfe, und zwar schnell.« Und weil er so herablassend war, spiele ich nun meinen eigentlichen Trumpf aus: »Richte ihm aus, Vivian Tallert will mit ihm reden. Und zwar heute noch.«

Damit drehe ich mich um und gehe. Ich kann mir lebhaft vorstellen, wie Mike da sitzt, mit weit aufgerissen Augen, Kinnlade auf den Knien. Zuerst der BH-Schock und dann der Name Tallert! *Tallert!* Ein magischer Name unter den Hackern. Nerds wie Mike sind eben doch alle gleich (aber Mädchen mit Shoulder-Top, die nach Tom fragen, nicht). Tatsächlich fühle ich mich jetzt ein wenig cool, obwohl meine Knie zittern. Aber lange kann ich diese falsche Coolness nicht aufrechterhalten und ich beeile mich, die Katakomben zu verlassen.

Vor wenigen Stunden wurde meine Mutter ermordet. Und ich heuere einen Hacker an, um an ihre geheimen Aufzeichnungen zu gelangen. Fast muss ich lachen, denn ich könnte genauso gut in einem Quest stecken.

Mir wird schwindelig. Wann habe ich zuletzt etwas gegessen? Vermutlich auf dem Polizeirevier. Ich eile in die noch leere Mensa, schnappe mir einen Nachtisch und rette mich auf einen der Stühle. Übelkeit überkommt mich.

Mom ist tot.

Ich versuche, mich zu konzentrieren.

Behalte immer einen klaren Kopf. Fokussiere das Problem. Löse es!

Ja, Mom. Ich schaffe das.

Der Pudding besteht nur aus Farbstoffen und Aromen, aber ich liebe diesen künstlichen Geschmack. Außerdem hoffe ich, dass der Zucker mich wieder auf die Beine bringt.

Eine Nachricht klopft an. Anonym. Über meine Lippen huscht ein Lächeln. Das ging ja flott. Vielleicht hätte ich öfter von dem Zauberwort *Tallert* Gebrauch machen sollen.

Ich blende die Nachricht auf mein Sichtfeld ein: *Tisch 42.*

Tisch 42? Mir war gar nicht bewusst, dass die Tische in der Mensa nummeriert sind. Ich lasse den Blick durch den Raum schweifen. Die Mensa ist lang gestreckt wie ein Schlauch. Am Eingang ist die Essensausgabe, nach hinten, entlang der Fensterfront, reihen sich die Tische, die im Moment fast alle noch frei sind, schließlich ist Unterricht. Nur ein paar Kids, die anscheinend eine Freistunde haben, lümmeln herum. Da fallen mir die grauen Zahlen auf jeder Tischplatte auf. Waren die wirklich schon immer da?

In der hintersten Ecke finde ich die 42. Ich setze mich mit dem Rücken zu den Fenstern, um die Mensa im Blick zu haben. Falls Sara und Kelly kommen, will ich in Deckung gehen. Die Vorstellung, mit ihnen zu reden, verdreht mir den Magen. Ich kann ihnen nicht sagen, was passiert ist. Nicht jetzt. Nicht hier.

Es klingelt zur Pause und prompt klopft Kelly über den Messenger an, das grüne Icon einer neuen Nachricht blinkt in meinem Sichtfeld auf. Ich ignoriere sie. Wie ich schon gestern ihre Party-News ignoriert habe. Vielleicht wissen sie *es* schon.

Und wenn nicht, dann steht in Kellys Nachricht, wie cool die Party war und dass ich was verpasst habe und wo ich stecke und ob wir chillen gehen und, und, und …

Ich versuche durchzuatmen. Von mir werden sie es nicht erfahren. Wie sollte ich es ihnen auch sagen? *Hey, Mädels, schön, euch zu sehen. Wisst ihr schon das Neuste? Meine Mom wurde vermutlich ermordet, jedenfalls ist sie tot. Und, bei euch so?*

Wie sagt man seinen Freundinnen so etwas? Wie soll ich es überhaupt aussprechen, wenn ich bereits bei der bloßen Vorstellung, es laut zu sagen, zu zittern beginne?

Der Tränenkloß in meinem Hals wächst und ich versuche mit aller Macht, ihn wieder hinunterzudrücken. Ganz tief hinab in meinen Bauch. Soll er dort bleiben, mir egal. Hauptsache, ich fange nicht hier vor allen zu heulen an.

Eine Schlange bildet sich an der Essensausgabe und der Raum füllt sich mit Geplapper. Damit Kelly oder Sara mich nicht zufällig entdecken, hole ich Moms Rechner hervor und klappe ihn auf. Der Laptop ist so steinalt, keiner wird auf die Idee kommen, dass Vivian Tallert, die immer die neusten AR-Linsen trägt, hinter so einem Ding sitzt.

Das graue, raue Plastik riecht aus unerfindlichen Gründen nach Mom. Und der dicke Kloß kriecht schon wieder empor.

Ermordet.

Ein Schauer läuft mir über den Rücken.

Ist es eigentlich bereits in den Nachrichten gewesen? Gerade will ich die News nach einer Meldung über Mom durchsuchen, als ich zusammenzucke. Jemand steht plötzlich neben mir.

»Und wie genau sieht dein Problem aus, Vivian Tallert?«

Ich fahre herum und versuche, ihn wütend anzustarren, weil er sich so angeschlichen hat, doch seine blauen Augen, die mich unter den dunklen Haaren hervor anblitzen, verschlagen mir die Sprache. Ich hatte ganz vergessen, dass Tom einer der Gutaussehenden ist. (Ob die Gerüchte um all diese Frauengeschichten stimmen?) Wie immer trägt er eine abgewetzte Lederjacke, Jeans und ausgelatschte Chucks. (Modisch geht anders.)

Amüsiert grinsend schiebt er mir einen Becher Kaffee hin. »Ich dachte, du kannst vielleicht einen gebrauchen.«

»Wie kommst du denn darauf?« Erschrocken beiße ich mir auf die Lippe. Das klang zickig. Automatisch habe ich meine Stacheln ausgefahren. Warum? Ich brauche Tom schließlich. Auf keinen Fall darf ich ihn mit unüberlegten Worten verjagen.

Er sieht mich forschend an. »Nicht dein Tag, hm?«

»Jepp, nicht mein Tag.« Ich ziehe den Becher zu mir, der ganz eindeutig aus dem Automaten im Lehrerzimmer stammt. (Wie auch immer Tom dort hineingekommen ist.)

»Dachte ich mir schon. An Scheißtagen brauche ich Kaffee und ein gutes Buch. Das hilft meistens.«

»Ein Buch?« Ich bin ehrlich überrascht. Lesen Nerds?

Ein Lachen funkelt in seinen Augen. »Ja, Vivian, es gibt Dinge jenseits der AR, die durchaus sehr spannend sein können.«

War ja klar. Er hält mich für eine Tussi, die außer Liken und Follow-me-around nichts im Kopf hat. Soll er doch. Er macht seinem Image ja auch alle Ehre.

Schweigend nippe ich am Kaffee und werfe einen Kontrollblick in den Raum. Wo sind Kelly und Sara? Sie dürfen mich unter keinen Umständen entdecken.

»Jetzt sag nicht, es ist dir unangenehm, mit mir gesehen zu werden.« Wieder lächelt er belustigt und es ärgert mich, dass er glaubt, mich so dermaßen gut durchschaut zu haben.

Ich nehme noch einen Schluck. »Nein. Das ist es nicht«, wehre ich ab. »Es wäre … also, ich will im Moment einfach keine von meinen Freundinnen treffen.«

Er nickt, als ob er verstehen würde, was er natürlich nicht tut. Wie sollte er auch. Seine Mutter wurde sicher nicht ermordet.

»Dann wollen wir mal zum Geschäft kommen. Worum geht es?«

Ich schiebe ihm den Laptop hin. »Ich muss da rein.«

Verwundert zieht er die Augenbrauen hoch, ganz offensichtlich hat er etwas anderes erwartet. Schweigend mustert er Moms Allerheiligstes von allen Seiten.

Wird er damit überhaupt klarkommen?

Zweifel befallen mich, ob es richtig ist, ausgerechnet einen Schul-Hacker an den Laptop meiner Mom zu lassen. Warum habe ich mich nicht an den Kommissar gewandt! Die Polizei hat sicher Profis, die den Rechner in null Komma nichts knacken.

Schließlich legt Tom ihn zurück und lässt seinen Blick durch die Mensa schweifen, während er an seinem Kaffee nippt.

»Und?«, frage ich, weil er eine gefühlte Ewigkeit schweigt. »Schaffst du das?«

Er sieht mich nicht mal an. Soll das irgendwie cool wirken? Den Preis für sein Hacken hochtreiben? Ich merke, wie sich meine Stacheln wieder aufstellen, reiße den Laptop zu mir und schalte ihn an. Aufgeklappt drehe ich ihm den Bildschirm hin. »Kleine Starthilfe, Mister Superhack«, sage ich schnippisch. »Es ist der Kippschalter – da an der Seite.«

»Wow! Du bist ja 'ne wahre Hackerin.« Er grinst und ich würde ihm gern den Kaffee in sein hübsches Gesicht kippen.

»Lass gut sein! Ich habe gerade gar keine Zeit und Muße für irgendwelche Spielchen.« Wieder deute ich auf den Laptop. »Schaffst du es da rein? Ja oder nein?«

Der Lüfter ist angesprungen, aber der Monitor ist noch dunkel. Nur der weiße Cursor blinkt in der oberen linken Ecke.

»Woher hast du das Teil?«

Aus irgendeinem Grund will ich es ihm nicht sagen, obwohl es ihm sicher helfen würde, wenn er weiß, von wem der Rechner ist. Also zucke ich nur beiläufig mit der Schulter.

»Geklaut wohl kaum«, überlegt er. »So was klaut noch nicht mal ein Museum. Also, was ist dadrauf, dass du damit zu mir kommst?«

»Ich komme damit zu dir, damit *du* mir sagst, was dadrauf ist, Schlaumeier.« Herausfordernd und zuckersüß lächle ich ihn an. »Es hat keine Plugin-Möglichkeit. Du musst an die Hardware. Also: Kannst du das?«

Statt einer Antwort starrt er mich an. Sein Blick ist durchdringend, aber ich versuche, ihm standzuhalten. Will er mich hypnotisieren? Meine Seele lesen? Mein Herz klopft wie wild, wahrscheinlich vom Pudding-Zuckerschock, und ich breche den Blickkontakt ab. Hastig will ich den Laptop zuklappen, doch er hält ihn auf.

»Was ist dadrauf?«, fragt er erneut und sieht mich weiterhin eindringlich an.

Natürlich drängt nun auch noch der blöde Tränenkloß aus meinem Bauch nach oben.

Soll ich ihm die Wahrheit sagen? Dass in dieser Kiste Moms Ideen begraben liegen? Ihre Arbeitsnotizen, vielleicht der Code für das neue, unglaublichste aller AR-Spiele? Vielleicht ihr Tagebuch? Doch hoffentlich der Name ihres Mörders …?

Ich bringe nur ein Achselzucken zustande.

Als er näher rückt, rieche ich das alte Leder seiner Jacke. Er flüstert: »Womit muss ich rechnen, wenn ich dir helfe, da reinzukommen?«

Seine Nähe macht mich kribbelig, ich rücke von ihm ab. »Zuerst sagst du mir, was es mich kostet. Vorher haben wir keinen Deal.«

»Es kostet dich nichts.«

Verwundert ziehe ich die Augenbrauen hoch. »Nichts?«

Jetzt zuckt er mit den Schultern und lehnt sich im Stuhl zurück. »Das wird spaßig. Ich gebe zu, ich bin noch nie in so ein Hochsicherheitsding eingestiegen und deine Mom hat sich sicher ein paar fiese Sachen ausgedacht. Ich kann dir also nicht garantieren, dass du am Ende die Infos erhältst, die du suchst, Vivian.«

»Woher weißt du, dass es der Laptop meiner Mom ist?«, frage ich und versuche, nicht zu überrascht zu klingen.

Er lacht auf. »Scherzkeks. Die Tochter von Sofia Tallert bittet um Hilfe, ein unhackbares Teil zu knacken. Und das einen Tag nach dem Tod ihrer …« Jetzt ist er es, der sich auf die Lippe beißt. »Sorry. Ich wollte nicht …«

Ich kann nicht antworten, bin wie gelähmt. Mit aller Macht versuche ich, die Tränen wieder hinunterzuzwingen. Woher weiß er das? War die Meldung schon in der Presse?

Er rückt näher und legt seine Hand auf die meine. »Es tut mir leid. Ich wollte das nicht so sagen«, beginnt er. »Ich helfe dir, keine Frage. Es ist mir eine Ehre.«

Auch wenn mir klar ist, dass er es tröstend meint, ziehe ich meine Hand weg. »Woher weißt du es?« Meine Stimme klingt heiser und gepresst.

»Die Hacker-News sind oft schneller als die offizielle Presse.«

Ich kann ihn nicht ansehen, ich habe Angst, den Kampf gegen die Tränen zu verlieren.

»Hey.« Er sagt es ganz leise, fast fürsorglich. »Ich bin da. Ich helfe dir, du bist nicht allein, okay?«

Allein? Auch das noch. Allein! Ich schnappe nach Luft und die Tränen gewinnen.

Allein. Ich bin jetzt alleine! Meine Mom ist tot, einen Vater hatte ich nie. Der Strudel der Tränen droht mich davonzureißen. Ich muss weg. Ich muss hier raus. Ich kann nicht atmen, all die Kids hier. Starren sie mich schon an? Das Mädchen, das allein auf der Welt ist, das Mädchen, dessen Mutter ermordet wurde? Hastig greife ich nach dem Laptop, will aufspringen, doch irgendwie ist Tom schneller als ich.

Bevor ich es recht begreife, spüre ich seine schwere Lederjacke auf meinen Schultern und seinen Arm um meine Hüfte. Er schiebt mich nach draußen. Mein Blick ist verschwommen, ich schnappe durch das Tränenbeben wie ein Fisch auf dem Trockenen nach Luft. Wäre da nicht sein sanfter, aber fester Halt, würde ich sicher zerfallen.

Er lenkt mich abseits der Wege, zum Parkplatz.

»Keine gute Idee, Vivian Tallert.« Aufmunternd grinst er mich an. Von irgendwoher hat er ein Taschentuch, das er mir in die Hand drückt. »Du kannst mir doch nicht mitten in der Mensa während der Pause eine Szene machen.«

Dankbar nehme ich es und versuche, die Tränen wieder wegzusperren. Schniefend bemühe ich mich zu begreifen, was gerade passiert ist. Er muss mich – ohne den Alarm zu aktivieren – aus einem der Notausgänge in der Mensa hinausbugsiert haben. Der Laptop, den ich an mich gepresst halte, ist unter seiner Lederjacke verborgen, die er mir über die Schultern gelegt hat.

Warum hat er mich rausgebracht? Sind ihm weinende Mädchen peinlich? Nachdenklich mustere ich ihn.

Er pustet sich die Haare aus der Stirn. Sie sind ein wenig zu lang, wie bei einem Surfer. (Eigentlich ziemlich süß.)

»Also.« Er lächelt mich an, als sei ich ein Kind. Ein Kind, das sich verlaufen hat.

Ein Kind, das seine Mutter verloren hat.

»Du hast keine Ahnung, was auf dem Ding drauf ist. Aber du glaubst, es ist wichtig, sonst wäre es nicht so ein Fort Knox. *Mainhead* wird danach fragen. Für dich ist es jedoch am allerwichtigsten, denn darin befindet sich vermutlich so was wie das geheime Tagebuch deiner Mutter. Richtig?«

Ich nicke matt.

»Sofia Tallerts Vermächtnis – wie gesagt, ich mach's. Allerdings ohne Erfolgsgarantie.«

Dankbar lächle ich ihn an.

»Wissen deine Freundinnen Bescheid?« Er öffnet die Beifahrertür eines ziemlich ungepflegten Wagens.

Ich muss grässlich aussehen. Ich sehe immer grässlich aus, wenn ich geheult habe. Deshalb drehe ich mich von ihm weg. »Nein. Ich weiß nicht, wie ich es ihnen sagen soll. Und der Gedanke, was sie dann tun werden, wie sie mich dann ansehen – das halte ich nicht aus«, murmele ich. »Kelly und Sara ... also ich weiß nicht ... ob sie das hier verstehen. Ich kann es ja selbst nicht begreifen.«

Ich steige in das Auto ein und beobachte, wie er sich auf den Fahrersitz schiebt. Warum zum Henker erzähle ich ihm das alles? Ich kenne ihn doch gar nicht!

Er sieht mich nur an. Anscheinend weiß er, dass er jetzt besser schweigt. Und es tut so gut. Ich merke, dass ich das erste Mal, seit die Polizistin vor der Tür stand, wieder *normal* fühle.

Eine Zeit lang sitzen wir schweigend im Auto. Es ist noch Schule und auf dem Parkplatz ist nicht viel los. Das Schulgelände grenzt direkt an den Strand. Wenn man genau hinhört, kann man das Meer rauschen hören. Das Kreischen der Möwen. Den salzigen Duft wahrnehmen.

Über meine Linsen klopft Kelly an. Die Nachricht ist mit einer Peperoni gekennzeichnet, was bedeutet, dass sie wütend auf mich ist. Gleich danach klingelt auch Sara durch. Ich schließe die Augen. Sie können nichts sagen oder tun, damit ich mich besser fühle. Im Gegenteil. Es ist, als wären sie Lichtjahre von mir entfernt.

Schon wieder legt er seine Hand auf die meine. Es fühlt sich gut an. Sicher. Ich lasse die Augen zu und höre mir beim Atmen zu. Genieße diesen Moment, in dem der Sturm in mir ruht.

Ich merke, wie er mir einen Zettel in die Hand schiebt. Noch immer halte ich meine Augen geschlossen. Halte die Welt von mir fern. Das Auto federt, als er aussteigt. Mit einem Quietschen schlägt die Tür zu und ich beschließe, die Welt noch ein Weilchen draußen zu lassen, und gleite in einen erschöpften Schlaf.

Als ich aufwache, weiß ich im ersten Augenblick nicht, wo ich bin. Die Uhr neben dem Tacho sagt, dass ich eine gute halbe Stunde geschlafen habe. Ich schaue mich um, kann Tom aber draußen nirgends entdecken. Mir fällt der Zettel in meiner Hand ein.

Es ist eine Adresse und eine Uhrzeit, heute Nachmittag.

Ich merke, wie ich lächle und eine tonnenschwere Last von meiner Brust rutscht. Tom wird mir helfen, Moms Festung einzunehmen. Im Grunde hat er mir schon geholfen, indem er einfach das Schweigen mit mir geteilt hat.

Durch die Windschutzscheibe beobachte ich zwei Möwen, die sich um ein altes Pausenbrot zanken, und muss an Kelly und Sara denken. Hätten sie mit mir schweigen können? Meine Tränen aushalten?

Natürlich. Sie sind doch meine BFFs! Mit einem schlechten Gewissen, sie ignoriert zu haben, schalte ich den Messenger auf meinen Linsen ein und scrolle die ungelesenen Nachrichten durch: *Wo steckst du? Wieso blockst du uns? Was soll der Mist? Süße, melde dich! Was ist los …?* Dann wird der Ton von Kelly schärfer: *Du bist selbst schuld! Seit wann bist du so 'ne Zicke? Wenn das unsere Freundschaft beendet, dann soll es so sein.*

Irritiert lese ich die Nachrichten. Da ignoriert man die zwei für einen halben Tag und sie kündigen mir die Freundschaft? Was meint Kelly mit »wenn *das* unsere Freundschaft beendet«? Was ist »das«? Von Sara finde ich eine sehr lange Nachricht: *Selbst wenn deine Mom dir Hausarrest aufgebrummt hat, kannst du uns wenigstens antworten. Keine Ahnung, welchen Tratsch du über die Party gehört hast, aber Lenny war voll breit. Der hat mit jeder rumgeknutscht, die wollte. Sei froh, dass du nicht da warst. Kelly kann da echt nix für. Also, meld dich endlich! Wenn du nicht antwortest, war's das. Bin schwer enttäuscht.*

Kelly hat sich also von Lenny abknutschen lassen. Na toll. Ist mir so was von egal. Die Welt, in der mir das etwas ausgemacht hätte, scheint Lichtjahre entfernt. Mindestens.

Mein Finger schwebt über dem Antworten-Button vor mir in der Luft. Ich bin so froh, dass ich mich gerade leicht fühle. Mit keiner Faser will ich darüber nachdenken, wie ich meinen beleidigten Freundinnen per Messenger erkläre, dass die Welt sich nicht um sie und ihre Knutschereien dreht. Dass meine Welt letzte Nacht völlig aus der Bahn katapultiert wurde und dass es mir herzlich egal ist, was sie gerade tun oder lassen. Und ich habe noch nicht mal Lust, ihnen zu sagen, dass ich es großartig finde, wenn die besten Freundinnen in keiner Sekunde nachfragen, wie es mir geht.

Mit einem Wisch schließe ich die App.

Sie werden es erfahren. Vielleicht kann ich dann mit ihnen reden. Momentan will ich eigentlich nur Stille. Stille in mir und um mich herum.

Mein Blick fällt auf die Plüschwürfel, die am Rückspiegel hängen. Dass Tom sich so was ins Auto hängt … Sehr viel weiß ich nicht über ihn, außer dass er auf dieses Outlaw-Image steht, Friseurbesuche meidet und Bücher mag. Das ist die Gelegenheit, ein bisschen mehr über Mister Mysteriös herauszufinden. Was Leute in ihren Autos haben, verrät einiges über sie. Also, wer bist du, Tom?

Neugierig öffne ich das Handschuhfach und finde Kaugummipackungen, eine zerknüllte Bierdose und – angewidert ziehe ich einen rosa Stoffknäul hervor – einen Stringtanga. Mit Spitze. Dann stimmen die Gerüchte also doch. Dass er gerne mit seinem süßen Blick und der extra geheimnisvollen Tour Mädels abschleppt. (Was für 'n Vollidiot.)

Ich schnippe das Beweisstück auf den Fahrersitz und will aussteigen, als ich merke, dass noch immer die Lederjacke auf meinen Schultern liegt. Er bildet sich hoffentlich nicht ein, mich mit seiner *Geheimnisvoll & Mitfühlend*-Masche rumzukriegen! Ruppig reiße ich die Jacke herunter und will sie gerade zu dem String werfen, als jemand die Beifahrertür aufreißt und mich unsanft aus dem Wagen befördert.

»Was soll der Scheiß!«, fährt der Kerl mich an.

Ich bin zu perplex, um zu antworten. Der Typ kommt mir vage bekannt vor. Ist das nicht der Quarterback unserer Schulmannschaft? Sein Kopf ist krebsrot und er stiert mich wütend aus Glotzaugen an.

»Pennst du etwa in meinem Wagen? Was bist du denn für 'n Freak!« Er zieht die Jacke aus dem Auto und stopft sie mir in die Arme. »Mach dich vom Acker, bevor ich dich anzeige!«

Verständnislos starre ich ihn an. »Dein Wagen?«, bringe ich hervor. Langsam erinnere ich mich, dass ich den Kerl zuletzt auf Lindsays Party gesehen habe, als er in den Pool gekotzt hat.

»Nerv wen anders!«

Er schubst mich zur Seite und ich stolpere, den Laptop und Toms Jacke wie ein Schutzschild vor mir, während er das Wageninnere untersucht. Er bemerkt den String, flucht und stopft ihn zurück ins Handschuhfach. Dann geht er um den Wagen herum, steigt ein und fährt mit quietschenden Reifen davon.

Tom! Du ausgefuchster Mistkerl! Du hackst nicht nur Rechner, sondern knackst auch Autos, denke ich anerkennend und lächle zum ersten Mal seit Stunden.

//Milo

Milo kniff die Augen zusammen. Eindeutig. Ein Mann stand dort auf der Düne. Gegen den hellen Sommerhimmel war er nur als Silhouette auszumachen. Milo hatte keine Ahnung, wen Sofia damit nachgebildet hatte. Warum hatte sie einen menschlichen Charakter in ihre gemeinsame Welt hineinprogrammiert?

Milo fröstelte, während er den Fremden beobachtete. Irgendwie ahnte Milo, dass der Mann zurückstarrte, auch wenn dessen Gesicht im Dunkel lag. Hatte Sofia etwas testen wollen? Wie gut die *NPCs,* die vom Programm erstellten Charaktere, die Gestik und Mimik der Spieler interpretieren konnten? Für eine realistische Interaktion?

Er hätte zu ihm gehen sollen, herausfinden, zu welchem Zweck Sofia ihn auf diese Düne gestellt hatte. Doch ein unbestimmtes Gefühl ließ ihn auf Abstand bleiben. Sofia hätte es ihm gesagt, wenn sie eine derart schwerwiegende Änderung des Ambientes vorgenommen hätte. Sie hätte es ihm gesagt! Das hier war schließlich ihrer beider Rückzugsort.

Der andere Kerl hatte hier nichts verloren.

›Sie sind in uns‹

Plötzlich überrollte ihn die Erkenntnis wie eine glühende Welle. Schweiß trat ihm auf die Stirn.

Verdammt, jemand hatte ihr Ambiente gehackt!

Milo rannte los. Und als hätte er nur darauf gewartet, nahm der Mann die Verfolgung auf.

Der nasse Sand ließ Milo immer wieder einsacken. Er war zu langsam und der Fremde kam näher. Panisch sah sich Milo um. Wohin sollte er flüchten? Dies war der einsamste Strand der ganzen Welt. Sie hatten ihn so erschaffen.

Fluchend hielt er an.

Mit einer Handbewegung deaktivierte er das Ambiente und stand sofort im tristen Grau des Separees. Kein Strand mehr – und kein Fremder.

Erleichtert atmete Milo durch und musste über sich selbst laut lachen. Er war vor einer computergenerierten Figur geflüchtet! Nichts war real gewesen. Weder der Strand noch der Typ. Die Lucent-Linsen waren einfach der Wahnsinn.

Dennoch blieb ein unangenehmes Gefühl zurück, es kräuselte seine Nackenhaare.

Milo fing den verwunderten Blick des Barmannes auf, als er an ihm vorbei zu den Waschräumen eilte. Vermutlich stand ihm der Schreck noch ins Gesicht geschrieben.

Er stellte sich vor das Waschbecken. »Sei nicht albern!«, befahl er seinem Spiegelbild. Niemals war der Mann ein NPC gewesen, nicht in Sofias Programm. Es war ausgeschlossen, dass Sofia einen Fremden in ihr Paradies programmiert hatte. Also konnte sich nur jemand hineingehackt haben. Es *musste* einfach so sein. Aber warum? Was wollte der Hacker? Sofias Codes für das Spiel?

Vorsichtig lugte Milo zur Toilettentür hinaus und musterte die

Gäste. Der Typ musste hier irgendwo sein, doch noch immer saß nur das Pärchen am Tisch in der Ecke und schmuste, versunken in ihre virtuelle Welt. Das *Blackhole* bot wenig Verstecke. Wo war der Kerl also? Mit der Gesichtserkennung checkte er vorsichtshalber das Pärchen und überflog hastig die Status-Anzeigen, die über ihren Köpfen schwebten. Bei den beiden war nichts verdächtig, keine Hinweise, dass sie Hacker waren.

Milo ließ die Tür zur Herrentoilette wieder zufallen, ging zum Waschbecken und klatschte sich einen Schwung Wasser ins Gesicht.

Aufwachen, Milo!, befahl er sich.

Wie war der Typ in das Ambiente gekommen? Wie hatte er es gehackt? Wenn er nicht selbst hier im *Blackhole* saß, musste er seinen Avatar in den Code eingespeist haben.

Eine Weile lang fixierte er sein Spiegelbild.

Denk nach, Milo!

Konnte das Terminal des *Blackhole* gehackt sein? Oder der Code auf seiner Karte infiziert, mit der er das Szenario hochgeladen hatte?

>Sie sind in uns<

Hatte jemand *Mainhead* infiltriert?

Nachdem er sein gespiegeltes Ich eine Weile lang angestarrt und alles Unmögliche ausgeschlossen hatte, blieb nur eine Antwort: Milo beugte sich vor und sah sich in die Augen. Wenn er genau hinsah, konnte er die Linsen erkennen. Mit zitternden Fingern zog er seine Lider herunter und nahm behutsam die Lucent-Linsen heraus. Er balancierte die Schalen auf der Fingerkuppe. Die hauchdünnen Leiterbahnen schimmerten golden auf der Plastikhaut. Diese Linsen hatte er direkt von der Entwicklungsabteilung. Eine Vorabpressung des Golden Masters.

>Sie sind in uns<

In uns? In unserem Code? Hatte sich jemand Zugang zu *Mainhead* und dem Golden Master verschafft?

Milo war sich sicher, das hatte Sofia damit gemeint: Die Lucent-Linsen waren gehackt!

Aber wie und wann waren Hacker an die rangekommen?

Irgendwie war es den Typen gelungen, sich das Golden Master zu beschaffen und eine Schnittstelle für eigene Uploads in das Basisprogramm der Linsen zu integrieren. Dadurch konnten sie nun jederzeit auf die AR-Anwendung zugreifen. So hatten sie den Avatar an den Strand projiziert!

Wütend musterte er die Linse auf seiner Fingerkuppe. Aber wozu? Was hatten sie davon, Avatare in die AR von Usern zu schleusen? Vermutlich wollten sie nur Aufmerksamkeit, wollten zeigen, wie clever sie waren, und dann einen Job bei *Mainhead* kassieren.

Milo schleuderte die Linsen ins Becken und spülte sie in den Abfluss.

Ein Hack in den Lucent-Linsen! Wenn das rauskam, es wäre ein Desaster für *Mainhead*. Wussten die Chefs bereits davon? Sofia hatte sie garantiert informiert.

>Sie sind in uns<

Sofia hatte es gewusst.

Und jetzt war sie tot …

Hatte ihr Tod etwa damit zu tun?

Milo wurde übel. Er klammerte sich an das Becken und schloss die Augen. Er bemühte sich, ruhig zu atmen.

Alles war gut.

Sie hatten keinen Zugriff mehr.

Er war offline.

Milo betrat den Kneipenraum und schleppte sich an die schmucklose Bar. Er bestellte sich einen Whisky Sour. Der Barkeeper schien irritiert über diese überaus reale Bestellung, doch er sagte nichts und servierte Milo den Drink.

Milo schwitzte noch immer und seine Gedanken rasten. Wenn es stimmte, was er dachte, dann hatte jemand *Mainhead* infiltriert und den Code eingeschleust. Seine eigenen Subroutinen direkt in Sofias Code für die Linsen platziert, ohne dass der Entwicklungsabteilung etwas aufgefallen war.

Und das hieß … Milo wollte es sich nicht vorstellen. Er nippte an seinem Whisky. Das hieß: Alle Linsen waren infiziert. Auch Sofias. Wahrscheinlich war die veränderte Software in Produktion gegangen …

Das hatte Sofia gemeint, als sie ihm >*Sie sind in uns*< gemailt hatte.

Milo trank einen weiteren Schluck und spürte dem Brennen des Alkohols nach. Konzentrier dich, Milo!

Wer war fähig, so einen Coup hinzukriegen? Durch alle Sicherheitschecks, durch alle Geheimhaltungsstufen hindurch. Die Konkurrenz? Dachten sie tatsächlich, mit einem Hack den Siegeszug der Lucent-Linsen zu stoppen? Würde ein Skandal die brillante Technik aufhalten?

Er musste etwas unternehmen. Wenn alle ausgelieferten Linsen diese Schadsoftware trugen, dann … er wollte sich die Konsequenzen gar nicht vorstellen. Er hätte die Linsen nicht wegspülen, er hätte sie analysieren lassen sollen.

Verärgert über sein impulsives Handeln, kippte er einen großen Schluck Whisky. Er musste Sofias Erbe retten und die Entwicklungsabteilung informieren. Wenn die Linsen so auf den Markt kamen, würde *Mainhead* es sicher Sofia anlasten. Denn eine Tote konnte sich nicht gegen falsche Anschuldigungen wehren. *Mainhead* würde eine so fatale Sicherheitslücke niemals zugeben!

Mit einer Handbewegung wollte Milo die Bezahl-App aktivieren. Verdammt, er trug keine Linsen mehr. Fluchend tastete er nach seiner ID Karte für das *Blackhole.* Vielleicht konnte er den Drink darauf buchen. Er sah sich nach dem Barmann um – und erstarrte.

Am anderen Ende der Bar lehnte der Fremde.

Derselbe Mann, der ihn eben im Ambiente verfolgt hatte. Es gab keinen Zweifel. Die gleiche dunkle Kapuzenjacke und die ausgebeulte Jeans. Wie konnte das sein?

Ungläubig starrte Milo ihn an.

Dann fiel eine tonnenschwere Last von ihm und er musste ein Lachen unterdrücken. Offensichtlich hatte er sich geirrt. Niemand hatte Sofias Linsen gehackt. Der Mann war real und aus irgendeinem Grund in seinem Ambiente aufgetaucht. Das konnte nur bedeuten, dass das Terminal eine Fehlfunktion hatte.

Amüsiert über sich und seine unnötige Panikattacke schüttelte er über sich selbst den Kopf. Ein blöder Software-Bug in einem Kundenterminal hatte ihn gefoppt. Mehr nicht.

Erleichtert nickte Milo dem Mann zu und hob sein Glas zum Gruß. Der Fremde lächelte ihm zu.

Sofias Tod hatte ihm den Boden unter den Füßen weggerissen, er brauchte einfach ein bisschen Ruhe, um zu trauern. Er war mit den Nerven am Ende.

Sein Blick glitt zum Barmann, der immer noch seine Gläser polierte. »Hey«, sprach er ihn an. »Das Terminal hat einen Defekt.«

»Wirklich? Hat sich sonst keiner beschwert.«

Milo lächelte nachsichtig. Er wollte dem Barmann gerade auseinandersetzen, dass ja auch quasi niemand da war, der den Bug bemerken könnte, als sich der Fremde vom Tresen löste und mit einem Grinsen auf Milo zuschlenderte.

»Fragen Sie doch ihn«, sagte Milo zum Barmann. »Wir hatten gerade eine unheimliche Begegnung in der AR.« Milo nickte dem Fremden zu. »Da ist wohl eben was schiefgelaufen«, meinte er zu ihm. Er trat einen Schritt auf ihn zu. »Sie müssen entschuldigen. Ihre Anwesenheit hat mich einfach überrascht.«

»Kann ich mir vorstellen.« Der Mann blieb vor ihm stehen. Etwas zu dicht. Milo konnte Leute nicht ausstehen, die diesen gewissen Mindestabstand unterschritten. Instinktiv machte Milo einen Schritt rückwärts, rempelte jedoch gegen einen der Barhocker.

»Alles okay?«, fragte der Barkeeper.

»Ja, nichts passiert.« Milo lachte verlegen. »Irgendeine Idee, wie Sie in mein Ambiente gekommen sind?«, wandte er sich an den Fremden.

Der Mann entblößte lächelnd eine Lücke in den Schneidezähnen. Unter dem ausgeleierten T-Shirt-Kragen blitzte ein Tattoo hervor. Nullen und Einsen, die sich die Halsschlagader hinaufschlängelten.

Ein Freak, dachte Milo, auch das noch.

Dann sah er das Messer.

»Shit!« Milo zuckte zurück.

»Wirklich alles in Ordnung?« Der Barmann sah Milo besorgt an.

War der Barmann blind? »Fragen Sie ihn! Was soll das Messer?«

Der Barmann stellte das Glas zur Seite, das er eben poliert hatte. »Besser, Sie gehen jetzt«, meinte er.

»Sehe ich auch so.« Milo sah den Fremden fest an. Solche Typen durften nicht merken, dass man Schiss vor ihnen hatte, sonst schlugen sie zu.

Aber anstatt zu gehen, lächelte der Kerl nur noch breiter. Grinsend und in Zeitlupe hob er das Messer.

Es blitzte auf.

»Was –« Milo wollte ausweichen, doch er stand mit dem Rücken an der Bar.

»Ich rufe die Polizei«, vernahm er den Barmann.

»Machen Sie, Mann!« Panisch warf sich Milo dem Fremden entgegen, konnte ihn überrumpeln und stolperte an ihm vorbei.

Als das Messer ihn in den Rücken traf, schrie Milo auf. Das Blut rauschte in seinem Kopf, die Luft blieb ihm weg, seine Beine knickten ein. Milo fiel auf die Knie, hob den Arm, um den nächsten Stich abzuwehren.

»Geht es Ihnen gut?« Der Barmann war über den Tresen gesprungen und beugte sich über ihn.

Milo stöhnte. »Der sticht mich ab! Tu was!«

Erschrocken wich der Barmann vor Milo zurück und machte damit dem Fremden die Bahn frei.

Milo versuchte, sich wegzurollen.

Das Messer traf ihn am Hals.

Er sackte zusammen.

Der Fremde sah lächelnd auf ihn herab.

Während der Barmann sich erneut besorgt über ihn beugte.

Nein! Pass auf!

Er wandte dem Fremden den Rücken zu – warum versuchte er nicht, ihm das Messer wegzuschlagen?

Milo schmeckte Blut. Sein Atem röchelte.

Hol Hilfe!

Doch der Barmann reichte ihm nur die Hand, wie um ihm hochzuhelfen.

Milos rosa Hemd färbte sich blutrot.

Der Fremde bewegte sich wie ein Geist durch den Barmann hindurch und der nächste Stich traf Milo ins Herz.

//Vivian

Das Taxi stoppt an der Straße vor unserem Haus. Normalerweise lass ich mich die Auffahrt hochfahren und bis vor die Haustür bringen. Aber ich habe Angst, dass ich heulen muss, wenn ich das Haus sehe. Deshalb bezahle ich den mürrischen Fahrer per Payment-App über die Linsen und steige an der Straße aus. Ich brauche heute nicht noch mehr Zeugen meiner Heulattacken.

Der Wagen fährt davon und ich stehe allein auf der Straße. Dort hinter den Bäumen ist mein Zuhause. Und ich weiß, dass an jedem Ding darin eine Erinnerung an Mom klebt.

Nach zwei tiefen Atemzügen gehe ich zögerlich die Auffahrt hinauf – den Laptop an mich gepresst, Toms Jacke über den Schultern, als wäre sie ein Tarnumhang.

Jeder einzelne Schritt fällt mir schwer. Denn Mom wird nicht da sein. Aber alles an und in dem Haus ist *sie*.

Nur nicht die drei schwarzen Limousinen, die davor parken.

Überrascht blinzle ich gegen das Sonnenlicht, das sich im Autolack spiegelt. Die Haustür steht offen. Ein Mann in dunklem

Anzug geht gerade hinein. Mein erster Gedanke ist: Das FBI durchsucht Moms Sachen.

Bevor ich begreife, habe ich mich schon in die Büsche geschlagen. Aus meinem Versteck beobachte ich die Haustür. Aber … Wenn das das FBI ist, bedeutet das, dass in einem Mordfall ermittelt wird, oder nicht? Wurde die Akte doch nicht geschlossen? Erleichterung überrollt mich. Ich kann ihnen den Laptop geben und sie werden den Mistkerl schnappen!

Mein Herz klopft schneller. Ich will schon aufspringen und zu ihnen, doch etwas hält mich zurück. Viv, denk nach. Bist du dir sicher, dass das das FBI ist?

Vorsichtig krabble ich durch die Büsche näher heran und mustere die Limousinen. Luxusklasse. Getönte Scheiben. An der Seite, in dezentem Silbergau eine Aufschrift: *Mainhead*.

Mainhead?

Kein FBI – keine offizielle Ermittlung …

Der Laptop drückt mir schwer gegen die Brust. Die wollen Moms Notizen. Sofort krieche ich wieder tiefer in das Gestrüpp.

Warum sonst sollte *Mainhead* bei uns einbrechen?

Wütend starre ich auf den grauen Klotz in meinen Armen. Was hat Mom auf dir gespeichert?

Ich bin mir relativ sicher, dass *Mainhead* nach dem Laptop sucht. Wahrscheinlich wollen sie Ideen und Codes sicherstellen.

Was immer es ist, ich muss es als Erste lesen.

Ein Anzugtyp kommt aus dem Haus und bleibt neben der Tür stehen. Er zündet sich eine Zigarette an und lehnt entspannt an der Hauswand, während ich erstarre und kaum zu atmen wage.

Mit Sicherheit haben sie die Polizeifotos gefunden, vielleicht sogar die verschmorten Linsen. Ich muss davon ausgehen, dass sie wissen, dass ich weiß ... was auch immer ich wissen werde, sobald Tom das Ding geknackt hat!

Unter keinen Umständen darf *Mainhead* den Laptop zu fassen bekommen. Jetzt bin ich mir sicher, dass ich darin die Antwort auf Moms Tod finde.

Himmel! Mom ist tot und ich verstecke mich vor Männern in dunklen Anzügen, die mein Zuhause besetzt haben. Dabei will ich nichts sehnlicher als an meinen Pool! Ich will chillen und shoppen und nicht im Dreck kauern wie eine Verbrecherin. Und ich will Mom, die lacht und mich umarmt und mir sagt, dass alles gut ist.

Wie konnte sich mein wunderbares Leben so schnell in einen Albtraum verwandeln?

Ich starre auf die Uhrzeit in meinem Sichtfeld.

Hektisch atme ich durch. Ich muss ins Haus, aber wenn sie mich erwischen ... Sie wollen sicher nur das Notebook und ich bin ihnen egal.

Als ob Mom und all ihre Codes und Ideen Eigentum von *Mainhead* wären! Moms Vermächtnis gehört mir, es steht ihnen nicht zu, es an sich zu reißen.

Ich presse meine Stirn gegen das Plastik des Laptops. Nur über meine Leiche!

Es ist klar, dass Mom darin Antworten hat. Für mich. Nicht für *Mainhead*.

Mein Herz rast, denn ich habe Angst. Angst wie noch nie in meinem Leben.

Befremdet sehe ich auf meine Hände, die den Laptop so fest umklammern, dass die Knöchel ganz bleich sind.

In meinem Sichtfeld leuchtet das Anrufsymbol auf und lässt mich zusammenzucken. Reflexartig wischt meine Hand nach oben, um das Telefonat anzunehmen, doch ich halte gerade rechtzeitig inne.

Was, wenn der Typ mich im Busch reden hört?

Mit einem Klick lehne ich den anonymen Anruf ab.

Ob es Tom war?

Eine Notiz ploppt in mein Sichtfeld auf. Eingang einer neuen Textnachricht von Anonym. Ich öffne sie nicht, um kein Feedback an den Absender zu erzeugen. Denn der Anfang der Nachricht wird mir angezeigt:

Liebe Miss Tallert, als Vorstand von Mainhead möchte ich Ihnen persönlich mein herzliches … Es ist eine Beileidsbekundung von Mr Pawn, dem Chef von *Mainhead.* Er schickt mir eine Textnachricht? Während seine Leute mein Haus durchwühlen?

Mir ist klar, warum er es so eilig hat, mich zu kontaktieren. Er will den Laptop. Und er weiß, dass ich ihn habe.

Oder …

Bei dem Gedanken verliere ich das Gleichgewicht und kippe nach hinten um.

Was, wenn sie tatsächlich wissen, was auf dem Laptop zu finden ist. Wenn sie den Laptop wollen, weil der Name ihres Mörders darin steht? Trägt etwa *Mainhead* die Schuld an ihrem Tod und will das vertuschen?

Ich zwinge mich, ruhig zu atmen.

Werd nicht paranoid, Viv!

Denk nach! Warum sollte *Mainhead* seine Chefentwicklerin und kreativen Kopf töten? Das macht doch keinen Sinn!

Du musst einen kühlen Kopf behalten. Nur so wirst du eine Lösung finden. Kopflosigkeit und überstürztes Handeln bringen nur noch mehr Probleme.

Also.

Was hast du vor, Viv?

Willst du für immer hier sitzen und warten, dass jemand die Zeit zurückdreht?

Nein.

Entschlossen schiebe ich den Laptop unter einen der Büsche, dann schlüpfte ich in Toms Jacke. Sie ist schwarz wie die Anzüge der Kerle. Vielleicht entdecken sie mich dadurch nicht sofort.

Ein weiterer Vorteil ist auf jeden Fall, dass Mom mir regelmäßig Hausarrest verpasst hat. So kenne ich einen simplen, aber hoffentlich von *Mainhead* unbeobachteten Weg in mein Zimmer.

Geduckt husche ich aus meinem Versteck und renne hinter das Haus. Hier gibt es einen niedrigen Anbau, in dem Geräte und Gartenutensilien lagern. Über die Mülltonnen gelange ich aufs Flachdach. Ich schleiche zum Haupthaus und lehne mich an die Hauswand. Hat mich jemand gesehen? Direkt über mir befindet sich das Fenster zu meinem Zimmer. Daneben verläuft das Fallrohr der Regenrinne. Der Fenstersims liegt nur einen Meter über meinem Kopf. Ich muss das Rohr ein Stück hinauf, das Fenster hochschieben und hineinklettern. Kein Vergleich zu den Torturen im Sportunterricht, wenn wir glatte Stangen oder schwankende Seile emporgeschickt werden.

Kaum bin ich im Zimmer, rolle ich mich hinter mein Bett und halte die Luft an. Ruhe bewahren, Viv!

Angestrengt lausche ich ins Haus. Stimmen, die sich besprechen, bewegen sich über den Flur, die Treppe hinunter.

Meine Zimmertür steht offen. Leise krieche ich darauf zu und hoffe, unbemerkt zu bleiben.

»Ich weiß nicht, Joe, das ist doch mehr als ein Zufall«, höre ich einen der Männer unten im Wohnzimmer.

»Die haben sich eben beide für die Firma totgearbeitet«, sagt ein Zweiter und lacht hämisch.

Eigentlich hatte ich die Tür schon fast geschlossen, nun halte ich inne.

Beide?

»Ihr zwei seid unglaublich«, tadelt eine Frauenstimme die Männer. »Dass sie einen Herzinfarkt hatte, ist echt übel. So alt war die Tallert ja noch gar nicht. Aber dass einer ihrer Programmierer auf Drogen war – na ja. Ist nicht der Erste, der sich damit ins Jenseits katapultiert, oder?«

Einer von Moms Programmierern ist tot? Nur wenige Stunden nach Mom?

Ich muss dem ersten Mann recht geben. Das ist sicher kein Zufall. Mom wurde ermordet, doch das wissen die Anzugträger da unten anscheinend nicht. Und wer immer Mom umgebracht hat, hat also vermutlich noch einen weiteren Menschen auf dem Gewissen. Ein Herzinfarkt und eine Überdosis. Beide Male war der Täter so geschickt, dass niemand von Mord ausgeht. Für mich ist es sonnenklar, dass ein großes Komplott hinter dem Mord an Mom steckt – und ihrem Programmierer. Und es hat etwas mit *Mainhead* zu tun. Aber wer ist der Drahtzieher?

Hoffentlich verrät mir Moms Laptop den Namen. Und dann wird er dafür bezahlen!

Behutsam schließe ich die Tür und lasse meinen Blick über das Chaos wandern, das Mom veranstaltet hat. Direkt vor dem verwüsteten Kleiderschrank entdecke ich die Sporttasche.

Wo in all dem Durcheinander sind meine Lieblingsteile? Das Kleid mit den Pailletten, wo ist es?

»So ein Quatsch«, ermahne ich mich. »So wie's aussieht, bist du auf der Flucht, Viv. Denk praktisch!«

Jeans, Shirts und Kapuzenpullis verschwinden in der Tasche. Im Bad sammle ich das Nötigste ein.

Immer wieder lausche ich nach unten – wo befinden sich die *Mainhead*-Leute? Plötzlich nehme ich aufgeregte Stimmen wahr. Befehle werden gerufen.

Nichts wie weg, denke ich mir, zerre den Reißverschluss an der Tasche zu und renne zum Fenster. Die Tasche landet auf dem Flachdach, ich bin schon halb draußen, als ich noch einmal zurückblicke. Wann kann ich wieder in mein Zuhause? Ist es überhaupt noch mein Zuhause – ohne Mom?

Fluchend springe ich zurück ins Zimmer, obwohl ich Schritte auf der Treppe höre.

Ohne Mom!

Tränen steigen mir in die Augen. Hektisch durchwühle ich den Schmuck. Wie eine Kaskade ergießen sich Ketten, Armbänder, Ohrringe und Ringe auf den Boden.

Wo ist es nur?

Ich kann nicht ohne die Kette weg. Mom hat sie mir vor ein paar Jahren geschenkt. Sie war mir zu klobig, deshalb habe ich sie so gut wie nie getragen – aber jetzt weiß ich, dass es das einzige Stück ist, das mich an sie erinnern wird. Es ist ein Teil von ihr.

Da! Der Anhänger funkelt mich an. Ich umschließe ihn fest mit meiner Hand, stürze zum Fenster und lasse mich hinausfallen – keine Sekunde zu früh. Die Zimmertür wird aufgerissen.

»Hier ist keiner!«, ruft ein Mann.

Der Zweite kommt anscheinend dazu. »Ich hätte schwören können, ich hätte Schritte gehört.«

Der erste Mann lacht und schließt die Tür. Seine Antwort verstehe ich nicht mehr, denn mein Herz hämmert ohrenbetäubend.

Es dauert, bis ich mich wieder bewegen kann und es wage,

vom Anbau hinunterzuklettern. Ich bin Mom dankbar, dass ich die Klettergriffe selbst im Schlaf beherrsche, und kurz darauf hocke ich erneut in den Büschen. Erst im Schutz der Sträucher kann ich durchatmen. Ich öffne meine Faust. Der Facettenschliff des Glaskristalls hat sich in meine Haut gedrückt. Auf meiner Handfläche liegt eine Kugel, die das Licht in Abertausende von winzigen Regenbögen bricht. Manche Leute hängen sich so was ins Fenster. Meine Mutter hat die Kugel als Kettenanhänger fertigen lassen, damit ich jederzeit einen Regenbogen bei mir habe.

Schmunzelnd lege ich das Lederband um und stecke die Kugel unter mein Shirt.

Schließlich verstaue ich den Laptop in der Tasche. Nachdem ich mich davon überzeugt habe, dass keiner der Anzugtypen vor der Tür steht, sprinte ich zur Straße. Erst als ich einen Block entfernt bin, rufe ich ein Taxi.

Während ich warte, durchsuche ich über meine Linsen die News nach einem Programmierer von *Mainhead*, der überraschend gestorben ist. Tatsächlich finde ich eine Notiz. *Milo Baumer*. Nie gehört. Mom hat diesen Namen nie erwähnt. Ein Foto ist nicht dabei, aber anscheinend war er in einer dieser Bars, in denen man sich eine virtuelle Realität erschaffen kann. Die Polizei geht von einer Überdosis aus, da der Mann halluziniert hat, bevor er an Herzversagen starb.

Herzversagen.

Schon klar.

Im Taxi gebe ich dem Fahrer den Zettel, den Tom mir zugesteckt hat.

//Vivian

In Downtown, Nähe Broadway, bremst der Taxifahrer vor einem Apartmentblock. Es ist ein modernes Hochhaus, Glas und Chrom glänzen in der Sonne. Von dort oben hat man bestimmt einen herrlichen Blick auf die City. Die Gerüchte über Toms Kontostand stimmen wohl.

Ich schultere meine Sporttasche und betrete die Lobby. Die aufgestellten Ledersessel sind ungenutzt, das üppige Blumenbouquet frisch und sauteuer. Hinter einem dunklen Marmortresen sitzt der Portier. Doch der starrt mit glasigem Blick vor sich hin. Vermutlich sieht er sich gerade einen Film auf seinen Linsen an. Mich bemerkt er jedenfalls nicht. Die Klimaanlage ist zu stark aufgedreht und ich fröstle, obwohl ich noch immer Toms Jacke trage.

Tom hat den vierzehnten Stock notiert, aber keine Apartmentnummer. Das Funkeln seiner blauen Augen schleicht sich in meine Gedanken und ich ertappe mich dabei, ihn attraktiv zu finden. Wäre ich vor ein paar Wochen von ihm hierher eingeladen worden …

Doch jetzt … Der Gedanke an Mom schnürt mir wieder das Herz zusammen. Mit aufeinandergepressten Lippen gehe ich zu den Fahrstühlen. Ich will und kann nicht die ganze Zeit heulen.

Die holzvertäfelten Fahrstuhltüren schließen sich geräuschlos hinter mir und ich suche den Knopf für Toms Stockwerk. Der Fahrstuhl bietet mir jedoch nur an, mich bis zum zwölften zu bringen. Alles klar, vermutlich gibt es dort einen Privataufzug ins Penthouse.

Doch allem Anschein nach ist die zwölfte Etage bereits die Penthousesuite. Denn links vom Fahrstuhl befindet sich eine Doppelflügeltür. Goldlettern weisen sie als den Zugang zu 12001 aus. Unschlüssig werfe ich einen Blick auf den Zettel: 14001. Verschreibt man sich bei seiner eigenen Adresse? Unwahrscheinlich. Einen zweiten, separaten Aufzug kann ich nicht entdecken. Noch einmal sehe ich nach rechts den kurzen Flur hinunter – außer der Feuerschutztür zum Treppenhaus ist dort nichts. Gerade will ich wieder runter, um den Portier zu fragen, da bemerke ich eine Beschriftung auf der Feuerschutztür. Mit schwarzer Farbe hat jemand *14001* daraufgeschrieben.

Der Riemen der Sporttasche schneidet mir in die Schulter. Moms Laptop ist verflucht schwer. Es wäre cool, wenn ich das Ding endlich absetzen könnte. Unschlüssig starre ich auf die mit Pinsel gemalte Zahl.

Ich weiß, dass es einige superteure Lofts auf den Dächern von Downtown gibt. Tom wird doch nicht in so einem wohnen?

Vorsichtig öffne ich die Tür. Ein paar Stufen führen zu einer weiteren Tür. Sie ist nur angelehnt. Vermutlich führt sie aufs Dach hinaus.

Also gut. Wenig später stehe ich auf einem alten, gammligen Flachdach. Sauer sehe ich mich um und entdecke am anderen

Ende des Daches eine Art Gewächshaus. Misstrauisch steure ich darauf zu. Mir kommt meine Anwesenheit hier furchtbar illegal vor.

Das Glashaus sieht aus, als hätte jemand einen Hektar Urwald auf zehn Quadratmeter zusammengepfercht und in eine gläserne Schachtel gezwängt. Ein Schatten bewegt sich zwischen den Blättern, die die Fenster überwuchern.

Ich schultere erneut die Tasche und marschiere darauf zu. Als ich die Glastür aufschiebe, schlägt mir feuchtwarme Luft entgegen. Sie riecht nach Regen, Erde und frischem Grün.

»Tom?«, rufe ich unsicher. Was, wenn hier irgendein Verrückter haust? Mit dieser dämlichen Sporttasche auf der Schulter kann ich kaum flüchten.

Mutig tauche ich in das Grün ein. Ein Weg ist mit moosigen Steinplatten gelegt. Plötzlich taucht neben mir Toms Gesicht zwischen Palmwedeln auf. »Du hast hergefunden. Sehr schön.«

Ich versuche, meine Erleichterung, dass hier kein Irrer haust, zu überspielen. »Ist das dein Hideout?«

»Ja, so etwas in der Art. Aber ich zahle Miete. Und bekomme Post. Deshalb ist es kein echtes *Versteck*.«

Ich folge ihm unter einem Vorhang von Pflanzen hindurch ins Innere des Glashauses. Der Steinplattenweg führt zu einer Lichtung. Hier ist anscheinend sein Wohnzimmer.

Tom bietet mir einen Platz auf einem roten Samtsofa an, das von Grünzeug eingerahmt ist. Davor steht ein abgenutzter Holztisch, auf dessen Platte deutliche Kaffeeringe zu sehen sind.

»Aber falls es besser in dein Bild passt …« Er beugt sich vor und raunt mir gespielt geheimnisvoll zu: »Ich hab auch noch ein echtes Hideout. Sogar mit waschechter Hacker-Gang.«

»Is' klar.« Obwohl ich eigentlich zurückweichen will, rühre

ich mich nicht und versuche, so zu tun, als ob mich das alles absolut nicht beeindruckt. Das Gerücht mit der Hackertruppe ist also wahr. Stimmen die anderen mit den vielen Affären, die er angeblich hat, dann auch?

Demonstrativ lasse ich die Sporttasche zwischen uns auf den Holztisch fallen. Die Platte hat unzählige Schrunden und Macken, sodass ich mich frage, warum er das Teil noch hier stehen hat. Wer in Palisades zur Schule geht, ist sicher nicht arm. Und wer an so einem extravaganten Ort abhängt, sowieso nicht. Er hätte sich locker was hübsches Neues kaufen können, aber anscheinend trägt er nicht nur gerne Secondhand, sondern wohnt auch so. Stühle, Sofa, Regale, alles scheint hier schon durch tausend Hände gegangen zu sein.

»Kann ich dir was anbieten?«

»Cola light?«

»Kommt sofort.« Er taucht unter einer Pflanze mit großen, breiten Blättern durch und ich folge ihm. Hier verstecken sich ein Wasserkocher und zwei elektrische Herdplatten. Von der Decke baumeln Fleischerhaken, daran hängen Tassen und Töpfe. Aus einem Handschuh, der an eines der hölzernen Blumenregale gepinnt ist, ragt Besteck.

»Du bist wohl oft hier?« Neugierig schiebe ich mich durch einen Blättervorhang und entdecke einen sehr durchgesessenen Ohrensessel. Links daneben steht ein Regal, das mit Büchern vollgestopft ist. Sie liegen kreuz und quer, und den rissigen Leineneinbänden nach zu urteilen, sind sie ebenfalls secondhand.

»So oft es geht. Auch wenn meine Eltern anderes behaupten: Zu Hause ist es die Hölle.«

Diese Info überrascht mich. »Eltern, die einen so wohnen lassen, scheinen mir aber ziemlich cool.«

Er grinst. »Sie hatten keine Wahl.«

»Weil du gedroht hast, ihr Haus unter alten Büchern zu begraben?« Ich schlendere zum Regal und überfliege die Titel. Zu meinem Entsetzen stelle ich fest, dass er auf Schullektüren zu stehen scheint. *Moby-Dick*, *The Great Gatsby*, *Huckleberry Finn*. Meine Güte. Sogar *The Catcher In The Rye*. Ich werfe Tom einen Seitenblick zu. Was für ein Angeber. Falls er glaubt, mich mit seinen Literaturkenntnissen beeindrucken zu können, liegt er falsch.

»Sagen wir mal so, ich finde die Lebenseinstellung meiner Eltern echt beschissen. Und damit die Welt nichts darüber erfährt, haben sie meinen Wünschen nachgegeben.«

»Du *erpresst* deine Eltern?« Vermutlich sehe ich gerade unglaublich dämlich aus, wie ich ihn so mit offenem Mund und aufgerissenen Augen anstarre.

»*Erpressen* klingt ein wenig zu kriminell. Wir haben uns auf eine Win-win-Situation geeinigt.« Er verschwindet hinter dem Grün-Vorhang und ich höre Gläser klirren.

Meine Güte. Was hätte zwischen Mom und mir passieren müssen, damit ich mich derart heftig von ihr abwende? Meine Finger tasten nach der Kette, die unter meinem Shirt verborgen ist. Ich vermisse Mom. Wie gerne würde ich die Zeit zurückdrehen, wieder klein sein und mit meiner Mom Segelturns machen, im Shoreline Village zwölf Runden am Stück Karussell fahren und mir bis spät in die Nacht, angekuschelt an sie, Geschichten erzählen lassen.

»Hast du keinen Ort, an den du dich zurückziehst, wenn du mal deinen Gedanken nachhängen willst?«, reißt Tom mich aus meinen Erinnerungen.

»Na ja … also … Ich bin immer mit Sara und Kelly ins *A-Frame* …« Ich lasse mich in den Sessel fallen.

»Da wär mir zu viel Trubel.«

Vor mir breitet sich die Skyline von Downtown aus, der Blick gerahmt von all den Blättern um mich herum. Toms Rückzugsort ist nicht nur altmodisch, sondern auch irgendwie romantisch. Auf so eine angestaubte Art. Ich weiß selbst nicht genau, warum, aber sein Gewächshaus gefällt mir. Ein Bild aus meiner Kindheit steigt in mir auf, wie ich mit Mom wandere – und sie schwärmt von der Formenvielfalt des Grüns. Sie hätte es hier sicher gemocht.

Mein Blick gleitet über die Stadt vor mir, den *Mainhead*-Tower kann ich nicht entdecken. Nachdenklich streiche ich über das abgewetzte Leder des Sessels. Mom hat stets gegrübelt, wollte hinter die Dinge sehen. Und sie wollte selbst etwas erschaffen, etwas *jenseits* unserer Realität. Deswegen ist sie in den letzten Jahren selten im Hier und Jetzt gewesen.

Ich dafür umso mehr. Mit meinen Mädels bin ich jeden Tag unterwegs. Nur nicht innehalten, nur nicht hinterfragen. Was soll das Grübeln bringen? Die Welt dreht sich, egal ob ich darüber nachdenke oder nicht.

Mit einem Seufzer lehne ich mich zurück. Im Moment will ich sowieso nicht grübeln, denn dann kommen die Trauer und die Angst. Bevor dieser Nachdenksessel mich doch noch auf dumme Gedanken bringt, springe ich auf. Ich hole den Laptop aus meiner Tasche und reiche ihn Tom. Wir tauschen Rechner gegen Cola.

»Es wird ’ne Weile dauern.«

Ich nippe an der Cola. »Lass dir Zeit.«

Tom verschwindet mit Moms Festung im Ohrensessel und ich höre den Lüfter anspringen.

Um mir die Zeit zu vertreiben, schlendere ich näher zum

Buchregal. Ob er die alle gelesen hat? Freiwillig? Ich beobachte ihn, wie er etwas in das Eingabefeld tippt. Er starrt mit ernstem Gesicht auf den Bildschirm, ohne mich weiter zu beachten. Anscheinend bringt seine Eingabe nichts, denn er guckt noch ernster.

Was mache ich, wenn er den Laptop nicht knacken kann? Zur Polizei? Die haben den Fall zu den Akten gelegt. Sie werden mir nicht glauben, wenn ich behaupte, dass es einen Hinweis auf Moms Mörder geben könnte. Vermutlich werden sie *Mainhead* verständigen. Sofort wird mir wieder mulmig. Denn es ist durchaus möglich, dass *Mainhead* sowieso die Strippen zieht. Ich muss es alleine schaffen. Ich kann weder der Polizei noch *Mainhead* trauen.

Der Tränenkloß in meinem Bauch ballt sich erneut zusammen und ich ziehe hastig ein Buch aus dem Regal, um mich abzulenken. Es ist so stark abgegriffen, dass der Titel nicht mehr lesbar ist. Das Deckblatt verrät mir jedoch, dass ich ein Werk von Platon in der Hand halte. Desinteressiert blättere ich darin herum und stelle es zurück. Es scheint von Höhlenmenschen zu handeln. Ein anderer Wälzer ist mit *Kritik der reinen Vernunft* betitelt und von einem gewissen Kant verfasst.

Mit einer Handbewegung frage ich im Netz nach, was für Romane das sind. Ach du meine Güte. Voll daneben. Das sind gar keine Geschichten, sondern Philosophieabhandlungen! Kant und Platon gehören zu den großen Philosophen. Erneut werfe ich einen prüfenden Blick zu Tom. Der Kerl überrascht mich immer wieder. Ich bin mir unschlüssig, ob ich nun doch beeindruckt bin oder es affig finden soll.

»Hast du dich schon mal mit Philosophie befasst?«, fragt Tom vom Sessel her, ohne aufzublicken.

Hat er mich etwa die ganze Zeit beobachtet? »Nein. Ist es Schulstoff?« Ich wiege das Buch von Kant in der Hand.

Er lacht. »Leider nein. Aber Philosophie hilft dir rauszufinden, wer du bist und was das alles soll.«

»Und? Weißt du jetzt, wer du bist – oder was *das alles* soll?«

»Manchmal. Und du?« Unvermittelt trifft mich der Blick seiner blauen Augen und ertappt sehe ich weg.

»Keine Ahnung«, murmle ich. »Du hättest mich das vor 'ner Woche fragen sollen.«

»Du meinst, du bist das, was deine Umwelt aus dir macht?«

»Na ja – schon irgendwie, oder?« Ich streiche über den rauen und vergilbten Leineneinband des Buches.

Jetzt lächelt er auch noch. Ich will ihn nicht mögen. Nicht jetzt.

»Momentan bin ich niemand, denke ich.«

Er lacht auf. »Da hätte dir der Philosoph Descartes schon mal widersprochen. Er meinte, dass er jemand ist, weil er denkt.«

»Scheint mir jemand mit ausgeprägtem Ego zu sein. Ich jedenfalls bin nicht mehr die Vivian, die im *A-Frame* abhängt, den Surfern zusieht und sich für die nächste Party aufstylt. Zumindest nicht mehr, bis ich weiß, was mit Mom passiert ist.« Um den Kloß, der mir bei diesen Worten in den Hals gewandert ist, herunterzuspülen, nippe ich an der Cola.

»Vermutlich wirst du diese Vivian auch nie wieder werden. Heraklit sagt, alles ist im Fließen – eine ständige Veränderung. Dein Sein ist in stetiger Veränderung.«

»Schön.« Mir wird das Gespräch zu anstrengend. Ich will nicht über mein gerade ziemlich beschissenes Leben philosophieren.

»Und? Kannst du den Zustand von Moms Laptop verändern und ihr Passwort knacken?«

»Sie macht es einem nicht einfach. Gibt es irgendwelche wichtigen Daten oder Orte oder so für sie?«

»Dein Ernst? Du denkst, Sofia Tallert hat den Namen ihrer Tochter als Passwort genutzt?« Eindeutig habe ich einen Fehler gemacht, als ich ihn um Hilfe gebeten habe.

»Ich will nur alles gecheckt haben …«

Mit einem bitteren Lächeln nicke ich und schiebe das Buch zurück ins Regal. »Glaub mal nicht, dass ich das nicht schon selbst versucht habe.«

Plötzlich ist Tom neben mir. Er nimmt die *Kritik der reinen Vernunft* wieder heraus. Unsere Finger berühren sich dabei. Sofort vergrabe ich die Hände in den Hosentaschen.

»Glaubst du an Zufall?«, fragt er mich.

Ich sehe ihn skeptisch an. Da ist so ein schelmisches Funkeln in seinen Augen. »Nein.« Wenn er vorhat, mit mir zu flirten, dann ist das echt mieses Timing!

»Das ist interessant. Demzufolge wäre alles, was du tust, vorherbestimmt. Du hättest keinen freien Willen.«

»Stell dir vor, ich hab einen ziemlich festen, freien Willen«, fahre ich ihn an. »Mein freier Wille sagt: Wenn du das nicht hinkriegst mit Moms Laptop, dann geh ich.«

»Ist das wirklich dein freier Wille?« Wieder dieses Lächeln.

»So was von mein freier Wille, aber dennoch vorherbestimmt, falls du mich nämlich die ganze Zeit verarschst.« Ruppig nehme ich ihm das Buch aus der Hand und stopfe es zurück in das Regalfach. Was habe ich mir nur gedacht! Warum habe ich ausgerechnet *ihn* um Hilfe gebeten? Ein philosophischer Hacker! Will er etwa den Laptop nur in der Theorie knacken?

Der Kloß marschiert fröhlich nach oben. »Nichts ist Zufall. Irgendjemand hat das alles geplant und ich habe keine Chance mehr. Mein Leben ist verloren. Mom ist tot. Ich bin völlig allein«, bricht es aus mir heraus. »Nicht mal nach Hause kann ich, weil *Mainhead* sich dort eingenistet hat. Mein freier Wille zählt also gerade überhaupt nicht, klar? Ich will Mom zurück! Ich will unser Haus zurück!«

Er starrt mich an. Anscheinend machen ihn meine Argumente sprachlos. »Und weil ich also rein zufällig nun obdachlos bin, muss ich mir heute noch ein Hotel suchen. Wenn du also zufälligerweise schneller machen könntest, wäre das super.«

»Sekunde – *Mainhead* ist bei dir zu Hause?«

Hastig checkt er irgendwas online, seine Hand macht eine Wischbewegung, dann packt er mich plötzlich am Arm. »Raus mit den Linsen!«, fährt er mich an.

»Wie bitte?« Seinen Befehlston kann er sich …

»Verdammt, Viv! Raus mit den Linsen!« Er drängt mich gegen das dämliche Regal. Er ist mir viel zu nah. Ich kann wieder die Jacke riechen, seinen Atem im Gesicht spüren. Mit zittrigen Fingern gehorche ich ihm und nehme die Linsen heraus. Er reißt sie mir aus der Hand.

»Hey! Was soll der Mist!«

Er rennt zur Kochecke und verarbeitet meine Linsen mit einem Wiegemesser zu Streuseln.

»Was zum Teufel!« Das kann doch nicht wahr sein! Ich könnte heulen! »Ist das neuer Trendsport? Meine Linsen schrotten?« Ich weiß nicht, ob ich lachen oder schreien soll.

»Benutzt du noch Kreditkarten oder so was?«

Verständnislos schüttle ich den Kopf. »Schon ewig nicht mehr!«

Er rennt zum Laptop, reißt es vom Strom und befiehlt mir, meine Tasche zu schnappen.

»Sekunde! Was soll das? Willst du mir Angst machen?«

Er hält inne und dreht sich zu mir um. Und ja, sein Blick macht mir Angst. Darin spiegeln sich Wut und Schock zugleich.

»Bist du sauer auf mich? Weil ich deinem Philosophiekram widersprochen habe?«

»Gott! Viv! Du hast keine Ahnung, wo du da reingeraten bist, oder? Deine Mom wurde *ermordet!* Glaubst du wirklich, dass der Multimillionen-Dollar-Konzern dir sein Beileid bekunden will?«

»Nein. Sie wollen den Rechner.« Für wie doof hält er mich? »Die wollen die Codes, die dadrauf sind.«

Er nimmt die Tasche vom Tisch und greift nach meiner Hand. »Vielleicht wollen sie nur weitere gewinnbringende Codes. Oder aber sie glauben, genau wie du, dass der Name des Mörders dadrin steckt.«

»Denkst du, das weiß ich nicht? Deshalb geh ich ja auch ins Hotel, weil sie zu Hause auf mich warten. Ich werde ihnen auf keinen Fall den Rechner überlassen. Nicht bevor ich die Wahrheit kenne!« Doch Tom hört gar nicht zu, stattdessen zerrt er mich aus dem Gewächshaus.

»Ich fürchte, du musst in Zukunft ohne Roomservice auskommen.«

»Was? Lass mich! Ich geh nirgendwohin. Gib mir meinen Laptop!« Ich reiße mich von ihm los. »Und die Linsen ersetzt du mir!«

»Viv!« Er greift wieder nach meiner Hand und zieht mich mit sich. »Die haben dich getrackt! Ich hab die Überwachungskameras der Umgebung gecheckt. Vier schwarze Limousinen parken unten. In zwei Minuten sind sie hier oben. Du wärst auch im Hotel nicht sicher – und schon gar nicht, wenn du weiterhin digitale Spuren hinterlässt!«

Geschockt sehe ich ihn an. Natürlich. Der Anruf. Sie haben mich angepeilt.

»Ich bin auf deiner Seite. Aber du musst mir vertrauen.«

Ergeben nicke ich. Nicht nur wegen diesem Blick. Ich weiß, er hat recht – er ist momentan der Einzige, der mir helfen kann.

Wir rennen zum Rand des Daches. Unter uns verläuft eine schmale Gasse, das Haus gegenüber ist niedriger.

»Bereit?«

Seine Worte hallen in Zeitlupe in meinem Kopf nach. *Bereit?*

»Wofür?«, will ich fragen, aber eigentlich ist mir klar, was er meint. Doch ich kann schlichtweg nur lachen. Richtig laut lachen.

»Los!« Noch immer hält er meine Hand, reißt mich zurück, um Anlauf zu nehmen.

»Nein!«, kreische ich. »Bist jetzt total bekloppt?« Da wirbelt er mich herum und ich folge seinem Blick, sehe, wie hinter uns die Tür aufgedrückt wird, durch die ich vorhin aufs Dach gekommen bin. Eine schwarze Anzugschulter und … Was um alles in der Welt! Ist das eine Pistole?

Ich bin so geschockt, dass ich keinen Widerstand mehr leiste. Hand in Hand renne ich mit Tom auf den Abgrund zu – wir springen ab – ich schließe die Augen, fühle den Wind, seine Hand. Und wie fest er mich hält.

Wir fliegen.

Ich wage nicht, nach vorne zu blicken oder nach unten, konzentriere mich nur auf seine Hand, die mich festhält.

Ein dumpfes Dröhnen, ein Schmerz unter meinen Fußsohlen. Bevor ich *Autsch!* jammern kann, ist Tom schon wieder auf den

Füßen, zerrt mich vorwärts und drückt mich hinter einen Wassertank.

Mein Herz, meine Lungen, ich glaube, sie sind in Ohnmacht gefallen, jedenfalls bekomme ich kaum Luft, obwohl ich merke, wie hektisch ich atme. Tom lugt über den Tank, ich klammere mich an ihn, ziehe mich an ihm hoch und spähe ebenfalls zu seinem Gewächshaus. Es sind drei Männer. Alle haben eine Waffe, die sie schussbereit vor sich halten, während sie jeden Winkel des Dachs untersuchen.

Mit einem Nicken bedeutet Tom mir, ihm zu folgen. Geduckt huschen wir hinter dem Tank hinüber zu einem Treppenabgang. Wortlos stürmen wir durch das Treppenhaus hinunter und zum Hinterausgang hinaus.

//Vivian

Wie betäubt sitze ich neben Tom. Es fällt mir schwer zu begreifen, was eben passiert ist. Tom hingegen steuert in aller Seelenruhe den rostigen Van an drei schwarzen Limousinen vorbei. Die Männer in ihren Anzügen sehen gestresst aus. Ihrer Gestik nach zu urteilen, berichten sie gerade mit einem Video-Call an ihren Chef.

Die Tasche auf meinem Schoß ist schwer, der Stoff rau. Stück für Stück kommt meine Wahrnehmung zurück und die Taubheit lässt nach.

»Ist das diesmal dein Wagen?« Meine Stimme klingt kratzig, so als hätte ich mich letzte Nacht bei einem Gig meiner Lieblingsband heiser geschrien.

»Es ist alles gut, Viv.« Er wirft mir einen besorgten Blick zu.

»Alles gut«, wiederhole ich leise und presse die Tasche fester auf meine Knie, damit ich etwas spüre. Aber sicher. Alles ist gut. Ich fahre mit einem wildfremden Kerl in einem Wagen mit, der per Definition ein Gangsterauto ist. Solche rostigen Vans nutzen Kidnapper! Aber sicher: Alles ist gut.

Weil ich noch lebe.

Obwohl Leute mit Waffen hinter mir her sind und ich von einem Hochhausdach gesprungen bin.

Alles gut.

Wir fahren den Pacific-Coast-Highway entlang. Neben uns das Meer. Ich beobachte die bunten Punkte, die auf den Wellen reiten und sich an den Stränden tummeln. Warum bin ich hier in dieser Rostlaube und nicht mit Kelly und Sara am Strand?

Ich lasse das Fenster runter und schließe die Augen. Der Fahrwind zerzaust meine Haare.

Mom ist tot.

Herauszufinden, wer für ihren Tod verantwortlich ist, wird sie mir nicht zurückbringen. Aber ihr Mörder wird seine gerechte Strafe erhalten. Ich werde dafür sorgen, dass die Welt erfährt, was er getan hat!

Entschlossen schiebe ich die Tasche von meinem Schoß und lasse sie in den Fußraum fallen. »Wohin bringst du mich?«

»In meinen Hideout.« Er schmunzelt und sieht mich von der Seite an.

»Und der ist wo?«

»Wirst du schon sehen.« Er setzt den Blinker und biegt nach Topanga ab. Alles klar. So eine Community in den Bergen. Sicher wieder mit Lobby und Spa im Erdgeschoss. Ich versuche, mich zu entspannen, und lehne mich im Sitz zurück.

»Die Crew ist okay. Allerdings gibt es eine sehr strenge Hausregel.«

»Polizeiliches Führungszeugnis?«

»Keine Outsider.«

»Ich bin aber einer.«

»Ach was. Sie werden dich mögen.«

Tom und seine Verbrecherbande sind momentan meine einzige Hoffnung. Selten habe ich mich so verloren gefühlt. Ich habe kein Zuhause mehr, keine Mutter und nicht mal mit meinen Freundinnen kann ich reden. Alles ist still, denn ich trage ja keine Linsen mehr. Keine Newsfeeds, Streams oder Storys vor meinen Augen. Noch nicht mal eine Karte kann ich aufrufen und nachsehen, wo ich genau bin. Ich bin so was von verloren!

Der Van schnauft und röhrt, während er sich die Straße hocharbeitet. Ich stemme die Füße gegen das Armaturenbrett. Dabei muss ich feststellen, dass an meiner rechten Sandalette einer der Strasssteine abgefallen ist. Na toll. Die Dinger waren sauteuer.

»Hey.« Tom berührt mich vorsichtig an der Schulter. »Wir haben den Laptop. Wir knacken ihn. Versprochen.«

»Danke.« Ich fühle mich völlig ausgelaugt. Das Chaos an Gefühlen, die Angst, die Trauer – momentan haben sie sich in irgendeine finstere Ecke verzogen. Vermutlich sammeln sie neue Kräfte, um mich dann erneut zu Boden zu ringen. Jetzt lasse ich mich einfach in die Leere in mir sinken. Irgendwie fühlt es sich gut an. Alles ist absolut still und ruhig in mir. Deshalb will ich mich auch gar nicht bewegen. Tom lenkt den Wagen auf einen staubigen Wanderweg. Wir sind tief im Nationalpark.

Plötzlich taucht vor uns zwischen den Bäumen eine Ruine auf. Ein lang gestreckter Flachbau, vielleicht ein altes Lagerhaus. Das Dach scheint eingestürzt zu sein, die Fenster sind mit Brettern vernagelt. Graffitikünstler haben sich an den Mauern ausgetobt. Mein erster Gedanke ist, dass ich in einen Regenbogen entführt werde, und muss fast lachen. Wenn Mom das sehen könnte … Meine Hand tastet nach der Kette um meinen Hals. *Hey Mom …*

Vor dem maroden Gebäude ist eine Art Parkplatz aus Betonplatten, der allerdings von der Natur schon längst wieder überwuchert wird.

»Was ist das für ein Haus?«

»Das ist unser Camp.« Tom parkt den Van neben einem quietschgelben Kleinwagen und einer Motocrossmaschine.

»Noch so ein Deal mit deinen Eltern?«

»Nein. Von diesem Ort wissen sie nichts.« Nicht ohne Stolz blickt er auf die Ruine. »Und das soll auch so bleiben. Es gibt ein paar strikte Regeln hier. Leider breche ich gerade die oberste.«

»Keine Fremden.«

Er nickt.

»Bekommst du Ärger?«

Lachend steigt er aus. »Da ich das Ding hier bezahle, können sie mich schlecht an die Luft setzen.«

»Du bezahlst ... *dafür?«* Entsetzt sehe ich mich um, als ich ausgestiegen bin. »Aber hier ist doch nichts ...«

»Nein, es ist super. Perfekt für uns. Irgendwer hatte sich hier mal ein autarkes Leben aufbauen wollen. Scheint nicht geklappt zu haben. Wir sind jetzt seit ein paar Jahren hier. Eigentlich hätten wir sogar einen Gemüsegarten.«

»Hätten?«

»Die Hasen sind schneller. Und das mit dem Anbau von Fruit-Loops will nicht so recht gelingen.«

Seufzend schüttle ich den Kopf. »Ihr seid ja echte Experten. Für Fruit-Loops braucht ihr einen *Obst*garten.«

Er lächelt mich an und ich grinse zurück.

Zusammen gehen wir zum Eingang, vor dem ein Vorhang aus extrem dickem und schwerem Plastik hängt. Tom hält ihn mir auf.

Ich zögere. »Bist du sicher, dass das hier okay geht? Sag ihnen, dass ich sie nicht verpfeife – okay?« Unschlüssig spähe ich ins Innere.

»Du bist uns willkommen.«

Also schlüpfe ich an ihm vorbei durch den Vorhang.

»Bin zu Hause!«, ruft er in die Halle.

Tja. Das mit dem Roomservice hat sich wohl tatsächlich vorerst erledigt.

Vor mir erstreckt sich eine Landschaft aus Rechnern. Es riecht muffig nach heiß gelaufener Luft und alter Pizza. Ich bin in einem Nerd-Paradies gelandet! Von irgendwoher dröhnt Musik. Vermutlich Trance – jedenfalls echt ätzend.

Zögernd folge ich Tom. Auch hier drinnen sind die Wände von Graffiti übersät.

Aber irgendwer in Toms Crew hat Heimwerkertalent. Aus altem Holz, Paletten, Papprollen und Tüchern wurde eine Zeltstadt errichtet. Als mein Blick hinaufgleitet, sehe ich, dass der Halle ein Dach fehlt. Vor Regen werden die Stoffzelte die Technik nicht schützen, aber wann regnet es hier schon.

Ich zähle sechzehn Rechner, dann gebe ich auf – bei einigen Geräten kann ich nicht mal erraten, wofür sie da sind. Alle stehen auf gewagten Tisch-Konstruktionen. Ein paar Bretter, die auf zwei alten Ölfässern liegen. Andere Tische haben diese klappbaren Holzböcke als Beine, wie sie mobile Handwerker nutzen. Auch Getränkekästen dienen als Tischbeine.

Der Boden ist von einem dichten Kabelgeflecht überzogen, das sich von den Rechnern zu unzähligen Verteilern schlängelt.

»Ist das hier nicht ein bisschen old-school?« Ich deute auf die Rechner und Laptops.

»Wenn man bestimmte Dinge wissen will, dann geht nichts über eine Tastatur.«

Natürlich. Er sieht mich an, als sei ich ein unwissendes Kind. Und ich sehe ihn an, als könne mich das Wissen, in einem Verbrechernest gelandet zu sein, nicht schrecken.

»Mädels!«, ruft Tom erneut. »Ich hab da was mit euch zu besprechen.«

Endlich kommt Leben in diese Halle. Ein Stuhl wird gerückt, jemand ruft »Hallo« und dreht den Technolärm leiser.

Meine Handflächen fühlen sich mit einem Mal feucht an. Was, wenn die Crew auf Einhaltung der obersten Regel pocht? Wohin gehe ich dann? Bei Sara und Kelly sucht *Mainhead* sicher zuerst nach mir.

»Hey!« Ein Mädchen taucht hinter einem der Rechner auf und strahlt Tom an. Sie ist hübsch. Ihre schwarzen Haare sind von türkisfarbenen Strähnen durchzogen und reichen ihr bis ans spitze Kinn. Als sie mich sieht, erstirbt ihr Lächeln und weicht einem fragenden Blick. Anscheinend sitzt noch jemand neben ihr, denn sie verpasst ihm oder ihr einen Rempler.

»Ja doch«, höre ich denjenigen knurren. Dann steht er auf und bemerkt mich. »Oh-ha.« Der Typ ist groß, aber schlank und trainiert und trägt ein Muskelshirt. Von blass und picklig ist bei diesem Nerd keine Rede. Er sieht ziemlich sportlich aus. Die beiden kommen zu uns und ich merke, dass sie unsicher sind. Da wären wir dann schon zu dritt.

»Hallo.« Meine Stimme klingt piepsig. Vermutlich mache ich gerade einen reichlich dämlichen Eindruck.

»Boot!«, brüllt der Sportliche nach hinten.

Erst jetzt bemerke ich, dass hinter der Rechnerlandschaft eine Art Theatervorhang angebracht ist. An einen Stahlträger, der quer durch den Raum läuft, wurden Seile gespannt und Stoffbahnen befestigt. Jemand wühlt sich durch den Vorhang und schlurft zu uns. Noch ein Typ. Er ist vielleicht vierzehn. Sein Gesicht ist rund und blass und wirkt dadurch sehr kindlich. Vermutlich ist ihm das bewusst, denn er lässt sich ein Ziegenbärtchen stehen. Aber es sieht eher bemitleidenswert aus als cool, weil es so spärlich und dünn ist. Er trinkt im Gehen aus einer Flasche, dann bemerkt er mich und verschluckt sich.

»Was soll denn der Scheiß?«, wendet er sich an Tom. Das Mädchen und der Sportliche haben noch keinen Ton gesagt. So viel zum herzlichen Willkommen.

Tom stellt meine Tasche ab. »Bevor sich jemand aufregt: Ja, ich weiß. Klarer Regelverstoß.«

»Sehr, sehr klarer Regelverstoß! Aber ich schätze, du hast einen verdammt guten Grund dafür.« Das Mädchen lächelt mir aufmunternd zu.

»Hey, ich bin Surgery.« Der Sportliche macht einen Schritt auf mich zu und reicht mir die Hand. »Du musst der Wahnsinn sein, wenn er dich ohne Konferenz einfach mitbringt.«

»Ähm … also ich bin Viv – und …«

Der Kleine, der Boot genannt wird, unterbricht mich wütend. »Das ist doch hier kein Kindergarten! Mach die Augen auf, Surgery. Das ist 'ne Tusse! Die hat keinen Schimmer von nichts. Und schon gar nicht von Hacks.«

Eigentlich will ich sauer werden und den Kerl zusammenfalten, aber ich bin zu erschöpft. Außerdem hat er ja recht. Ich bin keine von ihnen. Und will es auch gar nicht sein. Zu gerne würde ich schnurstracks hier rausmarschieren und heim zu Mom.

»Halt dich zurück, Boot«, ermahnt Tom den Kerl. »Für eine Konferenz war keine Zeit. Vivian braucht dringend unsere Hilfe. Sie hat mich angeheuert.«

»Verstanden. Ich zieh die dritte Firewall hoch«, meint das Mädchen und geht zu einem der Rechner.

»Was?« Boot scheint eine dritte Firewall – was immer das auch ist – albern zu finden.

»Mensch, Boot!«, ruft sie von einem Rechner, an dem sie etwas eintippt. »Denk nach! *Keine Konferenz … braucht Hilfe …* Ihr ist sicher kein Hündchen entlaufen.«

»Mir egal. Sag den beiden, dass sie gleich wieder geht«, blafft Boot Tom an.

»Sie bleibt.« Toms Tonfall soll die Diskussion beenden, doch Boot regt sich weiter auf.

»Seit wann ist das hier 'ne Diktatur?«

»Jetzt halt mal das Level flach, Boot.« Surgery sieht ihn sauer an. »Tom hat noch nie Mist gebaut, im Gegensatz zu manch anderen hier.«

»Was?« Boot schnauft wütend.

Mir ist es unangenehm, dass wegen meiner Anwesenheit Streit entsteht. Ich bin kurz davor zu gehen und Tom scheint meine Gedanken zu lesen, denn seine Hand greift nach meiner und er drückt sie. Nur ganz kurz.

Das Mädchen kommt von dem Rechner zurück. »Mensch, Kinder. Jetzt benehmt euch doch mal. Tom gefährdet unser Camp wohl kaum, weil sie einen Hack der Schulakte braucht.«

Ich räuspere mich. »Vielleicht kann ich auch mal was sagen?«

Stille. Sofort. Alle starren mich an. Dass ich etwas zu sagen habe, damit hat anscheinend keiner gerechnet. Boot sieht mich an, als wüsste er schon, dass nur Albernes aus meinem Mund kommen kann.

»Also, ich bin wirklich dankbar, dass ich hier sein darf. Weil ich tatsächlich gerade nicht weiß, wo ich hinkann.«

Boot verdreht die Augen. »Hat Papi die Kreditkarte gesperrt?«

Ich ignoriere ihn, sehe stattdessen Surgery und das Mädchen an. »Tom war so nett, mich einzuladen. Es war seine Idee. Ich hatte ihn angeheuert, und weil …« Die Tränen sind wieder da. Gleich werde ich weder atmen noch sprechen können.

Scheiße. Auf keinen Fall will ich vor denen weinen! Deshalb schieße ich schnell meine Geheimwaffe ab, bevor ich kollabiere. »Ich bin Vivian Tallert. Meine Mom ist – war – Sofia.«

Es bleibt still. Doch die Stille hat ihren Klang geändert. Ich höre den Schock förmlich, den ich ihnen verpasst habe. Das Mädchen sieht mich mit aufgerissenen Augen an. Surgery vergisst, Luft zu holen. Der Name *Tallert* hat alles geregelt. Ich bin die Tochter der Göttin und die Göttin ist tot. Natürlich darf ich bleiben.

»Meine Güte«, murmelt das Mädchen und sieht ihre Kumpel der Reihe nach an. Besonders Boot. Der starrt mich an, als sei ich tatsächlich eine göttliche Erscheinung.

Tom schnappt sich wieder meine Tasche, öffnet sie und zieht den Laptop raus. »Surge, wir müssen da rein.« Er reicht ihm die Festung.

Surgery dreht und wendet das Gerät. »Wow. Da wollte jemand aber auf Nummer sicher gehen.« Er wirft mir ein funkelndes Lächeln zu. »Gib mir eine Stunde. Dann hab ich es geknackt.«

»Meinetwegen hast du auch zwei.« Ich grinse zaghaft und beobachte, wie er zwischen den Tischen verschwindet. Der Kloß verzieht sich murrend in eine andere Ecke meines Inneren.

»Ich lass dich bei Amelie, sie zeigt dir alles. Bin gleich zurück.« Damit folgt Tom Surgery zu einer Werkbank, die weiter hinten steht.

»Na dann, Vivian. Willkommen im Camp.« Amelie hat grüne Augen und ihr Blick ist sehr aufmerksam. Vor ihr Geheimnisse zu haben, dürfte schwer sein.

»Sag bitte Viv.«

»Also gut, Viv.« Sie hakt sich bei mir ein, ich schnappe mir meine Tasche und folge ihr Richtung Theatervorhang.

Boot bewegt sich nicht, starrt uns hinterher. Ich bin mir sicher. Er und ich, wir werden ganz dicke Freunde werden.

»Ich zeig dir unsere Traumvilla«, meint Amelie. »Es ist wirklich cool. Surgery ist ein genialer Bastler, nicht nur mit Hardware. Er hat das meiste der Zeltstadt gebaut.«

»Ist er dein Freund?«, frage ich.

»Jepp.« Sie strahlt mich an. »Er stand erst 'ne Weile auf der Leitung. Aber jetzt sind wir schon bald ein Jahr zusammen. Hast du auch einen Freund?«

»Nein. Zum Glück.«

»Zum Glück?«

»Na ja.« Ich wedle etwas hilflos mit den Händen herum. »Wär jetzt irgendwie doof. Ich könnte nicht zu ihm.«

»Verstehe. Aber hier bist du sicher. Keiner hat uns bisher gefunden.«

»Werdet ihr denn gesucht?« Hoffentlich hört sie nicht mein Unbehagen.

»Na ja, ich schätze, gegen Boot liegen ein paar Sachen vor. Er hat die wildeste Vergangenheit von uns.«

»Der?« Ich kann meine Überraschung nicht verbergen. Dieser Boot sieht doch aus wie ein Kind.

»Ja, er hat echt was drauf – aber keiner ist so gut in Abwehr und Spionage wie ich. Deshalb gibt es sicher auch ein paar Firmen, die mich gerne mal interviewen würden. Eine Fahndung haben bisher jedoch nur meine Eltern eingeleitet. Momentan folgt die Polizei einer heißen Spur in … Ottawa.« Sie zwinkert mir verschwörerisch zu und hält mir den Vorhang auf. »Willkommen bei uns.«

Anscheinend sollte ich aufhören, Leute nach ihrem Äußeren zu beurteilen. Weder hätte ich in Boot einen Cyberkriminellen vermutet noch in Amelie eine Ausreißerin. Vielleicht passe ich doch hierher, immerhin stehe ich derzeit ebenfalls auf einer Fahndungsliste und bin von zu Hause weggelaufen. Lächelnd schlüpfe durch den Vorhang.

Und staune. Ich glaube, mir klappt sogar hörbar die Kinnlade runter. Ich stehe in einer Wohnung – irgendwie. Vor mir gruppieren sich Sofas und Stühle um einen Esstisch. Kerzen sind darauf verteilt, teils direkt auf der Tischplatte, andere stecken in Glasflaschen. Wachs in allen Farben ist auf den Tisch gelaufen. Große Kübel mit Palmen aller Art bilden lebendige Wände. Sie erinnern mich an Toms Gewächshaus. Vermutlich hat er das Grün hierhergebracht. Gegenüber der gemütlichen Essecke ist eine Küche. Ein riesiger knallroter Kühlschrank summt vor sich hin. Die Dinger sind sauteuer, wer den wohl gesponsert hat? Daneben steht ein ziemlich alt aussehender Gasherd. Er ist an eine Flasche angeschlossen. Ein wurmstichiges Küchenbuffet und eine lange Arbeitsplatte machen die Küche komplett. Von der Decke hängen Körbe mit Obst und Gemüse. Auf dem Buffet steht eine Familienpackung Fruit-Loops.

»Wir kochen alle zusammen – und essen zusammen. Meist diskutieren und philosophieren wir noch ewig.« Sie winkt, damit ich ihr folge.

Hinter dem Esszimmer sind aus Getränkekisten Wände gestapelt, sodass ein Zimmer entsteht. Zum Teil lagern Flaschen in den Kästen. Es ist nur ein kleiner Raum und er ist vollgestellt mit Kartons.

»Das ist unser Vorratslager. Alle Einkäufe, die nicht gekühlt werden müssen, findest du hier. Und gleich daneben hat es sich Boot bequem gemacht. Kürzester Weg zu den Schokoriegeln.« Sie zieht mich weiter.

Ich komme aus dem Staunen nicht mehr raus. Aus wie wenig Material die vier sich ein Zuhause gebaut haben! Alte Paletten, ein mit Stoffen behangenes Baugerüst – alles ist umfunktioniert. Ich hätte nie gedacht, dass gestapelte Getränkekisten ein so hervorragendes Regal abgeben. Und dass ein bisschen Farbe aus alten Holzpaletten einen wirklich schicken Raumtrenner zaubert. Alles hier ist bunt und kleine Figuren, Flyer und Krempel füllen die Fächer. Das Camp ist das genaue Gegenteil von meinem weißen, geordneten Zuhause. Aber ich finde es toll, es gibt mir das Gefühl, dass hier alles möglich ist. Man braucht nur eine Idee – und genügend Farbe.

Nur Türen gibt es keine.

»Und das«, wir sind inzwischen an den Separees von Surgery und Tom vorbei und stehen am anderen Ende des Lagerhauses, »das ist mein Reich.«

Amelie scheint auf einem Berg aus Kissen zu schlafen. Im Gegensatz zu Tom, dessen Wände Bücherregale waren, oder Surgery, der in einem Setzkasten aus nerdigem Kram lebt, ist bei Amelie alles weich und kuschelig und farbenfroh.

»Und hier haben wir noch ein Plätzchen frei – für besondere Gäste.« Sie schiebt mich in ein Separee ihrem gegenüber. Eine Art Futon steht darin. »Du kannst es ganz nach deinem Geschmack einrichten.«

»Wohnt denn hier niemand?«

Sie schüttelt den Kopf. »Schon lange her. Es gab Streit. Jetzt haben wir den Futon übrig – und die Hoffnung, jemanden zu finden, der zu uns passt.«

Ich lasse meine Tasche zu Boden gleiten, setze mich auf die Matratze und sofort fühlen sich meine Knochen bleischwer an. »Ich bin kein ….«

»Schon klar. Du bist kein Computer-Nerd. Aber ein Nerd bist du trotzdem.« Sie lacht und lässt sich neben mich fallen. »Du bist so ein Fashion-Party-Nerd.«

Schmunzelnd nicke ich. Vermutlich war ich bisher ein It-Girl-Nerd. Momentan kann mir mein Kleiderschrank jedoch gestohlen bleiben. Ich bin nur froh, einen Platz zum Schlafen zu haben. Aber mir wird bewusst, dass ich sicherlich schrecklich aussehe …

»Duschen kannst du hinter meinem Zimmer.« Amelie lächelt und mir ist es peinlich, dass es so offensichtlich ist.

»Danke. Das wäre wirklich toll.« Ich mustere sie, in der Schule hätte ich sie in die Schublade *Freak* gesteckt. Mit diesen seltsamen Klamotten (grau, ausgewaschen und zerrissen) hätten Kelly, Sara und ich sie niemals eines Blickes gewürdigt. Aber Amelies Style ist völlig egal, denn sie ist cool und echt nett. Ich hoffe, dass wir Freundinnen werden.

»Und unser stilles Örtchen ist draußen. Du musst an den Rechnern vorbei und aus dem Haus, dann nach links. Nicht zu übersehen.«

Mir fällt die Farbe aus dem Gesicht. »Die Toilette ist im Wald?«

Amelie lacht. »Stell dir vor, du bist campen.«

»Ich war noch nie campen.«

»Macht Spaß.« Amelie steht auf. »Ich lass dich jetzt erst mal. Ach, übrigens: Hast du Hunger?«

Ich nicke.

»Alles klar. Ich mach uns Pancakes.«

»Das wäre himmlisch!«

Amelie tänzelt davon und ich bleibe in meiner Zelle zurück. Die Wand zu Toms Zimmer hin ist aus Paletten gezimmert. Die anderen beiden bestehen aus einem Malergerüst, wie es von Bauarbeitern an Häusern genutzt wird. Sichtschutz geht anders.

Ich bin so müde. Aber ich will mich nicht hinlegen – da liege ich ja wie auf dem Präsentierteller. Außerdem habe ich Angst, vor Erschöpfung einzuschlafen. Und ich will nicht einschlafen. Weil ich Amelies Pancakes verpassen würde, aber vor allem, weil ich sicher träumen würde. Von Mom oder Männern mit Pistolen.

//Tom

Selten so ein Ding gesehen.« Konzertiert beugte Surgery sich über den Laptop und löste die Schrauben des Gehäuses.

»Vivians Mom hatte wohl Sorge, dass man sie ausspioniert, wenn sie Ports für externe Zugänge einbaut.« Tom saß rittlings auf einem Drehstuhl und beobachtete seinen Freund genau. Wie ein Chirurg hatte sich Surgery eine Stirnlampe und eine Brille mit Lupengläsern aufgesetzt. Surgery trug nicht umsonst diesen Namen, er war der Beste, wenn es um Hardware ging. Tom war sich sicher, dass Vivian bald Antworten hatte.

Der Plan war, die Festplatte auszubauen, an einen ihrer Rechner anzuschließen und mit einer Brute-Force-Attacke das Passwort zu knacken. Es würde nur ein paar Minuten dauern. Bestenfalls eine halbe Stunde, da war Tom sich sicher. Wenn Sofia gewollt hatte, dass ihre Tochter Zugang zu den Daten bekam, hatte sie ein relativ einfaches Wort gewählt. Schließlich muss ihr klar gewesen sein, dass Vivian kein siebzehnstelliges Codewort knacken würde.

Allerdings war es trotzdem nicht simpel. Denn Begriffe wie

Vivian, *Sofia* und auch *White Maze* hatte er schon im Gewächshaus ausprobiert.

Vorsichtig hob Surgery die Bodenplatte des Laptops ab und legte sie beiseite. »Die Frau war kein Fan von Schnickschnack«, stellte er mit Anerkennung fest, als er die Komponenten begutachtete.

Tom stand auf und sah ihm über die Schulter. Hier war nur das Nötigste installiert – allerdings alles vom Feinsten.

»Schau dir das an!« Surgery bekam leuchtende Augen. »Da hat sie doch glatt 'ne SSD in den Hinkelstein verbaut ...«

»Umso besser.« Tom setzte sich wieder verkehrt herum auf den Stuhl. »Ich bin mir nicht sicher, ob auf dem Ding eine böse Überraschung auf uns wartet.«

»Du meinst, wir fangen uns was ein, wenn wir es anschließen?«

Tom verschränkte die Arme auf der Lehne des Stuhls und stützte sein Kinn auf. Er versuchte, sich vorzustellen, wie Vivs Mom tickte. Doch er kannte Sofia Tallert nicht. Was die Medien über die geniale Programmiererin berichtet hatten, war bestimmt nicht die Wahrheit gewesen. »Was glaubst du, ist dadrauf?«

Surgery hielt inne und sah ihn verwundert an. »Wie jetzt. Vivian weiß nicht, was dadrauf ist? Warum machen wir das dann?«

»Weil sie hofft, dass sie Antworten findet.«

»Worauf?«

»Sie glaubt, ihre Mom ist ermordet worden.«

Surgery ließ sich nach hinten fallen. »Dein Ernst?«

Tom schwieg. Sein Freund war es gewohnt, dass Tom sich in grüblerisches Schweigen hüllte. Besonders wenn *Ja* oder *Nein* nicht die korrekten Antworten auf eine Frage waren.

»Shit.« Für einen Moment starrte Surgery den Laptop an, als

wäre er die Pforte in die Hölle. »Also dann«, sagte er schließlich und betrachtete die Festplatte, als könne er sie mit seinem Röntgenblick auslesen. »Werfen wir doch mal einen Blick auf deine Geheimnisse.« Geschickt schloss er mit ein paar Handgriffen die Platte an einen anderen Rechner an. Nach einigen Klicks flackerten Zahlenkolonnen über den Bildschirm, die Brut-Force-Attacke lief.

Schweigend beobachtete Tom, wie das Programm systematisch jede mögliche Buchstaben- und Zahlenkombination durchsuchte. »Ich wette auf vier Stellen«, meinte er.

»Vier? Das ist lächerlich – das Ding ist 'ne Festung. Vier!« Kopfschüttelnd rückte Surgery mit dem Stuhl zu ihm heran. »Also erzähl.«

Tom warf ihm einen Blick zu, der ihm klarmachen sollte, dass es da nichts weiter zu sagen gab.

»Wann war dir klar, dass du sie hierherbringst?«, hakte Surgery dennoch nach.

»Sie ist nicht meine Freundin.«

Surgery grinste. »Hab ich das behauptet?«

»Nein. Gedacht.«

»Gedanken sind frei.« Er lehnte sich auf seinem Stuhl zurück und starrte auf die flirrenden Zahlenkolonnen. »Also. Was war der Moment, als dir klar wurde, dass du sie ins Camp bringst?«

Tom seufzte. »Als sie mir erzählte, dass *Mainhead* bei ihr zu Hause eingebrochen ist.«

Surgery sah zwar weiter auf den Monitor, doch seine Augenbrauen waren nach oben gewandert.

»Und als ich daraufhin die Überwachungskameras gecheckt und gesehen hab, dass Anzugtypen mit Knarren auf dem Weg zu meiner Oase waren.«

Jetzt drehte Surgery sich wie in Zeitlupe zu ihm. »Im Ernst?«

Tom nickte. Vivian steckte tiefer in Schwierigkeiten, als sie vermutlich ahnte. Und wenn sie das kapierte, dann brauchte sie Freunde. Richtige Freunde. Keine It-Girls wie diese Modepüppchen, mit denen sie immer abhing.

Hier waren Freunde. Die besten, die man in dieser Welt haben konnte, fand Tom.

»Alles klar. Werden wir hier den Heiligen Gral heben?«, unterbrach Surgery seine Gedanken.

»Entweder es sind Notizen und Codes für ein weiteres bahnbrechendes Spiel oder ...«

»Pancakes!«, hallte Amelies Ruf zu ihnen.

»Der wird noch 'ne Weile brauchen«, meinte Surgery. »Es gibt einen Alarm, wenn er die Kombination gefunden hat.«

»Na dann.« Seufzend stand Tom auf und folgte ihm in die Küche.

//Vivian

Während Amelie einen Berg an Pancakes gebacken hat, habe ich mich ebenfalls nützlich gemacht und den Tisch gedeckt. Zwar passt kein Teller zum anderen, aber das macht gar nichts. Im Gegenteil. Ich finde Gefallen an diesem Chaos.

»Alles in Ordnung?« Tom kommt auf mich zu.

»Ja, ich bin nur ziemlich müde. Und hungrig. Was ist mit Moms Rechner?«

»Wir lassen eine Brute-Force-Attacke laufen.«

Fragend hebe ich die Augenbrauen.

»Surgerys Rechner probiert ganz stupide alle möglichen Zeichenkombinationen nacheinander aus. Je mehr Zeichen das Passwort hat – oder auch Zahlen oder Sonderzeichen –, umso mehr Stunden wird das Programm brauchen, die richtige Reihenfolge zu finden.«

»Also können wir uns auf einen längeren Abend einstellen.« Irgendwie hatte ich gedacht, dass Tom binnen weniger Minuten den Rechner knacken würde.

»Vermutlich.«

Ich lächle tapfer und suche mir einen Platz.

Boot hat es sich bereits in einem der Sessel gemütlich gemacht und quittiert meine Bemerkung mit einem abfälligen Grunzen. Schon klar. Ich bin eben keine Hackerin. Muss er mit leben. Ich drehe ihm den Rücken zu, wohl wissend, dass er mich weiter beobachtet.

Als Amelie die Riesenladung Pancakes auf den Tisch stellt, lässt der Duft meinen Magen laut knurren. Surgery bringt Sirup, Butter und Marmeladen. Tom gießt mir ein Glas Cola ein und wir setzen uns.

»Ein Dank an die Köchin.« Er hebt sein Glas und wir prosten Amelie zu.

»Wer hat morgen Küchendienst?«, fragt Surgery, während er sich drei Pancakes auf seinen Teller schaufelt.

»Boot«, stellt Amelie fest.

»Oh-ha.« Surgery nimmt sich noch zwei. »Iss dich satt, Viv. Morgen sieht es nicht so lecker aus.« Er zwinkert mir zu.

Boot grummelt etwas.

»Ihr wechselt euch ab mit dem Kochen?«, frage ich.

»Wir sind wie eine große WG.« Amelie reicht mir den Ahornsirup. »Jeder muss mit anpacken.«

Liebevoll rempelte Surgery sie an. »Sie ist unser Quartiermeister. Ohne Amelies Organisationstalent wären wir hier schon längst verwildert.«

»Verhungert«, verbessert sie ihn. »Ich schreibe nämlich die Einkaufslisten.«

Tom schmunzelt. »Wir sind eine Familie.«

Abrupt hört Boot damit auf, seinen zweiten Pancake in sich hineinzustopfen. Sein Blick fliegt kurz zu mir, dann zu Tom.

Amelie lächelt. »Stimmt. Und Tom ist unsere Mama.«

Bei der Vorstellung von Tom in Kochschürze mit Staubsauger und Einkaufskorb mit quengelnden Mini-Surgerys und Boots am Rockzipfel muss ich lachen.

»Na ja, Mama würde ich jetzt nicht sagen.« Tom teilt seinen Pancake mit der Gabel und tunkt ihn in den goldenen Sirup. »Amelie und ich haben das Camp gegründet.«

»Wart ihr etwa ...« Ich verschlucke mich fast bei dem Gedanken, dass die beiden mal ein Paar waren.

»Nein!« Amelie klingt regelrecht entsetzt. »Er hat gegen mich verloren. Damit war er aus dem Rennen um den Platz an meiner Seite.« Sie tut so, als wedle sie sich ein Fussel von der Schulter, und wirft Tom einen spöttischen Blick zu.

Grummlig murmelt er etwas zu seinem Teller und Amelie lacht. »Ich glaube, er hat das nie überwunden.«

Unwillkürlich muss ich mitlachen. Mir gefällt die lockere Art von Amelie. Für diesen Moment füllt sich die Lücke in meinem Herzen mit dieser chaotischen, aber herzlichen Truppe.

Neugierig sehe ich Tom an. »Verloren? Worum ging's?«

Er seufzt. »Es ist eine Schande. Vor den versammelten Cracks des Landes hat sie mich wie einen Anfänger aussehen lassen.«

»Es war ein Fest«, korrigiert ihn Amelie. »Ich war das erste Mal auf der Hacker-Convention«, erzählt sie mir mit leuchtenden Augen, »und irgendwie haben die Jungs dann eines Abends so ein Wer-ist-der-Größte-Ding angefangen.« Sie lacht und schüttelt den Kopf, anscheinend immer noch ungläubig. »Ich gebe zu, Tom war ein ernst zu nehmender Gegner – aber er hat in seiner Wall ein derart großes Loch übersehen. Ich hab dir wirklich Zeit gelassen, es zu bemerken, doch du warst blind, mein Guter.«

»Ja, ja ... Es ist jetzt fünf Jahre her, Amelie. Du bist die Queen der Firewalls.«

Ich habe den Eindruck, diese Niederlage kratzt ihn noch immer. »Also …« Etwas unsicher sehe ich die Crew an. »Hackt ihr euch tatsächlich in irgendwelche Firmen und erpresst sie?«

»Sekunde!« Boot schnellt vor und knallt die Faust auf den Tisch. Wütend sieht er mich an. »Pass auf, was du sagst, Tussi. Wir sind keine Cracker! Wir sind Hacker. Das ist ein himmelweiter Unterschied.«

»Tut mir leid …« Während ich über seinen Ausbruch ehrlich erschrocken bin, verdrehen die anderen nur die Augen.

»Lass stecken«, meint Surgery. »Ist klar, dass du inzwischen auf dem Pfad der Tugend wandelst, Boot.«

Der ignoriert ihn und starrt mich weiter finster an. »Wenn wir in Rechner eindringen, dann weil wir von der Firma selbst dafür bezahlt werden, um Sicherheitslücken zu finden.«

»Boot. Hast du nicht Abwaschdienst?« Tom steht auf und sammelt die Teller ein.

»Was?«

»Lass gut sein. Niemand will hier irgendetwas aufrechnen, okay? Wir alle sind hier, weil das jetzt unsere Heimat ist.«

Surgery drückt Boot den Stapel Teller in die Hände und schiebt ihn vor sich her zur Küche.

»Du musst ihn entschuldigen«, meint Tom zu mir.

»Ist schon okay. Jeder hat wohl seine Narben.« Ich ziehe die Knie an und meine Hand umfasst die Kette.

Tom setzt sich neben mich und wir schweigen einen Augenblick. Es tut gut. Da erschüttert plötzlich ein markdurchdringendes Dröhnen die Halle.

»Heiliges Motherboard!«, schreit Surgery aus der Küche. »Wir sind drin!«

//Vivian

D*as* ist das Passwort?« Tom schiebt mich zur Seite und blickt ungläubig auf die Anzeige.

In einem wilden Wettlauf sind er, Surgery und ich zum Rechner gerannt. Surgery beendet den Alarm und wirft einen kurzen Blick auf den Monitor.

»Jepp«, bestätigt er.

Rot unterlegt blinkt die Zahlenkombination *62 65 72 65 61 6c 0d 0a* auf dem Bildschirm.

»Was soll das? Das ist doch kein Passwort.« Sauer auf meine Mom verschränke ich die Arme.

»Das ist Hex«, meint Tom. »Und es ist eine Nachricht an dich.«

»Wie bitte?«

Lachend klopft Surgery Tom auf die Schulter. »Ich bin echt immer wieder beeindruckt, Tom. Keiner liest Hex so schnell wie du.« Er zwinkert mir zu. »Du hast dir da den Richtigen geholt. Neulich haben wir hier einen Wettbewerb veranstaltet, wer am schnellsten Texte hexadezimal lesen kann. Tom hat uns alle meilenweit hinter sich gelassen.«

Anscheinend sieht man mir an, dass ich auch meilenweit zurückliege – wie kann man denn hexadezimal *lesen?*

»Es ist ganz simpel.« Tom deutet auf die Zahlen *62657265616c0d0a*. »Es ist nur ein anderes System.«

»Kann ich dich kurz sprechen?«, unterbricht ihn Boot. Er mustert stirnrunzelnd das Passwort.

Ich habe den Eindruck, dass er es ebenfalls liest, aber er braucht eine Weile, um es zu entziffern. »Echt jetzt?« Er wirft mir einen abschätzigen Blick zu. »Das ist doch albern.«

»Kommt dir nur so vor«, weist ihn Tom sofort zurecht. »Vielleicht hat es für Viv einen tieferen Sinn.«

»Ähm, kann mir jemand sagen, was die Zahlen bedeuten?« Ich sehe von einem zum anderen.

Boot wirft Tom einen amüsierten Blick zu. »Tieferen Sinn. Bei der Tussi? Sie kann das ja nicht mal lesen.«

»Nenn sie nicht so.« Wütend schnappt Tom Boot am Arm und zieht ihn mit sich. Jedoch nicht weit genug, denn ich höre die beiden streiten.

»Verdammt, Tom!«, fährt Boot ihn an. »Wie konntest du diese Schnepfe hierherbringen! Wenn du sie flachlegen willst, hättest du das weiß Gott auch woanders tun können. Es sind *deine* Regeln. Brich sie nicht!«

Surgery, der neben mir steht, blickt peinlich berührt zur Seite. Jetzt wäre so ein Moment, da dürfte sich gerne die Erde auftun und mich verschlucken. Natürlich passiert nichts dergleichen und mir bleibt nichts anderes, als verlegen auf meine Zehen zu starren.

»Also«, versucht Surgery, mich vom Streit abzulenken. »Falls du dich fragst, was so ein Typ wie ich hier in diesem Irrenhaus verloren hat …«

»Viv ist keine Affäre!«, schnauzt Tom Boot an. »Sie braucht uns. Also halt dich mit deinen Vorurteilen zurück!«

»Belüg dich, aber nicht uns. Sie ist ein Sicherheitsrisiko. Du hättest sie woanders verstecken können. Das Camp ist tabu für Outsider!«

Surgery seufzt. »Das sind hier alles nur Codeschubser. Ohne mich wären die komplett hilflos«, textet Surgery mich weiter zu. Es gibt sich wirklich Mühe, mich von Boot und Tom abzulenken. »Du hättest sehen sollen, wie das hier aussah, bevor ich dazukam. Die haben hier allesamt zwei linke Hände.«

Verlegen lächle ich ihn an. »Ich hab den Eindruck, es mangelt auch an anderen Dingen.« Boot muss klar sein, dass ich all seine Beleidigungen hören kann.

Surgery nickt grinsend. »Ja, Manieren und Taktgefühl sind so ein Problem.«

Hinter uns lacht Boot jetzt laut auf. »Mach dir doch nichts vor, Tom. Du bist total verblendet! Wenn es nicht ihr Augenaufschlag ist, dann ihr Name. *Vivian Tallert.* Die Tochter vom Supergenie. Und das soll Mord gewesen sein?«

»Glaubst du das etwa nicht?«

Ich merke, wie ich erstarre. Glaubt Tom mir doch nicht? Anscheinend hat Surgery meinen beunruhigten Blick bemerkt. »Hey. Hör da nicht hin. Boot ist … schwierig. Nimm's nicht persönlich.«

»Fuck. Tom! Das Problem ist nicht, ob die Tussi dich angelogen hat, um dich klarzumachen, sondern was ist, wenn sie recht hat! Du willst dich nicht allen Ernstes mit *Mainhead* anlegen!«

Jetzt reicht es. Ich fahre herum, aber Surgery hält mich zurück. Ich sehe, wie Tom Boot, den er um gute zwei Köpfe überragt, gegen einen Tisch drängt. »Die Frage ist wohl eher, seit wann du vor solchen Idioten wie dem *Mainhead*-Konzern kuschst?«

Boot schnaubt auf. »Seitdem du rosa Linsen trägst.«

»Besser, du machst einen Spaziergang.« Damit lässt Tom ihn stehen und kommt zu mir. »Entschuldige. Ich hoffe …«

»Schon gut.« Abwehrend hebe ich die Hand. »Surgery und ich haben uns über Manieren und Taktgefühl unterhalten.«

Tom schmunzelt. »Über was?«

»Ja, hab mir fast gedacht, dass das dir als Outlaw nichts sagt.« Ich sehe Tom gespielt herausfordernd an. »Ich übersetze es dir bei Gelegenheit.«

Surgery grinst und klopft mir auf die Schulter. »Du bist schwer in Ordnung, Viv.«

Ich deute auf die kryptische Zahlenfolge. »Also, Tom, ich erklär dir die Sache mit den Manieren und du sagst mir, was da steht.«

Amüsiert schüttelt Tom den Kopf. »Das ist hexadezimal.«

»Das sagtest du schon. Vor ein paar Jahren hat Mom mir ein Handbuch geschenkt. Ich glaube, da war so eine Tafel zur Übersetzung drin.«

»Sie muss wohl davon ausgegangen sein, dass du das Passwort rausfindest.«

»Oder sie ist davon ausgegangen, dass ich da nicht reinmuss.« Wieder sein schelmisches Lächeln. »Drück auf *Enter* und finde es raus.«

Mein Finger zittert leicht über dem Return-Button. Was, wenn tatsächlich nichts auf dem Rechner ist, das mir weiterhilft? Wie soll ich dann die Wahrheit über Moms Tod rausfinden?

Tom räuspert sich. »*62657265616c0d0a* bedeutet übrigens *Be real.*«

Be real? Typisch Mom. »Die Königin der erweiterten Realität fordert mich auf, *echt* zu sein?« Ich kann nicht anders, ich muss lachen. Schließlich hole ich tief Luft – und tippte auf *Enter*.

Der Monitor schaltet auf Weiß. Nur ein einziges Icon wird angezeigt.

»Wie. Das ist es jetzt?« Enttäuscht mustere ich den Bildschirm.

Tom gibt einen Befehl über die Tastatur ein, um sich alle Dateien anzeigen zu lassen, doch es bleibt bei einer Datei.

»Es ist ein Read-me«, stellt er fest. »Soll ich es dir auf die Linsen … ups.«

Ich werfe ihm einen finsteren Blick zu. »Du musst mir wohl erst neue besorgen.«

»Alles klar. Mach ich. Sobald die Sache hier gelaufen ist.« Er hebt entschuldigend die Hände.

»Wie bitte?« Das kann er nicht ernst meinen.

»Wir müssen erst wissen, gegen wen wir hier antreten, Viv. Sie tracken dich. In dem Augenblick, wenn du wieder online bist, werden sie dich aufspüren.«

Grummelnd verschränke ich die Arme. »Und wie soll ich das Read-me jetzt lesen? Hier am Monitor?«

»Nein. Ich werd mal sehen, ob wir das Ding ausdrucken können. So auf die Altmodische.«

//Vivian

Tom hantiert mit Kabeln. Vermutlich schließt er einen Drucker an. Ich kann es noch immer nicht glauben, dass es nur *eine* Datei auf dem Rechner gibt. Wo sind all ihre Notizen? Was hat sie all die Stunden getan, wenn sie sich in ihrem Arbeitszimmer eingeschlossen hatte? Hat sie etwa alles andere gelöscht? Warum?

Be real.

Hätte ich ohne Tom jemals dieses Passwort geknackt? In hexadezimal?

Tom taucht gerade unter einen Tisch und ich höre ein Klicken, als ein Stecker in einer Buchse einrastet. Er liest also Kant und Hexadezimal. Ja, okay, jetzt bin ich beeindruckt …

Dann beginnt der Drucker zu rattern.

Be real.

Ist das eine Nachricht an mich? Was soll das bedeuten? Eine Ermahnung, *was* zu sein? Ich *bin* schrecklich real.

Meine Finger kribbeln. Ich stehe auf und gehe zu Tom hinüber. Er füllt die Papierkassette des Druckers auf. Eine Seite nach der anderen spuckt das Ding aus.

Neugierig trete ich dichter heran und lese ein paar Zeilen. »Es ist ein Arbeitsprotokoll«, stellte ich enttäuscht fest.

»Vielleicht ist ein Hinweis darin, dass etwas mit der Programmierung von *White Maze* nicht rundläuft. Das wäre ein Motiv für *Mainhead*. Wenn du willst, dann lese ich es«, schlägt er vor. Er sieht mich wieder so aufmunternd an, dass ich lächeln muss. Ich bin froh, dass ich ihn um Hilfe gebeten hab.

»Danke, aber ich möchte es erst mal selbst lesen. Wenn es mir zu technisch wird, sag ich Bescheid.«

Der Drucker macht ein Geräusch, als würde ihm die Luft ausgehen, dann schweigt er. Tom stapelt die Blätter und hält mir schließlich einen unfassbar dicken Stoß hin. »Komm mit, ich zeig dir, wo du deine Ruhe hast.«

Wollte meine Mom einen Roman schreiben? Das Zeug ist richtig schwer!

»Vergiss bloß nicht, dass du mir ein Paar Linsen schuldest«, murmle ich und folge Tom durch den Wohnbereich. Er führt mich bis zu meiner Schlafkoje, geht dann jedoch noch weiter, in den ungenutzten Teil der Lagerhalle. Erst jetzt bemerke ich, dass sich am Hallenende ein Tor befindet. Vorhin ist es mir gar nicht aufgefallen. Es ist offen und Sonne fällt herein.

»Wenn ich an einem Problem dran bin, dann gehe ich hierhin, um darüber nachzudenken.« Gemeinsam treten wir hinaus in die gleißende Sonne. Das Plateau, auf dem das Gebäude steht, läuft hier zu einer Art Terrasse aus. Es sind nur zehn Schritte bis zum Abgrund und es gibt kein Geländer. Die Crew, wie Tom seine Freunde immer wieder nennt, nutzt es als Sonnenterrasse. Zwei alte Liegestühle und Getränkekisten mit Kissen darauf stehen um eine benutzte Lagerfeuerstelle herum.

Vorsichtig trete ich an die Kante und blicke hinab. Die Felswand stürzt steil ab, im Tal windet sich die Straße, die der Van vorhin hinaufgekeucht ist. Der Wald erstreckt sich bis zum Meer. Dort stoppt das glitzernde Türkis des Pazifiks sein dunkles Grün.

Sogar die Skyline von L. A. kann ich sehen. Oder besser gesagt erahnen, denn eine graue Dunstwolke hängt über ihr.

»Toller Ausblick. Ich möchte nicht wissen, welchen Quadratmeter-Preis ihr hier zahlt.«

Er lacht. »Ach, den konnten wir etwas drücken. Die sanitären Anlagen sind nicht auf dem neusten Stand.« Er schiebt mir eine der Getränkekisten hin. »Wenn du mich brauchst, ruf mich, okay?«

Ich nicke und setze mich, nehme die Papiere auf den Schoß.

»Viel Glück.« Für einen Moment steht er unentschlossen da, als ob er mir noch etwas sagen will. Dann geht er. Und ich bleibe mit Moms Roman zurück.

Meine Hand liegt auf dem Papier und wärmt es. Die Sonne wärmt meine Hand. Für einen Moment versuche ich, nur das zu spüren. Ich möchte diesen Moment der Stille und der Wärme festhalten.

Aber mein Blick sucht am Horizont nach der Dunstglocke.

Dort irgendwo ist mein echtes Leben.

Be real.

Sonne, Strand, Shopping, Herumalbern mit den Mädels.

Dort muss ich keinen Moment einfrieren, denn jeder Moment ist großartig. Kein Schmerz. Kein Verlust.

Bis jetzt.

Meine Hände umfassen den Papierstapel. Er ist so dick.

Was, wenn ich tatsächlich einen Namen darin finde? Einen Schuldigen. Namen lassen Dinge real werden. Hat der Grund für Moms Tod erst einen Namen, dann wird mich die nächste Flut von den Füßen reißen.

Bitte, Mom. Hilf mir.

Ich atme durch, taste nach der Prismenkugel unter meinem Shirt und beginne zu lesen.

Die Tests für White Maze sind in der letzten Phase.

Sie schreibt über Details des Spiels. Über die Welt in der Welt, die sie kreieren will. Meine Gedanken wandern zum Klang ihrer Stimme, wenn sie von einer Sache oder einer Idee begeistert war. Ich kann sie hören, während ich ihren Entwicklungsbericht lese.

Auf meinen Knien liegt nur beschriebenes Papier, aber für Mom erschufen diese Worte Regenbögen, Möglichkeiten, andere Realitäten. Ideen von einer wundervollen Welt, festgeschrieben in Programmiersprache. Eine Welt, wie ich sie mit Kelly und Sara hatte. Immer Sonne. Immer Lachen. Kein Schmerz.

Be real.

Mom hat Traumwelten programmiert, Regenbögen in leeren Räumen erschaffen. War das echt?

Warum hat sie dieses Passwort gewählt, wo sie doch selbst so eine Traumtänzerin war?

Ich ziehe die Prismenkugel unter dem Shirt hervor. Die Kugel baumelt und dreht sich, als ich sie am Band vor mich halte. In den Facetten bricht sich das Sonnenlicht und winzige Regenbögen gleiten über das Papier. Begleitet von ihrem flirrenden Tanz lese ich weiter.

Milo erweist sich als kompetent, obwohl er das nicht ist. Doch durch seine wissbegierigen Fragen stoße ich auf Unbeantwortetes. Die Lücken schließen sich.

Milo. Ist das nicht dieser Programmierer, der ebenfalls an Herzversagen gestorben ist? Mom kannte ihn also. Ich blättere ein paar Seiten weiter. Der Name taucht immer wieder auf. Sie haben zusammen gearbeitet. Und sind fast zeitgleich gestorben.

Milo und ich haben eine private Welt erschaffen, um die Sinnesankopplung zu testen. Wenn Mr Pawn rausfindet, dass ich außerhalb des Labors teste, wird es eine aufgeblasene Diskussion geben. Er ist so beschränkt in seiner Sichtweise.

Mr Pawn. Ich weiß noch, dass ich einmal auf ein Dinner von *Mainhead* mitmusste. Das Anwesen des Vorstandsvorsitzenden war ein Traum. Doch Mom hatte so miese Laune, dass wir nach einer halben Stunde wieder gefahren sind. Ich war nicht traurig darüber – der Typ gehörte zu dieser aalglatten Sorte, die sich für die Cleversten halten.

Ich fliege durch die nächsten Einträge. Es geht um die Programmierung von *White Maze,* ihrem AR-Spiel. Sie kam gut voran. Besonders in ihrer privaten Welt, mit Milo.

Es ist berauschend. Endlich konnten wir den vollen Umfang austesten, da die Prototypen der Lucent-Linsen da sind. Milo und ich sind sofort in unsere Welt. Sie ist real! Ich konnte alles fühlen. Den Wind, die Sonne. Der Sand unter meinen Füßen! Am liebsten wären wir für immer geblieben.

So euphorisch kenne ich Mom gar nicht. Aber die Linsen sind anscheinend der Hammer. Warum hat sie sie also geschrottet?

Ich blättere weiter. Mom ist regelrecht in Ekstase darüber, wie großartig die Linsen mit ihrer Welt zusammenarbeiten.

Inzwischen habe ich schon über die Hälfte der Seiten durchgesehen. Meine Augen brennen. Das Papier blendet mich. Aber vielleicht sind es auch Tränen. Es fühlt sich an, als säßen wir zusammen und Mom erzählte mir von ihrem Tag. Von ihrer Woche.

Und sie erzählt mir von Milo.

So, wie sie über ihn schreibt, komme ich zu dem Schluss, dass zwischen den beiden etwas lief. Meine Mom hatte einen Lover! Noch dazu ihren Angestellten.

Ich hatte keine Ahnung. Absolut keine Ahnung.

Mom war mit ihrer Arbeit verheiratet. Ich kann mich nicht erinnern, sie jemals mit einem Mann gesehen zu haben. Außer Dad. Doch das ist wahrscheinlich nur Einbildung. Ich war zu klein, als er uns verließ.

Für einen Augenblick schließe ich die Augen und überlege, ob ich mich gut genug fühle, um weiterzulesen. Der Tränenkloß rumort in meinem Bauch, aber ich halte mich an dem Papierstapel, an Moms Worten fest.

Mr Pawn ist ein Idiot. Die Beweise sind da. Jemand hat den Basiscode für White Maze *verändert.*

Verändert? Ich blättere zurück, um nachzusehen, ob ich etwas überlesen habe. Doch hier ist das erste Mal davon die Rede.

Die Welt im Labor ist noch lange nicht so weit wie meine Insel. Vielleicht versteht Pawn deshalb nicht, warum ein Delete-Button unumgänglich ist. Ich habe die Gefahr unterschätzt.

Dass Mr Pawn ein Idiot ist, hat Mom schon des Öfteren erwähnt. Das ist kein Geheimnis. Doch von welcher Gefahr spricht sie?

Es gibt eine Dissonanz in den Farben. Keiner sieht sie. Wie immer. Ich habe sie auch erst jetzt bemerkt. Sie fällt kaum auf. Wie kann das sein?

Es folgen Seiten in Programmiersprache. Fast so viele, wie ich schon gelesen habe. Dann endlich wieder ein Eintrag von ihr.

Die Befehle sind immer noch schlüssig, doch Parameter wurden modifiziert.

Ich habe sie bisher nicht isolieren können. Aber die Farben weichen ab.

Mein Puls beschleunigt sich. Ist es das? Wurde Moms Code gehackt? Und sie deshalb zum Schweigen gebracht? Genauso wie Milo?

Es gibt eine Dissonanz in den Farben.

Mom hatte eine außergewöhnliche Fähigkeit. Sie war Synästhet. Sie hat mir erklärt, was das bedeutet, als ich in die Schule kam. Damals hatte sie vermutet, dass ich ihre Begabung geerbt habe. Habe ich aber nicht. Vielleicht hätte es mir jetzt geholfen, sie besser zu verstehen.

Zahlen und Buchstaben waren für Mom mit Farben verknüpft. War etwas im Code falsch, nahm sie es anhand der Farbe wahr. So sah sie auf einen Blick, in welchen Zeilen sich Fehler versteckten, und konnte sie schneller finden. Es war ihr Geheimnis. Sie hatte es niemandem erzählt, da sie in ihrer Kindheit, wenn sie über ihre Welt sprach, für verrückt und absonderlich gehalten wurde.

Er hat die Parameter geändert. Ich muss es verhindern. Wenn ich scheitere …

Ich höre ihren Tonfall, ihre Wut auf den Vorstand. Haben sie etwas über ihren Kopf hinweg in *White Maze* verändert?

Der Angstklumpen in meinem Magen ist noch da, aber ich bin etwas erleichtert. Es gibt eine Spur. Ich habe einen Anhaltspunkt, warum Mom sterben musste. *Mainhead* hat ihr Spiel abgewandelt, ohne sie zu fragen. Außerdem haben sie ihre Warnungen vor Hackern ignoriert. Wer ist dieser *er*, den sie verdächtigt, den Code manipuliert zu haben?

Vivian?

Mir stockt der Atem.

Vivian?

Sie hat meinen Namen geschrieben. Sie spricht mich an. Sie wollte, dass ich das alles lese!

Fast bin ich versucht laut *Ja, Mom,* zu antworten.

Wenn du das liest, sind meine Befürchtungen wahr geworden. Ich habe es nicht mehr rechtzeitig geschafft. Es tut mir leid, Vivian.

Es tut mir leid, dass ich dir diese Aufgabe aufbürde. Aber du musst ihn aufhalten. Sei vorsichtig – er ist unberechenbar.

Leider kann ich mir nicht sicher sein, dass du *es bist, die das hier liest. Aber ich weiß, dass du diese Worte verstehen wirst:*

Kehre zurück an unsere traumhaften Tage.

Die Erinnerung kann wie ein Labyrinth sein, doch du wirst die Zeichen verstehen – in der Mitte warte ich auf dich. Verliere dich nicht!

Ich liebe dich.

Deine Mom.

Eilig blättere ich um.

Auf dem Blatt steht nur ein Wort: *Prepender.*

Auch auf den letzten Seiten wiederholt sich ausschließlich dieses Wort.

Prepender.

Prepender.

Hoffentlich kann Tom etwas damit anfangen. Ich raffe die Seiten zusammen und renne ins Haus. »Tom?«

Amelie winkt mir aus der Küche. »Du bist pünktlich. Die Pancakes sind fertig.«

Mein rechtes Bein ist eingeschlafen. Ich hüpfe zum Essplatz, um das Blut wieder laufen zu lassen.

Die Crew sitzt am Esstisch und sieht mich neugierig an.

»Hat es eine tiefere Bedeutung, dass du auf einem Bein hüpfst?«, fragt Tom.

»Ja, und wie. Eure Sitzgelegenheiten sind echt unbequem auf die Dauer.« Ich lasse mich neben ihn aufs Sofa fallen. Das Readme lege ich vor mich auf den Tisch.

»Und?«, will Amelie wissen. »Hast du es gelesen?«

Meine Gedanken rennen noch durcheinander. Womit soll ich anfangen?

»Was steht drin?« Tom sieht mich erwartungsvoll an.

»Also – meine Mom hatte eine Affäre.« Keine Ahnung, wieso ich *das* als Erstes erzähle. *Prepender* ist viel wichtiger.

Amelie verschluckt sich an ihrer Cola und hustet. »Kennst du ihn?«, krächzt sie.

Ich schüttle den Kopf. »Aber ich weiß, dass er ebenfalls tot ist. Er war ihr Programmierer. Sie haben zusammen die Lucent-Linsen getestet.«

»Er ist tot?« Surgery beugt sich vor. Ich kann sehen, wie er die Muskeln anspannt. »Auch ein Herzinfarkt?«

»Es wird von einer Überdosis ausgegangen. Er war in einer VR-Bar und hat anscheinend halluziniert.«

Alle blicken angespannt zu mir.

»Was schreibt sie noch?« Toms Blick forscht in meinem und ich habe das Gefühl, er kann die Tränen sehen, die sich schon wieder am Grund meiner Seele sammeln.

»Am Ende spricht Mom mich direkt an.« Ich muss mich räuspern. »Sie sagt, ich soll sie *im Labyrinth meiner Erinnerungen* finden.«

»Ist das ein Code? Ein Rätsel?« Boot scheint sich plötzlich zu interessieren. Ich werfe ihm einen abweisenden Blick zu. Er soll sich aus meinen Erinnerungen raushalten.

»Meinst du, sie wollte sich damit bei dir verabschieden?« Amelie sieht mich besorgt an, doch ich schüttle entschieden den Kopf.

»Nein. Das sind keine weisen Worte zum Abschied. Sie will, dass ich etwas finde.«

»Und was?«, fragt Tom.

»Auf den letzten drei Seiten steht nur noch ein einziges Wort.« Ich krame eines der Blätter hervor und halte es hoch. »Sagt euch das was? *Prepender?«*

Boot fällt die Gabel fast aus der Hand. Sein Blick fliegt zu Tom. »Ich hab's dir gesagt!« Er springt auf und rennt hinaus zu den Rechnern.

Verwirrt sehe ich ihm nach. »Was ist los?«

»Prepender ist eine Virusart«, erklärt Tom. »Es wird vor die Datei gesetzt. Wenn du die Datei öffnest, aktivierst du den Virus.«

»Was?« Warum hat Mom auf drei Seiten den Namen einer Virusart wiederholt? »Denkt Boot etwa …«

»Wenn der Virus gut programmiert ist, löscht er nach Aktivierung seine Spuren an der Datei«, meint Amelie. »Boot befürchtet, dass auf der Festplatte deiner Mom so ein Virus war. Er macht einen Systemcheck.« Sie beugt sich zu mir vor und flüstert: »Er wird nichts finden. Ich bin ja nicht doof.«

Surgery grinst und streicht Amelie liebevoll über den Rücken. »Ihr macht so schnell keiner was vor in Sachen Viren.«

Momentan ist es mir herzlich egal, dass Amelie vielleicht die weltbeste Hackerin ist. Meine Gedanken kreisen allein darum, warum Mom mich vor einem Computervirus warnt. Ein Computervirus kann schließlich keinen Mord begehen.

//Vivian

Und das Teil arbeitet im Verborgenen?«, frage ich.

Tom nickt. »Der Anwender weiß nicht, dass er sich infiziert hat.«

Es ist still am Tisch. Alle sehen stumm ins Leere, jeder grübelt. Ich merke, wie mir Amelie immer wieder einen forschenden Blick zuwirft. Aber ich bin zu sehr damit beschäftigt, die Puzzlestücke, die Mom mir hingeworfen hat, zu ordnen. Es macht alles keinen Sinn. *Mom! Was ist, wenn ich deine Hinweise nicht kapiere? Wenn du zu viel von mir erwartest? Mich überschätzt hast?*

»Alles sauber«, murmelt Boot, als er zurückkommt.

»Es wäre auch reichlich blöd gewesen, in die Datei, mit der der Virus eingeschleust wird, hineinzuschreiben, dass man ihn eingeschleust hat«, meint Surgery. »Macht bei einem *Prepender* keinen Sinn, oder?«

Boot ignoriert ihn und stopft sich den Rest seines inzwischen kalten Pancakes rein.

»Also gibt es woanders einen Virus«, überlegt Amelie.

Mein Blick schweift zu Tom. Er starrt auf die Tischplatte. Ich hoffe, er brütet gerade eine Idee aus, die mir helfen wird.

»In den Aufzeichnungen spricht Mom davon, dass der Code für *White Maze* verändert wurde. Sie sagt nicht von wem. Sie ist sich jedoch sicher, dass Parameter geändert wurden.«

»Und welche?«, will Boot wissen.

»Ich weiß nicht, ob sie es herausgefunden hat. Aber sie hat einen langen Code in das Read-me gesetzt.«

»Darf ich ihn sehen?« Tom streckt seine Hand aus und ich suche die Seiten heraus.

Amelie und Boot lesen über seine Schulter mit, während er die Befehlszeilen durchsieht.

»Sieht sauber aus«, murmelt Boot. »Kein Schlangencode. Sollte gut zu überprüfen sein.«

Plötzlich knallt Tom den Stapel auf den Tisch. *»Prepender!* Natürlich. Leute, erinnert ihr euch?«

Alle blicken überrascht auf. Besonders ich. Er ist aufgeregt, gestikuliert wild mit den Händen. »Da war dieser Riesencoup, ein Geldtransfer. Jemand hat irre viel Geld geklaut, wisst ihr noch?«

»Shit, ja.« Boot kratzt sich sein schütteres Ziegenbärtchen. »Das war vor einigen Monaten.«

Amelie setzt sich wieder, doch sie wirkt wie unter Strom. »Prepender. Er hat mit der Tat in den Netzwerken geprahlt.«

Alle drei nicken und sehen dann zu mir.

»Was? Ihr denkt, das ist gar kein Virus, sondern ein Kerl?«

»Vielleicht auch eine Frau«, meint Amelie sachlich.

»Wird jedenfalls einen Grund haben, warum er sich nach dem Virus nennt.« Boot wirft Tom einen fragenden Blick zu, doch der ist noch immer in Moms Aufzeichnungen vertieft.

»Meine Mom warnt mich also vor einem Cracker?« Das setzt

alles in ein neues Licht. Deshalb hat sie die neuen Linsen in der Mikrowelle geröstet. Mom wusste, dass Prepender – die Lucent-Linsen gecrackt hatte.

»Wir wissen, dass dieser Prepender echt was draufhat«, meint Tom. »Keine Ahnung, wie … aber was wäre, wenn er das *Golden Master* der Linsen gecrackt hat?«

»Sie schreibt, dass der Basiscode verändert wurde.« Die Puzzlestücke passen. Doch ich habe noch keinen Schimmer, was sie darstellen sollen. »Meine Linsen …«, murmle ich.

Tom sieht kurz genervt auf, sicher denkt er, ich spreche von jenen, die er getrasht hat.

Ich winke ab. »Nein, nicht die ollen Dinger. Du warst nicht der Erste, der mir meine Linsen pulverisiert hat. Mom hatte mir Lucent-Linsen geschenkt, die ersten aus der Produktion.«

Boot schnaubt verächtlich und ich versenge ihn mit einem giftigen Blick. Seinen Hass auf Leute aus Pacific Palisades kann er sich jetzt wirklich sparen.

»Drei Linsen für mich und meine Freundinnen. Ich wollte sie an dem Abend, als Mom …« Ich verstumme. Nein. Die Tränen können mich mal. Ich setze neu an. »Sie ist wie eine Furie durchs Haus und hat nach den Linsen gesucht. Kaum hatte ich sie ihr zurückgegeben, da hat sie sie in der Mikrowelle getoastet.«

Die vier sehen mich mit offenem Mund an.

»Das ist krass«, stellt Surgery schließlich fest.

Meine Gedanken überschlagen sich, ich bin regelrecht außer Atem. »Das heißt, die Linsen sind irgendwie manipuliert. Und sie wusste das. Sie schreibt, dass ihre Befürchtungen wahr geworden sind.« Meiner Mom war klar, dass die Linsen gefährlich sind … Mir wird schlecht. Geschockt sehe ich zu Tom. Vermutlich bin ich kreideweiß.

»In drei Tagen ist das Release«, stellt er fest.

Amelie sieht mich mit großen Augen an. »Wenn das alles stimmt, dann ist jede Lucent-Linse auf eine Art verändert, die deine Mom für gefährlich hielt.«

Mir wird schwindelig bei dem Gedanken. »Was kann Prepender verändert haben? Was passiert, wenn jemand die Linsen trägt?«

»Hattest du sie schon ausprobiert?«, will Amelie wissen.

»Nein.«

Es entsteht eine Pause. Keiner traut sich, etwas zu sagen. Alle sehen zu Tom. Er ist derjenige, der hier für bittere Wahrheiten zuständig ist.

In meinem Kopf schreit alles durcheinander. Mom wollte eine Notabschaltung. Doch Pawn verhindert sie. Welche Parameter kann man bei Linsen verändern? Was will Prepender? Erpresst er *Mainhead?* Mom hat die Linsen offensichtlich für sehr gefährlich gehalten. Sie war absolut in Panik, weil sie dachte, dass ich sie schon benutze …

»Vivian!«

Ich schrecke hoch.

Tom beugt sich zu mir, auf die Arme gestützt sieht er mich streng an. »Hast du das verstanden?«

»Sorry«, murmle ich und versuche die Träne, die über meine Wange rinnt, heimlich wegzuwischen.

»Wir holen uns ein paar von den Linsen, noch bevor sie in den Läden sind«, sagt er. »Ich hab Kontakte.«

Amelie nimmt meine Hand und drückt sie. »Und dann cracken wir sie. Wir finden heraus, was Prepender verändert hat. Okay?«

Die Stimmen in meinem Kopf schreien noch immer durcheinander. Notabschaltung. Parameter. *Unsere traumhaften Tage.* Mom wollte, dass ich das Read-me lese. Dass ich zu unseren *traumhaften* Tagen zurückkehre. Was meint sie damit?

»Kann ich deinen Wagen nehmen?«, fragt Tom Amelie. Sie gibt ihm die Schlüssel.

Wie durch einen Nebel beobachte ich, dass Tom die Autoschlüssel nimmt, in die Hosentasche steckt und sich zum Gehen wendet.

Mom hat mir gesagt, ich soll sie suchen.

Kehre zurück an unsere traumhaften Tage.

Sie will, dass ich sie finde!

Die Erinnerung kann wie ein Labyrinth sein, doch du wirst die Zeichen sehen –

Sie hat eine Nachricht für mich versteckt. Die nur ich finden kann. Ich bin mir sicher, dass es etwas mit Prepender zu tun hat. Sie hat es verschlüsselt, damit er es nicht findet.

Entschlossen springe ich auf. »Warte! Ich komme mit.«

Überrascht wendet sich Tom mir zu. »Nein, Viv. Das ist keine gute Idee.«

»Und wie die gut ist.« Schon bin ich bei ihm. Ich muss etwas unternehmen. Mom suchen. Prepender stoppen. Nur eine Millisekunde lang zögere ich. Dann schiebe ich meine Hand in Toms Hosentasche und ziehe den Schlüsselbund heraus.

Er starrt mich sprachlos an, während Surgery respektvoll pfeift. Und mir entkommt ein Lächeln. Damit hat Tom nicht gerechnet. Grinsend mache ich auf dem Absatz kehrt und gehe zum Ausgang.

Amelie lacht amüsiert auf. »Ich mag sie, Tom.«

Er flucht. Schließlich höre ich seine Schritte. Er holt mich am Plastikvorhang ein und hält ihn mir schweigend auf.

Erst als ich auf dem Beifahrersitz Platz genommen habe, gebe ich ihm die Schlüssel wieder. »Ich muss nach Long Beach. Shoreline Village.«

//Vivian

Die Fahrt dauert eine Ewigkeit. Er hat das Radio angemacht, Pop flutet den Wagen. Ich sehe auf das Wasser, das in endlos gleichem Rhythmus an den Strand spült. Jetzt wünsche ich mir diese Taubheit zurück. Nichts fühlen. Doch es gelingt mir nicht. Unruhe rast durch meine Adern. Ist es die richtige Idee, in Long Beach zu suchen? Als ich noch klein war, haben meine Mutter und ich dort viele Nachmittage verbracht. *Traumhafte* Tage. Ja, das waren sie. Wir hatten dort unsere eigene Welt. Nur Mom und ich, ohne Arbeitsstress. Es sind meine schönsten Kindheitserinnerungen. Ich hoffe, dass ich am Hafen die Zeichen finde, von denen sie spricht.

Und wenn nicht?

Wie schlimm kann diese Manipulation von Prepender sein?

Tom sieht entspannt aus, den Ellbogen ins offene Fenster gestützt, den Blick konzentriert auf den Highway. Er wird mich am Village absetzen und allein zu seinem Kontakt fahren. Später wird er mich wieder einsammeln.

Die ganze Zeit sprechen wir kein Wort, dennoch fühlt es sich gut an.

Als er mich auf dem riesigen Parkplatz hinter dem Shoreline Village rauslässt, nicke ich ihm zum Abschied zu. Eigentlich will ich ihm danken, die Fahrt war lang, meine Ungeduld und Unruhe groß. Sein Schweigen hat mir erneut gutgetan.

Ich sehe dem gelben Wagen hinterher, wie er wieder auf den Freeway einbiegt und in der Blechkarawane untergeht.

Ohne Eile schlendere ich über den Parkplatz Richtung *Yard House*. *Hallo Mom,* spreche ich in Gedanken. *Ich bin hier.*

Zuerst werde ich an den Restaurants entlanggehen. Genau wie es unser Ritual war, als ich noch die Hand meiner Mutter brauchte, um den Weg zu finden.

Der Nachmittag ist traumhaft und die Plätze auf den Sonnenterrassen der Lokale belegt. Mir wird schmerzlich bewusst, dass ich keine Linsen trage. All die Menschen um mich herum wischen und tippen mit ihren Händen vor sich in die Luft. Sie sitzen zusammen und jeder ist mit irgendeiner App beschäftigt. Nur wenige Gäste unterhalten sich tatsächlich. Viele lachen, weil sie etwas im Stream gesehen haben, dann schicken sie es rüber auf das Display ihrer Freunde, die ebenfalls lachen. Wie Kelly, Sara und ich.

Ich vermisse die beiden. Zu gerne würde ich jetzt mit ihnen zum Aquarium schlendern. Meine Hand hebt sich wie von selbst, doch da ist kein Button vor mir in der Luft, den ich antippen könnte.

Ich bin offline.

Zum ersten Mal seit wir uns kennen, habe ich keine Ahnung, was die beiden gerade machen. Ob sie inzwischen von Mom wissen?

Ich lasse mich treiben, versuche, Dinge zu entdecken, an die ich mich erinnere. Suche die Zeichen.

Zum Glück ist diese Ecke von L. A. übersichtlich. Nicht auszudenken, wenn Mom und ich uns immer in Downtown amüsiert hätten. Ohne Navi-App wäre ich dort verloren.

Ich setze mich auf eine der Bänke und beobachte die Leute. Offline ist die Welt ziemlich leise, stelle ich fest.

Plötzlich kann ich die Wellen hören, wie sie gegen die Pfähle des Stegs schwappen. Ich höre schrille Rufe der Möwen, drei riesige Viecher streiten sich um ein paar French Fries, die jemand auf dem Weg verloren hat. Doch wieso spielt niemand Musik? Egal wo ich mit den Mädels bin, immer ist alles voll mit Musik oder Werbejingles. In der erweiterten Realität der Linsen dudelt in jeder Bar Musik. Wenn wie hier die Lokale dicht an dicht liegen, ist das manchmal echt nervend.

Doch in Wahrheit ist das Leben viel leiser. Und auch nicht ganz so knallig bunt. Nun gut, hier schon, denn die Holzfassaden der Restaurants sind gelb, blau und rosa gestrichen. Jedoch ist gar keine Werbung angebracht. Mit den Linsen blinkt und leuchtet es überall. Auf dem Gehweg fordern dich Pfeile auf, ihnen zu einem Laden zu folgen, Schriftbanner ziehen vorbei, wenn du einen Ad-Point passierst. An den Geschäften flimmern in der AR-Schilder mit den besten Angeboten.

In Wirklichkeit ist hier nichts.

Kein Blinken und Blubbern, das um meine Aufmerksamkeit buhlt. Nun kann ich all meine Sinne ganz auf mich und meine Gefühle und Gedanken fokussieren.

Toll.

Be real.

Das ist öde, Mom.

Ich wende mich um und sehe auf die Liegeplätze. Das Weiß der Jachten überstrahlt in der Sonne, sodass das Wasser tiefschwarz wirkt. Mom hatte auch mal eine kleine Jacht. Ist schon lange her, ich war acht oder neun. Wir waren oft draußen auf dem Meer oder sind zu einer der Inseln hinausgefahren, um dort fernab vom Trubel zu baden.

Deswegen bin ich hergekommen. Um nach den Erinnerungen zu suchen, von denen Mom gesprochen hat. Ich muss also in mich hineinlauschen, in mein Labyrinth der Erinnerung. Aber eigentlich will ich nicht in mich hineinlauschen. Denn dort wartet Trauer auf mich.

Je länger ich mir diese Stille um mich herum bewusst mache, umso beunruhigender finde ich sie. Was haben die Leute früher getan, als es die AR noch nicht gab?

Es muss schrecklich gewesen sein.

Immer nur sich selbst auf allen Kanälen?

Noch nie in meinem Leben habe ich mich so verloren und verlassen gefühlt. Seit ich denken kann, war ich durch eine AR-Brille und später mit den Linsen rund um die Uhr mit der Welt verbunden. Die Welt war stets bei mir, ich konnte mit allem jederzeit in Interaktion treten. Chatten, liken, spielen, mich ablenken.

Von mir.

Ich ertappe mich dabei, wie ich schon ungezählte Minuten auf das Schaukeln eines Bootes starre. Ich muss mir unbedingt wieder Linsen besorgen. Das hält doch kein Mensch aus!

Ein paar Schritte weiter steht ein unscheinbarer Kiosk. Sicherlich kann man dort billige Linsen kaufen. Zielstrebig steuere ich darauf zu, als mir etwas einfällt – oh nein! Vor Wut könnte ich schreien – ohne Linsen komme ich nicht an mein Guthaben! Ich kann mir nicht mal ein lächerliches Softeis gönnen, weil ich offline bin!

Ohne Linsen keine Linsen! Tom kann was erleben!

Na gut. Dann muss ich eben ohne die Werbebotschaften und Musik durch mein Labyrinth finden.

Mein Blick wandert zum Pine Avenue Pier und zum Park, der auf der künstlich angelegten Landzunge liegt. Mom und ich haben dort Jahrmärkte und Feste besucht. Wir haben Bootsausflüge gemacht. In dem Restaurant mit dem Leuchtturm gegessen. Und oft haben wir uns wilde Geschichten ausgedacht. Über geheime, magische Portale und verborgene Welten. Ich habe es früher geliebt, mit ihr herumzuspinnen und in dem alten Mann auf der Bank einen Hexer zu sehen, der nach dem Gold des Piraten trachtet, der soeben mit einer geheimnisvollen Kiste unterm Arm an uns vorbeigehuscht ist. Es war natürlich nur ein Lieferant, der etwas in der Restaurantküche abgegeben hat. Und der Mann auf der Bank war nur ein alter Mann, der die Möwen fütterte.

Ich bin mir sicher, dass sie das mit *traumhafte Tage* meint. Doch wo soll ich suchen?

Ich schließe die Augen und versuche, die Vergangenheit lebendig werden zu lassen. Bildschnipsel tauchen auf. Kurze Schnappschüsse von einer Möwe, die Moms Eis klaut. Von einem Straßenmusikanten, der für Mom *Somewhere over the rainbow* gespielt hat. Und von mir, wie ich meine Mutter an der Hand hinter mir herzerre.

Natürlich!

Ich öffne die Augen und sehe mich um. Es gab keinen Ausflug ins Village ohne Churros. Ich liebe diese frittierten Teigstangen, dick mit Zimtzucker bestreut. Der Zimtduft zog mich magisch an und dann rannte ich mit Mom im Schlepptau zu meinem Lieblingsladen.

Das *Funnel House!* Es war ein kleiner Pavillon, hinter den anderen Lokalen, auf der Seite des Parkplatz. Lange muss ich nicht suchen und ich habe den Durchgang zum *Funnel House* gefunden. Es ist noch immer da.

Allerdings vermisse ich den Duft nach frittiertem Süßem, nach Zimt und Erdbeersoße. Eine handschriftliche Notiz, dass sie renovieren, klebt in der Scheibe der Eingangstür.

Wie schade. Aber ich hätte mir eh keine Churros holen können. Noch mal danke, Tom!

Langsam umrunde ich den auf Süßigkeiten spezialisierten Imbiss.

Kehre zurück an unsere traumhaften Tage.

Churros gehören definitiv zu den *traumhaften Tagen*. Doch ich habe keine Ahnung, wie ich Mom hier finden soll. Geschweige denn irgendeine Antwort. Meine Erinnerung ist eher ein Scherbenhaufen als ein Labyrinth.

Was, wenn Mom mir zu viel zugetraut hat? Wenn ich nicht so schlau bin, wie sie es gehofft hat?

Außerdem bin ich offline. Das ist gleichbedeutend mit gelöscht, ausradiert, verschwunden, unsichtbar.

Verliere dich nicht!

Ach, Mom …

Enttäuscht lasse ich mich am Parkplatz auf den Rand eines riesigen Palmenkübels fallen.

Ich bin so was von verloren! Ich hab ja nicht mal den leisesten Schimmer, wie lange ich nun hier bin. Wie viel Uhr es ist. Wann Tom zurück sein wird! Ohne Linsen ist das Leben echt beschissen.

Doch du wirst die Zeichen sehen.

Noch einmal blicke ich mich zum *Funnel House* um. Es gibt keine Zeichen.

Bin ich am falschen Ort?

Bremsen quietschen neben mir. »Hey, Viv.« Tom hält eine braune Papiertüte hoch und grinst. »Zehn Stück hab ich ihm abschwatzen können. Lass uns zurück und die Dinger aufschneiden.«

Glücklich, dass er wieder da ist, rutsche ich auf den Beifahrersitz. Sein Lachen wischt das Gefühl, verloren zu sein, fort.

»Du hast deinem *Kontakt* zehn Paar abschwatzen können? Wie viel hat dich das gekostet?«

»Ach, nicht der Rede wert. Der Typ stand bei mir in der Schuld.«

»Sekunde – ein Hehler hat Schulden bei dir?«

»Wer sagt denn, dass ich bei einem Hehler war?«

»Die Tatsache, dass die Linsen noch nicht im Handel sind, sagt mir, dass sie geklaut sind.«

»Vom Lastwagen gefallen, heißt das offiziell.« Er biegt auf den Highway ein und wirft mir einen oberlehrerhaften Blick zu.

Ich muss lachen. »Na gut. Mir egal. Hauptsache, sie helfen uns herauszufinden, was Prepender verändert hat.« Neugierig mustere ich ihn, während er sich konzentriert durch den Verkehr schlängelt. Er ist so nett und hilfsbereit, ich kann mir gar nicht vorstellen, dass er illegale Dinger dreht. Aber warum sonst hat man ein Hideout in den Bergen und Freunde, die gute Gründe haben, dort zu wohnen?

»Und du? Hast du die Nachricht deiner Mom gefunden?«, unterbricht er meine Gedanken.

Ich schüttle den Kopf. »Wir waren oft in Long Beach, als ich noch klein war. Meine Erinnerung ist aber eher ein Mosaik, in dem die Hälfte der Steinchen fehlt. Ich habe keine Ahnung, wo ich Moms Zeichen suchen soll.« Wieder stelle die Füße auf das Armaturenbrett. »Ich hab sie enttäuscht.«

Skeptisch wirft Tom mir einen Seitenblick zu. »Hast du einen Sonnenstich?«

»Nein.« Um mich möglichst klein zu machen, schlinge ich die Arme um die Knie, bin fast wie eine Kugel. »Das ist mein Ernst. Wer bin ich denn schon? Irgendeine doofe Palisades-Tusse. Und offline! Damit habe ich doch alles verloren, was wichtig ist.«

»Das ist das, was deine Umwelt sagt. Es kommt aber doch darauf an, was *du* sagst.«

»Du hältst mich also für eine doofe Palisades-Tusse?«

Amüsiert lacht er auf. »Der Punkt im Wortverdrehen geht an dich. Ich glaube, dass du dich bisher zu sehr mit der äußeren Welt beschäftigt hast. Mit dem, was andere von dir denken und was du glaubst, dass sie von dir erwarten. Es gibt aber noch dein *Ich*. Und das hat nichts mit Schuhen mit roten Sohlen zu tun.«

Zu gerne hätte ich jetzt ein paar philosophische Schlagworte im Netz nachgesehen, um ihn zu beeindrucken. Doch das geht nicht.

Nun gut, Tom meint also, ich bin keine Designer-shoppende Tussi. Nachdenklich mustere ich ihn. Wangen und Kinn sind mit einem Hauch von Stoppeln überzogen. Seine etwas zu langen Haare kringeln sich schweißnass im Nacken. Ob er weiß, dass das türkisfarbene Shirt hervorragend zu seinen Augen passt?

»Hörst du mir überhaupt zu?«, fragt er mich.

»Die Frage ist, ob ich dich verstehe.«

Wieder schmunzelt er. »Du stellst die richtigen Fragen, doch ob es richtige Antworten darauf gibt – das ist vielleicht auch eine der Fragen.«

Jetzt kann ich nicht anders und muss loslachen. »Das machst du gerne, oder? So komisches Zeug herumphilosophieren.«

Einen kurzen Moment habe ich den Eindruck, ich bin zu weit gegangen und er ist beleidigt.

»So komisch ist es nicht. Deine Mom will, dass du dich erinnerst. Also musst du zurück zu deinem alten Ich. Die neunjährige Vivian hat anders gefühlt und gedacht als diese Vivian hier.«

»Willst du mir etwa sagen, ich hätte auf Knien herumrutschen sollen, um die richtige Perspektive zu haben?«

»Nein, das hätte albern ausgesehen.« Wieder grinst er. »Aber alles verändert sich. Du veränderst dich durch die Erfahrungen, die du machst. Dein neunjähriges Ich hat die Welt ganz anders erlebt. Also: Was war dir als Neunjährige wichtig?«

»Churros«, antworte ich prompt und er lacht auf. »Aber der Laden wird renoviert. Wenn es dort einen Hinweis gab, wird er gerade überpinselt.«

»Vielleicht kann ich dir welche machen. Es ist möglich, dass der Geschmack eine Erinnerung auslöst.«

»Du kannst Churros machen?«

»Teig anrühren und in Fett ausbacken. Ich werd schon nicht das Camp abfackeln.« Aufmunternd zwinkert er mir zu.

Sicher. Nur ob meine Sucht nach Zimt und Fett die richtige Erinnerung ist, um Prepender aufzuhalten?

Mein Blick fällt auf die braune Papiertüte, in der die Linsen sind, und ich wechsle das Thema. »Was glaubst du, hat Prepender an den Lucent-Linsen verändert? Mom hatte wahnsinnige Angst, dass ich sie eingesetzt haben könnte.«

»Keine Ahnung. Aber wir werden es bald wissen.«

//Vivian

Meine Güte«, begrüßt uns Amelie. »Fast hätten wir eine Vermisstenanzeige aufgegeben.« Sie sieht mich forschend an. »Hast du gefunden, was du finden solltest?«

Ich schüttle den Kopf. »Nein, vielleicht war ich am falschen Ort.« Irgendwo hinter einem Rechner höre ich ein prustendes Lachen. Boot. Natürlich. Er hält mich ja für die blödeste Nuss überhaupt.

»Vivian wird schon noch ihr Labyrinth aufspüren.« Tom zwinkert mir zu und hält die Papiertüte wie eine Trophäe in die Höhe. »Aber ich bin fündig geworden.«

»Hast du den Typen ausgeraubt?« Surgery, der Tom um ein gutes Stück überragt, pflückt die Tüte aus seiner Hand und öffnet sie. »Zehn?«

»Ich dachte, falls du ein paar Anläufe brauchst.«

Abschätzig wirft Surgery Tom einen Blick zu und zieht eine der Packungen heraus. »Das Speichermodul, das ich nicht auslesen kann, muss noch erfunden werden.« Damit wendet er sich ab und marschiert zu seinem Bastlertisch.

»Was macht ihr jetzt damit?«, frage ich.

Amelie nimmt eine Kontaktlinse aus einer zweiten Packung. Auf der Fingerspitze hält sie sie gegen das Licht einer Schreibtischlampe, um sie kritisch zu mustern.

Inzwischen dämmert es und über uns zeigen sich schon die ersten Sterne. Durch die Computermonitore ist die Zeltstadt in ein unwirkliches Licht getaucht. Bläulich pulsierend wie aus einer Geisterwelt. Nur zwei Leselampen liefern scharfes weißes Licht, in dem Amelie nun die hauchdünne Schale auf ihrem Finger betrachtet.

»Wir wollen sie auslesen. Und dann die Code-Zeilen mit denen aus dem Read-me vergleichen. Mal sehen, worin der Unterschied liegt.«

Surgery hat sich schon an seine Werkbank gesetzt und eine Stirnlampe mit Lupe aufgesetzt. Neben ihm wartet eine Art Mikroskop auf seinen Einsatz. Mit einer Pinzette hält er eine der Linsen und begutachtet sie durch die Lupe. Dann platziert er sie unter dem Mikroskop.

»Machst du mit, Amelie?«, ruft er.

»Na klar.« Begeistert geht sie zu ihm, zieht sich einen Stuhl heran und die zwei stecken die Köpfe zusammen.

»Lassen wir sie«, meint Tom zu mir. »Surgery wird nun erst mal operieren.« Zu meiner Überraschung legt er einen Arm um meine Schulter. Was denkt er sich …! Aber dann entspanne ich mich, es fühlt sich viel zu gut an. Dankbar lehne ich mich an ihn, während wir zum Wohnbereich schlendern. Momentan ist Tom wie mein Fels in der Brandung. Ich kann mich an ihm festhalten, wenn ich drohe zu ertrinken. Wenn meine Kräfte nachlassen. So wie jetzt.

Ich bin hundemüde. Seit wann bin ich eigentlich wach?

Zum Glück ist da auch schon das Sofa. Ich lasse mich draufgleiten und freue mich, wie weich es ist.

»Sieht so aus, als ob du eine Stärkung vertragen könntest.« Tom geht zur Küchennische.

»Danke.« Er reicht mir eine kleine Flasche Fruchtsaft, und als ich zu trinken beginne, merke ich, wie durstig ich war. Die Flasche ist im Nu leer und ich fühle mich etwas besser. Er holt eine zweite und setzt sich neben mich. Vielleicht eine Nuance zu nah.

»Willst du mir nicht mal was von dir erzählen?«, frage ich ihn. »Es gibt *eine Menge* Gerüchte.«

»Gerüchte?« Er nippt an seinem Getränk. »Welche denn so?«

»Hey Tom, meinst du nicht, es ist besser, du guckst mal nach, was die zwei machen?« Boot ist plötzlich bei uns und starrt mich feindselig an. Genervt verdrehe ich die Augen.

»Du kennst doch Surgery«, antwortet Tom. »Der muss jetzt erst mal tüfteln. Ich habe extra genug Linsen mitgebracht. Er darf also auch ein oder zwei verbrutzeln.«

Aber Boot lässt nicht locker. Wie angeschweißt steht er da. »Ich dachte nur. Weil es so eine wichtige Sache ist.«

Tom seufzt. »Setz dich zu uns und lass die zwei machen.«

»Und wenn sie gar nicht die Linse cracken?« Anscheinend will Boot damit andeuten, dass Amelie und Surgery genauso gut knutschend auf den Linsen liegen könnten.

»Sag mir einfach, was dein Problem ist.« Tom fixiert ihn. Sein Tonfall hat sich leicht verschärft und ich stelle zufrieden fest, dass Boot ihn gleichermaßen nervt wie mich.

Boots Blick huscht zu mir.

»Ich finde, es ist nicht zu übersehen, was das Problem ist.«

Das ist albern. Mit einem genervten Stöhnen stehe ich auf. Soll er rumzicken. »Ich geh dann mal duschen.«

»Warte. Ich helf dir mit dem Wasser.« Tom nimmt mich an der Hand und zieht mich an Boot vorbei, der mich mit seinem Blick in Asche zu verwandeln versucht, doch heute bin ich feuerfest. Der kann mich mal.

Aus dem Vorratsraum holt Tom einen dieser Kanister für Wasserspender, wie sie oft in Büroräumen stehen. Der Behälter ist voll und mit einem roten X aus Klebeband markiert. Tom hievt ihn sich auf die Schulter. »Du musst sparsam sein. Wasser aus, während du dich einseifst. Und dann schnell abwaschen und wieder aus.«

Wie bitte? »Ist *das* etwa zum Duschen?«

»Jepp. Ich schraub es dir an. Keine Panik. Wir füllen die Behälter immer hinterm Haus am Tank auf. Die Leitung geht leider nicht bis ins Haus.«

»Heißt das, ich muss *kalt* duschen?« Ich hasse es, in der Dusche zu frieren. Zu Hause haben wir so eine Rundum-Massagedusche und Musik in der Kabine. Aber es wird nichts helfen. Ich muss dringend duschen.

Die sogenannte Dusche versteckt sich tatsächlich hinter Amelies Zimmer. Es ist eine Konstruktion aus Holz, die mich an den Eiffelturm erinnert. Oben ist ein Metallring angebracht, ähnlich wie bei einem Basketballkorb. Allerdings ist kein Netz, sondern ein Duschvorhang daran befestigt. Er ist schwarz und giftgrüne Zahlenreihen laufen senkrecht herunter. Eindeutiges Nerd-Design.

Tom löst den Verschluss des Wasserbehälters und drückt einen Stöpsel ein, an den eine Wäscheleine geknotet ist. Dann steigt er einige Trittstufen rauf und setzt den Kanister in einen Rahmen mit Sieb ein.

Voller Unbehagen betrachte ich die abenteuerliche Konstruktion.

»Es ist nur Wasser, Viv.«

»Kaltes Wasser.« Einfallsreich ist diese Steinzeitdusche ja – aber sie sieht aus, als würde gleich alles auf mich draufkippen.

Tom zieht den Vorhang um uns zu. Dabei kommt er mir ziemlich nah. Er ist etwas größer als ich. Wie kann man nur so krass blaue Augen haben? Sie sind fast violett in diesem Augenblick.

»Alles fertig«, murmelt er.

»Danke.« Schnell schlüpfe ich aus der Dusche – und erschrecke mich zu Tode. Denn wie könnte es anders sein – ich renne regelrecht in Boot.

»Fertig?« Er baut sich mit verschränkten Armen vor mir auf. Hat der uns etwa belauscht? Mir platzt der Kragen. »Sag mal, hast du nichts Besseres zu tun, als mich die ganze Zeit anzugiften?«, fahre ich ihn an.

Tom nimmt Boot bei der Schulter und schiebt ihn vor sich her. »Wir lassen Viv mal duschen. Und währenddessen erzählst du mir, was dich so furchtbar nervt.«

Tom geht mit Boot raus auf die Terrasse, auf der ich das Readme gelesen habe. Wenigstens muss ich mir jetzt keine Sorgen machen, dass mich jemand beim Duschen beobachtet. Eilig gehe ich zu meinem Schlafplatz und leere die Tasche aus. Frische Wäsche, Hose, Top. Aber – verdammt. Ich habe überhaupt nicht an Duschsachen gedacht. Make-up ist da, jedoch weder Shampoo noch Conditioner. Handtuch ebenfalls Fehlanzeige. Vielleicht kann ich mir bei Amelie etwas ausleihen.

Es ist mir unangenehm, denn ich will nicht in ihren Sachen wühlen. Und obwohl ihre Schlafnische alles andere als ein wirklich privater Raum ist, fühle ich mich wie eine Einbrecherin. Amelies Waschzeug liegt griffbereit auf einer Holzkiste neben ihrem Schlaf-Kissenberg. Mit schlechtem Gewissen greife ich mir Duschgel, Shampoo und ein frisches Handtuch und tipple zur Dusche.

Meine frischen Klamotten und das Handtuch platziere ich an der Rückwand von Amelies Zimmer, damit sie auf keinen Fall nass werden. Dann schlüpfe ich hinter den Vorhang und ziehe mich aus. Die dreckigen Sachen werfe ich hinaus.

Mir ist jetzt schon kalt, denn es zieht. Unschlüssig sehe ich nach oben auf das Sieb. Stehe ich richtig? Ich zupfe vorsichtig an der Leine und sofort klatscht mir eisiges Wasser entgegen. Geschockt schreie ich auf und lasse die Schnur los. Durch den kühlen Luftzug auf der nassen Haut friere ich nun doppelt. Hastig seife ich mich ein. Noch nie in meinem Leben habe ich so schnell geduscht.

Ich bin es gewohnt, Stunden im Bad zu verbringen. Einer meiner Lieblingsorte. Immer warm und kuschelig, wunderbar duftend durch meine Bade- und Duschöle.

Leider bringt die Konstruktion der Dusche nicht genügend Wasserdruck und es dauert ewig, das Shampoo aus meinen langen Haaren herauszuwaschen. Außerdem brauche ich eine Weile, bis ich eine Methode gefunden habe, die Leine gespannt zu halten und trotzdem mit beiden Händen die Haare zu waschen.

Und plötzlich ist das Wasser alle.

Zitternd stehe ich da und verfluche mich. Wieso habe ich das Handtuch bei den frischen Sachen gelassen! Ich Oberdooftrottel!

Vorsichtig öffne ich den Vorhang einen Spalt und luge hinaus. Keiner da. Zumindest niemand in Sichtweite.

So hastig, dass ich fast ausrutsche, hechte ich zu meinen Sachen, schlinge mir das Handtuch um und atme durch.

Meine erste Dusche in der Wildnis habe ich überstanden.

//Boot

Boot fühlte sich hilflos. Anscheinend war sein bester Freund von totaler Blindheit geschlagen. »Verdammt, Tom! Bloß weil sie Hilfe braucht, hättest du sie nicht anschleppen müssen.«

»Ich dachte, das hätten wir schon geklärt. Seit wann bist du so ein Ekel? Sie hat dir nichts getan!«, fuhr Tom ihn an.

Sicher hatte sie ihm *noch* nichts getan, aber sie würde. Davon war Boot felsenfest überzeugt. »Die kann doch nicht mal zwei und zwei zusammenzählen. Die hat ihr ganzes Leben in so 'ner Glückseligkeits-Bubble verbracht.«

Tom schüttelte den Kopf. »Bist du etwa eifersüchtig?«

»Worauf? Auf den Luxuskrempel?«

Abwartend sah Tom ihn an.

»Das ist jetzt nicht dein Ernst!« Anscheinend färbte Vivs Beschränktheit bereits auf Tom ab. »Du bist doch angeblich der Superschlaukopf hier. Ist dir nicht klar, dass sie alles kaputt machen wird? Sie gehört nicht zu uns! Und schon gar nicht hierher. Solche Frauen machen nur Ärger.«

»Komm mal wieder runter«, erwiderte Tom. »Ja, ich mag sie.

Du schätzt sie komplett falsch ein. Sie ist nicht eine von den dämlichen Tussis.«

Boot hätte am liebsten geschrien. »Ey, Tom! Genau das meine ich. Du siehst die Realität nicht. Bist völlig verblendet.«

»Weißt du, was.« Toms Tonfall klang herrisch. »Geh frische Luft schnappen! Und dann unterhältst du dich mal ernsthaft mit ihr. Versuchst, deine dämlichen Vorurteile abzuschalten.«

Damit ließ Tom ihn einfach stehen.

Für ein paar Minuten blieb Boot unbeweglich. Brüllen hätte ihm sicherlich gutgetan, doch das hätte nichts geändert. Es war die *erste* Regel, die sie damals im Camp aufgestellt hatten: keine Freundinnen.

Amelie zählte nicht. Sie war eine von ihnen und das mit Surgery, das hatte sich später entwickelt. Außerdem würde Amelie nie etwas tun, das das Camp gefährdete.

Die *Schnepfe* aber ganz sicher.

Sauer stapfte Boot zurück in die Halle. War die Tusse etwa noch immer am Duschen? Als er an ihrem Separee vorbeiging, warf er einen neugierigen Blick hinein. Hatte die wirklich nur eine Tasche dabei? Das würde sicher Gejammer geben. Das gab bei denen immer Gejammer.

Diese Viv war genau so drauf wie die tolle Myra. Die Myra, die es *lustig* fand, das *echte Leben* zu genießen. Deshalb war sie von zu Hause abgehauen. Mit drei Taschen – wie ins Luxus-Spa. Er war damals noch ein Kind und hatte ihr alles geglaubt. Ihre Geschichten von den Schlägen, ihre Geschichten von dem Gefängnis ihres Zimmers. Wieso auch nicht. Er kannte diese Geschichte nur zu gut. Hatte sie selbst erlebt.

Myra fand ihn und die anderen, die unter der Brücke wohnten, einfach nur cool. Sie meinte, es sei *schick,* ein Outlaw zu sein.

Ihrer Meinung nach hatte sie einen Abenteuertrip gebucht – mit Zimmerservice selbstverständlich. Und als sie feststellen musste, dass es nicht cool war, unter einer Brücke leben zu müssen, da hatte sie das getan, was diese Gören immer machen, wenn es anstrengend wird – Myra hatte Daddy angerufen.

Und das würde Viv auch tun, sobald sie den Schock mit ihrer Mom überwunden hatte. Sie würde Daddy anrufen.

Und wie Myras Daddy tauchte der dann mit der Polizei hier auf. Weil Daddys Mädchen ja sicher nicht freiwillig hier war, würde man Tom verhaften, das Camp auflösen und er selbst stand wieder einmal vor dem Nichts.

Genau wie bei Myra, der er vertraut hatte.

Viv war dabei, das Beste in seinem Leben zu zerstören. Tom würde an ihren Lügen zerbrechen, da war Boot sich sicher.

Nein. Er würde das verhindern.

Inzwischen war Boot im Rechenzentrum. Surgery und Amelie beugten sich noch immer über die Linsen. Er ging zu ihnen, wollte wissen, wie es lief, doch die beiden waren so konzentriert, dass er sich nicht traute, sie zu unterbrechen. Einen Augenblick blieb er schweigend hinter ihnen und beobachtete sie. Sie waren ein echtes Team, ohne Worte arbeiteten sie Hand in Hand.

All die Aufregung, nur wegen dieser Schnepfe.

Es war aber ja auch 'ne tolle Story, die Viv ihnen da vorgesetzt hatte. *Uh! Mom hat meine Linsen pulverisiert.* Kopfschüttelnd grinste er in sich hinein. Vermutlich hatte sie sie einfach nur einkassiert, weil Viv die Kreditkarte überzogen hatte. *Prepender …* Amelie und Surgery würden nichts finden. Wenn jemand die Software für die Linsen manipuliert hatte, dann doch nur, um *Mainhead* zu erpressen. In diesem Fall wäre jedoch der Release schon längst storniert.

Auf dem Tisch neben Boot lag die Tüte mit den restlichen Lucent-Linsen. Er zog sich eine Packung heraus und betrachtete sie. Die Werbefuzzies hatten ganze Arbeit geleistet. Die Verpackung funkelte silbern. *Entdecke dein Leben neu* war in bunten Farben daraufgedruckt. Fast musste er lachen. Was für ein Slogan!

Er ließ die Packung in der Tasche seines Hoodys verschwinden und wandte sich um. Sein Rechner stand auf der anderen Seite des Raums.

Viv tat so, als wäre Himmel was los mit diesen Linsen. So ein Quatsch. Was sollte damit schon sein?

Dieser Prepender war doch nur auf das große Geld aus. Und wenn er nicht *Mainhead* um ein paar Millionen erleichtern wollte, hatte er sich eben einen Zugang zu den Nutzerdaten installiert. Er hatte sogar eine Bank gecrackt. Warum nicht unzählige User-Konten?

Boot ließ sich auf seinen Stuhl fallen und zog die Packung hervor. Sein Gesicht spiegelte sich darin und er zwinkerte sich zu. Für ihn war klar, dass sich Viv wichtigmachen wollte. Wahrscheinlich war sie sogar nur hier, weil sie es auf Tom abgesehen hatte.

Und dass ihre Mom die Linsen zerstört hatte – wenn das überhaupt stimmte –, dann lag der Grund auf der Hand. Die Superprogrammiererin war mächtig sauer gewesen, dass jemand ihr Baby gecrackt hatte. Das war das einzig Nachvollziehbare. Da steckst du all deine Energie und Zeit in ein Megaprojekt und dann kommt so ’n Idiot daher und kapert es. Da braucht deine Wut ein Ventil.

Und das Töchterchen, das sicher wieder mal im Kaufrausch gewesen war, bekommt die Entladung ab.

Boot öffnete die Packung und zog das Näpfchen mit den Linsen heraus, hielt sie hoch und betrachtete sie. Die Nanoschicht war mit dem bloßen Auge nicht zu erkennen.

Entdecke dein Leben neu.

Die Teile sollten laut Werbung alle Sinne ansprechen. Das war obercool. Ganz klar, wäre das *sein* Werk und käme da so ein Honk, der sich daran vergreift – Himmel. Er würde rasen vor Wut. Genau wie Sofia Tallert, als sie die Linsen ihrer Tochter vernichtete.

Er warf einen Blick über die Schulter. Keiner der Crew in Sichtweite.

Schon immer war Boot ein Fan des Trial-and-Error-Verfahrens. Ihm lag das Denken und Planen nicht so wie Tom. Der hatte stets alles im Kopf fertig und zehnmal logisch überprüft, bevor er es umsetzte. Bei Boot fanden sich die richtigen Befehle erst, wenn er sie schrieb.

Nicht alles konnte man vom Schreibtisch aus lösen. Meistens musste man erst mal ran, es ausprobieren, anfassen und in der Realität zerlegen, ehe man dann den Fehler ausmerzte.

Wenn er sich nicht in seine Accounts einloggte, konnte Prepender auch nicht an seine Daten. Nur mal eben die Linsen checken …

Binnen weniger Sekunden hatte Boot seine alten Linsen rausgenommen.

»Dann zeigt mir mein neues Leben«, murmelte er, als er die Lucent-Linsen einsetzte.

Er blinzelte. Die Teile fühlen sich gut an. Auch wenn ein kurzes Ziepen zu spüren gewesen war, kaum dass er sie eingesetzt hatte.

Er sah sich um. Keine Schlieren, keine Farbveränderungen. Mit einem doppelten Blinzeln aktivierte er die vorinstallierten Apps. In denen steckte keine Innovation. Alles wie immer: Videonachrichten, Browser, Kontakte. Also suchte er nach AR-Games. Doch eine Werbeeinblendung wies ihn darauf hin, dass das Spiel *White Maze* erst in drei Tagen online sein würde.

Na gut. Ziemlich enttäuscht nahm er die Linsen wieder heraus und legte sie zurück in die Flüssigkeit.

//Vivian

Nach der Dusche fühle ich mich besser. Meine Müdigkeit ist wie weggewaschen. Meine schmutzigen Klamotten stopfe ich in die Tasche. Vielleicht frage ich später Amelie, wo sie sie waschen lässt. Anscheinend kocht jemand, denn ein herrlicher Duft liegt in der Luft und mein Magen knurrt.

Als ich zur Küche komme, steht Tom am Herd und streut gerade irgendetwas Grünes in einen riesigen Topf.

»Da bist du ja. Ich hab ein Chilli gemacht. Das Beste, wenn man auf Nachtschicht ist.«

»Du kannst kochen?« Verwundert strecke ich meine Nase über den Topf. Bei dem Aroma läuft mir das Wasser im Mund zusammen.

Plötzlich gellt Surgerys Schrei durch die Halle. Sofort zieht Tom den Topf von der Flamme und schaltet sie aus. Grinsend sieht er mich an. »Klingt, als hätten sie es geschafft.«

Da stürmen bereits Amelie und Surgery durch den Vorhang.

»Das ist der Hammer! Unglaublich!« Surgerys Wangen leuchten hellrot vor Aufregung.

»Haltet euch fest!«, meint Amelie. Im Gegensatz zu Surgery ist sie ziemlich blass.

Wir gehen zum Esstisch und Surgery platziert die Linse, die er in der Faust gehalten hatte, in die Mitte des Tisches.

Boot stürzt herein. »Was ist es? Was hat der Kerl gecrackt?«

Amelie und Surgery werfen sich einen Blick zu.

»Sag du es ihnen.« Amelie setzt sich. »Ich bin noch am Verarbeiten.«

Surgery geht vor dem Tisch in die Hocke. Die Linse liegt dadurch genau vor ihm und er starrt sie fasziniert an. »Dieser Prepender ist der Hammer. Wie auch immer er es geschafft hat, an das *Golden Master* ranzukommen, es zu verändern und wieder unbemerkt in die Produktion einzuschleusen … Hut ab.«

Schweigend setze ich mich. Mein Puls rast. Amelie sieht ziemlich mitgenommen aus. Was haben sie herausgefunden?

»Also ist der Code ein anderer?«, hakt Tom nach. »Oder ist der im Read-me nur eine alte Version?«

»Kaum. Das ganze Programm ist natürlich viel fetter. Wir haben 'ne Weile gebraucht, um diese Passage zu finden.« Surgery ist seine Bewunderung für die Lucent-Linsen ins Gesicht geschrieben.

»In dem Teil, den deine Mom ins Read-me kopiert hat, sind die Befehle für die Sinne«, wirft Amelie ein.

»Für die Sinne?«, frage ich nach. »Was bedeutet das?«

»Die Lucent-Linsen sollen dem User in der AR nicht nur visuelle und akustische Reize vermitteln –«

»Ja, ich weiß. Das ganze Paket. Schmecken, Fühlen, Riechen …«

»Genau!« Surgery ist so aufgeregt, dass er auf Wangen und Hals rote Flecken bekommt. »In dem Abschnitt, der im Read-me steht, sind die Werte der Sinnesreize gesetzt.«

»Wozu braucht man das?«, frage ich.

Prompt ist von Boot ein Schnaufen zu hören. Er regt sich über meine Frage auf. Aber ich verstehe es wirklich nicht.

»Diese Werte, diese Parameter, regeln, wie stark du etwas wahrnimmst, das aus der AR kommt.« Während Surgery fast zu platzen scheint vor Begeisterung über Prependers Geniestreich, wirkt Amelie sehr beunruhigt.

»Prepender hat die Wahrnehmungsparameter verändert?« Tom lässt sich auf einen Stuhl plumpsen und starrt die Linse auf dem Tisch an.

Doch ich kapiere es nicht. Was ist an der Lautstärkenregelung der AR so dramatisch? »Heißt das, Mom hat so ein Theater gemacht, nur weil jemand das Volume voll aufgedreht hat?«

»Kennst du das Gedankenexperiment des Gehirns im Tank?« Tom hat wieder diesen intensiven Blick, der sich bis tief in mich hineinbohrt, deshalb schüttle ich stumm den Kopf. War ja klar, dass er mit seinem Philosophiezeug kommt.

»Dabei wird angenommen, dass ein Gehirn, völlig vom Menschen gelöst, in einer Art Nährlösung schwimmt. Es ist mit einem Computer verbunden, der elektrische Impulse ans Hirn abgibt. Genau solche Impulse wie deines jetzt von all den Sinneseindrücken um dich herum erhält. Dass du einen Tisch siehst, meine Stimme hörst, das Chilli riechst. Impulse aus der Realität. In dem Gedankenexperiment gibt es aber nur das Gehirn im Tank und die Impulse, die ein Computer schickt.«

Mir dämmert, worum es geht. »Prepender hat also den Kanal umgestellt? Wer die Lucent-Linsen nutzt, bekommt andere Sinnesreize, als Mom geplant hat?«

»Nein«, antwortet Surgery. »Prepender hat das Limit aufgehoben.«

Ich will nicht schon wieder wie eine gesprungene Schallplatte klingen, deswegen halte ich die Klappe, hoffe aber, dass Surgery von sich aus eine Erklärung liefert.

Doch diesmal ist Tom derjenige, der fassungslos die Worte wiederholt. »Er hat das Limit *aufgehoben*? Komplett?« Tom sieht entsetzt aus.

»Mom wollte doch, dass die AR wie echt wirkt. Dass man sich darin rundum wohlfühlen kann, mit allen Sinnen. Was hat Prepender also verändert, das so schrecklich ist?«

»Das Gehirn verarbeitet nur die Reize«, erklärt mir Surgery. »Es bewertet sie nicht, verstehst du? Es macht keine Abfrage zur Verifizierung.«

Ich verstehe nur Bahnhof. »Verifizierung?«

»Das hat Tom gemeint«, sagt Amelie. »Die Impulse sind künstlich, werden aber als wahr verarbeitet. Das Gehirn im Tank. Das bedeutet, wenn der Impuls dir sagt: heiß. Dann spürst du die Hitze – auch wenn sie gar nicht real ist.«

»Darum geht es doch, dass sich die AR echt anfühlt.« Mir dröhnt der Kopf. Wo ist das Problem? Das ist schließlich die Idee hinter der AR – die Wirklichkeit zu erweitern. Den User mehr erleben zu lassen, als er in der Realität könnte.

»Ja.« Amelie schüttelt sich, als müsse sie einen Albtraum loswerden. »Aber deine Mutter hat dafür gesorgt, dass dem Spieler nichts passieren kann. Der Wert für Schmerz durfte in ihrer Programmierung 30 nicht übersteigen. Mit diesem Wert fühlt es sich vielleicht wie eine leichte Prellung an.«

Eine Pause entsteht.

Surgery stupst die Linse auf dem Tisch an und sie dreht sich träge um sich selbst. »Prepender hat den Wert für Schmerz auf x+1 gesetzt.«

»X+1? Das ist deutlich mehr als 30. Das ist sozusagen unendlich.« Boots Stimme klingt rissig.

Immer noch stehe ich auf dem Schlauch. Ich begreife nur, dass alle Leute, die Spielchen mit Schmerzen mögen, nun einen Kaufgrund mehr haben.

»Unendlich«, wiederholt Tom leise.

Amelie und Surgery nicken.

Plötzlich lacht Boot auf. »Der Kerl ist ein Terrorist.«

»Wie bitte?« Fassungslos sehe ich Boot an.

»Schnallst du es immer noch nicht? Der Kerl hat das Limit aufgehoben. Wenn du die Linsen drinhast, kannst du sterben.« Verzweifelt rubbelt er sich seinen Bürstenhaarschnitt. Er sieht aus, als hätte er den Tod schon vor Augen.

Mir wird schwindelig. »Wieso? Wie sollten die Linsen einen umbringen können?«

»Boot hat recht«, meint Tom. »Wenn du in der AR in einen Fluss fällst – mit Eiswasser –, dann ist der Fluss nicht real. Die Temperatur ebenfalls nicht. Aber durch die Linsen bekommt dein Gehirn das Signal, Körper in eiskaltem Wasser. Sofort fährt dein Gehirn die Körperfunktionen herunter. Dein Puls verlangsamt sich und … «

Jetzt setzt meine Atmung tatsächlich eine Runde aus. »… und mein Herzschlag … Wenn mich also jemand ermorden will …« Ich sehe die Fotos von Moms Büro vor mir. Sie hat sich gewehrt – und der Arzt hat Herzversagen als Todesursache festgestellt. Genauso wie bei Milo.

»Wenn er auf dich schießt, dann wirst du die Kugel spüren.« Tom sieht mich mitfühlend an. Er weiß, dass ich an Moms Tod denke.

»Und wenn sie mein Herz trifft, schaltet das Hirn es ab.« Meine Stimme klingt dünn. Ich starre Tom an, doch eigentlich sehe ich durch ihn hindurch. Statt ihn sehe ich Mom, die die Tür der Mikrowelle zuwirft.

Boom.

»Der Spieler stirbt. Obwohl nichts passiert ist. Aber das Gehirn verarbeitet den tödlichen Impuls.«

Mein Blick wandert zu der winzigen, unscheinbaren Linse auf dem Tisch. »Herzversagen. Wie bei Mom und Milo.« Die Linse sieht so dünn und durchsichtig, so harmlos aus ... Prepender hat die beiden jedoch damit umgebracht.

Amelie räuspert sich. »Das ist nicht alles.«

»Was? Wie kann dieses Arschloch noch mehr anstellen?« In mir spüre ich immensen Zorn aufsteigen. Am liebsten würde ich losstürmen und diesen Prepender mit eigenen Händen erwürgen. Er hat nicht nur Mom umgebracht. Er hat sie doppelt getötet, weil er ihr Werk, ihren Traum mit Blut getränkt hat. Ihre Vision einer wunderbaren AR-Welt wurde durch ihn vergiftet. Die Welt wird Sofia Tallert für dieses Desaster verantwortlich machen.

»Es tut mir leid«, sagt Amelie leise. »Die Nanoschicht der Linsen löst sich ab.«

»Die halten nicht?« Jetzt muss ich lachen. »Aber das ist doch kein Programmierungsproblem.« So viel weiß sogar ich. Erleichtert sinke ich in den Sessel zurück. Das können sie Mom nicht anlasten.

»Na ja. Schon irgendwie.« Surgery räuspert sich. Nervös streicht er über seine muskulösen Arme und wirkt dennoch kraftlos. »Wenn du die Linsen einsetzt, hat er einen Trigger gesetzt, der dafür sorgt, dass sich die Nanoschicht, in der die Software steckt, mit deiner Netzhaut verbindet.«

Es rumpelt, als Boot sich mit vollem Gewicht in einen der Sessel fallen lässt. Er sieht blass aus. »Vermutlich fühlst du ein Ziepen, wenn die Schicht sich mit der Netzhaut verbindet«, murmelt er und starrt voll Entsetzen die Linse auf dem Tisch an.

Amelie nickt. »Ja, könnte sein. Aber dann ist es auch schon zu spät.«

»Wieso denn zu spät?« Ich will gar nicht verstehen. Ich will das nicht hören. Das ist doch absolut beschissener Wahnsinn!

»Der User nimmt die Linsen wieder heraus«, sagt Tom, »und denkt, er ist offline. Die Software ist jedoch für immer auf seiner Netzhaut …«

»… er ist immer in der AR … um genau zu sein, in *White Maze.«* Amelie sieht mich unglücklich an.

»White Maze?« Ich keuche, bekomme keine Luft. Das AR-Spiel meiner Mom … für immer in der AR. Das Schmerzempfinden auf Unendlichkeit … Ich will es nicht verstehen. Ich will diesen Gedanken nicht aussprechen und ihn damit real werden lassen.

»Die anderen Anwendungen bleiben auf der Linse – nur der Zugang zu dem Spiel setzt sich auf dem Auge fest.« So wie Surgery es sagt, klingt es wie eine Entschuldigung.

»Wenn er *White Maze* manipuliert –« Alle Muskeln in meinem Körper vibrieren vor Anspannung. Ich kann den Zorn mit jeder Faser spüren. »… dann kann er jeden jederzeit töten«, spreche ich es aus. »So hat er Mom getötet und Milo. Deshalb war Mom derart panisch. Sie hatte Angst, ich hätte die Linsen schon benutzt und wäre ihm dadurch ausgeliefert.«

Boot tritt gegen den Tisch, springt auf, setzt sich wieder, vergräbt das Gesicht in den Händen.

»Alles okay?«, fragt Tom.

»Ja klar! Da draußen läuft nur ein Wahnsinniger herum – der uns alle unter seine Kontrolle bringen wird, sobald das Spiel aktiv ist.« Boot keucht. Er sieht verschwitzt aus.

»In ein paar Tagen kommen die Linsen auf den Markt und *White Maze* geht online.« Meine Stimme zittert. Meine Hände und Beine zittern. »Die Leute sind absolut heiß darauf, sie werden vor den Läden campieren, um möglichst die Ersten zu sein, die Lucent-Linsen haben.« Hilflos sehe ich in die Runde. Angst und Panik lese ich in ihren Augen. Sogar Tom begegnet mir mit einem geschockten Blick. »Wir müssen das verhindern!«

»Aber wie –«, beginnt Surgery.

»Die Community!« Amelie springt auf. »Wir fangen bei den Nerds an. Wir gehen in alle Boards und setzen Warnungen ab.«

Sofort ist die Crew auf den Beinen und rennt zu den Rechnern. Nur Boot sitzt noch einen Moment still da. Er sieht mich an. Obwohl ich seinen Blick nicht zu deuten weiß, läuft es mir kalt den Rücken runter.

//Prepender

Es waren nur noch wenige Tage bis zum Release von *White Maze*. Er hätte nervös sein können. Aufgeregt, ob seine Umstellungen in der Programmierung wie ein perfekt abgestimmtes Uhrwerk ineinandergreifen würden. Wenn er einen Fehler gemacht hatte, konnte er es nicht mehr ändern. Dann hatte er seine Chance vertan.

Schicksal.

Damit mussten wir uns alle abfinden.

Er jedoch machte keine Fehler. Außerdem glaubte er nicht an Schicksal. Und wenn, dann nur an das Schicksal, das er gestaltete. Für die Welt.

Entspannt lag er in der rostigen Hollywoodschaukel und betrachtete die Wolken über sich. Wenn man genug Vorstellungskraft hatte, konnte man die abenteuerlichsten Dinge in ihre Formen hineininterpretieren.

Er wusste, dass seine Arbeit perfekt war. Seine über Monate aufgebaute Mechanik war perfekt. Sobald die Lucent-Linsen im Handel waren und die Leute die Dinger kauften, konnte er seine Vision lebendig werden lassen.

Alles würde gut werden. Endlich.

Plötzlich blinkte es in seinem Blickfeld rot auf. Ein Alarm, dass eines seiner Schlagwörter, das er getriggert hatte, in der Community aufgetaucht war. Mit einer schläfrigen Handbewegung aktivierte er die App und las, dass vier User in unterschiedlichen Boards, in Nachrichten-Apps und Netzwerken eine Kaufwarnung für die Lucent-Linsen verbreiteten.

Sofort war Prepender hellwach.

Er sprang von der Hollywoodschaukel und tigerte über den vertrockneten Rasen, während er angespannt die Diskussionen vor seinen Augen durchblätterte.

Was zum Teufel machten die da?

Er versuchte, die Profile der Hacker zu knacken, aber die waren bestens geschützt.

Profis.

Diese Typen erzählten den Leuten doch glatt, dass die Linsen kein Schmerzlimit hatten. Dass jeder User in der AR sterblich war – und er außerdem für immer in der AR von *White Maze* blieb, falls er die Linsen auch nur einmal einsetzte.

Verflucht! Woher hatten diese miesen Spielverderber die Informationen? Prepender war sich sicher, keine Spuren hinterlassen zu haben. Hatten die etwa die Scripte gelesen?

Wer ist so nerdig und liest die Programmierung von Linsen aus? Hatten sie sie klonen wollen?

Er durchforstete das Darknet nach Hinweisen von Crackern, die es auf die Lucent-Linsen abgesehen hatten.

Nichts.

Woher hatten sie die Infos? Er hatte alles allein geplant und umgesetzt. Niemand wusste davon – außer Sofia. Und sie konnte nichts mehr ausplaudern.

Sein wütender Schrei schreckte einige Krähen auf, die auf dem ausgedörrten Feld nebenan nach Mais suchten.

Sofia hatte tatsächlich ihren gesamten Code noch mal gelesen und die Veränderungen entdeckt. Die Frau hatte definitiv einen an der Waffel gehabt. Besessen von ihrem Werk. Es war ihm schleierhaft, wie es ihr in so kurzer Zeit gelungen war, seine Veränderungen zu finden, aber es war für sie zu spät gewesen. Sofia hatte schon *seine* Linsen getragen.

Wie ein Dirigent stand er nun vor der Veranda des alten Farmhauses und versuchte, den Spuren dieser Unruhestifter zu folgen. Doch die Jungs waren gut. Das würde länger dauern, als ihm lieb war. Sie nutzten alle Tricks, um ihren Standort nicht preiszugeben.

Wie ein Lauffeuer raste die Warnung durch das Netz. Für einen Moment hielt er inne. Ihm war klar, dass er diese News nicht mehr stoppen konnte. Selbst wenn er die Identität der Hacker aufdecken könnte, würde das ihre Postings nicht löschen.

Schadensbegrenzung war nun angesagt.

Sein Blick wanderte wieder hinauf zu den Wolken. Völlig ungerührt von seiner Panik, zogen sie dahin und veränderten dabei unmerklich ihre Form.

Natürlich. Er würde die Warnung verändern!

Hastig loggte er sich parallel unter verschiedenen Nicknames in die Boards und Apps ein und verbreitete eine neue Wahrheit.

»Beste Werbekampagne ever«, diktierte er in die Spracheingabe. »Kann es kaum erwarten – dieses Spiel muss der Hammer sein – Die Werbefuzzis werden aber auch immer perfider. Funktioniert. Jetzt bin ich richtig heiß auf die Teile.«

Zufrieden beobachtete er, wie die Stimmung der Community plötzlich umschwang. **Lol** und **rofl** und ein paar *Ach, hab ich* *mir gleich gedacht, dass das so 'ne Werbeverarsche ist.* Und schon war die Welt wieder beruhigt.

Einer der Weltverbesserer versuchte, durch Hetze die Leute aufzurütteln, doch Hater und Trolle hatten im Netz keine Chance – der Account dieses nervigen Typen wurde sofort gesperrt.

Prepender lachte, postete im Newsboard noch ein Gif eines küssenden Affen und kehrte zurück in seine Schaukel.

Er schaltete den Alarm ab.

Seine Welt war gerettet.

//Vivian

Totenstille hat sich über die Halle gesenkt. Mir ist nicht klar, was passiert ist, aber Boots Account ist gesperrt und bei Amelie, Tom und Surgery ploppen auf dem Bildschirm schallend lachende Emoticons auf. Eben noch schien es, als könnten wir die Leute wachrütteln, doch plötzlich ist alles nur ein guter Scherz?

»Sie verstehen es nicht«, stammle ich.

»Sie wollen es nicht verstehen.« Wütend pfeffert Tom sein Headset auf den Tisch und steht auf. »Wie immer. Menschen sind Idioten.« Mit diesen Worten rempelt er an mir vorbei und stapft zum Wohntrakt.

Hilflos sehe ich mich zu Amelie um. Sie starrt weiterhin auf ihren Monitor, der inzwischen voll ist mit spottenden Emoticons. Sie beugt sich vor und schaltet den Bildschirm ab.

»Das war's.« Sie rollt mit ihrem Bürostuhl ein Stück zurück und sieht mich besorgt an. »Für heute hat Prepender gewonnen.«

»Für heute«, wiederhole ich tonlos. Es sind schreckliche Worte, denn sie bedeuten, dass ich mitten in einem Kampf stecke, den ich verloren habe. *Für heute.*

Mein Körper ist weit weg von mir, aber meine Gedanken brüllen mich an. Prepender, er hat Mom umgebracht, er hat aus ihrer Zauberwelt eine tödliche Falle gemacht! Warum?

Boot hat recht, der Kerl ist ein Terrorist.

Und wir haben verloren. Wir können die Welt nicht retten.

»Für *heute,* Viv. Wir kriegen ihn«, beteuert Amelie, doch als ich sie ansehe, weiß ich, dass sie ihren Worten selbst nicht glaubt.

Wie eine Erstickende renne ich durch die Halle, hinaus auf die Terrasse. Tief atme ich ein.

Ich stehe am Abgrund, vor mir liegt die Welt. Was ängstigt mich mehr? Die Tatsache, dass die Linsen tödlich sind oder dass ich davon weiß?

Mom wusste es. Sie hat mich gerettet. Und sie hat mir einen Auftrag hinterlassen. *Mir.*

Weil sie niemand anderem trauen konnte. Ob sie Milo vertraut hat? Mom wusste von Prepender, aber sie wusste nicht, wer er ist. Ist es jemand bei *Mainhead?*

Du musst einen kühlen Kopf behalten.

Richtig.

Nur so wirst du eine Lösung finden. Kopflosigkeit und überstürztes Handeln bringen nur noch mehr Probleme.

Ja, Mom.

Ich finde Prepender. Ich stoppe ihn. Klingt simpel.

»Viv?« Es ist Amelie. »Wir geben nicht auf, okay?«

Stumm schüttle ich den Kopf.

»Aber nun sollten wir erst mal die Systeme runterfahren und die Akkus aufladen.«

»Gute Idee.« Mein Blick wandert zu der ahnungslosen Stadt unter der Dunstglocke. Ich bin zu müde, um Amelie zuversichtlich zuzulächeln, zu erledigt, um nachzurechnen, seit wie vielen

Stunden ich wach bin – oder wie viele Stunden uns noch bis zum Release bleiben. Wir brauchen einen Plan – und Schlaf. Zusammen gehen wir zu unseren Kojen.

»Gute Nacht«, murmelt Amelie.

Aber es ist alles andere als eine gute Nacht. Ich werfe mich auf den Futon und starre in den Sternenhimmel.

Wo bist du, Mom? Hilf mir! Wie kann ich Prepender stoppen? Wo finde ich diese Zeichen, die mich zu dir führen?

Ich weiß, dass ich nicht schlafen werde. Wie auch! Ich habe das Gefühl, mit jeder Minute, die ich untätig bin, entfernt sich Mom weiter von mir. Desto schwieriger wird es für mich, ihre Hinweise zu verstehen. Und den Schlüssel zu finden, um Prepender zu stoppen. Ich möchte heulen und schreien. Es zerreißt mich innerlich, dass ich nicht weiß, was Mom wir sagen will. *Unsere traumhaften Tage.*

Mom wartet auf mich. In einem Labyrinth.

Ein Labyrinth aus Buden … es ist ein Jahrmarkt. Ein toller Tag … ich erinnere mich …

Und da ist Mom.

Sie ruft mir etwas zu. Doch ich kann sie nicht verstehen.

Aber ich sehe ihn! Den Schatten, hinter ihr … er wird ihr etwas tun! Mom!

Es ist, als sei eine Wand aus Sirup zwischen uns. Ich klebe daran fest, als ich versuche, mich hindurchzudrücken. Die Masse fließt träge um mich herum. Wie in Zeitlupe umschließt sie mich. Lässt mich erstarren.

Ich bin bewegungsunfähig.

Stumm!

Mom! Pass auf!

Die Welt löst sich auf. Zerstäubt in lauter kleine giftgrüne Pixel.

»Viv?«

Ich kann nicht! Ich will ja! Aber ich bin nicht stark genug!

»Viv!«

Etwas hält mich fest. Packt mich. Rüttelt mich. Also trete ich mich frei und schreie. Prepender kriegt mich nicht!

»VIV!«

Mit einem Keuchen schnelle ich hoch – und knalle vor Blau. Riesiges, rundes, strahlendes Blau.

»Viv?«

Das Blau sieht mich besorgt an.

Und ich wache auf.

Schweißnass sitze ich im Bett und Tom kniet vor mir. Er hat mich an den Schultern gepackt und mustert mich forschend.

»Viv, es ist gut. Du bist sicher. Ich bin da. Es war nur ein Traum.«

Verwirrt sehe ich ihn an. Ein Traum?

Nein. Ich bin hier bei ihm, es ist kein Traum.

Mom ist tot.

Und ich beginne zu schluchzen, sinke in seine Arme und weine.

Vogelgesang weckt mich.

Es dauert einen Moment, bis mir klar wird, wo ich bin, und noch einen weiteren, um die Situation zu erfassen – und schon schnelle ich aus dem Bett.

Ungläubig starre ich auf Tom, der friedlich auf meiner Matratze schläft.

Was macht der in meinem Bett! Schlafwandelt er?

Fieberhaft versuche ich, mich zu erinnern, wann und wieso er zu mir unter die Decke gekrochen ist.

»Tee?«

Vor Schreck fahre ich herum. Amelie streckt mir lächelnd einen Becher entgegen.

»Ich –« Mein Blick huscht zu Tom. »Ich –« Was soll ich sagen? Ich habe keine Ahnung, wieso er neben mir geschlafen hat. »Das, also ich …« Mir ist klar, dass ich knallrot bin und stottere wie auf frischer Tat ertappt.

»Schon gut.« Sie hält mir immer noch den Becher hin. »Du hattest einen wirklich fiesen Albtraum.«

Unsicher nehme ich den Tee entgegen. Anscheinend steht mir die Frage, was zum Kuckuck Tom und sein Aufenthalt in meinem Bett damit zu tun haben, ins Gesicht geschrieben, denn Amelie grinst.

»Er hat versucht, dich zu beruhigen. Du hast so sehr … geweint. Du konntest gar nicht mehr aufhören.«

»Und er hat mich die ganze Zeit gehalten …« Jetzt erinnere ich mich. Wie aus einem Nebel tauchen die Bilder auf. Meine Finger krallen sich um den warmen Becher, als mein Herz sich bei der Erinnerung wieder zusammenkrampft. Mom war in meinem Traum. Doch die Tränen bleiben aus. Vermutlich habe ich mich in der Nacht leer geweint.

Und Tom hat mich die ganze Zeit gehalten.

Gerührt sehe ich ihm beim Schlafen zu.

»Komm mit in die Küche«, flüstert Amelie.

Schweigend folge ich ihr, wärme mich an dem Becher Tee. Surgery und Boot schlafen. Der eine liegt quer in seinem Bett, Arme und Beine weit von sich gestreckt, als wolle er die Welt umarmen, der andere zusammengerollt wie ein Baby, tief in seine Decke vergraben.

In der Küche setze ich mich mit angezogenen Beinen auf das Sofa. »Ich hab noch immer keine Ahnung, wo ich Moms Nachricht finde. Aber ich weiß, dass wir die Lucent-Linsen stoppen müssen.«

Amelie hat es sich im Sessel gemütlich gemacht. Sie trägt einen indianischen Poncho in grellbunten Farben und hat sich ebenfalls auf dem Sitz zusammengerollt. Mir wird bewusst, wie kalt es morgens in den Bergen ist, und ich bereue es, aufgestanden zu sein. Außerdem bin ich mit meinem Shirt aus dünnem Stoff und mit Trompetenärmeln irgendwie underdressed. Meine ungekämmten Haare gehen sicher als perfekte Strandlocken durch, aber Beachware ist hier so was von nicht angesagt.

Mit einem Nicken weist Amelie mich auf zwei Wolldecken hin, die neben mir liegen. »Nimm dir eine.«

»Es ist mir unheimlich, Amelie. Hör auf, meine Gedanken zu lesen.«

Sie lacht. »Das ist eins meiner geheimen Talente.«

»Kannst du es mir mal leihen? Ich würde gerne die Gedanken meiner Mom lesen.« Ich ziehe die oberste Decke zu mir herüber und schlinge sie mir um die Schultern.

»Sie hat sie doch aufgeschrieben. Vielleicht musst du es noch mal durchgehen, um zu verstehen.«

Ich schüttle den Kopf. Meine Hoffnung, die richtige Erinnerung zu finden, ist auf ein winziges Körnchen zusammengeschrumpft. »Wir müssen Prepender stoppen. Wie können wir den Verkauf der Linsen verhindern?«

»Das ist eine gute Frage.« Und sie kommt von Tom. Er trägt Jeans und T-Shirt und hat sich die Bettdecke um die Schultern geschlungen. Seine Haare haben den typischen Out-of-bed-Look und ich muss zugeben, es steht ihm. »Zuerst würde ich jedoch gerne wissen, wie es dir geht.« In seinem Blick liegt aufrichtige Sorge und ich lächle ihn dankbar an.

»Ich erinnere mich nicht an den Traum. Aber daran, dass du da warst. Danke.«

Unsere Blicke treffen sich und ich merke, wie ich rot werde. Eilig starre ich in meinen Tee. Tom schlurft in die Küche und ich höre Geschirr klappern. Vorsichtig sehe ich ihm hinterher, da bemerke ich Amelies Grinsen.

»Was?«, zische ich.

Sie grinst noch breiter. »Ich hab nichts gesagt.«

»Jetzt lese ich *deine* Gedanken! Denk was anderes!«

Sie kichert, verstummt aber sofort, als Tom ebenfalls mit einem Becher dampfendem Tee zurückkommt.

»Habt ihr irgendwelche Ideen?« Er lehnt sich an den Tisch und nippt am Becher.

»Wenn wir die Leute nicht erreichen, dann müssen wir verhindern, dass die Linsen in die Läden kommen«, sage ich.

»Dir ist schon klar, dass es ein *weltweiter* Release ist?«, antwortet er.

»Ja, sicher. Deshalb müssen wir zu *Mainhead.*«

Verblüfft schauen die beiden mich an.

»Du willst zu den Typen, die dir Bewaffnete auf den Hals hetzen?« Amelie schüttelt den Kopf. »Das ist nicht cool, Viv.«

»Ich sehe keine andere Möglichkeit. Wir gehen direkt zu Pawn, er ist Vorsitzender des Vorstands. Wir zeigen ihm eure Ergebnisse. Dann kann er nicht anders, als die Auslieferung zu stoppen.«

Auf Toms Stirn zeigt sich seine typische Grübelfalte. Er lehnt lässig am Tisch, noch immer die Bettdecke wie einen schweren Mantel um die Schultern. »Wie willst du einen Termin bei Pawn bekommen? Außerdem hat er so genug Zeit, seine Leute aufzustellen. Er will den Laptop. Um jeden Preis.«

Natürlich hat Tom recht. Zuerst dachte ich, *Mainhead* stecke hinter Moms Tod. Nun aber weiß ich, dass Prepender der Verbrecher ist. Es scheint mir unwahrscheinlich, dass er im Auftrag von *Mainhead* gearbeitet hat. Dennoch, wenn ich Pawn vorwarne, wird er mich in eine Falle laufen lassen, weil er den Laptop will. Er hofft sicher, darin weitere geniale Ideen meiner Mom zu finden. Ich müsste ihm überraschend gegenübertreten. Aber ich kenne ihn nicht. Ich habe keine Ahnung, ob er regelmäßige Termine hat, an denen ich ihn abfangen könnte.

»Ich weiß es!« Der Tee schwappt mir heiß über die Hand, als ich mich ruckartig aufrichte.

»Lass hören.«

»Die Release-Party!« Meine Hand fliegt hoch, um die Kalender-App zu öffnen … Mit einem Seufzen schließe ich die Augen und versuche, mich stattdessen zu erinnern. Mom wollte mit mir hingehen …

»Sie ist morgen«, meint Amelie. Neidisch sehe ich sie an. Sie ist online – ich nicht. »Hast du denn eine Einladung?«, fragt sie und ich muss mir eingestehen, dass ich die Idee nicht durchdacht habe.

»Sofia Tallert hätte keine Einladung gebraucht.« Ich seufze.

»Das macht nichts.« In großen Schlucken leert Tom seinen Tee. »Ich nehm den Van. Auf dem Schwarzmarkt bekomme ich sicher noch Einladungen.«

Während er den Becher in die Küche zurückbringt, kommt ein völlig zerknitterter Boot um die Ecke. Er wirft mir einen genervten Blick zu. »Geht's wieder?«, pampt er mich an.

Das macht doch gleich gute Laune! Ich bin schon drauf und dran, ihn ebenfalls anzublaffen, als mir klar wird, dass er meinen Albtraum meint. Und mir nächtliche Ruhestörung vorwirft.

»Entschuldigung«, murmle ich, obwohl es mich sauer macht, mich dafür zu entschuldigen. Es wäre jedoch kindisch von mir, auf Boots Provokationen einzugehen.

»Kaffee ist durch«, meint Amelie zu ihm, worauf er sofort beidreht und in die Küche schlappt.

»Komm, wir laufen eine Runde.« Sie steht auf.

»Aber …« Ich bin nicht fertig, will ich sagen. Nicht geduscht, kein Make-up, kein neues Outfit. Doch mir wird klar, dass ich gar kein frisches Outfit habe und sicher kein weiteres Mal hier duschen möchte.

»Schon gut. Ich brauch auch noch meine Jacke.«

Sie liest tatsächlich meine Gedanken. Also eile ich zurück zum Schlafplatz. Überrascht stelle ich fest, dass Tom mein Bett gemacht hat. Decke und Kissen liegen ordentlich auf der Matratze. Eilig kämme ich mir die Haare, finde in meinem Beauty-Case ein letztes Erfrischungstuch und reibe mir das Gesicht damit ab. Das muss reichen. Schließlich werfe ich mir noch das einzige Hoody über, das ich habe, und hoffe, dass es da draußen bald wärmer wird. Besonders, da ich momentan nur die Sandaletten besitze.

Vor der Halle treffe ich auf Amelie. Der Van ist nicht mehr da, also hat Tom sich schon auf den Weg gemacht. Ich hoffe sehr, dass er Karten bekommt. Und dass ich Pawn überzeugen kann.

»Eigentlich gehe ich so früh immer gerne joggen«, meint Amelie und führt mich zu einem sandigen Pfad, der als Wanderweg markiert ist.

Die Luft ist noch kühl, aber die Sonne ist schon über dem Bergkamm und wärmt die Felsen. Eine Eidechse huscht über den Pfad und verschwindet unter einem Stein.

»Nimm es Boot nicht übel.«

»Das ist nicht leicht, so abweisend und fies, wie er sich verhält.« Ich schüttle Sand aus der Sandale. Der Weg ist nicht für Designerschuhe gemacht.

»Tom hat Boot ins Camp gebracht. Das ist jetzt vielleicht zwei Jahre her. Er hat ihn von der Straße aufgelesen.«

Der Trampelpfad mündet auf einen Wanderweg, doch auch dieser ist sandig und ich fluche leise. »Von der Straße?«

Der Weg führt nun steil bergauf. Laufen und gleichzeitig Sprechen funktioniert bei mir nicht gut. Amelie hat keine Probleme, sie schreitet dahin, als würden wir am Rodeo-Drive flanieren, während ich jetzt schon außer Puste bin.

»Boot hatte kein Glück mit seinen Eltern. Aber er hat großes Talent als Programmierer. Das hat ihn dann allerdings auf die falsche Seite gebracht. So ist Tom auf ihn aufmerksam geworden.« Sie biegt auf einen noch steileren Weg ein. Sand und Steinchen rutschen nun erst recht in meine Sandalen und machen mir das Laufen unmöglich. »Boot musste von den Drogen runter – und er hat es mit unserer Hilfe geschafft. Besonders Tom hat ihm geholfen. Tom ist sein Held. So eine Art großer Bruder.«

Immer wieder muss ich die Sandalen ausschütteln. Warum habe ich blöde Nuss keine Sneaker eingepackt? Aber wie hätte ich es denn auch ahnen können, dass ich plötzlich in der Wildnis lande!

»Boot hat Angst, dass du ihm Tom wegnimmst. Ich meine … Tom ist Boots Familie. Und wenn Tom nun nur noch mit dir …«

»Mit mir?«

Sie reicht mir die Hand, um mir auf einen der Felsen hinaufzuhelfen, über die der Wanderweg führt. »Ich bin nicht blind, Viv.«

»Ich habe keine Ahnung, was du meinst.« Doch die Röte, die mir in die Wangen schießt, straft mich der Lüge.

Sie grinst wieder. »Alles gut. Ich find dich cool. Auch wenn du keinen blassen Schimmer von Rechnern hast.«

»Und unsportlich bin, völlig falsche Kleidung für ein Leben als Outlaw besitze und mich nicht an die *traumhaften Tage* mit meiner Mom erinnern kann.« Unglücklich starre ich auf meine staubigen Füße.

»Das ist Quatsch. Und das weißt du. Deine Mom hätte dir das Read-me nicht hinterlassen, wenn sie nicht gewusst hätte, dass du das Rätsel knacken kannst.« Zufrieden stützt sie die Hände in die Hüften. »Wir sind da. Mein Lieblingsplatz.«

Ich folge ihrem Blick und es raubt mir (schon wieder) den Atem. Ich habe überhaupt nicht mitbekommen, dass wir auf eine freie Anhöhe geklettert sind. Vor uns breitet sich eine karge Landschaft aus, durchsetzt von aufragenden Sandsteinformationen, die schroff und zugleich sanft zum türkis leuchtenden Pazifik hinabfällt. Die Sonne zeichnet markante Schatten in die Landschaft und überzieht das Grün der Baumkronen mit Gold. Es duftet fantastisch hier oben. Frisch und herb. Ich glaube, ich habe noch nie so klare Luft geatmet.

In der Ferne zeichnen sich die Strände von Santa Monica wie ein weißes Band ab und am Horizont wölbt sich die Dunstglocke von Los Angeles.

»Ich hatte keine Ahnung, dass die Berge hier so schön sind.« Ein breiter Wanderweg schlängelt sich unter uns dahin, ein Dach blitzt zwischen Bäumen hindurch. Obwohl mir das Camp wie ein geheimer Ort mitten im Nirgendwo vorkommt, gibt es rundum Nachbarn. Leute, die vor der Großstadt geflohen sind. Oder vor etwas anderem.

»Tja«, meint sie schelmisch, »so ein Leben hier draußen eröffnet neue Perspektiven.«

»Wieso hast du mit Tom das Camp gegründet?«

Amelie zuckt mit den Schultern. »Als ich ihn getroffen hab, war ich schon von zu Hause weg. Meine Eltern waren nämlich der Meinung, Frauen und Computertechnik, das gehört sich nicht.« Sie schüttelt genervt den Kopf. »Ich hatte keine Lust, ihnen zuliebe etwas zu sein, was ich nicht bin. Also bin ich weg. Hatte aber nichts, wo ich wirklich bleiben konnte.«

»Und dann ziehst du einfach mit einem Wildfremden in die Berge …?«, frage ich neugierig.

Sie winkt ab. »So wildfremd war Tom gar nicht. Ich war ihm schon öfters begegnet. Und sein Ruf eilte ihm voraus.«

»Sein Ruf?« Ich muss lachen. »Na, genau deshalb wäre *ich* nicht mit ihm in die Berge.«

Irritiert sieht sie mich an. »Wieso? Tom ist bekannt dafür, dass er sich mit Leib und Seele Projekten verschreibt, an die er glaubt. Meist sind es soziale Sachen. Dass er seine ganzen Kontakte, die er dank seiner Familie hat, nutzt, das ist doch nicht verwerflich.«

Jetzt bin ich diejenige, die verständnislos blinzelt. »Soziale Projekte? Kontakte der Familie? An der Schule geht das Gerücht, dass er ein illegales Ding nach dem anderen dreht und jede Woche 'ne neue Freundin hat.«

Amelie kringelt sich regelrecht vor Lachen und kullert deshalb fast vom Stein. »Tom? Sprechen wir vom gleichen Tom?«

»Der Typ mit den Chucks und der Lederjacke.« Ich fühle mich gerade unglaublich naiv.

Amelie wischt sich die Lachtränen aus dem Augenwinkel. »Tja, der Kerl ist echt gut. Sein Fachgebiet ist es, Informationen so zu streuen, dass sie im Netz gefunden und dann für authentisch gehalten werden.«

»Du meinst, er hat absichtlich das Gerücht verbreitet, dass er so ein Bad Boy ist?«

Amelie lächelt nur. »Vermutlich würde er jetzt sagen, dass es auf den Blickwinkel ankommt, ob er ein Bad Guy oder ein Good Guy ist.«

Ich seufze. Warum überrascht es mich nicht, dass Tom mich mal wieder überrascht hat?

»Ich find's wirklich gut, dass du bei uns im Camp bist«, meint Amelie und stupst mich mit der Schulter an. »Die Jungs können echt ganz schön anstrengend sein. Surgery zum Beispiel verhält sich gern wie ein Fünfjähriger im Bonbonladen, der futtert, bis der Arzt kommt. Wenn er was haben will, dann holt er es sich – egal, ob das Geld dafür da ist und die Anschaffung Sinn macht.«

Ich muss an Surgerys mit Nerdkram vollgestopfte Schlafkoje denken.

»Na ja und Boot – du weißt ja, der ist völlig humorbefreit. Und schlecht im Teilen.« Sie zwinkert zu mir rüber. »Ich bin aber ganz gut darin.«

Ihr Blick gleitet an mir hinab. Verlegen sehe ich wieder auf meine Füße. Die Sandalen sind im Eimer. Das Leder ist zerkratzt, weitere Strasssteine sind verloren gegangen. Mein Nagellack ist an einigen Stellen abgeplatzt.

»Mit den Schuhen wird es schwierig, aber ich finde sicher etwas, das dir passt. Sonst wirst du am Ende trotz Einladung nicht auf die Release-Party gelassen.«

»Shit! Du hast recht! Ich brauche ein Cocktailkleid.« Wehmütig denke ich an meinen Kleiderschrank. »Vielleicht kann ich ja –«

»Nein. Denk nicht mal dran, nach Hause zu gehen oder dein

Konto zu aktivieren. Du würdest *Mainhead* nur wieder auf deine Spur bringen.«

Schicksalsergeben nickte ich. »Okay. Dann lass mal sehen.« Ich weiß ja, dass sie recht hat. Ob ich das Paillettenkleid jemals wieder tragen werde?

Wir klettern den Fels hinunter und machen uns auf den Rückweg.

Beim besten Willen kann ich mir nicht vorstellen, dass Amelie etwas in ihrem Schrank hat, das für einen solchen Event geeignet ist. Sie hat ja noch nicht mal einen Schrank.

Von Größe und Statur ähneln wir uns – aber was Stil anbetrifft … Ich seufze. Amelie trägt zwar absolut unsexy Sneakers, aber ich bin auf diese Teile verdammt neidisch. Denn die Designersandaletten sind an meinem neuen Leben jedenfalls kläglich gescheitert.

Als wir zu Amelies Raumecke gehen, treffen wir Boot in der Küche. Er schiebt noch immer schlechte Laune und ist derart gereizt, dass er zusammenzuckt, als wir ihn ansprechen.

»Mann, keep cool.« Amelie klopft ihm beruhigend auf die Schulter. »Jetzt sei doch nicht so sauer wegen des Accounts. Du machst dir einfach einen neuen.«

Für eine Sekunde sieht er sie verwirrt an. »Du meinst in dem Board von gestern Abend?« Genervt schüttelt er den Kopf. »Du denkst echt, ich bin wegen des Accounts mies drauf? Wie klein ist denn deine Welt!« Und damit dreht er uns den Rücken zu.

Amelie verdreht die Augen und zieht mich hinter sich her. »Wenn der ein Ei am Wandern hat, sollten wir ihn besser in Ruhe lassen.«

Sehr gerne, denke ich. Boot und ich werden in diesem Leben

wohl keine Freunde. Im Gegensatz zu Amelie und mir. Tatsächlich bunkert sie viel mehr Klamotten, als ich für möglich gehalten habe. Unter ihrem Kissenbergbett lagern einige Pappkisten. Von früher, wie sie sagt.

Ich fische ein rotes Neckholder-Cocktailkleid aus einer der Schachteln und halte es mir an. Könnte passen. »Was ist damit?«

Amelie hat gerade den Inhalt einer der Boxen auf ihr Bett gekippt und darin herumgewühlt. Sie sieht zu mir auf und lacht. »Ach herrje! Das habe ich nie getragen. Paps hat es mir gekauft. Er wollte, dass ich zur Tanzschule gehe.« Sie legt den Kopf schief und betrachtet mich. »Probier es an.«

Gehorsam schlüpfe ich aus meinen Sachen und streife das Kleid über. Zu meiner Überraschung sitzt es perfekt.

»Na wunderbar. Problem eins eliminiert.« Damit wendet sie sich wieder dem Klamottenberg zu und zerrt schließlich eine schwarze Lederhose hervor. Zufrieden hält sie sie hoch. Dann taucht sie noch mal in das Chaos und fördert ein rückenfreies Top ans Tageslicht. Der Stoff glitzert blau und wird sicher mit ihren Strähnen toll aussehen. Anscheinend hat sie doch ein Händchen für Style.

//Vivian

»Wo hast du die denn noch aufgetrieben?« Ich habe mir gerade einen Tee gemacht und wollte hinaus auf die Terrasse, als Tom zurückkommt. Wie einen Fächer präsentiert er fünf schmale, silbrig glänzende Karten. Natürlich hatte ich gehofft, dass er Karten ergattert – aber gleich fünf?

»Wie viel haben die dich gekostet?« Ungläubig zupfe ich sie ihm aus den Fingern. Sie sind auf schwerem Karton geprägt und mit Folie überzogen, die ein verzerrtes Bild der Küche widerspiegelt.

»Zwei Stunden.« Da ist es wieder, sein verschmitztes Lächeln.

Verständnislos sehe ich ihn an. Er nimmt mir die Karten wieder ab und befestigt sie mit einem Magneten an der Kühlschranktür. Auf dem Herd blubbert einsam ein Topf vor sich hin.

»Boot? Kochst du hier?«, ruft Tom.

»Ja doch, Mann!«, brüllt Boot von irgendwoher.

Kurz lüpft Tom den Deckel, rümpft die Nase. »Wir brauchen was zum Runterspülen.«

»Was meinst du mit zwei Stunden?«, hake ich nach und versuche alle Assoziationen, die mir dazu einfallen, zu verdrängen.

»Ich habe mit zwei Stunden meines Lebens dafür bezahlt«, wiederholt er. »War ’ne harte Verhandlung, aber die Sache wert. Hoffe ich.«

Unsicher beobachte ich ihn. »Mit wem machst du solche Deals? Kreuzungsdämonen?«

Sein Lachen lässt meine Haut angenehm prickeln. »Dämonen? Ja, so könnte man sagen.«

Boot kommt und sieht uns finster an. Er öffnet den Topf und rührt lustlos darin rum. Währenddessen drückt mir Tom Gläser in die Hand und schnappt sich aus dem Regal eine Flasche Wein. Schließlich schiebt er mich hinüber zum Esstisch und Boot grunzt etwas, das wie »Na endlich« klingt. Ich höre ihn mit dem Topfdeckel klappern.

So leicht kommt mir Tom nicht davon. »Du musst aus allem ein Mysterium machen, oder?«

Er hat von irgendwoher einen Korkenzieher hervorgeholt und öffnet den Wein.

Ich muss an meine Unterhaltung mit Amelie denken. Tom führt so viele unterschiedliche Leben. In der Schule ist er der notorische Bad Boy, der nach seinen eigenen Gesetzen lebt. Hier ist er der verantwortungsvolle Typ, der jedem aus der Patsche hilft. Und anscheinend hat er auch noch irgendwelche sehr seltsamen Beziehungen zur Unterwelt.

»Nun stell endlich die Gläser hin«, fordert er mich auf und mir wird bewusst, dass ich sie noch immer in den Händen halte, während ich ihn beobachte.

»Nur wenn du mir sagst, mit wem du die zwei Stunden verbracht hast.« Mit Schwung stelle ich die Gläser ab.

Er beugt sich zu mir und kommt mir sehr nah, fast zu nah. Standhaft versuche, ich seinem neckenden Blick standzuhalten, das Kribbeln, das mich im Nacken kitzelt, zu ignorieren. Nicht rot werden, Viv!

»Warum interessiert dich das so sehr?«

»Vielleicht, weil du ohne mich dieses Opfer nicht hättest bringen müssen? Es war doch ein Opfer, oder?«

Er grinst.

Ich werde noch röter und räuspere mich. »Oder weil ich gerne wüsste, mit wem ich gegen Prepender in die Schlacht ziehe – du hast so viele Geheimnisse … Kann ich dir trauen?«

Beleidigt schiebt er die Unterlippe vor. »Echt jetzt, Viv? Du bist dir nicht sicher, ob du mir trauen kannst?«

»Doch, natürlich …«, stottere ich hastig. »Es ist nur … Sag mir einfach, wie du an die Karten gekommen bist!«

Mit einem Seufzer lässt er sich aufs Sofa fallen. »Mein Vater ist Vorstand einer ziemlich großen Firma und meine Mom trägt einen Namen, der quasi jede Tür öffnet. Sie haben überall ihre Finger drin. Es kostete sie nur ein Fingerschnippen, die Einladungen zu besorgen. Dafür musste ich zwei Stunden Gesellschaftspflege ertragen und den lieben Sohn geben.«

»*Wer* bist du?« Mir wird bewusst, dass ich gar nicht seinen Nachnamen kenne.

»Namen sind Schall und Rauch.« Er zieht mit einem Ploppen den Korken und schenkt ein.

Völlig verdattert sehe ich ihn an. »Wie jetzt.«

Da kommt Amelie herein und setzt sich. »Wie weit ist Boot? Ich hab Hunger.« Sie nimmt sich eines der Gläser, nippt daran und taxiert uns beide. »Worum geht's?«

»Kennst du seinen Familiennamen?«

»Niemand kennt ihn außer meinen Eltern«, kommt Tom ihr zuvor.

Amelie lächelt. »Richtig. Er hat ihn uns nie verraten.« Doch etwas in ihrem Lächeln lässt mich vermuten, dass sie unbemerkt durch seine Firewall gelinst hat und weiß, wer er ist.

Ich setze mich, als Surgery mit dem Topf hereinkommt. »Achtung, Leute, es gibt Essen«, murmelt er.

Während Boot uns einen unansehnlichen Klumpen Nudeln mit Ketchup vorsetzt, muss ich an Amelies Worte denken, dass es Toms Spezialität ist, irreführende Informationen zu verbreiten.

Für den Rest des Abends lasse ich das Grübeln. Keiner erwähnt die Party oder Prepender. Wir haben einfach nur einen richtig guten Abend zusammen. Surgery überredet uns schließlich zu einer Runde *Pen and Paper*. Ich spiele eine Söldnerin, Amelie ist eine Hexe, Tom ein Zwerg und Boot gibt tatsächlich einen überzeugenden Legolas-Verschnitt ab.

Der nächste Tag beginnt spät. Nach langem Zögern überwinde ich mich und dusche. Allerdings muss mir Surgery erst das Wasser installieren. Diesen blöden Kanister kann ich keine zwei Meter schleppen.

Der Nachmittag tröpfelt so dahin. Es gelingt mir halbwegs, meine Sandaletten zu retten. Lieber tauche ich nämlich mit abgetragenen Sandaletten und Kleid als mit Sneakers und Kleid bei der Party auf.

Danach nehme ich mir noch einmal Moms Read-me vor. Ich versuche, zwischen den Zeilen zu lesen. War sie mit Milo glücklich? Ob sie ihn mir jemals vorgestellt hätte? Auch die Notizen über Pawn und ihren Streit wegen der Abschaltung gehe ich ein weiteres Mal durch. Vielleicht hilft mir dieses Wissen heute Abend.

Schließlich kommt Amelie zu mir, es ist Zeit, dass wir uns in Schale schmeißen. Im Vorratsraum gibt es einen Garderobenspiegel. Wir lehnen ihn an ein paar Kisten und machen uns an Haare und Make-up.

»Hier, der passt super zu deinen Farben.« Ich reiche Amelie meine blaue Lidschattenpalette. Unsicher mustert sie sie. »Soll ich dir einen richtig coolen Drama-Look verpassen?«

»Klingt gut.« Sofort zieht sie sich eine Getränkekiste ran und setzt sich.

Es macht Spaß – fast wie bei einer Pyjamaparty mit meinen Mädels. Wir quatschen und kichern, und als wir endlich fertig sind und uns im Spiegel betrachten, bin ich sehr zufrieden.

Es ist höchste Zeit aufzubrechen. Als wir zu den Jungs hinaus zum Wagen gehen, fühle ich mich, als wäre es mein Abschlussball. Ich bin aufgeregt und dieses Kribbeln schießt mir den Nacken hinauf, als ich Tom sehe. Er hat das T-Shirt gegen ein dunkles Hemd getauscht, das er leger über der Jeans trägt, auch seine Haare wirken ungekämmt, geben ihm dadurch aber einen ziemlich sexy Look. Von seinen Chucks konnte er sich jedoch nicht trennen.

Tom verstummt, als er uns bemerkt. Er macht Surgery, der mit Boot diskutiert, mit einem Schlag gegen die Brust auf uns aufmerksam.

Surgery hat sich nur ein Sakko über sein weißes T-Shirt gezogen. Aber er wirkt, gerade auch durch den Dreitagebart, ziemlich hip. Die Gäste werden denken, er gehört zum Entwicklerteam von *White Maze*.

Inzwischen starren uns alle drei an. Das werte ich mal als Kompliment.

Surgery fängt sich als Erster. »Wo hattest du das versteckt?«

Amelie lächelt und gibt ihm einen Kuss. Die enge Lederhose betont ihre schmale Figur, von der sonst unter den weiten Shirts wenig zu ahnen ist. In dem Outfit wirkt sie wie eine moderne Assassine. Der Traum aller Gaming-Nerds, schätze ich.

»Ach Jungs«, seufzt sie. »Eure Programmierung ist so was von simpel.« In den schwarzen Pumps schreitet sie zum Van und zieht Surgery mit sich. Der tiefe Rückenauschnitt des Tops schwingt bei jedem Schritt hin und her.

Ich spüre Toms Blick auf mir und schenke ihm meinen besten Augenaufschlag. Ich weiß, dass mir das Rot ausgezeichnet steht, der goldene Lidschatten mir ein Strahlen verleiht und der Lipgloss meinen Mund verführerisch aussehen lässt. Doch anscheinend beeindruckt Tom das alles überhaupt nicht, denn er mustert mich ernst. Kein Funkeln, kein schelmisches Schmunzeln.

Um ihm doch noch ein Kompliment zu entlocken, drehe ich mich einmal und lasse den weiten roten Rock fliegen. »Na? Kann ich so zur Party?«

Statt einer Schmeichelei von Tom ernte ich einen Rüffel von Boot. »Was soll das denn«, mosert er. »Wir sind auf 'ner Mission. Und du kommst hier aufgedonnert an, als ob's zu Cinderellas Ball ginge.«

Abfällig taxiere ich Boot in seiner Baggy-Hose, die ihm viel zu tief hängt, und dem Statement-T-Shirt, das mit dem Spruch *Fuck the System* sicher nicht auf Wohlwollen der Partygäste treffen wird.

»Krawall anzuzetteln, wird uns garantiert nicht bis zu Pawn bringen.« Ich schiebe mich an ihm vorbei auf den Beifahrersitz. Mir ist klar, dass er dort neben Tom sitzen wollte, und lächle ihn triumphierend an.

Sichtlich sauer steigt er hinten ein, wo Surgery und Amelie knutschen.

Tom setzt sich auf den Fahrersitz und mustert mich immer noch mit diesem seltsamen Blick.

»Was ist?«

»Schöne Kette.«

Meine Finger tasten nach Moms Prismenkugel. »Von Mom.«

Er lächelt. Endlich. »Sehr passend – voller Licht und strahlender Schönheit, man muss nur wissen, wie man es hervorlockt.«

Prompt werde ich rot. Dieser Mistkerl. Wieder hat er mich überrumpelt. Ich hatte auf ein »Wow« oder »Du siehst umwerfend aus« gehofft und dann so was. Unsere Blicke treffen sich und ich weiß, dass er sich nicht blenden lässt von Gloss und Glimmer. Er meint mich, nicht mein Aussehen.

Ich lehne mich zurück und genieße das Kribbeln.

Die Party findet in einem Park nahe des Dodger-Stadiums statt. Es dauert, bis wir dort sind. Zu Beginn der Fahrt tuscheln Amelie und Surgery aufgekratzt. Bald herrscht angespanntes Schweigen im Wagen. Draußen zieht Downtown vorbei. Ohne Linsen hat es all seinen funkelnden Glamour verloren. Zu gerne würde ich wissen, wie Moms Version der Welt in *White Maze* aussieht. Doch ich werde es wohl nie erfahren, wenn ich es schaffe, Pawn zu überzeugen, dass das Spiel nicht online gehen darf. Dass sie die Linsen nicht verkaufen können – ein Milliardengeschäft fallen lassen müssen.

Amelie legt mir die Hand auf die Schulter und ich wende mich zu ihr um. Mit einem zuversichtlichen Lächeln sieht sie mich an. Wir schaffen das, lese ich in ihrem Blick.

Gestern Abend waren wir ein tolles Team und haben eine

Stadt von lästigen Kobolden befreit. Heute Abend soll ich die Menschen vor Prepender bewahren.

Ich klappe die Sonnenblende herunter und sehe mir im Spiegel in die Augen. Der Concealer verdeckt die dunklen Schatten, der goldene Lidschatten lässt meine Augen frisch aussehen. Ich hoffe, ich habe das richtige Maß an Make-up gefunden, denn Pawn muss mich ernst nehmen. Er soll kein It-Girl in mir sehen, sondern eine erwachsene Frau, die sachlich mit ihm spricht. Der er zuhören muss, der er glauben muss. Mein Spiegelbild sieht mich entschlossen an. Meine Hand umklammert Moms Kette. Du schaffst das.

Der Kerl vom Einparkservice mustert uns skeptisch, als Tom ihm die Einladungen zeigt und den Schlüssel zum rostigen Van aushändigt. Doch dann gibt er Tom die Parknummer und zockelt mit dem knatternden Wagen davon.

Am Eingang zum Park reihen wir uns in die Schlange vor der Security ein. Wir stehen hinter einem Ehepaar, grau meliert, sie mit Pelzstola und Diamanten, er im Smoking. Davor ein junges Pärchen, sie im luftigen Sommerkleid, er mit Jeans und Sakko. Das Geld und die Mitarbeiter sind zur Party geladen. Wir werden also nicht auffallen.

Dennoch halte ich die Luft an, als der Securitytyp beim Einlass unsere Einladungen und die Liste checkt. Schließlich nickt er. Wir sind drin.

Erleichtert atme ich auf.

Die erste Hürde ist geschafft. Nun muss ich nur noch Pawn zu fassen kriegen.

Der Parkweg führt auf eine Picknickwiese, auf der Gäste in Grüppchen zusammenstehen. Sie wirken allerdings ziemlich verloren und unsicher. Und als ich die Location betrachte, ist mir auch klar, warum.

»Na, das nenn ich mal Party«, ätzt Surgery. »Wow.« Seine Stimme trieft vor Sarkasmus.

Ungläubig lasse ich den Blick über die öde Wiese schweifen. Ein billiger Plastikspringbrunnen steht auf dem Grün und blubbert unmotiviert vor sich hin. Unter den Bäumen ist ein Buffet aufgebaut. Anscheinend mussten alle Mitarbeiter ihren beklecksten Tapeziertisch zur Verfügung stellen. Die Tischdecken haben sie sich gespart. Weiter hinten ist eine Bühne. Auch hier hat das Geld nicht für Farbe und Stoff ausgereicht. Noch nicht mal in eine Supermarktgirlande hat *Mainhead* investiert.

Sind wir hier richtig? Das kann doch unmöglich die Release-Party der weltgrößten AR-Innovation sein!

»Sind wir zu früh?«, flüstere ich Tom zu.

Er prüft die Karten und schüttelt den Kopf. »Nein, die Party müsste seit einer guten halben Stunde in vollem Gange sein.«

»Sieht man«, murmle ich.

»Mann, jetzt seid doch nicht solche Spielverderber. Das wird sicher ulkig.« Mit einem breiten Grinsen sieht Boot uns an. »Wer kommt mit zum Buffet?«

Wir gucken ihm perplex nach, wie er gut gelaunt zu den Malertischen marschiert.

»Tja«, sagt Tom. »Boot schläft nicht umsonst neben der Vorratskammer.«

Da geht ein Raunen durch die Gäste. Jemand hat eben die hölzerne Bühne betreten.

»Verehrte Gäste!« Der Mann auf der Bühne trägt Jeans und ein dunkles Sakko über einem hellen T-Shirt. Seine Haare hat er nach hinten gegelt. »Willkommen! Wir haben keine Kosten und Mühen gescheut, Ihnen einen unvergesslichen Abend zu bieten.«

Verhaltenes Lachen unter den Gästen – meint der das ernst?

Tom beugt sich zu mir. »Ist das Pawn?«

»Nein. Pawn ist so um die fünfzig, graue Haare.«

Inzwischen hat sich die Wiese mit weiteren Gästen gefüllt, doch vor der Bühne stehen auffällig viele Securitytypen. Ein sicheres Zeichen, dass Pawn in der Nähe ist.

»Begrüßen Sie mit mir Mr Frederic Pawn, *Mainheads* Vorstandsvorsitzenden und Visionär!«

Unter Applaus kommt Pawn auf die Bühne. Ich erinnere mich an dieses schmierige Lächeln von der Gartenparty.

»Meine verehrten Freunde!« Beschwichtigend breitet er die Hände aus und der Applaus ebbt ab. »Mir ist Ihr Raunen und Wispern nicht entgangen.« Lächelnd blickt er im Publikum umher. »Wir haben Ihnen versprochen, Sie würden Gäste der spektakulärsten Release-Party, die es je gegeben hat. Und nun das.« Er lacht gespielt. »Aber Sie wissen doch, *Mainhead* hält seine Versprechen! Und wir versprechen Ihnen ein Erlebnis, das Ihre Welt auf den Kopf stellen wird!«

Aus seiner Sakkotasche zieht er etwas Silbriges hervor. »Entdecken Sie Ihr Leben neu!« Wie eine Trophäe schwenkt er nun die kleine Schachtel über seinem Kopf. »Die freundlichen Ladys in den silbernen Kleidern werden Ihnen nun unsere neuen Lucent-Linsen anbieten. Greifen Sie zu, werfen Sie Ihre alten Linsen am besten gleich in den Müll! Sie werden nie wieder andere tragen wollen, das verspreche ich Ihnen.«

Hastig blicke ich mich um. Aus dem Schatten der Bäume sind gut zwanzig junge Frauen in silbernen Paillettenkleidern getreten. Sie tragen Tabletts, auf denen sich Lucent-Linsen stapeln, und mischen sich unter die Gäste.

Nein! Das sind zu viele. Das geht zu schnell!

»Nein!«, brülle ich und renne los zur Bühne. »Stopp!«

»Für die werte Presse haben wir auch altmodische Handys eingerichtet – Sie erinnern sich an diese Technik?« Pawn lacht über seinen eigenen Witz. »Vergleichen Sie Ihre Realität mit der AR von *White Maze* ... Sie werden sehen – jedoch ohne die Lucent-Linsen nicht schmecken. Sie werden den Duft nicht wahrnehmen und nicht spüren, wie sich die sensorische AR anfühlen kann. Deshalb: Lassen Sie sich mit den Lucent-Linsen zur spektakulärsten Party entführen, die die Welt je gesehen hat!« Damit verbeugt Pawn sich und geht von der Bühne.

Die Gäste drängen sich zu den silbernen Damen, versperren mir den Weg, ich remple und schubse, werde beschimpft, doch ich kämpfe mich weiter durch die Menge, bis ich gegen die Wand der Security pralle.

»Mr Pawn!«, schreie ich und sofort habe ich die Pranke eines Gorillas am Arm, der mich wegschiebt.

»Lassen Sie mich, ich muss mit Mr Pawn sprechen!«

Sein Griff ist eisern. Ich sehe Mr Pawns grauen Scheitel hinter ihm und springe hoch, benutze den Gorilla als Stütze. »Mr Pawn!«

Er bleibt stehen und sieht mich überrascht an. Doch da zerrt mich sein Leibwächter auch schon wieder nach unten.

»Nein! Hände weg! Mr Pawn! Ich muss mit Ihnen reden!«

Tatsächlich tritt er neben seinen Bodyguard und mustert mich stirnrunzelnd. »Kenne ich Sie, junge Dame?«

»Natürlich! Ich bin Vivian Tallert!« Noch immer kugelt mir der Securitykerl fast den Arm aus. »Sagen Sie ihm, er soll mich loslassen!«

Durch einen dezenten Wink seiner mit Siegelringen bestückten Hand komme ich frei.

»Miss Tallert. Schön, dass Sie hergefunden haben.«

Seine Stimme trieft vor Schleim. »Betrachten Sie sich bitte als unser Ehrengast.« Er kommt noch näher und legt mir den Arm um die Schulter. Herablassend mustert er mich. Für sein Alter hat er erstaunlich wenig Falten um die Augen. Vermutlich die hervorragende Arbeit eines Beautydocs. Seinen Visagisten sollte er jedoch feuern, denn der Selbstbräuner hat am Haaransatz Flecken hinterlassen. »Es tut mir so leid, wegen Ihrer Mutter«, sagt er leise. »Wir haben Sie gesucht, Miss Tallert. Wir wollten Ihnen beistehen. Es ist einfach schrecklich und unfassbar. Glauben Sie mir, für uns alle ist ihr Tod ein großer Verlust.«

»Stoppen Sie die Linsen!« Ich drehe mich aus seinem Arm und deute auf eine der Silberfrauen. »Sagen Sie den Leuten, dass sie sie nicht einsetzen dürfen. Die Linsen wurden gehackt. *White Maze* wurde gehackt! Jeder, der die Linsen einsetzt, kann sterben!«

Pawn zuckt zurück. Einige seiner Männer sehen nervös von mir zu ihm.

»Meine Mutter hat versucht, Sie zu warnen. Die Parameter –«

»Seien Sie still!«, zischt er.

»Meine Mom wurde umgebracht! Durch die Linsen.«

Ungläubig zieht er die Augenbrauen hoch. »Deine Mom hat sich derart in ihre fixe Idee reingesteigert, dass sie kollabiert ist. Ein wirklich tragischer Verlust für *Mainhead.*«

Seine Worte fühlen sich an wie ein Schlag in den Magen und meine Beine beginnen zu zittern. Wie kann ich ihm nur begreiflich machen, dass es wahr ist? Ich sehe mich Hilfe suchend nach

Tom um, Surgery, Amelie ... Boot? Doch keinen kann ich entdecken.

»Bitte glauben Sie mir. Es steht in Moms Aufzeichnungen. Die Parameter für Schmerz ... Prepender! Er hat sie im *Golden Master* –« Um mich herum lachen die Leute, ein Silbermädchen schiebt sich an mir vorbei – es sind kaum noch Linsenpäckchen auf seinem Tablett. Verdammt!

Unvermittelt packt er mich am Arm und zieht mich zur Seite. »Demnach hast du also doch ihren Laptop. Dir ist bewusst, dass diese Aufzeichnungen Eigentum von *Mainhead* sind? Alles, was Sofia auf dem Rechner gespeichert hat, gehört der Firma!«

Natürlich. Pawn hat nur das Geld im Kopf. Moms Ideen, die ihm Millionen gebracht haben. Er hat keine Ahnung von Prepender. Keine Ahnung, dass sein Imperium gerade tödlich vergiftet wird.

»Es ist nichts auf dem Rechner.« Obwohl ich innerlich zittere und die Angst davor, was Prepender den Menschen antun kann, mich fest gepackt hat, sage ich es ganz ruhig.

Skeptisch mustert er mich.

»Sie hat mir nur eine Textdatei hinterlassen.« Ich könnte kotzen, wie er da vor mir steht, in seinem Designeranzug und all den Clubabzeichen, und meint, er sei der König der AR. Er ist so von sich selbst geblendet, dass er gar nicht verstehen kann, was ich sage. Dennoch gebe ich nicht auf. Ich spreche besonders langsam – damit es hoffentlich zu ihm durchdringt. »Mom warnt vor den Linsen. Vor einem Verbrecher namens Prepender, der den Code verändert hat. Der *White Maze* verändert hat und dadurch die Menschen terrorisieren wird. Sobald *White Maze* online ist und die Leute die Linsen auch nur einmal getragen haben, kann er sie töten. Jeden einzelnen.«

Eindringlich sehe ich ihn an. Er muss doch endlich begreifen! Verwirrt beobachte ich, wie Pawn zu lächeln beginnt, grinst und schließlich schallend loslacht.

»Ach, die Verschwörungstheorie deiner Mom? Was hat sie uns damit genervt ... ein Notfall-Button! Selten so was Dämliches gehört. Das Spiel mit einem Befehl löschen! Sie wollte einfach nicht verstehen, was für ein Milliardenschaden dadurch entstehen könnte!«

Mir stockt der Atem. Eine Abschaltung! »Haben Sie ihn eingebaut?«

»Natürlich nicht! Kind! Es ist ein *Spiel!* Was soll ein Spiel schon anrichten!« Ärgerlich winkt er einen seiner Bodyguards zu sich. »Deine Mutter hat sich da in etwas hineingesteigert. Deshalb auch der Herzinfarkt.« Er beugt sich zu mir vor, fasst mich an den Schultern und sieht mich drohend an. »Wenn ich merke, dass du mir Ideen deiner Mom vorenthalten hast, um selbst Gewinn zu machen, klage ich dich in Grund und Boden, verstanden?« Dann richtet er sich wieder auf und klopft mir onkelhaft auf die Schulter.

Ich will schreien vor Wut.

»Spencer?«, wendet er sich an den Gorilla. »Sorgen Sie dafür, dass Miss Tallert alles bekommt, was sie sich wünscht.«

Er lässt mich stehen, doch sein Gorilla bleibt neben mir.

Mir zittern die Knie.

Ich bin gescheitert.

Wie in Trance wende ich mich ab, remple in ein silbernes Paillettenkleid. Die kleinen Scheiben lassen die Welt in Tausende Scherben zersplittern.

»Alles gut?«, fragt mich die junge Frau.

Mechanisch schüttle ich den Kopf, was sie sichtlich irritiert.

»Haben Sie schon ein Päckchen bekommen?«, erkundigt sie sich schnell und reicht mir eines.

»Setz sie nicht ein«, flüstere ich ihr zu. »Sie werden dich umbringen.«

Geschockt sieht sie mich an und eilt davon.

Ich sehe mich um – wie ein verwundeter Kämpfer, der über das verwüstete Schlachtfeld blickt und erkennt, dass alles verloren ist.

Um mich herum wird getanzt und gelacht, alle amüsieren sich bestens. Immer wieder höre ich ein begeistertes *Ah!* oder ein staunendes *Oh!*.

Ich habe verloren. Die Lucent-Linsen werden sich wie eine todbringende Seuche ausbreiten.

Plötzlich ist Tom neben mir.

»Es ist zu spät, Viv. Das können wir nicht stoppen.«

»Er hat mir nicht zugehört –«

Doch Tom legt mir einen Finger auf die Lippen und hält mir ein Handy hin. »Niemand hätte dir zugehört. Es ist einfach zu gut.«

Durch die Handykamera, auf der die Lucent-App läuft, sehe ich mich um. Aus dem Lautsprecher des Smartphones höre ich Musik, zu der die Leute tanzen. Die Band steht unter einer Baumgruppe. Es sind sieben Mann mit einer wunderbaren Sängerin. Als ich einen Blick über das Handy hinweg zu den Bäumen werfe, ist dort niemand.

Ich schwenke mit dem Handy weiter und der Bildschirm zeigt mir die Bühne. Auf dem Display ist sie aufwendig geschmückt, mit üppigen Luftballongebinden in allen Regenbogenfarben umhüllt. Das Handy vor mir, schiebe ich mich durch die Gäste. Viele nippen an kunstvoll dekorierten Cocktails. Auf ihren Tellern stapeln sich Scampi und Kaviarhäppchen, ich entdecke herrliche Cupcakes und kleine Gläser mit Beerensorbet.

»Ich bekomme Hunger«, stelle ich fest und Tom lacht zynisch.

»Na dann viel Spaß am Buffet. Aber vorher …« Er nimmt mich sanft am Arm und dreht mich herum. »Musst du dir das noch ansehen.« Er deutet auf den öden Springbrunnen, um den sich eine Traube Gäste versammelt hat. Sie starren das olle Ding an und immer wieder jubeln sie verzückt auf. Als ich durch das Handy sehe, ist von dem langweiligen Baumarktteil nichts mehr zu erahnen. Ein prächtiger Brunnen steht dort, in dessen Becken sich steinerne Nixen tummeln. In hohen Fontänen sprüht er glitzernde Regenbögen, die über den Gästen wie ein Feuerwerk explodieren und auf sie niederregnen. Die Zuschauer werden mit dem Glitzer bestäubt, der auf Haaren und Kleidung haften bleibt.

Ein Stück weiter bemerke ich eine Gruppe Frauen, die im Halbkreis steht und völlig verzückt irgendetwas in der AR streichelt. Sie bewegen ihre Hände in der Luft und sehen dabei ganz und gar glückselig aus.

Langsam hebe ich das Handy und richte die Kamera auf die Gruppe.

»Das ist nicht dein Ernst!« Ungläubig blicke ich auf das Display.

»Anscheinend funktioniert die Haptik der AR sehr überzeugend. Und ganz ehrlich, Viv.« Tom sieht etwas sehnsüchtig zu den Frauen. »Ich würde es auch zu gern einmal anfassen.«

Noch immer starre ich auf das Display. Denn dort, in der Mitte der Frauen, steht ein *Einhorn.* So weiß, dass es magisch zu leuchten scheint, so geduldig und liebenswert, dass man es sofort knuddeln möchte. Als ich ein paar Schritte darauf zumache, höre ich die Frauen.

»Es ist so weich!«

»Und die Wärme – ich kann seinen Herzschlag spüren!«

»Es duftet nach Erdbeeren!«

Kollektives Seufzen.

»Wir können das nicht aufhalten, Viv«, meint Tom tonlos. »Keiner wird uns zuhören. Da steht ein gottverdammtes Einhorn!« Er schüttelt den Kopf. »Keiner glaubt uns, dass so ein Einhorn ihn tottrampeln wird.«

Ich fühle mich, als hätte ich den Kontakt zur Welt verloren. Wie in Watte gepackt, nichts dringt mehr zu mir durch.

»Hast du schon was gegessen?« Doch ich warte seine Antwort gar nicht ab, sondern drehe mich um und marschiere zum Buffet. Tom bleibt zurück. Vermutlich himmelt er noch weiter das magische Wesen an.

Das Einhorn, der Springbrunnen … Tom hat recht, niemand wird diese Zauberwelt verpassen wollen. Morgen wird die Presse von nach Erdbeeren duftenden Einhörnern berichten … Die Lucent-Linsen sind nicht zu stoppen.

Wie in Trance bleibe ich vor den Malertischen stehen. Darauf sind schmucklose Platten, auf denen sich blassgelbe Glibber-Würfel stapeln. Wenn das Götterspeise sein soll, ist es die unästhetischste Variante, die ich jemals gesehen habe. Dennoch bedienen sich die Leute und schaufeln Berge davon auf ihre Teller. Auch Boot geht die Tafel entlang und pickt schließlich aus der enormen Auswahl an gelblichen Würfeln einen heraus.

Misstrauisch nehme ich mir ebenfalls einen. Als ich das Handy darüber schwenke, sehe ich, dass ich scheinbar eine Maki-Rolle mit Sesam, Avocado und Krabben zwischen den Fingern halte. Es sieht köstlich aus.

Ein dicklicher Herr tritt neben mich und legt sich einen ganzen Berg Geleewürfel auf seinen Teller. »Ich habe selten so gutes Sushi gegessen, finden Sie nicht?«

Skeptisch sehe ich auf die Geleewürfel. »Ihnen ist bewusst, dass es nicht real ist?«

Perplex sieht er mich an. »Nicht real? Sie sind mir ja eine. Haben Sie schon probiert?« Er deutet auf meinen Würfel, der sich für ihn als Maki tarnt. »Wenn Sie den gegessen haben, dann reden wir noch mal über Realität.«

Kopfschüttelnd geht er, schiebt sich dabei eines der glibberigen Dinger in den Mund und stößt ein genießerisches Stöhnen aus.

Vorsichtig rieche ich an dem unappetitlichen Gelee und tippe es kurz mit der Zunge an. OMG! Ich muss gestehen, *Mainhead* hat sich wirklich alle Mühe gegeben, den Unterschied zwischen Realität und der AR möglichst krass zu gestalten. Noch nie in meinem Leben habe ich etwas annähernd so Widerwärtiges wie dies hier gekostet. Der gelbliche Glibber schmeckt genau so, wie er aussieht. Kein weiterer Kommentar.

Ich schleudere das Zeug angewidert unter einen der Malertische.

»Sie sind kein Freund von Sushi?« Ein hochgewachsener Mann schlendert auf mich zu. Vielleicht ist er ein Programmierer von *Mainhead,* jedenfalls trägt er Jeans, ein schwarzes T-Shirt und darüber einen dunklen Parker. Unterm Kragen blitzt ein Tattoo hervor. Sieht aus wie ein Stream von Nullen und Einsen. Mit Sicherheit gehört er zu den Programmierern.

»Ich bin kein Fan von Fake-Sushi.«

»Wieso ist es Fake? Schmeckt es nicht wie richtig gutes Sushi? Man spürt die cremige Avocado, den körnigen Reis auf der

Zunge.« Er nimmt einen der Geleewürfe und betrachtet ihn zufrieden.

»Es ist aber nicht real. In Wirklichkeit ist es ein widerlicher Würfel aus Glibber!«

»Sagt wer?« Er sieht mich forschend an und ich bin unsicher, was er meint.

Will er wissen, wer ich bin? Oder ist das eine von diesen philosophischen Fangfragen? Die sind anscheinend in Mode.

»Wer sagt Ihnen denn, dass die Sensorik dieses Sushis nicht besser ist als die Impulse aus Ihrer Wirklichkeit?«

»Jetzt kommen Sie mir nicht mit diesem *Gehirn im Tank*-Mist. Mein echtes Leben ist auf jeden Fall besser als so eine verblendete Welt, die nur aus Lügen besteht.«

Überrascht sieht er mich an. »Sie sind eine Philosophin!«

»Bin ich nicht. Ich bin … Realistin.«

»Aber wäre es nicht wunderbar, wenn alles möglich ist? Versuchen Sie es doch mal anders zu sehen – wie ein weißes Blatt Papier …«

Ich erstarre. Was hat er gerade gesagt?

»… auf einem weißen Blatt ist alles möglich, oder nicht? Es kann alles werden, was Sie wollen.«

Mir wird kalt. Und heiß. Die Malertische sind zum Glück real und ich halte mich an einem fest, um nicht den Boden unter den Füßen zu verlieren. Das sind die Worte meiner Mutter! Ist das ein Zufall?

Wer ist er, dass er Moms Worte kennt?

»Woher … wer sind Sie?«

Er beginnt zu lachen und schnappt sich einen Würfel. »Die Frage ist doch – wer bist *du?*« Herzhaft beißt er hinein, dreht sich um und die Menschenmenge verschluckt ihn.

»Alles in Ordnung?« Es ist Tom, aber ich bin wie gelähmt und starre dem Typen nach. »Ich hab dich gesucht. Wir wollen los. Wer war der Kerl?«

Schweigend wende ich mich ab und gehe zum Parkplatz.

»Viv? Viv, was ist passiert?«

»Jetzt nicht, Tom.«

Mir ist klar, warum Mom ursprünglich einen Notfall-Button in ihr Spiel einbauen wollte. Sie hatte es mit Milo selbst erfahren: Diese Welt war so viel besser als die Realität.

Die Menschen werden sich im Labyrinth verlaufen.

//Vivian

Die Fahrt über starre ich aus dem Fenster, doch ich sehe die Welt, die an mir vorüberzieht, nicht.

Ich versuche, *mich* zu sehen, mein flüchtiges Spiegelbild in der Fensterscheibe, das nur sichtbar wird, wenn die Welt draußen dunkel ist.

Wird die Welt dunkel werden, wenn ich Prepender nicht stoppe?

Mom hat von einer hellen Welt geträumt. Einer magischen Welt, die zum Spielen und Träumen einlädt.

Nun ist mir klar: Beide AR-Welten sind gefährlich. In Moms Welt verliert man sich, weil sie so wunderbar ist. So sorgenfrei und bezaubernd, dass man nicht zurückwill. Aus Prependers Welt werden die Menschen auch nicht zurückkehren, weil sie darin sterben.

Wer ist er? Ist er ein völlig gestörter Serienkiller, der sein Paradies gefunden hat?

Ich konzentriere mich erneut auf mein Spiegelbild, um diese Vorstellung aus meinem Kopf zu vertreiben.

Mom hat mir wenig von ihrer Arbeit erzählt, doch damals,

als ich noch kleiner war und wir Churros essend in Long Beach flanierten, hat sie von ihrer Idee geschwärmt. Und wir haben sie uns vorgestellt. Gespielt, all die Magie sei wahr, man müsse nur richtig hinsehen. Das war der Funke für *White Maze*. Das Ziel, eine Erweiterung unserer Welt zu erschaffen, die mitten in unserer echten Realität spielbar ist. Mom wollte Magie lebendig werden lassen und mit der Realität der Menschen verknüpfen.

White Maze ist dieses Spiel. All die Jahre hat sie daran getüftelt, um Einhörner in unser Leben zu bringen.

Ich muss an Kelly und Sara denken. Sie würden sich sofort ein Einhorn anschaffen! Zugegeben: ich auch.

Inzwischen röhrt der Van die Berge hinauf. Ich sehe mich um. Amelie hat sich an Surgery gelehnt und scheint eingeschlafen zu sein. Boot lehnt am Fenster, die Augen geschlossen. Unsere Mission, den Verkauf der Linsen zu stoppen, ist gescheitert. Gegen Einhörner hat niemand eine Chance.

»Tom?«, sage ich leise, um die anderen nicht zu wecken.

»Was ist?«

»Was wird passieren, wenn die Menschen sich in der AR verlaufen? Wenn sie sich in die unendlichen Möglichkeiten der schönen neuen Welt verlieben und nicht mehr in die Realität zurückfinden?«

»Na ja, vermutlich werden sie nicht mehr zur Arbeit gehen, ihren Rasen nicht mehr mähen und sich mit seltsamem Zeug vollstopfen.«

»Vermutlich.« Ich beobachte wieder mein Spiegelbild. »Aber fühlen sie sich noch genauso? Ihre Sinne werden getäuscht – hat das keinen Einfluss auf ihr … *Ich?*«

»Ach herrjeh, Viv! Da steckt ja doch eine Philosophin in dir!«

»Hast du eine Antwort?«

Lachend schüttelt Tom den Kopf. »Thomas Nagel hat gesagt: *Wenn man recht darüber nachdenkt, so kann man sich nur über das Innere seines eigenen Bewusstseins ganz sicher sein.*«

»Immerhin«, murmle ich.

Verliere dich nicht!, hat Mom mir aufgetragen.

»Allerdings«, überlege ich, »bin ich mir gerade nicht so sicher über mein Bewusstsein. Oder mein *Ich*. Und dabei stecke ich noch nicht mal mit der kleinen Zehe in der AR.«

»Einige Philosophen meinen, es gibt den Körper, der all die Reize aufnimmt und verarbeitet, und es gibt darin das Sein oder den Geist, vielleicht auch die Seele. Es ist eigenständig.«

»Das wäre gut, oder? Ich meine, dann würden wir uns nicht in der AR verlieren.«

Nachdenklich sieht Tom auf die Straße. »Aber wird das Ich nicht von deinen Erfahrungen beeinflusst? Und die beruhen doch auf dem, was du erfährst – durch deine Sinne.«

»Was ich schmecke, sehe und empfinde? Na vielen Dank auch – damit hast du ja deine Antwort von eben schon wieder ausgehebelt.«

»Spannend, oder?« Er grinst.

»Nein. Nervig.« Inzwischen ächzt der Van die Serpentinenstraße in die Berge hinauf. Das Licht der Scheinwerfer wirft Spotlights auf die Straße. Drumherum ist Schwärze.

Verliere dich nicht!

Ach Mom. Du hast ein Traumlabyrinth erschaffen, in dem man sich nur verlieren kann.

Endlich erreichen wir das Camp. Tom parkt den Van und wir schleppen uns in das Camp. Amelie ist wieder wach, wünscht allen eine gute Nacht und verschwindet mit Surgery in ihrer Ecke. Auch die anderen verziehen sich.

Nur ich bleibe in der Küche zurück. Ich streife meine Sandalen ab und schleiche zum Kühlschrank. Dankbar mustere ich den Inhalt – kein einziger Glibberwürfel. Nachdem ich mir einen Erdnussbutter-Marmeladen-Toast geschmiert habe, gehe ich leise zu den Computern.

Kelly und Sara wollen mit Sicherheit ein Einhorn.

Sie werden mit die Ersten sein, die sich morgen die Linsen besorgen.

Ich finde einen Rechner, der an ist, und setze mich. Es ist ungewohnt, diese alte Technik zu benutzen, und zuerst komme ich mit dem Trackpad überhaupt nicht klar. Auch die Oberfläche unterscheidet sich von meinen AR-Apps, aber schließlich habe ich über den Browser die soziale Netzwerk-Plattform gefunden.

Ich logge mich ein und sofort blinken mir 52 ungelesene Nachrichten entgegen. Doch ich will gar nicht wissen, was sie mir schreiben. Vermutlich weiß die Schule inzwischen, dass Mom tot ist. Sie haben jedoch keine Ahnung von der Wahrheit dahinter. Und das muss ich dringend ändern.

Ich öffne einen Chat und pinge Kelly und Sara an. Mir ist klar, dass es mitten in der Nacht ist. Sie werden kaum online sein. Aber ich muss sie warnen!

Bitte entschuldigt, dass ich verschwunden bin, ohne euch etwas zu sagen. Ich konnte nicht mit euch sprechen. Vermutlich stand ich unter Schock. Sicher wisst ihr inzwischen, was passiert ist. Mom ist tot. Doch ihr kennt nicht die Wahrheit.

Ich atme durch. Meine Finger zittern ein wenig. Unbehaglich sehe ich über die Schulter, aber im Camp ist es still. Ich bilde mir ein, jemanden schnarchen zu hören. Also wende ich mich wieder dem Monitor zu, der mich in unwirkliches Licht taucht.

Hoffentlich werden Kelly und Sara mir glauben.

Bitte benutzt die Lucent-Linsen nicht! Sie sind manipuliert. Wer sie einmal genutzt hat, wird in White Maze *bleiben – und kann dort sterben.*

Bitte glaubt mir!

Plötzlich werde ich nach hinten gerissen und knalle vom Stuhl.

»Scheiße! Vivian!«

Jemand reißt die Tastatur an sich und beginnt fluchend, im Akkord darauf rumzutippen. »Was hast du dir denn dabei gedacht!«

Amelie ist außer sich. Bevor ich etwas erwidern kann, hat sie den Chat geschlossen. Der Monitor ist schwarz und grüne Buchstaben fegen darüber, die Amelie in atemberaubender Geschwindigkeit eintippt.

»Was hast du getan?«, fährt sie mich an, ohne vom Monitor aufzusehen.

Langsam rapple ich mich vom Boden auf. »Ich wollte nur meine Freundinnen warnen. Sie stehen auf Einhörner und werden die Ersten sein, die …«

»Oh Viv! Das ist … Du hinterlässt Spuren. Was, wenn dein Account getrackt wird!«

Ihre Finger fliegen über die Tasten, während in verschiedenen Fenstern Zahlenkolonnen durchscrollen. »Du könntest damit das ganze Camp ausliefern.«

»Das wollte ich nicht.« Ich hatte nur Kelly und Sara im Kopf.

»Schon gut. Ist mir klar. Ich verwische deine Spuren. Von mir wird keiner erfahren, was du angestellt hast.« Sie sieht kurz mit einem aufmunternden Lächeln zu mir herüber. »Besonders Boot nicht.«

»Danke«, stammle ich kleinlaut. Ich komme mir vor wie die dümmste Tussi, die die Pacific Palisades je hervorgebracht hat.

»Schon okay. Du bist eine echt gute Freundin. Du hast dir

Sorgen gemacht. Aber *Mainhead* ist nicht doof, wahrscheinlich tracken sie dich immer noch über deine Logins. Und wer weiß, wie dieser Prepender drauf ist. Du solltest vorerst unsichtbar bleiben.« Sie richtet sich auf, streckt sich und beobachtet zufrieden die Codes, die grün leuchtend über den Monitor flitzen. »So. Keiner wird merken, was passiert ist. Ich will nämlich nicht, dass du uns verlassen musst. Und Tom sicher auch nicht.« Aufmunternd sieht sie mich an.

Ich fühle mich elend. Habe ich wirklich das Camp in Gefahr gebracht?

»Na komm. Zeit fürs Bett. Morgen sieht die Welt wieder ein bisschen fröhlicher aus.«

In dieser Nacht falle ich wie ein Stein in mein Bett. Kaum dass mein Kopf das Kissen berührt, bin ich auch schon weg und der Schlaf ist schwarz und schwer und traumlos.

//Prepender

Ein Alarm schreckte Prepender auf. Sofort war er hellwach.

Mit flinken Handbewegungen fand er den Auslöser des Signals. Die Nachricht blinkte rot in seinem Sichtfeld. Jemand hatte wieder eine Warnung vor den Lucent-Linsen gepostet. Und zwar in einem sozialen Netzwerk. Zielsicher griff er sich aus einem Regalfach eine Bluetooth-Tastatur. Er vernetzte sein AR-Interface damit und tippte hastig Befehle. Diesmal würde er den Kerl schnappen!

Schnell hatte er den Account identifiziert und für eine Millisekunde erstarrte er.

Vivian Tallert.

Damit hatte er nicht gerechnet. Wenn die Tochter nur halb so pfiffig war wie die Mutter, würde es ein interessantes Spielchen werden.

»Wo steckst du …?« Eilig versuchte er, ihren Standort herauszufinden, als er plötzlich blockiert wurde.

Verdammt! Er probierte es über einen anderen Weg, bevor er sich aber überhaupt auf den Server eingeloggt hatte, stand dort schon eine Mauer. Verflucht. Die Göre war fit! Und verflixt schnell. Er hatte keine Chance.

Mit einem Fingerzeig kopierte er Vivians Foto aus ihrem Account und setzte es in eine Formularmaske ein, die er flugs geöffnet hatte.

Wenn ich dich nicht kriege, dachte er, *dann werden es eben andere tun.*

Er tippte in der Luft auf *Bestätigen* und legte sich zufrieden wieder hin.

Es freute ihn, dass Vivian Tallert nun mitspielen würde. Sie hatte ihn heute gleich zwei Mal überrascht. War nur zu hoffen, dass sie am Ende klüger war als ihre Mutter.

//Vivian

Ich öffne die Augen und blicke in den zartblauen Himmel über mir. Er sieht wie gemalt aus. Kein Wölkchen zeigt sich in dem Ausschnitt, den mir das fehlende Dach bietet.

Geschirrklappern dringt zu mir. Irgendjemand aus der Crew ist also schon wach. Eigentlich möchte ich liegen bleiben. In diesem schwerelosen Gefühl, wenn der Körper noch nicht wach ist, man nur die Wärme des Betts spürt und nicht die Begrenzung von Armen und Beinen. Wenn Geist, Gedanken und Assoziationen weiterhin träumen.

Mühsam rolle ich mich aus dem Bett, noch immer in das watteweiche Schlafgefühl gehüllt – ein Blick in meine Sporttasche holt mich allerdings auf den Boden der Tatsachen zurück. Denn ich brauche dringend saubere Sachen. Immerhin kann ich ein frisches T-Shirt anziehen.

Müde schlurfe ich nach vorne.

Zu meiner Überraschung sind alle – außer Boot – schon wach. Aufgereiht wie die Vögel auf der Stange sitzen die drei da und futtern etwas aus Schüsseln.

»Guten Morgen!« Amelie strahlt mich an, als ob es tatsächlich ein fabelhafter Tag werden würde.

Tom bietet mir einen Platz auf dem Sofa an und fragt, was ich essen möchte.

»Keine Ahnung. Was habt ihr dadrin?« Ich mache einen langen Hals, um in seine Schale zu sehen.

»Fruit-Loops natürlich«, antworten Amelie und Surgery im Chor. Sie klingen entsetzt. Weiß ich denn nicht, dass es dazu keine Alternative gibt?

»Geht klar.«

Tom holt mir netterweise eine Schüssel und ich lasse die gefärbten Getreideringe hineinprasseln. Noch ein Schuss Milch und ich reihe mich bei den dreien ein. Knuspernd lehne ich mich zurück.

Mein Blick fliegt zu Amelie, doch nichts in ihrem Verhalten weist darauf hin, dass ich gestern Nacht das Camp fast verraten hätte. Es ist nie geschehen. Ich versuche, diesen Satz zu verinnerlichen, und genieße das Frühstück.

Aber meine Gedanken kreisen um *White Maze*.

»Ich muss Moms Nachricht finden«, sage ich irgendwann in die Fruit-Loops-Knusperstille. »Sie wusste, was Prepender mit den Linsen getan hat. Sie schreibt etwas von einer Notabschaltung. Pawn hat sie gestern ebenfalls erwähnt.«

»Wurde sie installiert?«, fragt Tom.

»Nicht von *Mainhead.*« Ich schiebe einen weiteren tropfenden Löffel Loops in meinen Mund. »Mom hat mir in den letzten Jahren nichts mehr von ihrer Arbeit erzählt. Wir haben wenig Zeit miteinander verbracht. In meiner Erinnerung sind die einzigen *traumhaften* Tage die in Long Beach. Ihre Nachricht muss dort irgendwo sein.«

»Darüber habe ich nachgedacht.« Tom stellt seine leere Schüssel auf den Tisch. »Was ist, wenn deine Mom sie nicht in der Realität, sondern in der AR versteckt hat? Sie wusste doch, dass du immer Linsen trägst.«

Perplex sehe ich Tom an. Natürlich! »Die Nachricht ist im *White Maze!* Du hast recht, Tom! *White Maze* ... das ist Moms und meine Welt. Das Spiel basiert auf all den Geschichten, die wir uns damals ausgedacht haben, wenn wir in Long Beach bummeln waren! Das meint sie mit *traumhaften Tage!* Es ist im *White Maze* versteckt!«

Amelie sieht mich besorgt an. »Aber wenn sie den Hinweis in *White Maze* hinterlassen hat – dann ...«

Mir ist klar, was sie sagen will. Dass ich sterben kann. »Schon gut. Mom war bewusst, dass es nicht einfach wird – aber sie war sich sicher, dass ich es schaffe.«

»Uns wird etwas einfallen«, sagt Tom. »Keiner von uns will, dass Viv sich unnötig in Gefahr bringt.«

»*White Maze* ist heute online gegangen«, meldet sich Surgery zu Wort. »Ich hab vorhin in die Foren reingesehen, die Leute sind hin und weg. Muss genial sein.«

»Na ja, es gibt Einhörner«, meint Amelie achselzuckend.

»Morgen.« Schlurfend kommt Boot um die Ecke. Er sieht verschlafen aus. Ohne uns eines Blickes zu würdigen, schnappt er sich die Schachtel Loops und schüttet sie sich direkt in den Mund. Sein Blick fällt auf mich und der Doofmann zieht eine wirklich dämliche Show ab. Denn kaum sieht er mich, schreit er auf und lässt vor Schreck die Schachtel fallen. Was für ein Vollidiot!

»Witzig«, bemerke ich nur trocken und drehe ihm die Schulter zu.

Tom steht schnaufend auf und schiebt Boot aus dem Raum.

Wütend schnauzt er ihn an. »Es reicht! Hör auf, so ein Affentheater abzuziehen. Viv ist jetzt hier. Und du kannst nichts dran ändern. Wenn du dich weiterhin so dämlich aufführst, fahre ich dich gerne zu deiner Brücke zurück!«

Boot antwortet ihm nicht. Als die beiden zurückkommen, setzt Boot sich möglichst weit von mir entfernt hin. Er sieht mich immer noch befremdet an.

»Was!«, fauche ich ihn an.

»Schon gut. Nicht aufregen!«, murmelt er. Für eine Sekunde habe ich den Eindruck, ich mache ihm Angst.

Völlig bescheuerter Typ!

»Also«, versucht Amelie, von Boots Aktion abzulenken. »Es klingt plausibel, dass deine Mom die Nachricht in *White Maze* hinterlassen hat. Vielleicht war ihr zu dem Zeitpunkt noch nicht klar, wie gefährlich Prepender ist.«

»Vermutlich«, murmle ich. »Denn wenn ich die Lucent-Linsen einsetze, kann mich Prepender aufspüren.«

Boot verschluckt sich an den trockenen Loops und trinkt röchelnd aus der Milchflasche. Wir ignorieren ihn.

»Warum sollte er das?« Amelie versucht, positiv zu wirken.

»Weil ich Moms Tochter bin. Sicher ist ihm klar, dass ich weiß, dass er da ist.«

»Prepender hat etwas mit *White Maze* vor«, murmelt Boot. »Es geht ihm nicht um die Linsen. Es geht ihm um die AR. Was auch immer er vorhat, er ist in *White Maze* unterwegs. Vielleicht gelingt es uns, ihm dort auf die Spur zu kommen.«

»Okay.« Tom nickt. »Das ist ein guter Vorschlag. Was meinst du, Surgery?«

»Wir könnten versuchen, einen Stream zu knacken, und so seinen Server ausfindig machen.«

»Dazu müssten wir an einen Ort, an dem *White Maze* gespielt werden kann.« Fragend sieht Tom in die Runde.

»Aber wir können die Linsen nicht einsetzen. Das wäre zu gefährlich.«

Verwirrt sehe ich Tom an. »*White Maze* läuft aber nur auf den Lucent-Linsen.«

»Vielleicht«, grübelt Surgery. »Vielleicht kann ich aus den restlichen Linsen eine Art Brille bauen. Wenn wir die Nanoschicht ablösen und anzapfen – wir sollten zumindest das Audio und das visuelle Signal abgreifen können.«

»Das ist eine heftige OP.« In Amelies Stimme schwingt leichter Zweifel.

»Lass mich mal machen.« Surgery reibt sich voll Vorfreude die Hände. »Wird 'ne Weile dauern mit meinen Lucent-Brillen. Aber wir hätten Video und Audio. Keine Apps. Auch keine Verbindung zum Thalamus – kein Riechen, kein Schmecken und Tasten.«

»Wir wären safe«, sage ich.

Zufrieden klatscht Tom in die Hände. »Das klingt doch nach 'nem Plan!«

//Boot

Boot reckte den Hals, um einen Blick auf Surgerys Arbeitstisch zu erhaschen.

»Jetzt lasst mir mal Luft!« Mit großer Geste wies Surgery die Crew an, Abstand zu halten.

Boot verdrehte die Augen und trottete eine Tischreihe weiter. Dass Surge auch immer so theatralisch sein musste. Natürlich trug er seine Stirnlampe, die Boot völlig affig fand. Vermutlich hatte er mit dieser dämlichen Show Seht-her-ich-bin-Mr-Obercool Amelie rumgekriegt.

Grummelig beobachtete er die beiden. Eigentlich war es ihm herzlich egal, wie dick Surgerys Ego war. Er hatte momentan andere Sorgen. Er hoffte inständig, dass es Surgery gelang, Bild und Ton der Lucent-Linsen auf die Brillen zu übertragen. Die Crew musste unbedingt sehen, was er sah. Er wurde sonst noch verrückt!

Seit heute Morgen war das AR-Spiel *White Maze* online. Ihm war klar gewesen, dass er dann *on* sein würde. Doch wie real das Ganze war, hatte er völlig unterschätzt.

Schon das Buffet auf der Release-Party hatte ihn komplett geflasht. Zuerst hatte er überhaupt nicht kapiert, dass seine Freunde es nicht sahen. Es nicht rochen und nicht schmeckten. Fast hätte er sich verraten. Erst beim Anblick des Einhorns war ihm bewusst geworden, dass er sich nicht mehr auf seine Sinne verlassen konnte.

Und nun hatte das Spiel gestartet.

Er war davon ausgegangen, dass hier, in ihrem Hideout, kein Trigger platziert war.

Doch dann hatte er heute Morgen Viv gesehen.

Die AR hatte ihn kalt erwischt.

Schon wieder musste er zu ihr sehen. Sie stand keine fünf Schritte von ihm entfernt. Er konnte nicht anders – es war … magisch. Am liebsten wäre er zu ihr gegangen und hätte sie sanft berührt. Ganz vorsichtig.

Vivs Flügel wirkten, als seien sie aus purem Licht.

Er konnte nicht fassen, dass das nur ein Computerbild war. Sie sahen so real aus.

Für Boot stand außer Frage, dass Prepender für den Herzinfarkt verantwortlich war, dem er heute Morgen bei Vivs Anblick fast erlegen wäre.

Wieder glitt sein Blick zu Vivian. Die Infobox über ihrem Kopf blinkte nervig. Vermutlich würde sie verschwinden, wenn er sie anklickte.

Quest 666: Fange die Fee und verkaufe sie dem dunklen Magier des Labyrinths. 5.000 Erfahrungspunkte. Annehmen? Ja. Nein.

Prepender war schlau. Er hatte also Viv aufgespürt, wie auch immer ihm das gelungen war. Und er hatte das Spiel so manipuliert, dass er Viv als einen Non-Player-Charakter markiert hatte.

Er musste es Tom sagen. Sobald Viv das Camp verließ, war sie

Freiwild für die *White Maze*-Spieler. Aber wenn er es Tom sagte, musste er ihm gestehen, dass er die Linsen eingesetzt hatte. Dass er infiziert war. Dass Prepender ihn manipulieren konnte.

Tom würde ihn rauswerfen.

Immer noch starrte er Vivian an. Sie trug nur diesen dünnen Flatter-Fetzen, der wohl ein Kleid sein sollte. Ihre Feenflügel schimmerten in allen möglichen Blautönen. Unauffällig trat er einen Schritt näher an sie heran, denn sie duftete wie eine frische Meeresbriese. Es war *unglaublich!* Natürlich war ihm klar, dass das alles nicht real war. Aber es war wirklich verdammt schwer zu glauben.

Er merkte, wie er die Hand hob, um sie zu berühren, doch er besann sich schnell eines Besseren.

»Ich mein das ernst, Kinder!«, riss Surgery ihn aus seiner geheimen Realität. »Lasst mir Luft zum Atmen! Das wird 'ne harte OP. Und ich muss sie fünf Mal ausführen!«

Sofort räumte Boot das Feld. Surgery musste diese Brillen herstellen! Und zwar asap. Tom musste Viv sehen – er musste diese unglaubliche, wunderschöne Fee an seiner Seite sehen. Und begreifen, in welcher Gefahr sie schwebte.

Wieder huschte Boots Blick zu Viv. Ja sicher, er hielt sie für eine blöde Tussi. Aber Prepender hatte sie zum Abschuss freigegeben. Obwohl Tom vermutlich das Richtige getan hatte, als er Viv ins Camp brachte, um sie schützen zu können – Prepender hatte sie dennoch aufgespürt.

Amelie blieb einen Tisch weiter sitzen und reichte Surgery nach und nach Werkzeug an.

Er sollte die beiden wirklich in Ruhe arbeiten lassen. Boot beschloss, sich mit Zucker auf andere Gedanken zu bringen. Allerdings versperrten ihm Tom und Viv den Weg zum Wohnbereich.

Sie redeten leise miteinander und beobachteten, wie Surgery mit einem Skalpell die Nanoschicht einer Linse ablöste.

Warum musste Viv denn ausgerechnet dort stehen! Der Platz hinter ihr war viel zu schmal, um sich an ihren Flügeln vorbeizudrücken.

Verunsichert überlegte Boot, ob er durch die Flügel gehen konnte. Schließlich waren sie nicht real. Er wollte … da bemerkte Tom ihn und dessen Blick verfinsterte sich.

Boot wich seinem Blick aus. Er war feige. Er konnte es Tom nicht sagen. Zu groß war seine Sorge, aus dem Camp zu fliegen.

Viv schlug mit den Flügeln und Feenstaub tanzte durch die Luft. Boot musste davon niesen. Schockiert sah er sie an.

Sie bemerkte seinen Blick und kniff warnend die Augen zusammen.

»Schon gut«, murmelte er. Sie war eine Fee. Die sollte man nicht wütend machen. Ein Feenfluch war eine üble Sache.

Himmel! Ich dreh total durch! Feenfluch! Es ist nicht real, Boot!

Dennoch nahm er einen Umweg, hinter Surgery vorbei, um zum Wohntrakt zu kommen. Er wollte nicht ausprobieren, was geschah, wenn er ihre Flügel berührte.

Tom sah ihm nachdenklich hinterher, doch Boot tat so, als bemerke er es nicht. Eilig verschwand er Richtung Vorratskammer. Nun konnten ihn nur noch Doughnuts retten.

//Vivian

Eine Weile lang beobachte ich Surgery, wie er die Linsen auseinandernimmt und eine so dünne Schicht, dass sie mit bloßen Augen nicht zu sehen ist, auf irgendwelche Mini-Platinen setzt. Er und Amelie sind so versunken in die Arbeit, dass ich schließlich Tom, der die ganze Zeit neben mir steht, am Ärmel zupfe. Ich nicke zum Ausgang und er folgt mir.

Zusammen verlassen wir das Camp. »Komm, wir drehen eine Runde durch den Wald.«

Es ist ein anderer Weg als Amelies Joggingpfad. Wir folgen der Straße weiter hinauf in die Berge. Ich bin froh, denn der Belag ist durch Autos festgefahren und ich habe kaum Probleme mit den Sandaletten. Dennoch führt auch die Straße steil bergauf und ich fühle mich extrem unsportlich.

»Was machen wir, wenn es Surgery nicht gelingt, Lucent-Brillen herzustellen?«, frage ich irgendwann.

»Er schafft es.«

Schnaufend bleibe ich stehen und sehe Tom zweifelnd an. »Du hast aber ein Gottvertrauen in Surgery.«

»Das hat absolut nichts mit Gott zu tun. Vertrauen vielleicht. Ich *weiß*, dass er es kann.« Er grinst. »Es ist selten, dass ich mir bei etwas so sicher bin.«

»Schön.«

Er reicht mir die Hand und hilft mir auf ein paar Felsen hinauf. »Du hast es gleich geschafft.« Ein schmaler Trampelpfad führt durch Büsche, die sich in Rissen und Spalten angesiedelt haben. Als das Strauchwerk sich lichtet, stehen wir auf einem weitläufigen Plateau und blicken ins Tal hinab.

Tom lässt sich auf dem Fels nieder und bedeutet mir, mich neben ihn zu setzen. Ich versuche, cool zu bleiben. Aber mein Herz findet das ziemlich aufregend und pumpt schneller. Dabei bin ich durch den Aufstieg sowieso schon außer Atem.

»Sobald Surgery es geschafft hat, fahren wir noch mal nach Long Beach, in Ordnung?«

Tom nickt. Sein Blick ruht auf dem Horizont, wo das Blau des Ozeans und das Blau des Himmels sich berühren.

»Ich bin mir sicher, dass ich die Nachricht von Mom finde.«

»Wir werden Prependers Server ausfindig machen. Und dann schalten wir ihn einfach ab.«

Diesmal nicke ich. Und dann genieße ich das Gefühl, ihm so nahe zu sein. Ich müsste nur mein Gewicht verlagern und ich könnte mich an ihn lehnen. Eine unglaubliche Ruhe legt sich über mich, mir ist, als wären wir eins. Es ist ein zeitloses, irgendwie magisches Gefühl.

Mein Blick sucht die Stadt, ich versuche auszumachen, wo unser Haus liegt. Doch es ist so weit weg. Die Schule, meine Freunde. Ich will mich erinnern, es kommt mir alles fremd vor.

All die Designer-Outlets, die Chats und Apps, die Video-Witzchen und Internet-Weisheiten, mit denen ich mich jeden

Tag beschäftigt habe, all die Partys und In-and-Outs und Styleguides … das war ich nicht. Bin es nicht.

Ich bin jetzt.

Hier. In der Wildnis.

Ich drehe mein Gesicht Tom zu und muss gegen die Sonne blinzeln.

»Danke«, sage ich leise zu ihm.

Erstaunt sieht er mich an. »Wofür?«

»Ich hab mich verloren. Dachte ich. Als Mom starb, ist mein Leben zerscherbt. Aber – jetzt habe ich das Gefühl, dass ich endlich bei *mir* bin. Verstehst du, was ich meine?«

Er nickt stumm.

»Ich war noch nie wirklich offline – und wenn es mal Fehlfunktionen mit irgendetwas gab, dann bin ich sofort ausgeflippt. Ich hab es nicht ausgehalten, wenn ich kein Feedback von der Welt auf meine Linsen bekommen habe. Dann hatte ich das Gefühl, unsichtbar zu sein. Nicht zu leben.«

»Und das hat sich jetzt geändert?«

»Ich bin hier. Ich rieche und fühle die Welt, ganz haptisch.« Meine Finger gleiten über den rauen Fels, auf dem wir sitzen. »Das ist viel besser, als sie durch irgendein Video gefiltert anzusehen.«

»Etwas selbst zu erfahren, ist immer intensiver, als es nur gezeigt oder erzählt zu bekommen.« Seine Augen fangen meinen Blick auf und ganz langsam beugt er sich zu mir vor. »So eine sensorische Erfahrung ist aber weit mehr als nur eine Reaktion unserer Nerven – sie kann eine ganz außergewöhnliche Empfindung sein. Naturwissenschaftlich nicht zu erklären«, flüstert er.

»Tatsächlich? Kannst du das beweisen?« Kaum merklich lehne ich mich ihm entgegen, schließe die Augen. Ich spüre seine Hand in meinem Nacken.

Und unsere Lippen berühren sich.

Zum Glück hält er mich fest. Denn das Universum stellt sich auf den Kopf, krempelt sich um und lässt mich schwerelos fliegen.

Ich hab ja doch schon mal geknutscht. Aber dieser Kuss …

Dieser zarte Kuss erstickt mich fast in einem Feuerwerk aus Schmetterlingen.

Ich spüre seine Arme und weiß, dass ich *hier* bin.

Ich bin online – in meinem *Leben.*

Lebendig.

Jetzt.

Gefühlte Stunden später kehren wir ins Camp zurück. Noch immer flattern Schmetterlinge um mich herum und ich strahle wahrscheinlich wie die Sonne selbst.

Als wir in die Halle treten, bemerkt Amelie die Veränderung natürlich sofort und fällt mir mit einem Freudenquietschen um den Hals. »Ich wusste es«, flüstert sie mir vergnügt ins Ohr.

Grinsend schiebe ich sie weg. »Shht!«

Doch sie zwinkert mir zu und tänzelt zurück zu Surgery. »Ihr kommt genau pünktlich. Das letzte Teil ist eben fertig geworden!« Wie die Assistentin eines Magiers präsentiert Amelie uns fünf Kabelberge.

Erst als ich näher trete, erkenne ich die Brillen. »Sehr … äh … schick«, murmle ich.

»User-Komfort stand nicht auf meiner Checkliste«, meint Surgery und sieht etwas unzufrieden aus.

»Habt ihr sie schon getestet?« Tom nimmt sich eine verkabelte Taucherbrille und betrachtet sie.

»Absolut Steampunk«, kommentiere ich den Look. Über den Gläsern der Brille sitzt eine winzige Kamera, die mit ein paar

Platinen verdrahtet ist. Diese stecken in durchsichtigen Plastikgehäusen, die mit Gaffertape an das Band der Brille montiert sind.

»Nein«, antwortet Surgery und streckt sich. »Hier gibt es mit Sicherheit keinen Trigger für *White Maze*. Lasst uns lieber runter in die Stadt fahren.«

Tom wirft mir einen Blick zu. »Long Beach. Sagt Boot Bescheid.«

»Boot!«, brüllt daraufhin Surgery so laut, dass es auch im hintersten Winkel der Halle zu hören sein dürfte.

Tatsächlich dauert es keine Minute und schon hastet Boot durch den Vorhang zu uns. »Was ist?«

»Fang!« Surgery wirft ihm eine der Brillen zu. Boot fängt sie und betrachtet sie argwöhnisch. »Das soll funktionieren?«

»Das werden wir gleich rausfinden. Wir fahren los.«

»Testen wir sie doch hier«, schlägt Boot vor und sieht mich nervös an.

»Ich denke nicht, dass hier viel von *White Maze* zu sehen ist. Und die Akkus halten nicht sehr lange«, erklärt Surgery. »Wir brauchen Zeit, wenn wir Prependers Server lokalisieren wollen. Es wäre also irgendwie Quatsch, sie jetzt zu testen.«

»Aber …«

»Meine Güte, Boot. Steig in den Van!«

Murrend folgt er uns hinaus. Immer wieder sieht er mich an, dass es mir kalt den Rücken hinunterläuft.

//Vivian

Tom parkt den Van gleich an der Straße bei der Fußgängerbrücke. Ich sehe durch die Windschutzscheibe auf das Village und atme einmal durch. Heute ist nicht viel mehr los als bei meinem letzten Besuch. Hoffentlich finde ich Moms Nachricht im Spiel. Was, wenn jemand anderes sie bereits gefunden und mitgenommen hat?

Langsam lasse ich mich aus dem Auto rutschen. Es ist heiß. Der Asphalt wirft die Hitze zurück und ich vermisse schon jetzt die Klimaanlage des Vans.

Surgery ist ebenfalls ausgestiegen und kramt die Brillen aus seinem Rucksack. Als Boot aus dem Van steigt, treffen sich unsere Blicke. Fast muss ich lachen. Wenn ich es nicht besser wüsste, würde ich sagen, der Knirps hat Angst vor mir. Schnell sieht er an mir vorbei.

»Wow!«, stammelt er verdutzt. »Heut ist es hier aber ziemlich überlaufen.«

Amelie mustert ihn skeptisch. »Boot. Dir tut es nicht gut da oben in den Bergen. Du entwickelst echt strange Spleens.«

Ich muss mir ein Lachen verkneifen und wende mich Tom zu. »Wenn es dir nichts ausmacht, gehe ich allein los.«

»Bist du sicher?«

»Klar. Ihr werdet euch doch eh gleich nur noch Tech-Talk an den Kopf werfen, sobald ihr Prependers Server trackt. Und ich muss Mom finden.«

»Na gut.« Fast klingt er enttäuscht, als würden wir uns für Jahre voneinander trennen müssen.

»Warte.« Surgery zeigt auf meine Brille. »Mit dem Knopf hier kannst du einen internen Chat starten. Der läuft nur zwischen unseren Brillen. Sieht sonst keiner.«

»Alles klar. Danke.«

»Vielleicht sollte ich dich begleiten – du kommst sicher nicht mit der Brille klar.«

Völlig überrumpelt starre ich Boot an. »Wie bitte?«

»Ach komm. Du hast schon verstanden. Tom – willst du sie echt alleine losziehen lassen?«

Alle mustern Boot verständnislos, bis er aufgibt und grummelnd davontrottet.

»Sind die Doughnuts alle?«, wundert sich Amelie. »Boot ist ja völlig neben der Spur.«

Mir ist egal, welche Gemeinheit Boot schon wieder ablassen wollte. Ich werde jetzt Mom finden. Wie beiläufig streife ich Tom am Arm, als ich an ihm vorbeigehe und kurz berühren sich unsere Finger. »Bis später.«

Mit einem Lächeln überquere ich schließlich das Grün und tauche in den Ort meiner Kindheit ein.

Es ist etwas schwierig, die Brille alleine aufzuziehen, die Kabel verheddern sich und ich bereue es, dass ich mir nicht von Tom habe helfen lassen. Doch letztendlich sitzt sie.

Ich versuche, nicht darüber nachzudenken, wie albern ich damit aussehe. Allerdings habe ich auch gar keine Zeit, mir Gedanken zu machen, denn mir bleibt vor Staunen der Mund offen stehen.

Ein Stelzenläufer hält direkt auf mich zu. Als ich mit einem hektischen Sprung zur Seite ausweiche, remple ich fast einen Ballonverkäufer an. Ist der echt? Unschlüssig starre ich ihn an. Habe ich ihn gesehen, als ich die Brille noch nicht aufhatte?

»Was, Miss Tinkerbell? Wollen Sie einen Ballon?« Er klingt unfreundlich. Aber total real. Vorsichtig lüpfe ich die Brille und sehe in seine Richtung. Doch da ist niemand, nur halb verdorrte Wiese.

Meine Güte, Mom! Staunend lasse ich mich weitertreiben. Es sind plötzlich ganz schön viele Leute hier. Auf dem schmalen Stück Rasen zwischen der Fußgängerbrücke und dem *Yardhouse* ist ein bunter Jahrmarkt aufgebaut. Es gibt Schießbuden und Tombola, Tortenwerfen und sogar ein zauberhaft altmodisches Karussell mit kunstvoll geschnitzten Pferden. Ich erinnere mich an dieses Karussell. Es stand auf einem Jahrmarkt, hier in Long Beach. Früher, als ich klein war. Tagelang habe ich davon geschwärmt, auf den Pferden zu reiten. Ich habe mir vorgestellt, sie wären echt und ich würde mit ihnen davongaloppieren. Mom musste jeden Tag mit mir hierher.

Mom hat mein Märchen in *White Maze* wiederauferstehen lassen. Ich muss lachen und würde am liebsten tanzen. Jetzt weiß ich, dass ich hier richtig bin – das hier hat Mom in dem Readme gemeint. *Unsere traumhaften Tage.* Als wir uns zusammen in eine andere Welt fantasiert haben. Nun muss ich nur noch die Nachricht finden.

Als wäre ich neun Jahre alt, wandle ich staunend durch die

schmalen Gassen zwischen den Ständen. Es sind so viele Menschen hier, dass es nur langsam vorangeht. Eine genervt aussehende Mutter mit Kinderwagen verstellt den Weg. Sie hat ihrem Kind Churros gekauft, doch nun ist eine der Teigstangen abgebrochen und auf den Boden gefallen. Das Geschrei ist ohrenbetäubend. Ich versuche, um sie herumzugehen, und gerate dabei zwei Jungs in die Quere. Sie grinsen mich hämisch an. Anscheinend stehen sie auf Steampunk, denn sie tragen Staubmäntel und Fliegerbrillen, dazu Zylinder und hohe Stiefel mit unzähligen Kupferschnallen. Sie machen auf mich einen unheimlichen Eindruck, wie sie mich ansehen ... Eilig schlage ich eine andere Richtung ein. Ich frage mich, ob es Spieler von *White Maze* sind oder ob sie zum Programm gehören.

Doch ich nehme mir keine Zeit, die Brille kurz hochzuziehen. Ich will so schnell wie möglich Moms Nachricht finden. Die meisten Menschen drängeln sich auf dem Jahrmarkt. Ich drücke mich um einen Mülleimer herum, der von weißen Papiertüten mit roten Herzchen darauf nur so überquillt. Anscheinend hat das *Funnel House* heute wieder offen! In solchen Tüten waren die Churros immer eingewickelt. Eine Familie flaniert an mir vorbei. Sie haben frische Churros. Was würde ich jetzt für eine dieser Zimtstangen tun!

Ich wende mich Richtung *Funnel House*. Mom wusste, wie sehr ich die Dinger geliebt hab. Vielleicht finde ich dort diesmal ihre Nachricht.

Ein Trupp Teenager kommt mir entgegen. Sie sind wie Cosplayer gekleidet. Die Mädchen tragen bunte Perücken mit Katzenohren. Zwei Jungs begleiten sie und machen einen auf verwegene Piraten.

Jetzt ziehe ich kurz die Brille hoch und kassiere einen seltsamen Blick von den fünfen. Sie sind real. Doch ohne Brille sehen sie aus wie ziemlich langweilige, durchschnittliche Teenies.

Als ich an ihnen vorbei bin, bemerke ich, dass sie stehen geblieben sind und diskutieren. Sie starren mir nach. Hinter ihnen tauchen die Steampunk-Kerle auf. Auch sie gaffen mich an.

Was soll das?

Mit den Fingern taste ich an der Brille nach dem Knopf, den mir Surgery gezeigt hat, und drücke ihn. Ein Curser blinkt grün in meinem Sichtfeld auf. »Tom?«, sage ich und die Buchstaben erscheinen vor mir. »Wo seid ihr?« Mit einem Fingerzeig in die Luft sende ich die Nachricht ab und gehe eilig Richtung *Funnel House*.

Egal wohin ich blicke, überall liegen Herzchen-Papiertüten herum oder Leute essen genüsslich Churros.

Unauffällig werfe ich einen Blick über die Schulter. Unterdessen scheint auch ein Zwerg hinter mir her zu sein. Er sieht ziemlich verwegen und gefährlich aus. Bilde ich es mir ein, dass sie mich verfolgen? Hat das etwas mit Moms Nachricht zu tun?

Fieberhaft überlege ich, was mir Steampunk, Cosplay-Piraten und Katzen oder ein raubeiniger Zwerg sagen sollen, doch die grimmigen Blicke der Spieler verunsichern mich.

Inzwischen bin ich am *Funnel House* angelangt. Verwirrt gehe ich um den Pavillon herum. Er ist geschlossen! Noch immer klebt das Schild *Wir renovieren für Sie* im Fenster. Woher kommen denn dann all die Churros?

Gerade will ich zurück, um nachzusehen, ob die Menschen mit den Churros nur in der AR sind, da kommt mir der Pulk Spieler entgegen. Der Zwerg wiegt eine Keule in der Hand, einer der Piraten hat seinen Dolch gezückt. Was zum Henker …?

»Tom? Tom!«, flüstere ich in die Brille. »Irgendwas ist hier faul. Wo seid ihr?«

//Boot

Boot war fertig mit den Nerven.

Natürlich sahen die anderen die Welt nun genauso wie er, doch sie zogen ständig die Brillen ab, um sich die Wahrheit wieder bewusst zu machen.

Er hingegen war gefangen.

Er hatte keine Ahnung, wie es im Shoreline Village wirklich aussah!

»Das toppt wirklich alles«, murmelte Tom zum hundertsten Mal und schob seine Brille hoch und runter.

Boot sah einem Typen auf einem Skateboard nach – echt oder nur Pixel? Das Eis des Verkäufers hatte sich mehr als real in seinem Mund angefühlt. Er konnte es riechen, spürte die Kälte, die von der Kühltruhe ausging, die der Mann vor sich herschob. Doch als Amelie ihn auslachte, weil er sich ein Eis gekauft hatte, war ihm bewusst geworden, dass das Ganze eine Simulation war.

Jetzt hatte er sich von der Gruppe abgesetzt. Noch so eine Verwechslung von Realität und erweiterter Realität und sie würden kapieren, was los war.

Erschöpft ließ er sich hinter einem der Restaurants auf einer Bank nieder und schloss die Augen. Pause. Er brauchte eine Auszeit von all diesen falschen Informationen.

Der Moment, als er heute Morgen zum Frühstück kam und Vivian ansah: Es hatte nur einen Wimpernschlag gebraucht und sie hatte sich in eine Fee verwandelt. Es musste eine Gesichtserkennung sein, die Vivian erkannt hatte.

Wo steckte sie jetzt? Wie viele Spieler hatten das Quest wohl schon angenommen?

Kurz blitzte der Gedanke auf, dass er froh sein sollte, sie los zu sein. Hatte er nicht prophezeit, dass sie nur Ärger machen würde?

Du bist so 'n Arsch, dachte er. *Es ist nicht Vivian, die die Crew in Gefahr gebracht hat. DU bist der Vollhonk! Was musstest du auch diese dämlichen Linsen einsetzen!*

Er musste es Tom sagen. *Jetzt!* Vivian war in Gefahr. Und sein Verstand auch. Nicht mehr zu wissen, was echt und was fake war, machte ihn völlig verrückt!

Jemand setzte sich neben ihn. Als Boot die Augen öffnete, lächelte ihn ein Mann an. Zwischen seinen Schneidezähnen klaffte eine kleine Lücke. Er war vielleicht Mitte dreißig. Boot fiel sofort das Tattoo auf, das unter dem Kragen des Parkers hervorlugte. Nullen und Einsen.

»Ganz schön was los heute«, sagte der Mann.

»Ja, irgendwie schon«, murmelte Boot. Das war das Letzte, was er jetzt gebrauchen konnte: Small Talk mit einem Nerd über die Wunder-Skills der Sofia Tallert.

»Ich muss weiter. Schönen Tag noch.« Boot stand auf.

»Warum denn? Deine Kumpels sind doch noch verzweifelt dabei, die Matrix sichtbar zu machen.«

Wie angewurzelt blieb Boot stehen. »Bitte?« Verblüfft starrte er den Typen an. War das ein In-Game-Charakter?

»Setz dich, Boot. Ich helfe dir. Du hast mir ja auch schon geholfen.« Er lächelte milde und Boot durchlief ein Schauder. Der Typ kannte seinen Namen. Aber was meinte er mit *geholfen?* Er konnte sich nicht erinnern, ihn irgendwann mal getroffen zu haben.

»Also, das hier –« Der Mann machte eine fahrige Bewegung durch die Luft und ein Icon ploppte in Boots Gesichtsfeld auf. »Das ist ein geniales Programm –«

Ohne sein Zutun öffnete sich eine App und scrollte sich eigenständig durch. Boot erkannte nur Fetzen des Codes. Jedoch reichte es, dass ihm übel wurde.

Entsetzt starrte er den schlaksigen Kerl auf der Bank an. *Er* war es!

Boots Gedanken rasten. Würde er ihn jetzt einfach so umbringen?

Wie gelähmt stand er da, unfähig, auch nur den kleinen Finger zu rühren. Wo war Tom? Wieso konnte man die Nachrichtenfunktion nicht per Audiobefehl aktivieren?

»Du wartest jetzt noch ein paar Minuten und dann gehst du zu ihnen und erklärst ihnen, dass du einen deiner genialen Momente hattest und die Streams nun tracken kannst.« Langsam erhob der Mann sich und trat an ihn heran. Er roch nach einem herben Aftershave. Der Parker raschelte, als er den Arm hob, und die Hand, die er auf Boots Schulter legte, fühlte sich schwer an. Sie drückte ihn nieder. Wie eine Drohung.

»Ihr findet die Server. Fahrt ruhig hin. Sprecht mit Prepender.«

Boot keuchte und nahm all seinen Mut zusammen. Trotzig sah er dem Kerl in die Augen. »Du glaubst, ich bin so blöd? Das ist eine Falle. Was willst du von uns, Prepender?«

»Ihr hört sofort auf, mich zu jagen. Ihr könnt es sowieso nicht stoppen.«

Nein. Wir werden *dich stoppen! Es ist die Hölle, die du über die Menschen bringst!*

»Was bekomme ich dafür, wenn ich dir helfe?« Boots Stimme krächzte.

Amüsiert belächelte Prepender ihn. »Du darfst weiterspielen«, flüsterte er.

»Nein!« Alles oder nichts, dachte Boot. Was hatte er schon zu verlieren? Er war bereits in der Hölle. »Ich will, dass du mich aus der AR nimmst. Ich will aussteigen.«

Da lachte Prepender auf und hatte plötzlich eine Spritze in der Hand.

Boot wusste, was das war. Zitternd wich er zurück. Doch er war nicht schnell genug.

Prepender schnellte vor und riss Boots Arm an sich. Er setzte die Nadel an die Vene. »Es ist für mich ein Kinderspiel, dich offline zu setzen.« Er grinste gehässig.

Kalter Schweiß brach Boot aus. Panisch starrte er auf die Nadel. Sie war nicht real! Doch er spürte sie in der Armbeuge. Er fühlte den eisernen Griff Prependers. Sein Hirn glaubte alles. Dieses dämliche Ding!

Es war damals ein Höllentrip gewesen, von dem Zeug runterzukommen. Sein Gehirn wusste, was sich in der Spritze befand. Sie war randvoll. Eine Überdosis Heroin.

Prepender hatte ihn in der Hand. Sein Hack der Parameter funktionierte großartig, daran zweifelte Boot keine Sekunde.

Die Nadel ritzte seine Haut. Er fühlte es und sah einen Blutstropfen.

»Also.« Prepender starrte ihn direkt an. »Es ist jetzt *mein*

Spiel. *Meine Regeln.* Und du bist im Spiel, bis *ich* dich entlasse.« Er ließ ihn los und die Spritze war verschwunden. »Tu, was ich dir sage! Gib Tom das Programm und kommt mich besuchen!«

Damit wandte sich Prepender zum Gehen. Doch er drehte sich noch einmal zu Boot um, der am ganzen Leib zitterte. »Willkommen in meiner Welt.« Er lachte kurz, dann schlenderte er die Straße hinunter. Seine Schuhe klackten auf dem Asphalt, sein Schatten begleitete ihn, der Geruch des Aftershaves verflog.

Boot sackte zusammen und heulte.

//Tom

Tom hob die Brille – und senkte sie wieder. »Seht euch diese Grafik an!« Nochmals schob er die Brille hinauf, trat einen Schritt vor und setzte sich die Linsen-Brille erneut auf. »Du kannst quasi die Nase drandrücken und siehst trotzdem keinen Pixel.« Er stand vor einem Bündel Heliumballons, das ein Mann zum Verkauf anbot. Die silbrige Folie spiegelte in der Sonne, das grinsende Gesicht eines grünen Geists war daraufgedruckt. Tom konnte sogar die Dicke des Farbauftrags erkennen.

»Hey, Sie. Nehmen Sie die Nase aus meinen Ballons. Mir ist egal, wie blind Sie sind. Wollen Sie einen oder nicht?«

Perplex sah Tom zu dem Mann, der ihn unfreundlich musterte.

»Reden Sie mit mir?«

»Sag mal, was hast du denn genommen? Klar Mann. Jetzt versau mir hier nicht das Geschäft und zieh Leine.«

Für einen Moment starrte Tom den AR-Charakter unschlüssig an. Die Engine war der Wahnsinn. Eine absolut glaubwürdige Interaktion.

»Hast du das gesehen?«, flüsterte er Amelie zu, die vor einer Bude mit Schmuck stehen geblieben war.

»Nein, hab ich nicht. Schau mal hier, ich könnte mir virtuellen Schmuck kaufen. Wenn ich die echten Linsen hätte. Die da würden zu meinem blauen Shirt richtig gut aussehen, oder?«

»Blau ist deine neue Lieblingsfarbe, hm?«

»Vielleicht bringt sie mir Glück?« Natürlich bemerkte Tom das verliebte Lächeln, das sie Surgery zuwarf. Doch er übersah es geflissentlich und deutete auf eine junge Familie, die einige Meter entfernt vorbeiflanierte. Die Eltern gingen Hand in Hand und wirkten rundum zufrieden. Der Vater schob den Buggy lässig mit einer Hand, das Kleinkind darin badete regelrecht in Zuckerwatte, während das Schulkind daneben den größten Lutscher aller Zeiten strahlend vor sich hertrug.

»Was ist mit denen?«, fragte er sie.

»Fake oder echt, meinst du?«

»Fake!«, tippte Tom. Obwohl die Charaktere wirklich überzeugend wirkten.

»Real!« Amelie hatte kurz die Brille gelüpft. »Also die Kids. Der Süßkram natürlich nicht.«

Fassungslos sah Tom dem Trüppchen nach. »Ich kann es nicht unterscheiden! Wie wäre das erst, wenn ich das volle Paket hätte … So wie diese Kids. Die wollen doch nie wieder weg von hier. Süßigkeiten, die wie echte riechen und schmecken … aber nur Luft sind.«

Surgery klopfte ihm beruhigend auf die Schulter. »Willkommen in der schönen neuen Welt. Es ist das Paradies!«

»Aber dank Prepender ein tödliches. Wir müssen ihn aufspüren!« Tom marschierte los, die Brille auf der Nase. Ihm wurde schlecht bei dem Gedanken, dass die Menschen, die im *White*

Maze waren, um Spaß und Ablenkung zu suchen, dass sie alle potenzielle Opfer eines Wahnsinnigen waren.

Da entdeckte Tom einen kauzigen Kerl, der auf einer Parkbank saß und Aquarelle von Long Beach zum Verkauf anbot. Über seinem Kopf schwebte eine Notiz. *Quest 27: Bringe mir das Buch von Balthasar. Erfahrungspunkte: 12. Annehmen? Ja. Nein.*

»Cool. Ein Quest. Wollen wir es versuchen?« Amelie ging auf den Mann zu und tippte auf das *Ja* über seinem ergrauten Haupt.

Tom blieb ein paar Schritte hinter ihr, um mithilfe eines Trackingprogramms den Datenfluss dieses Charakters zu isolieren. Doch es gelang ihm nicht.

»Pssst!« Der Mann blickte zu Amelie auf und winkte sie näher zu sich heran. Sie trat auf ihn zu und senkte den Kopf, sodass er ihr etwas zuflüstern konnte.

Auch Tom kam nun einen Schritt näher, seine Finger tippten in der Luft herum. Er versuchte, sich Zutritt zu der Programmierung des alten Mannes zu verschaffen.

»Wenn du mir das Buch von Balthasar bringst, dann zahle ich dir 10 Taler«, wisperte der Mann und warf dabei einen argwöhnischen Blick auf Tom.

»Wo ist das Buch denn?«, fragte Amelie.

Verschwörerisch sah sich der Alte um und deutete auf das Restaurant am Ende des Piers. »Ich hab den Kerl dort hinten verschwinden seh'n. In dem Haus mit dem Leuchtturm.«

»Und wie sieht der Kerl aus?«

»Du solltest kampferfahren sein.« Tom bemerkte, wie der Mann Amelie skeptisch musterte. Zur Kontrolle hob Tom noch einmal die Brille an, doch Amelie unterhielt sich tatsächlich mit einer leeren Parkbank.

»Alles klar. Ich mach's für zwanzig«, sagte sie dreist.

Abschätzig zog der Mann eine Augenbraue hoch. »Ziemlich vorlaut für so ein kleines Mädchen.«

»Hast du das gehört?«, wandte sich Tom an Surgery. Der fummelte an einer Verdrahtung seiner Brille herum.

»Was? Nee. Sorry. Das funzt hier noch nicht so wirklich bei mir. Wir bräuchten ein weiteres Interface, um in die Matrix von *White Maze* zu gelangen. Mist!«

»Der Nicht-Spieler-Charakter hat gerade Amelies Parameter gecheckt und eine Einstufung ihrer Fähigkeiten vorgenommen!«

Surgery schob sich die Brille wieder auf die Nase und sah zu Amelie. »Meine Güte. Vermutlich hat der einen echt üblen Mundgeruch. Gut, dass uns das erspart bleibt.«

Gerade blaffte Amelie den Alten an. »Wollt Ihr das Buch oder nicht?«

»Fünfzehn«, ging der Mann patzig auf Amelies Geschacher ein.

Tom gab ein fassungsloses Grunzen von sich. Vivs Mom und ihre Programmierer waren wirklich Götter! Die Spielfigur feilschte mit Amelie!

»Deal.« Amelie streckte ihm die Hand hin und der Typ spuckte hinein.

»Deal«, murmelte er und wandte sich dann wieder seinen Aquarellen zu.

Angewidert drehte sich Amelie zu Tom und Surgery und hielt ihre Hand hoch. »Mann, bin ich froh, dass ich das nur visualisiere!« Dennoch rieb sie sich die nicht existierende Spucke an ihrem T-Shirt ab.

»Die Fähigkeit des Spiels, sich auf dich einzustellen, ist einfach nur der Hammer.« Tom gab einen weiteren Befehl ein und beobachtete die Codezeilen, die vor ihm aufflackerten. »Das wird ein langer Nachmittag. Ich bekomme keinen Zugriff auf die Non-Player-Daten.«

»Vielleicht finden wir ein Artefakt. Das sollte eine weniger komplexe Programmierung haben«, schlug Amelie vor.

Zusammen betraten sie die Promenade, die zu dem Restaurant entlang der Bootsanleger führte. Plötzlich wurden sie von hinten regelrecht über den Haufen gerannt, als drei junge Männer, alle wie Söldner gekleidet, mit gezückten Messern an ihnen vorbeistürmten.

Sofort hob Tom die Brille. Die Typen waren echt. In Jeans und T-Shirt rempelten sie zwischen den Leuten hindurch. Die Messer waren zum Glück nur virtuell. Doch dann wurde Tom klar. Wenn die Jungs sie virtuell gegen einen anderen *White Maze*-Spieler einsetzten, würden sie in Wirklichkeit jemanden real verletzen ... Also zumindest real für das Nervensystem des Spielers.

»Hinterher!« Zusammen mit Surgery und Amelie versuchte er, den dreien zu folgen, doch es waren so viele Menschen unterwegs, dass sie die Bande aus den Augen verloren.

»Ich weiß gar nicht, durch wen ich durchlaufen kann und durch wen nicht«, stellte Surgery fest.

In dem Moment tauchte Boot wie aus dem Nichts vor ihnen auf.

»Wo warst du?«, fragte Tom.

»Ich – also ich hab mir Gedanken gemacht. Wegen Prepender.«

Tom bemerkte, wie schlecht Boot aussah. Seit gestern hatte er den Eindruck, dass sein Freund krank war. Seine Haut war blass und schwitzig und er wirkte äußerst nervös.

»Und«, fuhr Boot fort und tippte fahrig vor sich in die Luft, »ich glaube, ich hab den Trick gefunden. Wir können mit einer kleinen App den Datenfluss visualisieren.«

»Du hast ’ne App fürs Datentracking geschrieben? Mal so eben?« Fassungslos sah Amelie ihn an.

Auch Tom konnte es nicht so recht glauben. »Wie hast du das hinbekommen?«

Boot schickte die App auf die Brillen von Tom, Amelie und Surgery. »Ach, weiß nicht. War so eine Eingebung. Passiert ja manchmal.«

»Ja klar. Passiert.« Besser nicht nachfragen, dachte Tom. Mal sehen, ob es überhaupt was taugt. Er aktivierte die App und blickte sich um. Tatsächlich fluteten nun von den Menschen um ihn herum goldgelb flimmernde Codes hinaus in den Himmel. Über ihren Köpfen bündelten sie sich zu einem breiten Fluss aus Daten.

Surgery gab ein beeindrucktes »Wow!« von sich. »Boot, das ist ja der Wahnsinn! Schaut euch das an. *Mainhead* verwendet Quantenrechner.«

Amelie deutete auf den Wolkenkratzer in der Skyline, in den der schimmernde Fluss hineinströmte. »Das ist *Mainhead*. Aber seht ihr diesen kleinen Nebenfluss?«

Tom kniff die Augen zusammen, um deutlicher zu sehen. Sie hatte recht. Ein dünner roter Strom schoss aus dem Tower und strebte Richtung Osten, weit hinauf in die Wolken. »Was ist das?«

»Ich schätze, das ist Prepender«, bemerkte Boot. »Er hat sich in *White Maze* eingeklinkt und wird vermutlich schon die ersten Manipulationen ausführen.«

Tom versuchte, eine Triangulation des roten Neben-Streams

zu erstellen. »Wir müssen zu seinen Servern und sie ausschalten.«

»Das wird sicher schwierig«, meinte Boot und klang ängstlich.

Tom warf ihm einen Blick zu. »Das ist wirklich ein klasse Crack, Boot. Du bist unser Held. Da wird es ein Leichtes sein, ein bisschen Hardware auseinanderzurupfen. Ich sage Vivian, dass wir uns am Parkplatz treffen.« Er tastete an dem Schalter an der Brille und aktivierte den Nachrichtenkanal.

//Vivian

Jeder Atemzug schneidet mir in die Brust. Mein Herz fühlt sich an, als würde es bersten. Ich renne, remple mich durch die Menge an Besuchern. Werde angepöbelt, festgehalten, jemand stellt mir ein Bein, doch ich renne weiter, versuche, die Meute abzuschütteln.

Noch immer habe ich Surgerys Lucent-Brille auf, sehe Zwerge und Piraten, die nach mir greifen. Sie sind überall. Und es werden immer mehr. Steampunk-Lords, Söldner und Elbenfrauen kesseln mich ein.

Wo ist nur Tom?

Ich muss zum Van!

Doch der schmale Weg zwischen Wasser und Geschäften ist verstopft mit Menschen und Buden.

Ich kann nicht mehr, jeder Atemzug sticht. Aber wenn ich stehen bleibe, erwischen sie mich. Und ich will nicht wissen, was dann geschieht!

Eine Hand packt mich. Es ist eine Frau, sie trägt ein mittelalterliches Kleid. »Wow, so eine wie dich habe ich mir schon immer gewünscht!«, kichert sie.

Eine wie mich?

»Hey! Ich hab sie zuerst gesehen! Lass sie los!«, brüllt der Zwerg.

Für einen Wimpernschlag ist sie abgelenkt und ich reiße mich von ihr los. Mit einem wilden Schrei springt der Zwerg auf mich zu. Er schwingt eine stachelige Keule und verfehlt mich nur um Haaresbreite.

Ich renne weiter – dort! In die schmale Gasse zwischen den Häusern!

Die Mülltonnen, die hier abgestellt sind, sind real. Ich packe sie und werfe sie hinter mir um. Jetzt blockieren sie den Durchgang. Vielleicht verschafft mir das eine Sekunde mehr.

Eine Sekunde, um Hilfe zu finden.

»Tom!«, brülle ich und die Brille schickt es artig als Textfeed raus.

Vor mir ist der Parkplatz. Hastig sehe ich mich um. Die Bande zwängt sich durch die schmale Gasse, muss über die Mülltonnen klettern.

Eine Sekunde. Das ist meine Chance.

Mit meinen letzten Reserven sprinte ich auf den Parkplatz und tauche schließlich hinter einen dunklen SUV.

Luft.

Leise!

Atme leise!

All diese Leute, die mich verfolgen, spielen *White Maze*.

Und ich bin Teil des Spiels.

Wieso, weiß ich nicht.

In diesem Moment ist mir das Warum auch egal, denn wenn sie mich kriegen, dann wird es sicher übel für mich enden. Selbst wenn ich momentan in *White Maze* nicht verletzbar bin – dank

Surgerys Brille. Die Typen sind real, ihre Fäuste und Tritte sind es demnach ebenfalls.

Jeder Atemzug schmerzt. Tränen verschleiern meine Sicht. So klein wie möglich kauere ich mich hinter den mächtigen Wagen. Mein Herz wummert derart laut, dass ich nichts anderes höre. Ich versuche zu lauschen, wo meine Verfolger sind. Aber da sind nur das Rauschen meines Bluts und das Hämmern meines Herzens.

»Komm raus! Ich kann dich riechen!«, brüllt jemand.

Es klingt nah! Zu nah!

Moment mal. Er kann mich *riechen?*

Vivian? Wo bist du? Was ist los!, rattern plötzlich grüne Buchstaben in mein Sichtfeld.

Gott sei Dank! Tom! Noch mehr Tränen schießen mir in die Augen. »Parkplatz!«, flüstere ich. »Schnell!«

Sind unterwegs.

Schritte schleichen sich an. Wer immer es ist, er ist gleich bei mir. Ich muss weg, sonst hat er mich.

Todesmutig springe ich auf. Es ist der Zwerg. Mit meinem ganzen Gewicht werfe ich mich gegen ihn und renne los zur Straße. *Bitte, Tom! Wo bist du!*

Etwas trifft mich hart am Kopf, ich strauchle, falle. Schmerz zuckt durch mein Knie. Als ich versuche aufzustehen, sind sie schon über mir.

»Sie gehört mir!« Die Pranken des Zwergs greifen erneut nach mir.

»Das werden wir noch sehen!«, drängt sich die Elbin vor und droht dem Zwerg mit ihrem Schwert.

Ich versuche wegzukrabbeln, doch Hände packen mich und zerren mich auf die Füße. Es sind die Piraten. Der eine betatscht mich dreist. »Das ist soooo geil!«

Sein Freund nickt und streicht mir über die Haare. Dann zeigt er seinem Kumpel seine Hand. »Wahnsinn.« Bevor ich begreife, was er so wahnsinnig findet, fliegt etwas an ihm vorbei und schlägt in das Auto neben uns ein.

»Verfluchtes Pack!« Die Piraten wirbeln herum. Wie zum Duell und mit ausgestreckter Waffe steht einer der Steampunker da und zielt mit einem Trommelrevolver auf den Piraten.

»Der nächste Schuss verfehlt sein Ziel nicht.« Mit der anderen Hand bedeutet er ihm, dass er mich für sich will. Hinter ihm sehe ich die Elbin und den Zwerg kämpfen. Der Zwerg blutet an der Stirn. Vermutlich blutet er tatsächlich.

Reifenquietschen.

Ich fahre herum. Surgery rast mit dem Van auf uns zu.

Mit einem Aufschrei will ich mich losreißen, doch die Piraten sind stärker. Einer verpasst mir einen Faustschlag in den Magen, ich knicke weg, kann für einen Moment nicht atmen. Ich werde gepackt und wieder hochgerissen. Versuche, mich zu wehren, doch der Schlag hat mir die Sinne vernebelt.

»Viv!«

Es ist Toms Stimme.

»Zum Van!«

Der Van … wo ist er? Der Zwerg ist auf einmal neben mir, klammert sich an mir fest, die Piraten treten nach ihm, erwischen aber mich. Plötzlich sind Tom und Boot da. Keine Ahnung, wie sie den Zwerg loswerden, die Piraten fangen sich zwei anständige Kinnhaken von Tom ein. Amelie greift meine Hand, hievt mich in den Wagen, und bevor ich sitze, heult auch schon der Motor auf und der Van rast davon.

Ich zittere am ganzen Körper und Tom ist neben mir. Dankbar lehne ich mich an ihn.

»Ich habe keine Ahnung, warum ...«

»Tom?«, unterbricht mich Amelie. Sie trägt noch die Lucent-Brille und bedeutet Tom, dass er seine aufsetzen soll. Er lässt mich kurz los und schiebt sich die Brille über die Augen.

»What the ...« Entsetzt starrt er mich an.

Matt nicke ich. »Ich bin im *White Maze* irgendwie getriggert, oder? Deswegen waren die hinter mir her. Was bin ich?«

Er schaut mich durch die Brille an und seine Augen weiten sich. »Du bringst 5.000 Erfahrungspunkte. Das ist extrem.«

Ich sehe ihn erschöpft an. »Das war nicht meine Frage.«

»Na ja – also«, stottert er. »Irgendwie bist du wirklich ... zauberhaft.« Er streicht mir sanft übers Haar und betrachtet überwältigt seine Hand.

Auch wenn die Brille einen leichten Knacks abbekommen hat, erkenne ich, was an seinen Fingern haftet. »Das ist Glitzer!« Ungläubig nehme ich seine Hand und betrachte den feinen Staub, der magisch schimmernd daran haften geblieben ist.

Amelie räuspert sich und reicht mir einen Taschenspiegel.

Als ich hineinblicke, kann ich es nicht fassen.

Ich bin eine Fee! Allerdings ziemlich ramponiert. Dennoch glimmt und flimmert die Luft um mich herum.

»Und über dir schwebt ein Quest-Schild«, sagt Tom. »Wenn ich dich an den dunklen Magier des Labyrinths ausliefere, bekomme ich eine fette Belohnung.«

Sauer klappe ich den Spiegel zu. »Prepender!«

»Die Frage ist, wie er dich gefunden hat.«

Mein Blick gleitet schuldbewusst zu Amelie, die sich aber nichts anmerken lässt. Natürlich bin ich selbst dafür verantwortlich. Ich hab durch die Nachricht an Sara und Kelly laut *Hallo, hier bin ich* gebrüllt!

»Er wird nicht eher ruhen, bevor er mich zum Schweigen gebracht hat. Man wird mich überall jagen.«

»Aber warum?«, meldet sich Surgery zu Wort, der den Van auf den Freeway steuert. »Was will er von dir?«

»Er hat Angst, dass sie etwas weiß.« Besorgt mustert Tom mich und ich senke den Blick.

Meine Warnung an Kelly und Sara hat ihm verraten, dass ich über seine Manipulation Bescheid weiß! Kann Prepender tatsächlich wissen, dass ich versuche, ihn zu stoppen, dass ich von seiner Manipulation weiß? In mir verkrampft sich alles, als mir klar wird, dass er sicher auch von Tom und seiner Crew weiß. Ich habe sie verraten!

»Wir kriegen ihn.« Tom wendet sich an Surgery. »Ab zum Flughafen. Wir fliegen sofort.«

»Wohin?«, will ich wissen.

»Dank Boot haben wir herausgefunden, von wo aus Prepender die AR manipuliert«, erklärt mir Amelie. »Wir fahren hin und schalten ihn offline.« Sie lächelt mich aufmunternd an.

Dankbar nehme ich ihre Hand. »Es tut mir so leid«, flüstere ich.

Sie schüttelt kaum merklich den Kopf. »Du bist schlichtweg eine gute Freundin. Das ist, was zählt. Du hast dir nur Sorgen gemacht.«

Jetzt mache ich mir allerdings mehr Sorgen denn je. Prepender hat mich in der Hand – dabei bin ich noch nicht mal von seinem Hack infiziert!

Nachdenklich blicke ich aus dem Fenster und sehe die Stadt vorübergleiten. So viele Leben. Was hat er mit ihnen vor?

//Vivian

Die Straße zieht sich schnurgerade durch die mir fremde Landschaft. Seit einer guten halben Stunde haben wir kein Anzeichen von menschlichem Leben mehr bemerkt.

Über uns fließt der rote Datenstream und führt uns zu seinem Ursprung. Ausgerechnet in der Einöde von Wisconsin hat sich Prepender sein Versteck aufgebaut.

Mein Blick wandert zu Tom, der hinter dem Steuer des Mietwagens sitzt und konzentriert auf die Straße sieht. Ich folge seinem Blick und versuche, die dystopischen Gedanken zu unterdrücken, die mich beim Anblick der Einsamkeit da draußen bestürmen. Ich strecke mich, um die Müdigkeit abzuschütteln.

Inzwischen sind wir gut sechs Stunden unterwegs. Wieder mal hat Tom es geschafft, uns durch seine Beziehungen Tickets für den nächsten Flug nach Minneapolis-Saint Paul zu beschaffen. Unter falschen Namen, denn er hatte Sorge, dass wir sonst sofort auf Prependers Radar erscheinen. Während des Fluges haben wir alle geschlafen, dennoch habe ich das Gefühl, keiner von uns ist wirklich fit.

Ich drehe mich um und sehe nach hinten. Boot sitzt hinter Tom und trägt Surgerys Lucent-Brille, verfolgt damit den Datenstrom, den sie durch sein Programm sichtbar gemacht haben. Eigentlich soll er navigieren, doch er hat seit einer Ewigkeit nichts mehr gesagt.

Warum auch? Die Straße wurde mit dem Lineal durch schier endlos wirkende Mais- und Weizenfelder gezogen. Abzweigungen gibt es keine.

Amelie lehnt an Surgery, die beiden schlafen mit offenen Augen.

Ich wende mich wieder nach vorne, lehne den Kopf an die Fensterscheibe und lasse die eintönige Landschaft an mir vorüberziehen.

Bisher ist uns noch kein anderer Wagen entgegengekommen.

Mich beklemmt diese Weite. Und die Stille da draußen. Es ist, als ob wir alle tot wären.

»Stört es dich, wenn ich das Radio anstelle?«, frage ich Tom und bekomme nur ein Kopfschütteln als Antwort.

Also probiere ich die Sender durch und finde schließlich einen mit Popmusik. Harry Styles singt davon, dass wir nicht mehr die sind, die wir einmal waren … die Melancholie des Songs passt perfekt zu meiner Stimmung. Doch eine Nachrichtensprecherin unterbricht ihn: »Heute Nachmittag starben im Ueno-Park in Tokio achtundvierzig Menschen, als sie von einer Gruppe Jugendlicher angegriffen wurden. Wie sich inzwischen herausgestellt hat, kam es zu dieser Tragödie aufgrund eines Fehlers im neuen AR-Spiel *White Maze,* das brandneu auf dem Markt ist. Die Gruppe Jugendlicher war davon ausgegangen, eine Horde Goblins zu bekämpfen. Der Vorstand des Spieleentwicklers *Mainhead* zeigt sich tief bestürzt und sprach den Hinterbliebenen seine tiefe Anteilnahme aus. Er kündigte umgehend eine Aufklärung des Vorfalls an.«

Toms Finger zittert, als er das Radio wieder abstellt. Keiner von uns sagt ein Wort. Mein Herz schlägt mir bis zum Hals. Achtundvierzig Menschen! Ich lasse das Fenster runter und halte mein Gesicht in den Fahrtwind. Ich brauche frische Luft, sonst muss ich mich übergeben.

»Dieses miese Arschloch!«, flüstert Amelie.

»Nächste links«, meldet sich Boot in das sprachlose Entsetzen, das uns alle erfasst hat.

Tatsächlich zweigt eine Straße im rechten Winkel ab. Felder erstrecken sich weiterhin um uns herum, hin und wieder drängt sich ein kleines Wäldchen dazwischen.

Eine Farm driftet vorbei. Wellblechdächer, verrostete Landmaschinen.

»Wieso hat er das getan?« Achtundvierzig Menschen. Mir wird schlecht und meine Hand tastet nach Toms. Wäre er nicht gewesen, hätte Prepender mich ebenfalls ausgeschaltet.

»Wie weit ist es noch?«, will ich von Boot wissen. In mir wächst die Wut. Wir werden Prependers Serverfarm kurz und klein schlagen. Dann kann er niemanden mehr töten.

»Ich schätze, in zehn Minuten sind wir da.«

»Wo ist der Werkzeugkasten in diesem Leihwagen? Wir zerlegen Prependers Server und nehmen die Speicher mit.« Amelie klingt wild entschlossen.

»Erst mal langsam«, mahnt uns Tom. »Wir haben das doch besprochen. Wir müssen vorsichtig sein. Wir wissen nicht, was uns erwartet.« Seine Hand umfasst die meine entschlossen. Er ist nervös, seine Hand fühlt sich kühl an. Bisher habe ich nie Anzeichen von Nervosität bei ihm bemerkt.

Boot räuspert sich. »Und wenn er weiß, dass wir kommen?«

Alle sehen mich an.

»Es tut mir leid! Ich hab …«

Doch Amelie unterbricht mich. »Das ist jetzt egal. Selbst wenn er Vivian trackt. *Wir sind nicht infiziert!* Da ist die Hauptsache. Er kann uns nichts anhaben. Er wird uns nicht umbringen!«

Nein. Wird er nicht. Ich nicke Amelie zu, als wäre es ein Versprechen. Prepender wird nicht gewinnen.

»Da vorne rechts.« Boots Stimme ist nur ein Flüstern.

Der Wagen rollt auf einen Sandweg. Hohe Nadelbäume versperren uns die Sicht auf die Gebäude. Tom stellt den Motor ab. Für einen Augenblick halten wir alle den Atem an und beobachten angespannt die Welt außerhalb des Wagens.

»Los geht's. Seid wachsam. Vergesst die Brillen nicht. Wir sollten auch die AR im Auge behalten.« Tom zieht sich seine auf, wirft mir einen aufmunternden Blick zu. Ich sehe ihm an, dass er nervös ist. Er steigt aus und folgt der Zufahrt zu den Häusern.

Ich schiebe mir ebenfalls die Brille vor die Augen. Nichts verändert sich.

Als Gruppe betreten wir das Farmgelände. Schräg neben uns steht eine alte Scheune, mehrere Hundert Meter vor uns das Wohnhaus. Es scheint schon seit Jahren unbewohnt zu sein. Das Haus ist ebenso wie die Scheune aus Holz gebaut. Die Bretter waren einst weiß gestrichen, doch die Farbe ist verwittert. Ein knorriger Baum wächst neben der Veranda und beschattet einen verwilderten Gemüsegarten.

Prependers Unterschlupf hatte ich mir völlig anders vorgestellt. Ich hatte mit Wellblechhütten, alten Ölfässern, ausgeweideten Autos und verrottendem Müll gerechnet. Ganz so wie Hollywood den Unterschlupf eines wahnsinnigen Massenmörders inszeniert hätte.

Doch das hier – das ist anders. Hier sind Spuren einer Familie. Sie hatten einen Hund, seine Hütte ist inzwischen schief und das Namensschild hängt nur noch an einem Nagel. *Huxley* hat eine Kinderhand mit gelber Farbe daraufgepinselt. Neben der Veranda lehnt ein verrostetes Fahrrad, die Reifen sind von der Sonne porös geworden und zerbröseln. Hinter den Fenstern des Wohnhauses erkenne ich weiße Vorhänge.

Langsam gehe ich auf das Wohnhaus zu. Es ist hier so friedlich. Fast, als würden immer noch die guten Tage einer glücklichen Zeit in der Luft liegen.

Plötzlich schreit Tom auf und ich werde gepackt und nach hinten gerissen. Ich verliere das Gleichgewicht und falle, doch Tom fängt mich. Geschockt sieht er mich an, seine Brille hat er auf die Stirn geschoben.

»Was …?«

Da höre ich Surgery fluchen.

Tom zieht mir die Brille von den Augen und zeigt vor mich auf den Boden. Eine Bärenfalle liegt auf dem überwucherten Weg. Vorsichtig nähere ich mich und schreie erschrocken auf, als Surgery einen Ziegel hineinfallen lässt und das Ding blitzschnell zuschnappt.

Es hat nicht viel gefehlt und mein Fuß wäre zwischen den rostigen Zacken zertrümmert worden.

»Danke«, murmele ich geschockt und ziehe mir zögerlich die Brille wieder über. »Da ist nur Gras.«

»Legt die Brillen ab!«, befiehlt Tom. »Prepender hat Fallen aufgestellt, die wir in der AR nicht sehen.«

»Nein!« Boots Stimme zittert. Er ist leichenblass und starrt uns an, als hätte er gerade seinen eigenen Tod gesehen.

»Nein?« Hilflos sieht Tom Boot an. »Prepender will uns umbringen! Wer weiß, wo er überall Fallen aufgebaut hat!«

»Und wenn es Hinweise gibt in der AR?«

»Es ist zu riskant!«

»Nein, Boot hat recht«, meldet sich Amelie zu Wort. »Wir sollten beides beobachten. Vergesst nicht, dass er Vivian triggert. Wir sollten es wissen, wenn sich etwas in der AR verändert.«

Widerwillig gibt Tom nach. »Vergesst nicht, immer alles zu kontrollieren!«

Also sehe ich mich ohne Brille um. Das Haus und die Spuren einer längst vergangenen, heilen Welt sind kein AR-Fake. Sie sind real. Eine weitere Falle kann ich nicht entdecken.

Vielleicht hundert Meter vom Wohnhaus entfernt steht die verfallene Scheune. Ihr gewölbtes Dach erinnert mich an ein umgedrehtes Boot. Gerade will ich die Brille wieder aufsetzen, als Amelie aufschreit.

Ich fahre herum und sehe, wie sie entsetzt zurückweicht. Ich folge ihrem Blick. Hinter dem Baum bei der Veranda steht eine rostige Hollywoodschaukel. Sie schaukelt quietschend im Wind, aber die ausgebleichte Sitzfläche ist leer. Ich schiebe meine Brille über die Augen und erstarre.

Ein Mann liegt in der Schaukel und mustert uns grinsend. »Willkommen! Nett, dass ihr mich besucht.«

//Vivian

Prepender erhebt sich und schlendert auf mich zu.

Ich kenne ihn!

Doch mir will nicht einfallen, woher.

»Gefällt euch mein Zuhause? Etwas einsam, nicht wahr?« Er lacht. »Früher war das anders. Ich war glücklich hier. Wir alle waren sehr glücklich. Aber das hier passiert eben in unserer Welt, wenn die Profitgier siegt.« Wehmütig blickt er auf das unbewohnte Farmhaus.

Ich drehe mich zu den anderen um. Tom kommt zu mir, er lässt Prepender nicht aus den Augen. Boot hat Amelie zu sich und Surgery gezogen, er sieht aus, als hätte er etwas vor. Wir alle haben nun unsere Brillen auf und beobachten den AR-Avatar von Prepender argwöhnisch.

»Na ja.« Prepender steckt die Hände tief in die Taschen seiner Jeans. In dieser Pose wirkt er auf mich wie ein schmollender Schuljunge. Und er klingt auch ein wenig so. »Ist egal. In ein paar Wochen werden sie wohl kommen und alles platt walzen.« Mit einem bitteren Lächeln wendet er sich wieder mir zu.

Jetzt bemerke ich etwas an seinem Hals. Ein Tattoo zieht sich die Schlagader entlang. Sofort ist mir klar, woher ich ihn kenne! Es ist der Typ von der Release-Party, der mich am Buffet angesprochen hat! Der Typ, der Moms Spruch vom weißen Papier kannte …

»Ha! Sie hat mich wiedererkannt.« Mit einem breiten Lächeln tritt er nah an mich heran.

Tom schiebt sich schützend vor mich.

»Na so was.« Prepender wirft ihm einen abschätzigen Blick zu. »Eifersüchtig auf Viv und mich? Ich will der kleinen Lady nur mein Beileid aussprechen.« Eindringlich sieht er mich an. Sein Blick gleicht dem einer Katze, die weiß, dass die Maus in der Falle sitzt. Eine Katze, die mit ihrer Beute spielt, bis es ihr zu langweilig wird. »Es tut mir soooo leid, was mit deiner Mom passiert ist. Aber was muss sie den Code auch noch mal lesen!«

Unmerklich ballen sich meine Hände zu Fäusten. Ich möchte schreien, auf ihn einschlagen, ihn zu Boden werfen. Doch ich weiß, er ist nicht real. Ich kann ihn nicht packen. Für eine Sekunde wünsche ich mir, dass ich die Lucent-Linsen eingesetzt hätte. Dann könnte ich ihm dahin treten, wo es ihm sehr wahrscheinlich selbst in der AR höllisch wehtun würde.

Aber leider ist er nur ein Hologramm.

»Was habt ihr da eigentlich für dämliche Teile auf?« Er fingert an meiner Brille herum. »Traut ihr mir etwa nicht?« Wieder lacht er.

Aus dem Augenwinkel nehme ich wahr, dass Boot, gefolgt von Surgery und Amelie, sich langsam rückwärts der Scheune nähert. Stehen dort die Server, die Prepender mit *White Maze* verbinden?

Er darf nicht bemerken, dass sie ihm gleich den Stecker ziehen, also lenke ich seine Aufmerksamkeit auf mich.

»Warum haben Sie all die Menschen in Tokio umgebracht?« Wütend starre ich ihn an. Immer noch muss ich mich beherrschen, um ihn nicht direkt anzugreifen. Noch nie hatte ich das Bedürfnis, jemanden zu schlagen. Doch jetzt wünsche ich mir mit jeder Faser, dass ich ihm wehtun kann. Dass er Schmerzen hat. Leidet!

Er blickt über mich hinweg in den Himmel. »Weißt du, ich habe eine Vision. Genau wie deine Mom.« Mit einem Lächeln wendet er sich wieder mir zu. »Aber die Vision deiner Mom war nicht radikal genug. Sie hat sich nicht getraut, die Sache wirklich durchzuziehen.«

»Reden Sie nicht von Mom!«, fahre ich ihn an. Er hat kein Recht, über sie zu reden. So zu tun, als hätte sie es gut gefunden, dass er wahllos Menschen tötet.

»Eine Welt«, flüstert er und kommt mir dabei unangenehm nahe.

Tom drängt sich wieder zwischen uns, will mich abschirmen, doch ich schiebe ihn weg. Das ist mein Kampf.

»Eine Welt, in der alle glücklich sind, Viv. Keine Zwangsenteignung. Keine Hoffnungslosigkeit. Keine Trauer. Kein Schmerz.«

»Sie töten Menschen! *Sie* bringen Tod, Schmerz und Verzweiflung! Was soll der Scheiß also!«

Seufzend wendet er sich ab und sieht Tom an.

Mein Blick fliegt kurz zum Schuppen. Boot öffnet gerade das Tor einen Spalt weit und die drei schlüpfen hinein.

»Ich dachte, Vivian wäre mehr wie ihre Mutter. Ebenso brillant, fast ein Genie«, sagt Prepender enttäuscht zu Tom. »Anstrengend, dass sie gar nichts versteht, hm?« Wieder grinst er.

»Du weißt, wovon ich rede, nicht wahr? Du bist ein Philosoph. Und ein Hacker. Aber unsere Vivian hier …?«

Tom stutzt und sieht kurz zu mir. Woher weiß Prepender von seinem Philosophie-Tick?

Nervosität steigt in mir auf. Ich muss mich konzentrieren, um nicht zum Schuppen zu sehen. Hoffentlich ziehen die drei endlich den Stecker!

»Entspann dich«, meint Prepender zu mir. »Natürlich weiß ich, dass eure Freunde bei meinen Servern sind. Lasst sie nur machen.«

»Wir werden dich auslöschen!«, fährt Tom ihn an, doch Prepender ignoriert ihn. Stattdessen beugt er sich nah zu mir vor, fast berührt er mein Ohr. »Ich lasse dir ein Geschenk da. Eine Einladung. Ich hoffe, du nimmst sie an.«

Meine Gedanken rasen. Was meint er? Warum ist sein AR-Abbild weiterhin da – haben Boot und die anderen die Server noch nicht gekillt? Sind die Server etwa fake?

»Ganz oder gar nicht, Viv«, flüstert er. »Du kannst die Wahrheit nur spüren, wenn du dich mit Haut und Haar darauf einlässt!«

Mir läuft ein Schauder über den Rücken. »Nein! Es ist vorbei!« Entschlossen weiche ich einen Schritt von ihm zurück. »Sie werden mich nicht manipulieren! Wir stoppen Sie!«

Er zuckt mit den Schultern. »Überleg es dir. In meiner Welt geht euch der Vorrat an Fruit-Loops jedenfalls nicht aus.«

Mit einem Wutschrei stürzt Tom auf ihn zu – und durch ihn hindurch. Prepender lacht lauthals, während ich wie gelähmt dastehe.

Es ist eine Falle! Natürlich – wir streiten hier mit einem Avatar! Und der echte Prepender … Er ist im Camp! Er ist bei unseren Sachen! Er hat alles durchwühlt. Deshalb weiß er von Toms Philosophie-Tick, den Fruit-Loops …

Doch bevor ich meine Gedanken sortieren kann, gellt ein Schrei über das Gelände.

Ein Schrei, der mir die Luft raubt.

Amelie!

Gleichzeitig brüllt Surgery auf und Prepender beginnt, schallend zu lachen.

Mein Herz steht still.

Sein Blick trifft mich.

Er weiß, dass er gewonnen hat.

Irgendwie schaffe ich es, mich zur Scheune zu drehen.

Und ich renne. Tom ist ein paar Schritte vor mir. Ich stolpere, strauchle, fühle mich wie blind, vor meinen Augen ist es schwarz.

Mein Herz hat aufgehört zu schlagen. Etwas zerdrückt es, reißt an ihm herum. Tom und ich stürmen in den Schuppen.

Es ist schummerig hier drin und heiß. Überall stehen gigantische Rechner, die Wärme abstrahlen. Ein Summen wie in einem Bienenstock. Turmhohe, endlose Reihen von Computern. Dicke Kabelschlangen, blinkende Lichter. Ein Terminal, vor uns auf einem Tisch, davor steht ein Stuhl. Der Monitor leuchtet blau. Surgery und Boot kauern auf dem Boden.

Boot übergibt sich.

Surgery ist leichenblass und starrt auf den Boden.

Ich reiße die Brille herunter – und da ist es.

Ein Loch im Boden. Vor dem Tisch.

Ein Zittern erfasst meinen Körper. Ich kann noch immer nicht atmen. Irgendwie schaffe ich es zu dem Loch. Es zieht mich an. Ich will nicht hinuntersehen. Ich habe Angst vor dem, was ich sehen werde.

Ich weiß, was ich sehen werde.

Denn sie ist nicht da.

Sie ist weg.

Boot kotzt sich die Seele aus dem Leib. Surgery ist leblos. Erstarrt.

»Nicht!« Toms Hand hält mich fest.

Doch ich lasse mich nicht mehr festhalten.

Ich trete an den Rand der Grube.

Holz.

Spitzen.

Das blaue Shirt. Dort unten am Grund.

Es färbt sich schwarz.

Unaufhaltsam.

Unendlich.

Lebendiges Rot sickert in das Blau und erkaltet in totem Schwarz.

Amelie.

//Vivian

Sie ist wieder da, diese Leere, die mich lähmt. Wie in Trance bewege ich mich. Nichts scheint mir real. Ich kann nicht sagen, ob der Ast, den meine Hand hält, rau oder glatt ist. Ob sein Gewicht schwer wiegt oder es ein Leichtes ist, ihn zu tragen.

Ich spüre es nicht.

Wie lange stehe ich nun schon hier und blicke auf das Farmhaus?

Ich kann es nicht sagen.

Aber das Haus hat sich verändert, die Schatten in den Ritzen der Bretter sind tiefer geworden. Das matte Weiß ist von einem Hauch Abendglanz überzogen. Die Sonne möchte diesen Tag beenden.

Es wird Zeit.

Die Bretter der Veranda haben dunkle, nasse Flecken dort, wo Surgery mit dem Benzin entlanggegangen ist. Der scharfe Geruch sticht in meine Nase. Doch ich will mich nicht abwenden.

Tom hatte mich fortgezogen.

Ich schließe die Augen und versuche, mich auf meine Fingerspitzen zu konzentrieren, um sie zu spüren. Ich muss mich wiederfinden.

Surgery kommt aus dem Haus. Er sieht nicht auf, doch ich weiß, dass seine Augen starr sind. Dass sie rot sind von den Tränen, die er sich weigert zu weinen. Er pfeffert den leeren Benzinkanister zur Hollywoodschaukel.

Schließlich stellt er sich zu uns.

In einer Reihe stehen wir und sehen zum Haus.

Es ist ein schönes Haus. Ein bisschen Farbe, hier und da ein Brett erneuern, dann könnte man hier glücklich sein. Ein idyllisches Leben führen.

Toms Feuerzeug klickt.

Ich halte die Fackel an die Flamme und der Stoff der Vorhänge, den ich darumgewickelt habe, fängt sofort Feuer.

Boot entzündet seine an meiner Flamme. Auch Toms und Surgerys Fackeln brennen sogleich.

So stehen wir.

Auf Wiedersehen, Amelie.

Ich gehe auf die Veranda zu, die anderen folgen mir. Die Fackeln entzünden das Benzin. In wenigen Sekunden brennt die gesamte Veranda. Das Holz knackt und singt, es prasselt und ein Funkenregen stiebt auf.

Mit einem Schrei schleudere ich die Fackel in das Feuer, das sich in Windeseile durch das Haus frisst.

Boot hat sich der Scheune zugewandt und sie ebenfalls in Brand gesetzt.

Die Hitze wird unerträglich und wir weichen zurück.

Wild tanzt das Feuer im Farmhaus und trägt Amelie zu den Sternen. Balken krachen herunter, Rauch steigt in den dunkel werdenden Abendhimmel.

»Sie hat das nächste Level erreicht.« Surgery wendet sich ab und geht zum Wagen. »Wir killen jetzt Prepender.«

Tom und Boot folgen ihm.

Es tut mir so leid, Amelie.

Schweigend gehe ich zum Wagen.

Als wir davonfahren, schaue ich zurück, der Schein des Feuers wetteifert mit der Glut des Abendrots. Die verdorrten Felder färben sich rot.

Er kann uns nichts anhaben.

Ich nicke Amelie zu, als wäre es ein Versprechen.

//Prepender

»Mr Pawn.« Der Mitarbeiter, der ihm im Flur des *Mainhead*-Towers entgegenkam, neigte den Kopf zum Gruß.

Prepender neigte ebenfalls höflich den Kopf. Wer auch immer dieser Mitarbeiter war, er war einer der Guten, denn er hatte die Lucent-Linsen schon ausprobiert.

Stolz verschränkte Prepender die Hände im Rücken und schritt den Flur hinunter. So fühlte es sich also an, der Chef eines Multimillionen-Dollar-Unternehmens zu sein. Jeder erkannte ihn und zollte ihm Respekt.

Hier unten im Basement des Towers hatten die Architekten auf den Chic von Sichtbeton gesetzt. In Prependers Blickfeld leuchtete der Grundriss, sodass er zielstrebig auf sein Ziel zusteuern konnte.

Zwei Sekretärinnen eilten an ihm vorbei, blickten ihn jedoch nur scheu von der Seite an. Die Gesichtserkennung identifizierte sie als Clara Montgomery und Jessica Ross, Assistentinnen der Poststelle. Clara seit vier Jahren, Jessica seit fünf Monaten. Abfällig sah er ihnen hinterher. Sie waren noch nicht in seiner Welt. Besser, wenn sie das schleunigst änderten.

Er folgte der Wegmarkierung, die ihm die Navi-App projizierte, und bog in einen Flur nach links ab. Da war auch schon die Security.

»Wie geht es Ihnen, Jings?«

Der junge Mann stieß sich an der Tischkante und unterdrückte ein Fluchen. »Sir. Alles bestens. Kann ich Ihnen helfen?«

»War das Wartungsteam bereits hier? Die Sache mit Tokio ist brisant.«

Jings sah verlegen zu Boden. »Nein, Sir. Heute war noch niemand hier. Nicht in meiner Schicht.« Er zog ein Buch zu sich und schlug es auf. »Bei Wenton auch nicht, Sir.«

Prepender knurrte unzufrieden. »Lassen Sie mich rein. Und funken Sie die Bereitschaft an. Die Anweisungen waren unmissverständlich.«

»Ja, Sir.«

Jings drückte auf den Türsummer neben seinem Platz und öffnete damit die Tür zum Serverraum. Aus dem Augenwinkel sah Prepender, wie der junge Kerl eiligst telefonierte.

Irgendwer hatte die Order an das Server-Wartungsteam verschlampt. Vielleicht war sie sogar nie rausgegangen, weil Mr Pawn, bevor er sie abschicken konnte, in seinem Büro von einem Löwen zerfleischt worden war. Irgendwie hatte er das passend gefunden.

Prepender passierte die Luftschleuse, zog brav den Schutz-Overall an und betrat die Halle.

Der Sicherheitsmann konnte ihn durch die Glaswände beobachten. Doch Prepender ließ sich davon nicht aus der Ruhe bringen. Gemessenen Schrittes ging er auf das kleine Terminal zu und loggte sich mit Pawns ID ein. Er entfernte eines der Kabel, die zu den Schaltzentralen der Server-Cluster liefen, und schloss stattdessen eine Microkarte an, die er aus der Tasche des Jacketts zog.

Sofort begann der Datentransfer.

Es war vollbracht.

Nun würde er die Welt erlösen.

//Vivian

Die Reise nach Hause nimmt kein Ende. Zuerst die Einöde. Dann die Enge des Flugzeugs. Ich sitze neben Tom. Seit Stunden hat keiner von uns gesprochen. Und auch in der Hektik und dem Trubel von L. A. finden wir keine Worte.

Immer wieder sehe ich das sickernde Rot, das den blauen Stoff mit Todesschwarz tränkt. Sobald ich die Augen schließe, um die Welt auszusperren. Sobald ich versuche, mich in die Welt des Schlafs zu retten, ist sie da.

Amelie.

Als wir aus dem Terminal zum Van gehen, starrt mich ein Mädchen an. Es ist vielleicht zwölf. Und ich verliere die Fassung.

»Ja, ich bin eine Fee!«, schreie ich sie an. »Leg dich nicht mit mir an! Ich bringe den Tod.«

Tom zerrt mich von ihr weg. Die Kleine beginnt zu weinen.

»Aber ich werde dich retten!«, brülle ich ihr nach, während sie Schutz bei ihrer Mutter sucht und Tom mich zum Van schleift.

Er schiebt mich in den Wagen und setzt sich ans Steuer. Boot und Surgery steigen beide hinten ein. Sie wirken wie Geister. Der Platz zwischen ihnen bleibt leer.

Noch immer spricht niemand von uns.

Der Gestank des Feuers hängt in meinen Haaren, hat sich in mir festgekrallt, genau wie der Anblick von Amelie.

Der Verkehr ist zäh, es dauert fast zwei Stunden, bis wir das Camp erreichen.

Als ich endlich den Van verlasse, weiß ich, dass dieser Tag noch immer kein Ende hat. Und ich frage mich, ob ich jemals aus diesem Gefühl der Taubheit herausfinden werde. Zusammen betreten wir das Camp.

»Fuck!«

Es ist ein ausdrucksstarkes Wort. Und als Tom es ausspuckt, reicht es dennoch nicht, um das ganze Ausmaß der Katastrophe zu fassen.

Das Camp ist verwüstet.

Und mit verwüstet meine ich nicht, dass Prepender Tische umgekippt hat und einen Stuhl zerschlagen.

Nein.

Er hat alles *pulverisiert.* Als wollte er sichergehen, dass hier nichts mehr repariert werden kann. Das Leben von Tom, Boot und Surgery wurde zerlegt.

Sämtliche Rechner sind nur noch Scherben, die Gehäuse, die Monitore fein zersplittert wie grobkörniger Kies. Die Platinen zerbrochen in unzählige Stücke. Der Theatervorhang zerfetzt. Unser Essplatz zertrümmert, die Wände umgestürzt. Selbst die Getränkekisten hat Prepender kleinbekommen.

Fruit-Loops knirschen unter meinen Sohlen.

Ich sehe mich zu den Jungs um.

Surgerys Blick ist nicht im Hier und Jetzt. Ich lasse ihn in Ruhe. In seiner Erinnerung ist es sicher schöner als hier.

Boot ist ein Häufchen Elend. Sein Kinngestrüpp zittert und er weint. Zwar versucht er, es zu verbergen, aber die Verzweiflung ist offensichtlich zu mächtig. Er kauert sich in den Müll, dorthin, wo einmal das Sofa stand.

Tom stößt mit dem Fuß Schutt auseinander, als ob er doch noch Hoffnung hat.

Hoffnung, etwas zu finden, das ihn am Leben halten kann.

Und ich?

Ich stolpere durch die Separees. Über eine Müllhalde aus Dingen, die einmal ein Zuhause waren. Kleidung zerrissen, Kissen aufgeschlitzt.

Prepender hatte eine Menge Spaß.

Nur mein Bett steht unversehrt da. Ordentlich aufgeschüttelt, die Decke akkurat glatt gestrichen. Mich ekelt der Gedanke, dass dieser Mörder es angefasst hat.

Auf dem Kopfkissen liegt ein Päckchen. Silbrig, mit einer blutroten Schleife umwickelt.

Sein Geschenk.

Lucent-Linsen.

Auf der Karte, die daran lehnt, steht nur ein Satz: *Komm, spiel mit mir.*

Plötzlich steht Tom neben mir. »Was ist das?« Er rupft mir das Päckchen aus der Hand.

»Wir müssen reden«, sage ich leise. »Wir brauchen ein Meeting mit den anderen – einen Plan. Einen, der Prepender zur Strecke bringt.«

Er sieht mich kopfschüttelnd an. »Wir haben keine Chance.« Er klingt hoffnungslos. Zum ersten Mal in all den Tagen.

Für einen Augenblick wird mir schwindelig. »Du gibst auf?«

Er reibt sich mit beiden Händen übers Gesicht, als wolle er Staub und Wut und Trauer brutal wegrubbeln. »Wir haben keine Möglichkeit mehr. Es wird Wochen dauern, neue Rechner zu besorgen, um ihn aufzuspüren. Ohne die Computer können wir auch nicht *White Maze* cracken.«

Ich sinke auf mein Bett, schnelle jedoch sofort wieder hoch. Unter keinen Umständen werde ich mich da reinlegen. Obwohl mein Körper mit jeder Faser nach Schlaf schreit. Nicht jetzt. Nicht hier. Ich sehe nicht hinüber, wo Amelies Sachen zerfetzt sind. Ich denke nicht an sie ... Ich denke nur an ihren Mörder. »Es gibt eine Möglichkeit, Tom. *Ich* kann Prepender ausschalten.«

»Was meinst du damit?«

»Ich werde zu Mom gehen. Sie hat die Notabschaltung gebaut und sie hat sie so gebaut, dass ich sie finden kann.« Im Vorbeigehen nehme ich Tom das Päckchen wieder aus der Hand. Obwohl ich das Gefühl habe, dass ich im Stehen einschlafen werde, sehe ich endlich klar. Das ist Moms Auftrag an mich.

Be real.

Verliere dich nicht!

Mom warnt mich, denn ich muss ins *White Maze*. Mit all meinen Sinnen. Es gibt keine andere Möglichkeit. Dort werde ich alles finden, was ich wissen muss, um Prepender auszuschalten.

Und ich werde mich nicht verlieren!

»Aber du hast doch keine Ahnung, wo diese Abschaltung ist.«

Inzwischen bin ich bei der Küche. Boot hockt noch immer am Boden, während Surgery eine letzte intakte Getränkekiste gefunden hat, auf der er zusammengesunken ist.

»Mom konnte nicht sicher sein, wer das Read-me liest. Deshalb der kryptische Text. Nur ich weiß, dass ich in Long Beach richtig bin.«

»Aber du konntest dort nichts finden.« Nervös sieht Tom auf das Päckchen in meiner Hand.

»Ich war in der falschen Realität. Der Schlüssel zur Abschaltung liegt in Long Beach!« Ich halte das Päckchen hoch.

»Nein. Du stehst unter Schock. Gib mir die Linsen. Wir finden eine andere Möglichkeit.«

»Tom. Ich werde mich nicht verlieren. *White Maze* hat Mom für mich gebaut. Für mich! Und deswegen wird mir nichts passieren.«

Nervös strubbelt sich Tom durch die Haare. »Nein, Viv. Das ist Blödsinn. Prepender wird dich töten. *White Maze* – er hat es seinen Regeln unterworfen.«

Ich versuche zu lachen, doch ich habe es irgendwo verloren. »Prepender hat mir den Schlüssel zu seinem Ende geschenkt.«

»Er hat dich zu einem Katz-und-Maus-Spiel eingeladen. Er hat Zugriff auf *White Maze*, er beobachtet dich, sobald du drin bist. Du hast keine Chance.« Er hat Angst um mich, sein Blick bittet mich, bei ihm zu bleiben.

Aber ich habe mich entschieden. »Tom, ich finde den Schalter. Ich beende es!« Das Seltsame ist, dass ich mir noch nie in meinem Leben über etwas so sicher war.

»Nein.« Toms Stimme ist hart, sein Gesicht wie versteinert.

»Es ist unsere letzte Chance!« Ich versuche, von Surgery Unterstützung zu bekommen, doch sein Blick ist leer. Er ist gar nicht anwesend.

»Nein! Er ist ein Wahnsinniger. Er hat deine Mutter getötet. Er hat Amelie heimtückisch ermordet. All die Menschen in Tokio!« Tom macht einen Schritt auf mich zu und greift nach dem

Päckchen. »Du wirst auf keinen Fall die Nächste sein.« Sein Blick brennt sich bis in mein Herz. »Hast du mich verstanden? Du wirst nicht sterben!« Wie um diesen Schwur zu besiegeln, zieht er mich zu sich, mein Gesicht in seinen Händen, und küsst mich. Es tut so unendlich gut, ihn zu spüren. Für einen Wimpernschlag möchte ich nur noch hier sein. In seinen Armen. Geborgen und geschützt. Doch ich entziehe mich seiner Umarmung.

»Ich werde nicht sterben«, sage ich leise. Ich weiß, dass er mich so sehr liebt, dass er lieber die Welt verliert als mich.

Da entwindet Tom mir das Päckchen. Ganz ohne schelmisches Grinsen.

Mistkerl! Er hat mich reingelegt. »Gib mir die Linsen zurück!« Wir ringen darum, doch er gewinnt.

»Tom! Ich muss sie einsetzen. Ich muss meine Sinne benutzen, um den Weg zu finden!«

»Du wirst den Teufel tun.« Er pfeffert die Packung auf den Boden, um sie zu zertreten. Mit all meinem Gewicht werfe ich mich gegen ihn, remple ihn weg. Er darf sie nicht zerstören, das *White Maze* ist meine einzige Chance, Prepender zu stoppen!

»Ich werde Amelies Tod nicht ungesühnt lassen. Ich werde nicht zusehen, wie Prepender Tag für Tag Menschen umbringt!«

Wütend springt Tom an mir vorbei. »Die anderen sind mir egal. *Du* wirst nicht sterben!«

Ich höre das Knirschen, als Tom die Linsen zertritt.

Sprachlos sehe ich ihn an. Mir ist klar, warum er das getan hat: Er liebt mich.

Mein Herz zerspringt fast vor Glück.

Doch ich weine.

Ich weine vor Freude, dass seine Liebe zu mir so stark ist, dass er die Welt dafür opfert. Und ich weine, weil es das denkbar schlechteste Timing ist, die große Liebe während dem Untergang der Welt zu treffen. Ich weine, weil ich gar nicht glücklich sein darf, denn der Tod ist um mich herum. Ein Verrückter, ein Massenmörder ist da draußen. Und es ist egal, ob ich die Linsen trage oder nicht. Er jagt uns und er wird uns früher oder später alle kriegen.

Aber ich werde nicht mit der Schuld leben, nichts getan zu haben, um Prependers Apokalypse zu verhindern.

//Vivian

Als ich aufwache, spüre ich höllische Schmerzen in meiner Schulter. Verwirrt blinzle ich in den Morgenhimmel. In der Ferne schimmert die Stadt und ich erinnere mich: Ich bin auf Amelies Felsen eingeschlafen. Eingemummelt in eine Decke, die ich aus dem Schutt gezogen habe, hatte ich mich hierhergeflüchtet. Irgendwann hat mich der Schlaf übermannt.

Obwohl mir alle Knochen wehtun, bleibe ich in die Decke gewickelt sitzen. Solange ich mich nicht bewege, bewegt sich auch die Zeit nicht.

Es ist so still hier oben. Kein Vogel begrüßt den Tag. Der Wind schläft noch in den Zweigen. Selbst die Natur weiß anscheinend nichts zu sagen.

Amelie ist gestorben.

Sie wollte Prepender ausschalten.

Doch so, wie es aussieht, hat er gewonnen.

Als ich aus dem Camp geschlichen bin, hatte sich Boot in den Überresten des Essplatzes zusammengerollt, während Surgery ins Schlachtfeld von Amelies Reich gekrabbelt war und seine

Nase in die Reste ihres Kopfkissens vergraben hatte. Tom war verschwunden. Vermutlich hat er sich in den Van verkrochen.

Wie viele Tage ist es nun her, dass mein Leben in tausend Stücke zerbrochen ist? In dem Moment, als die Polizei mir mitteilte, dass Mom tot sei, dachte ich, das wäre das Ende der Welt. Aber es war nur der Anfang des Zerfalls. Egal, was ich seitdem tue, alles um mich herum stirbt.

Die Stadt dort unten ist wie ein Schachbrett, jede Figur kann nur die Bewegung ausführen, die für sie vorgesehen ist. Die Lichter der Autos ziehen die immer gleichen Bahnen. Und die Menschen dort beginnen diesen Tag wie jeden anderen auch. Jeder steckt in seinem Leben fest.

Ich habe meine Bahn verlassen.

Mein Leben.

Es fühlt sich an, als würde ich ins Weltall abtreiben. Je mehr ich mich anstrenge und rudere und strample, um näher an meine Raumstation zu gelangen, um mich festzuhalten … umso weiter trudle ich davon.

Niemand in der Stadt ahnt, dass die Welt sich gerade verändert. Dass jemand ihr Leben bedroht. Dass sie unwissende Figuren in einem tödlichen Spiel sind.

Ich weiß es aber. Und ich fühle mich so hilflos.

Vivian Tallert, das reiche Mädchen aus Pacific Palisades.

Doch ich habe meine Bahn verlassen.

In dem Moment, als Mom die Lucent-Linsen in Rauch verwandelt hat, hat sie mich in ein neues Level geschickt. Alles, was mir bis dahin wichtig erschien, von dem ich geglaubt hatte, es sei mein Leben, meine Realität – war nichts. Mir wird bewusst, dass mir das ständige Onlinesein inzwischen gar nicht mehr fehlt.

Im Gegenteil, die Vorstellung ängstigt mich.

Die aufgehende Sonne lässt die Lichter der Stadt verblassen. Ich weiß, dass es zwei Städte dort unten gibt. Die Stadt der Nacht und die des Tages.

Zwei Realitäten.

Was wird Prepender tun? Welchen Plan verfolgt er? Ist er ein Killer? Ein Psychopath, dem es den Kick bringt, Menschen zu töten?

Ein Knacken im Gebüsch lässt mich herumfahren.

»Da bist du. Ich dachte schon, du wärst abgehauen.«

Es ist Boot. Er sieht furchtbar aus. Blass mit dunklen Ringen unter den Augen. Er setzt sich neben mich und blickt ebenfalls auf die Stadt.

»Ich habe keine Ahnung, warum Prepender das alles macht. Aber ich weiß, dass es scheiße ist.«

Nachdenklich mustere ich ihn. Er klingt erschöpft, doch auch irgendwie nervös. Stoisch sieht er geradeaus. »All die Infizierten, die haben keine Wahl gehabt. Was immer er in seiner manipulierten AR vorhat – sie hatten keine Wahl.« Er greift in seine Hosentasche und zieht ein Päckchen heraus.

Es sind Lucent-Linsen.

»Woher hast du die?« Mit zittrigen Händen nehme ich es.

»Sie sind neu. Ungetragen. Aber bitte, Viv.« Jetzt sieht er mich an und in seinem Blick erkenne ich Furcht. »Bitte«, sagt er leise. »Mach ihn kalt. Versprochen?«

Ich nickte und er steht wieder auf.

»Du bist cool, Viv. Tut mir leid, dass ich so fies war. Es tut mir *alles* sehr leid. Ich wünschte, ich könnte die Zeit zurückdrehen.«

Bevor ich fragen kann, was er mit *alles* meint, wirft er mir einen Autoschlüssel hin. Es ist Amelies.

Boot verschwindet und ich starre das Päckchen mit den Linsen an. Ich erinnere mich, wie ich vor Freude getanzt hatte, als Mom sie mir gegeben hat. Jetzt habe ich Angst. Wenn ich sie einsetze, gibt es kein Zurück mehr.

Ich werde für immer in der AR sein.

Es wird keine Möglichkeit geben zu unterscheiden, was real ist und was nicht …

Toms Meinung dazu ist klar. Und ich muss lächeln. Weil ich genauso fühle wie er. Ich will Tom nicht verlieren.

Ich starre auf die Stadt. Egal, ob wir die Linsen einsetzen oder nicht, Prepender wird uns jagen. Denn wir sind die Einzigen, die wissen, dass er da ist. Dass die vermeintliche Realität von ihm manipuliert wird.

Ja, ich habe mich in Tom verliebt, aber ich kann nicht mit ihm glücklich sein, wenn ich weiß, dass die Welt Prependers Willkür ausgeliefert ist. Dass er Menschen tötet oder noch Schlimmeres. Ich muss etwas unternehmen.

Die Erinnerung kann wie ein Labyrinth sein, doch du wirst die Zeichen sehen – in der Mitte warte ich auf dich. Verliere dich nicht!

Ich atme tief durch.

Be real.

//Prepender

Die Angestelltenkantine ist auch in Multi-Millionen-Dollar-Konzernen ein trostloser Ort, dachte Prepender, als er auf einen der Tische kletterte, um zu seinem Volk zu sprechen.

Artig hatten Angestellte der Public-Relations-Abteilung Platz genommen. Mr Pawn hatte sie herbeordert.

»Ich habe eine besondere Bitte an Sie. Eigentlich ist es eher eine Anweisung.« Er lächelte milde in die Runde. Alle Gesichter waren ihm zugewandt und sein Interface zeigte ihm durch rote Markierungen über den Köpfen, dass sie noch nicht Teil seiner AR waren. Genau deshalb saßen sie hier, handverlesen von ihm. »Testen Sie unser neues Produkt!« Mit einer auffordernden Geste deutete er auf die silbrig-glänzenden Päckchen, die an jedem Platz lagen.

Zaghaft meldete sich ein pickliger junger Mann. »Ähm, Mr … Also, wir hatten von Mr Pawn die Information, dass es einen Verkaufsstopp geben soll. Wegen der Sache in Tokio. Etwas stimmt nicht mit den Linsen.«

»Ist diese Anweisung von Mr Pawn noch aktuell?«, wandte sich Prepender an eine ältere Frau, die direkt vor ihm saß.

»Ich weiß nicht. Ich habe Mr Pawn heute noch nicht gesprochen.«

Verständnisvoll nickte Prepender. »Das ist durchaus nachvollziehbar. Denn Mr Pawn weilt nicht mehr unter uns. Ich bin sein Nachfolger.«

Aufgeregtes, ungläubiges Murmeln brandete auf. Prepender breitete die Arme aus und befahl mit dieser Geste, Ruhe zu bewahren. »Kein Grund zur Aufregung, verehrte Damen und Herren. Es war seine Entscheidung. Und nun möchte ich Sie bitten, die Linsen einzusetzen. Treten Sie ein in *Mainheads* neue Welt. Ich verspreche Ihnen, es wird eine bessere sein.« Er sah der älteren Frau vor ihm in die Augen. Angst lag in ihrem Blick. Angst!

Wie konnten diese Leute nur so ängstlich sein. Er versprach ihnen schließlich das Paradies!

Sein Vater hatte auch Angst gehabt. Vor allem. Vor jeder Entscheidung. Durch sein ängstliches Zögern hatten sie ihr Zuhause, ihre Liebe, ihre Familie verloren. Die Angst hatte das Paradies zerstört.

Jetzt war es auferstanden. Die AR brachte endlich das glückliche Leben zurück, nach dem er sich seit Kindertagen gesehnt hatte.

»Setzen Sie die Linsen ein!«, brüllte er die Frau an. »Jeder, der mir nicht folgt, wird weit mehr als seinen Job verlieren.«

Eingeschüchtert setzten endlich die Ersten die Lucent-Linsen ein. Die roten Markierungen über ihren Köpfen schalteten auf Grün.

»Na also. Würden Sie bitte so freundlich sein und Ihren zögerlichen Kollegen mitteilen, dass es Ihnen gut geht?«, wandte er sich an jene, die nun von seinem Programm infiziert waren.

Dann schnippte er mit den Fingern… und die Kantine blühte auf. In Windeseile rankten sich üppig blühende Pflanzen über den langweiligen Sichtbeton der Wände. Der graue PVC-Boden verwandelte ich sich in weiche, frische Erde, die wunderbar nach Wald duftete. Plötzlich waren die Resopaltische aus Stein und mit Moosen bewachsen. Farne und Palmen spendeten Schatten. Statt dem Wasserspender sprudelte ein Wasserfall und Papageien flatterten über ihren Köpfen.

Den Mitarbeitern, die die Linsen trugen, blieb der Mund offen stehen. Ihr begeistertes Staunen verleitete weitere Kollegen dazu, sich ebenfalls die Linsen einzusetzen. Zufrieden beobachtete Prepender, wie ein rotes Licht nach dem anderen auf Grün schaltete. Sein Volk wuchs.

Sein Ziel, eine neue Welt nach seinen Idealen zu erschaffen, war zum Greifen nahe.

Nun fehlte ihm nur noch das Herzstück. Und es ärgerte ihn zutiefst, dass er es nicht finden konnte.

Inzwischen hatte er sämtliche Server von *Mainhead* durchsucht, doch der Kern des Programms, die Startsequenz, hatte Sofia ausgelagert. Es war der Abschnitt des Programms, mit dem es gestartet wurde. Und er brauchte einen Neustart.

Seinen Code hatte er bereits eingefügt. Doch das Programm musste neu starten, damit die Veränderungen aktiviert wurden. Er hatte noch nicht herausgefunden, wo Sofia diesen Teil von *White Maze* versteckt hatte. Bisher konnte er *White Maze* nur überschreiben oder Dinge hinzufügen. Aber er konnte nichts aus der AR entfernen.

Es war aber nötig, die Umwelt komplett zu verändern, wenn

er sein Volk unter Kontrolle halten wollte. Deshalb brauchte er schnellstens den Zugriff auf das Herzstück, er musste *White Maze* zu seinem Programm machen.

//Vivian

Ich parke Amelies Wagen auf dem Parkplatz hinter den Geschäften, direkt am *Funnel House*. Das silbrige Päckchen von Boot liegt neben mir auf dem Beifahrersitz.

Als ich es öffne, gleitet der Behälter mit den Linsen in meine Hand.

Die Linsen in meiner Hand wiegen nichts. Doch die Entscheidung, sie einzusetzen, wiegt schwer.

Ich muss an Tom denken und seine Philosophen.

Meinem Körper ist es egal, ob meine Umwelt ein Computerprogramm ist. Er verarbeitet nur Reize. Aber was ist mit *mir?* Bin ich mehr als physische Reaktionen auf irgendwelche Reize? Aber ja! Ich habe einen freien Willen, bin keine Spielfigur in Prependers Plan.

Seltsamerweise mache ich mir gar nicht so viele Sorgen um Prepender. Mir geht Moms Nachricht nicht aus dem Sinn.

Verliere dich nicht!

Nun verstehe ich, was sie damit gemeint hat. Wenn ich die infizierten Linsen einsetze, komme ich nie wieder zurück in die Realität. Werde ich dann noch ich selbst sein?

Was passiert mit mir, wenn alles, was ich höre, sehe und schmecke, ein Fake ist? Wenn ich nicht zurückkann –, die AR-Brille nicht absetzen kann, um mich der wahren Realität zu vergewissern?

Aber ich bin mehr als nur Reaktionen auf meine Umwelt, darauf muss ich mich konzentrieren!

Noch einmal atme ich durch, dann setze ich die Linsen ein. Es zwickt für einen Wimpernschlag, als sich die Nanoschicht für immer mit meiner Netzhaut verbindet. Ich blinzle zwei Mal und ich bin wieder online. Sofort wird mir vorgeschlagen, *White Maze* zu spielen. Also ich melde mich an. Es dauert nur wenige Sekunden und ich bin drin.

Unsicher sehe ich mich um.

Es hat sich nichts verändert.

Nervös steige ich aus. Ich höre Lachen, Musik, Marktschreier, Kinderstimmen. Der Jahrmarkt. Als ich auf das *Funnel House* zugehe, kommen mir fröhlich Kinder entgegen. Sie haben Churros in der Hand. Das *Funnel House* ist aber noch immer geschlossen. Dieser Duft! Wunderbarer Zimtgeruch umweht meine Nase und mir läuft das Wasser im Mund zusammen. Bei meinem letzten Besuch habe ich ihn nicht wahrgenommen. Vermutlich gehört er zu *White Maze*. Ich kann nicht anders, der Geruch ist so intensiv, ich muss ihm folgen.

Das Gedränge vor den Geschäften ist groß. Als ein Zwerg an mir vorbeigeht, erstarre ich. Doch er beachtet mich nicht. Bin ich immer noch eine Fee, auf die ein Kopfgeld ausgesetzt ist?

Ich versuche, mein Spiegelbild in der Scheibe eines Souvenirladens zu erkennen. Mir blickt ein normales Mädchen entgegen. Ich trete einen Schritt näher heran. Diese Vivian ist nicht dieselbe, die noch vor wenigen Tagen nur Partys im Sinn hatte. Mich blickt eine junge Frau an. Sie wirkt entschlossen und stark. Und sie sieht mich an – wie jemand, der einen Plan an.

Allerdings macht sie auch den Eindruck, als ob sie dringend eine Dusche vertragen könnte.

Wieder lockt mich der Zimtduft der Churros und ich folge ihm.

Warum hat Prepender die Fee gelöscht? Gestern noch wollte er mich tot sehen. Nun weiß er, dass ich im *White Maze* bin und … natürlich … Ein bitteres Lächeln schleicht sich auf meine Lippen. Er braucht keine Hilfe mehr von irgendwelchen Spielern. Er muss mir nur vorgaukeln, ich hätte festen Boden unter den Füßen, doch dann ist da in Wirklichkeit eine Grube …

Zu gerne würde ich die Brille lüpfen und einen Blick auf die Realität werfen. Aber die ist für mich verloren.

Ein kleiner Junge rennt an mir vorbei, einen Luftballon am Handgelenk. Der Luftballon dotzt mir leicht gegen die Stirn.

Ist er real?

Ich erreiche die Wiese mit dem Karussell und den Jahrmarktständen. Unter den Duft der Churros mischen sich nun Zuckerwatte und Waffeln. Der Zimt setzt sich durch und ich schnüffle ihm nach, immer weiter ins Abseits, bis ich schließlich einen Handwagen finde, hinter dem ein alter Mann steht. Er verkauft gerade Churros an eine Familie. Eingewickelt in Papiertüten mit Herzchenaufdruck.

Langsam gehe ich auf ihn zu. Er trägt ein Hawaiihemd und helle Shorts. Der Schirm der Basecap, die er tief in die Stirn gezogen hat, ist speckig und abgegriffen. Etwas war einmal vorne eingestickt, doch die Farbe des Schriftzugs hat sich dem Dunkelblau des Stoffs angeglichen und ist nicht mehr zu lesen.

Ich versuche, mich zu erinnern, woher ich den Mann kenne.

Er sieht sympathisch aus mit seinen Lachfältchen, einem grauen Stoppelbart und hellen Augen, die mich aus dem wettergegerbten Gesicht anstrahlen.

»Na, wenn das nicht die kleine Vivian ist!«

Wir kennen uns! Aber woher? Ich forsche nach seinem Gesicht in meinen Erinnerungen.

Beleidigt schiebt er die Unterlippe vor. »Erzähl mir nicht, meine kleine Abenteuerin, dass du den alten Pete nicht mehr erkennst.«

Pete! Natürlich! Er war unser Skipper, als Mom noch das Boot hatte. Wir waren früher oft zusammen unterwegs, haben die Inseln vor der Küste angesteuert. Wie hatte ich Pete vergessen können!

Mom wollte ein Haus bauen auf einer der Inseln. Unser eigenes Paradies, wie sie es nannte.

»Wie geht es dir?« Er umarmt mich herzlich und ich freue mich wirklich, ihn wiederzusehen.

»Mir geht es gut. Und was machen deine Abenteuer?« Er lacht.

Wenn wir mit dem Boot unterwegs waren, hat er mich manchmal steuern lassen. Er nannte mich dann »kleine Abenteurerin«. Er hat mir Geschichten von Piraten erzählt, Schatzinseln und verborgenen Welten, die Seefahrer in den Weiten der Meere finden.

»Du willst sicher Churros!«

»Sehr gerne, Pete.« Ich sehe ihm dabei zu, wie er durch eine Nudelmaschine Teig in dicke Stränge presst und in das heiße Öl gleiten lässt. »Wann hast du Mom das letzte Mal gesehen?«, frage ich ihn vorsichtig. Ob er von ihrem Tod weiß?

»Oh, wann wird das wohl gewesen sein? Vor einer Woche? Wir sind zur Insel raus.«

»Zur Insel?« Verblüfft sehe ich ihn an. Mom hat mir nicht erzählt, dass sie wieder Segeltörns unternimmt. Ich bin fast ein wenig beleidigt.

Das heiße Öl sprudelt vor sich hin und färbt die Churros goldgelb. Es riecht köstlich.

Auf eine der Herzchentüten schreibt Pete etwas auf und reicht sie mir. »Hier. Das sind die Koordinaten. Du weißt doch noch Bescheid, Abenteurerin, oder?«

Ich nehme die Tüte und nicke. »Sicher, Pete.«

Mit einer Zange nimmt er die Churros aus dem Fett, lässt sie abtropfen und wendet sie schließlich in Zimt und Zucker. Der Duft ist überwältigend.

»Bitte schön. Geht aufs Haus.«

Ich bedanke mich und wende mich zum Gehen. Genüsslich beiße ich in das warme, duftende Gebäck. Der Teig ist perfekt, außen knusprig, innen weich.

»Pete?« Ich drehe mich noch mal zu ihm um. »Hat Mom dir eigentlich mal etwas über das *White Maze* erzählt?«

Er blickt auf und lächelt mich an. »Na, wenn das nicht die kleine Vivian ist!«

Perplex sehe ich ihn an.

Beleidigt schiebt er die Unterlippe vor. »Erzähl mir nicht, meine kleine Abenteuerin, dass du den alten Pete nicht mehr erkennst.«

Ich verschlucke mich an dem Churro und huste. Ich bin so ein Idiot! Natürlich ist er eine AR-Figur! Fassungslos mustere ich den Churro in meiner Hand. Dieser Geschmack von Zimt und dem weichen, buttrigen Teig, die Zuckerkrümel auf meiner Zunge, auf meinen Lippen … Er ist nicht real!

»Wie geht es dir?« Er kommt auf mich zu und umarmt mich.

Ich spüre seinen Körper, sein Hawaiihemd ist etwas klebrig, denn er schwitzt.

»Du willst sicher Churros!«

»Ich … äh … ich hab schon welche.«

Er sieht enttäuscht aus. »Ach was«, winkt er ab. »Du kannst auch zwei Portionen vertragen!« Und schon marschiert er zu seinem Stand und drückt erneut Teig in das Öl.

»Erst letzte Woche bin ich mit deiner Mom zur Insel.«

Ich beobachte jede seiner Bewegungen, während ich die erste Portion Churros verdrücke. Sie schmecken nicht nur real, sie machen auch real satt. Sozusagen.

Ob die AR für das Gehirn sogar die Kalorienaufnahme imitiert?

»Hier.« Er reicht mir erneut eine Tüte, auf die er dieselben Zahlen geschrieben hat. »Das sind die Koordinaten. Du weißt doch noch Bescheid, Abenteurerin, oder?«

»Danke«, murmele ich und nehme sie entgegen.

Alles klar, Mom. Ich habe deine Nachricht erhalten.

//Boot

Boot stand vor dem zersplitterten Spiegel. Amelie hatte ihn irgendwann im Vorratsraum aufgestellt. Weiß der Kuckuck, warum ausgerechnet hier. Jetzt lehnte der Rahmen, gespickt mit scharfkantigen Scherben, an einem Stapel Kartons. Boot beugte sich vor und sah seinem Spiegelbild in die Augen. Sie waren rot und geschwollen. Vermutlich weil er geheult hatte wie ein Baby.

Sein Hass auf sich selbst war inzwischen ins Unermessliche gewachsen. Wenn er nicht so ein feiger Hund wäre, hätte er dieses beschissene Spiel schon längst beendet.

Doch so winselte er immer wieder um Gnade.

Er hatte Viv die Linsen gegeben, genau wie Prepender es ihm befohlen hatte.

Er war ein feiger Arsch!

Gequält sah ihn der zersplitterte Boot aus dem Spiegel an.

Feigling!

Amelie ist gestorben, weil ich zu feige zum Sterben bin! Und nun wird Viv sterben.

Boot sackte zusammen.

»Na, na, na. Wer wird denn da so verzweifelt sein?«

Die Stimme jagte Boot blankes Entsetzen durch die Adern. Er schnellte herum.

Prepender stand vor ihm.

»Lass mich frei«, bettelte Boot. »Lass mich endlich aus dieser Scheiß-AR raus!«

»Du machst deine Sache gut. Wir sind ein Team.« Er hielt die Hand hoch, damit Boot einschlagen konnte. Boot ballte die Hand zur Faust und schnaubte. Achselzuckend ließ Prepender den Arm wieder sinken.

»Ich habe meine Freunde an dich verraten. Du hast Viv von mir ans Messer geliefert bekommen. Es ist genug. Du hast versprochen, du lässt mich frei.«

»Sag mir erst noch, was Vivian ständig in Long Beach will. Was sucht sie da?«

»Stell mich offline!«

Plötzlich war die Spritze wieder in Prependers Hand. »Offline? Kann ich machen.« Er grinste Boot an. »Also: Was sucht Vivian?«

Boot versuchte zurückzuweichen, aber er stand mit dem Rücken zur Wand. Der zerbrochene Spiegel bohrte sich durch sein Shirt.

Es gab kein Entrinnen aus Prependers Welt. Er hatte die Kontrolle. Boot war sein Spielball, getreten, geschleudert, zerquetscht und doch immer wieder bereit für ein neues schmerzvolles Match. Boot wusste, dass es nur einen Weg aus dieser Hölle gab: Er musste sterben.

Gott! Er war ein feiges Schwein! Er konnte es nicht. Die Angst vor dem Tod ließ ihn zusammenbrechen. »Sie sucht nach einer Nachricht von ihrer Mom.«

Überrascht sah Prepender ihn an. »Sofia hat ihr eine Nachricht hinterlassen?«

»Sie soll sie im *White Maze* suchen. Wir gehen davon aus, dass es eine Notabschaltung für die AR gibt. Sofia wollte sie, doch Pawn hat sie nicht genehmigt.«

»Das Herz!« Prepender machte einen angespannten Eindruck. »Du bist Gold wert, Kleiner.« Er lächelte und drückte Boot die Spritze in die Hand. Bevor Boot begriff, war Prepender fort.

Boots Kehle schnürte sich zu, als er die Spritze in seiner Hand spürte. Sie war randvoll mit bernsteinfarbener Flüssigkeit. Ein goldener Schuss.

Amelies Tod ging auf Boots Konto, Vivs ebenfalls. Was würde Prepender Tom antun? Und Surgery? Zitternd setzte er die Spritze an. Er konnte nicht noch mehr Morde verantworten.

Boots Hand zitterte. Es war leicht, er hatte es früher so oft getan. Bevor Tom ihn gerettet hatte.

Schluchzend sackte Boot zusammen.

//Vivian

Eilig laufe ich zum *Shoreline Yacht Club*. Dort lag damals unsere Jacht. Vielleicht hat Mom dort im *White Maze* ein Boot für mich platziert?

Ich bin mir sicher, dass Prepender mich überwacht. Früher oder später wird er mir etwas in der AR auf den Hals hetzen. Viel Zeit bleibt mir nicht mehr, um *White Maze* abzuschalten.

Als ich über den Parkplatz spurte, renne ich fast in Tom hinein, der plötzlich vor mir steht.

»Da bist du ja, ich hab dich überall gesucht!« Erleichtert sieht er mich an. Allerdings scheint er im Van besser geschlafen zu haben als ich auf dem Felsen. Er wirkt erholt. Ein Lächeln macht sich in mir breit, denn er will sicher den Streit über die Linsen begraben, sonst wäre er wohl kaum hier. Andererseits weiß er wahrscheinlich nicht, dass ich sie nun doch trage. Wenn ich es ihm sage, wird er sicher ausrasten.

»Na ja – ich wollte … zum Jachtclub. Mom hatte da mal ein Boot.«

»Suchst du noch immer den Hinweis deiner Mom?« Sein Blick

forscht in meinem. Ahnt er etwas? Was, wenn Boot es ihm gesagt hat? Wenn ich es ihm nicht gestehe, verliere ich sein Vertrauen.

Ich winke ab. »Ja, ich suche weiter nach Hinweisen. Aber lass gut sein, Tom. Ich will nicht wieder streiten.« Damit versuche ich, einer erneuten Diskussion aus dem Weg zu gehen.

Schweigend begleitet er mich zum Jachtclub. »Wie kommst du drauf, dass der Hinweis auf einem Boot ist?«, fragt er schließlich neugierig.

Ich seufze. »Ich folge einfach meinen Erinnerungen an Mom, okay? Kein Streit, bitte.«

»Ich streite doch gar nicht. Ich bin hier. Bei dir.« Er wirft mir einen süßen Blick von der Seite zu. Da ist es wieder, dieses schelmenhafte Glitzern in seinen Augen.

Es macht mich wütend, dass er immer noch nur an uns denkt. Das mag ungeheuer romantisch sein, aber auch ebenso egoistisch. »Lass die Flirterei! Prepender muss gestoppt werden! Ich werde ihn aufhalten.«

Tom bleibt stehen. »Kannst du nicht verstehen, dass ich dich nicht verlieren will?«

»Du kannst nicht ernsthaft mit mir in Prependers Welt leben wollen!« Ich drehe mich sauer zu ihm um. Er will es einfach nicht verstehen! »Wir könnten dort gar nicht glücklich sein!«

Er greift nach meiner Hand, doch ich weiche ihm aus. »Viv. Mir ist egal, was um uns herum geschieht – solange du bei mir bist.«

Jetzt platze ich fast vor Zorn. Was ist aus dem Tom geworden, der sich für andere einsetzt? Der versucht, für jene, die in der Welt verloren waren, ein Heim zu schaffen? »Ich versteh dich nicht«, fahre ich ihn an. »Prepender wird nicht aufhören zu morden. *Ich* will mich nicht bei jedem Toten fragen müssen, ob ich es hätte ändern können. Du willst das doch auch nicht! Wie könnten wir in Frieden leben, wenn um uns herum ein stummer Krieg tobt!‹«

»Ich denke nicht, dass Prepender einen Krieg will. Es sieht eher wie eine Revolution aus.«

Ich starre ihn an. »Wie bitte?« Das hat er jetzt gerade nicht gesagt. Vor allem habe ich mir diesen oberlehrerhaften Tonfall doch bitte nur eingebildet.

»Erneuerungen, Fortschritt – immer wieder waren neue, kulturelle, gesellschaftliche Errungenschaften mit blutigen Revolten verknüpft. Also, die Frage ist deshalb, was ist Prependers Ziel? Was weißt du darüber?«

»Das hier ist kein Regierungsumsturz, der vom Volk gefordert wird.« Ich muss mich anstrengen, ihn nicht weiter anzubrüllen, denn innerlich schäume ich vor Wut. Er kann doch nicht so blind vor Verliebtheit sein, dass ihm die Welt, die Menschen, das ihm alles andere egal ist. »Das hier ist ein globaler Cyber-Amoklauf eines Verrückten!«

Tom belächelt mich, als wäre ich ein naives Kind. »Du weißt viel zu wenig, Viv. Vielleicht sollten wir uns mal mit ihm unterhalten. Du musst zugeben, der Kerl ist schon ziemlich genial. Wie er das Programm deiner Mutter geknackt hat und nun die Welt verändert …«

»Verändert?«, brülle ich. »Er legt Fallen aus und tötet wahllos Menschen!« Das blutrote Schwarz auf Amelies Shirt sickert in meine Erinnerung und meine Augen füllen sich mit Tränen.

Tom setzt an, etwas zu erwidern, schweigt aber.

Gut so. Ich will nichts mehr hören.

Wir sind am Clubhaus angekommen. Palmen flankieren den Eingang, eine Fahne mit einem verschnörkelten Logo bauscht sich im leichten Seewind. Wütend marschiere ich hinein, schnurstracks zu den Waschräumen.

Zum Glück bleibt Tom draußen. Im Waschraum versuche ich, die Tränen wegzuspülen. Wie konnte ich mich nur so in Tom täuschen! Er ist ein rückgratloser Feigling! Mit seinem Kuschen vor Prepender verrät er Amelie. Sie hätte niemals aufgegeben.

Es kostet mich einiges, doch ich unterdrücke meine Wut auf Tom, setze ein nettes Lächeln auf und gehe zum Informations-Desk.

Eine junge Frau, im adretten Poloshirt mit dem Logo des Clubs am Kragen, empfängt mich. »Womit kann ich Ihnen helfen?«

»Ich brauche die Schlüssel zu unserem Boot.«

Sie zögert kurz. »Entschuldigen Sie …«

»Tallert. Vivian Tallert.«

Sie sieht mithilfe ihrer Linsen in einer Liste nach, nickt und schiebt mir schließlich den Schlüssel über den weiß lackierten Holztresen hin.

»Ach – ähm. Ich bin total schlecht mit Nummern … welcher Liegeplatz war es doch gleich?«

»Nummer 8.«

»Vielen Dank.« Ich lasse den Schlüssel in meiner Hosentasche verschwinden und verlasse die angenehme Kühle des Clubs.

Tom wartet am Eingang auf mich. »Und?«, fragt er neugierig. »Hast du etwas herausgefunden?«

»Ja, hab ich.« Da ist eine Mauer zwischen uns. Ganz unbewusst gehe ich auf Abstand zu ihm. Er hat eben deutlich gemacht, dass er sich mit Prepender arrangieren will. Für mich ist das keine Option.

»Also gut. Anscheinend willst du die Welt alleine retten.« Wieder versucht er, mich mit seinen blauen Augen zu becircen.

Doch ich schenke ihm nur einen eiskalten, abweisenden Blick. »*Du* willst sie ja nicht retten.«

»Das habe ich nicht gesagt. Ich hab nur vorgeschlagen, mal seine Seite anzuhören. Vielleicht liegen wir falsch.«

»Falsch? Hast du das schon Surgery erzählt?« Scharf atme ich ein, alles an mir verkrampft sich. »Er ist ein Mörder. Und ich werde nun *White Maze* abschalten.«

»Abschalten?« Stirnrunzelnd sieht er mich an. »Einfach so?«

»Ja, *einfach so*. Mom hat mir gesagt, wo die Notabschaltung ist.«

»Na gut. Ich fahr dich hin.« Er greift nach meiner Hand.

Keine Chance. »Ich fahre alleine.«

»Du wirst Hilfe brauchen.«

»Wie willst du mir denn helfen? Indem du, wenn Prepender auftaucht, mit ihm die philosophischen Fragen der AR erörterst?«

Verletzt sieht er mich an. »Ich will nicht, dass Prepender dich auch noch ermordet«, sagt er leise.

Für einen kurzen Augenblick drängt sich durch all meine Wut der Wunsch, ihn zu umarmen. Doch irgendwas in mir sträubt sich dagegen, dass er mich begleitet. »Ich pass auf mich auf.«

Er lässt aber nicht locker. »Lass mich dir helfen. Ich begleite dich. Wo musst du hin?«

»Es ist egal, wo ich hinmuss, denn ich werde allein gehen. Nur ich werde den Weg finden.«

Für einen Augenblick sieht er mich abschätzend an. »Nur du?«

»Es ist meine Erinnerung.«

Resigniert steckt er die Hände in die Hosentaschen. »Du machst einen Fehler.«

»Was meinst du? Weil ich allein gehe?«

»Weil du glaubst, dass du gegen Prepender eine Chance hast. Du kannst nicht gegen ihn kämpfen. Aber ich. Ich kann mit ihm reden, wir können uns einigen.«

»Einigen?« Wütend stoße ich ihn weg. »Gott! Was ist passiert, Tom! Wieso bist du plötzlich so ein Kotzbrocken! Hast du Schiss? Ist es das? Dann geh kuscheln mit Prepender! Ich werde kämpfen!«

»Beruhig dich! Ich suche doch nur nach einer Lösung, die für alle –« Er sieht mich verzweifelt an. Er nimmt meine Hand und zieht mich zu sich. »Ich begleite dich.«

Ich befreie mich aus seiner Umarmung. »Nein.« Ich brauche viel Kraft, um entschlossen zu klingen. »Es ist besser, du gehst. Ich fahre allein auf die Insel.« Schweren Herzens wende ich mich ab. »Wir sehen uns.« Eilig laufe ich zu den Anlegestellen, aber Tom setzt mir nach.

»Kannst du denn überhaupt so 'n Schiff steuern?«

Ich schiebe seine Hand weg. »Ich weiß, was ich tue. Im Gegensatz zu dir.« Damit lasse ich ihn endgültig stehen.

»Viel Glück mit dem Retten der Welt!«, ruft er mir nach, doch ich drehe mich nicht um.

//Tom

Hey, was ist los mit dir?« Auf der Suche nach etwas Essbarem entdeckte Tom Boot, der zusammengekauert in den Trümmern des Vorratsraumes saß. Er ging zu ihm und zog ihn auf die Füße. Sein Kumpel war aschfahl und zitterte.

»Boot? Du siehst scheiße aus.«

»Ich bin Scheiße!«

»Nein. Es ist nicht deine Schuld.« Tom war klar, dass es um Amelie ging. Er selbst hatte kaum geschlafen, machte sich Vorwürfe, wieso er die gesamte Crew zur Serverfarm mitgeschleppt hatte. »Es war … ein Unfall.«

Wütend stieß Boot ihn von sich weg. »Es war Mord, Tom! *Er* hat sie umgebracht.«

Tom presste die Lippen aufeinander und sah seinen Freund hilflos an. Ja, es war Mord. Und er würde Prepender dafür bluten lassen, doch jetzt war ein kühler Kopf gefragt. Sie brauchten einen richtig guten Plan. »Hast du Viv schon gesehen?«

Ertappt Boot sah zu Boden.

»Ist sie weg?« Mit einem Mal fühlte Tom sich hilflos. Wenn

Viv wegen des Streits weggelaufen war … Er musste sie finden! »Hat sie gesagt, wo sie hinwill?«

Boot schnappte nach Luft. Panisch sah er sich um, als erwarte er einen Angriff.

Da schepperte etwas hinter Tom und Boot zuckte zusammen. Es war nur Surgery. Er hatte begonnen, die Reste ihrer Leben aufzutürmen. Es glich einem Scheiterhaufen und Tom wollte nicht wissen, was er damit vorhatte. Das Camp war verloren.

Aber Vivian noch nicht. Er musste sie finden, bevor sie etwas Unüberlegtes tat und er sie für immer verlor. Natürlich hatte sie recht, dass sie nicht aufgeben durften. Aber auf keinen Fall würde er sie an Prepender ausliefern!

»Boot?« Er nahm ihn an den Schultern und versuchte, ihm in die Augen zu sehen. Amelies Tod hatte Boot mehr aus der Bahn geworfen, als Tom gedacht hatte. Er stand völlig neben sich, zitterte wie Espenlaub.

»Sie … sie wollte zu ihrer Mom«, flüsterte Boot und sein Blick huschte noch immer suchend durch den Raum. »Nach Long Beach. Sie will es abschalten. Sie will es beenden.«

»Allein?« Entsetzt sah Tom ihn an. »Verdammt, Boot! Wieso hast du sie gehen lassen? Du hättest mich sofort holen müssen!« Verzweifelt schüttelte er Boot. Die Augen seines Freundes waren rot. Hatte er so heftig wegen Amelie geweint …? Boots unglückseliger Blick traf ihn. Schockiert taumelte Tom rückwärts. Plötzlich verstand er. All die Momente, in den letzten Tagen, als Boot sich so seltsam verhalten hatte. »Sag, dass das nicht wahr ist!« Bitte, flehte er innerlich, lass es nicht wahr sein!

Boot sackte zusammen, fiel auf die Knie und schluchzte. »Ich wusste es doch nicht! Ich war neugierig, Surgery noch beim Cracken. Wie hätte ich denn ahnen sollen, dass ich mich ihm damit auf ewig ausliefere!«

»Du bist …« Tom hätte schreien können. Boot hatte die Linsen eingesetzt. Dadurch hatte Prepender Vivian gefunden. Dadurch hatte er das Camp gefunden. Ihm wurde schlecht, als ihm bewusst wurde, dass die Farm in Wisconsin von Anfang an eine Falle gewesen war. Und Boot hatte es gewusst. Für einen Augenblick musste er sich abwenden. Surgery warf gerade, was von Amelies Kissen übrig war, auf den Haufen.

Tom atmete durch. Er konnte die Zeit nicht zurückdrehen. Er konnte Amelie nicht retten. Aber Vivian. Er zwang sich, ruhig zu werden, und wandte sich wieder Boot zu. »Was ist mit Prepender?« Er kniete sich vor seinen Freund. Unterdrückte die Wut über dessen Dummheit und seinen Verrat an ihnen.

»Ich *musste* es ihm sagen, Tom. Er hat gedroht, mich zu töten. Tom. Ich bin das Letzte.«

»Was ist passiert?« Tom versuchte, seinen Freund nicht anzubrüllen.

»Ich hab sie verraten, Tom. Ich hab euch alle verraten. Er bringt mich um. Egal, was passiert. Prepender wird mich töten.« Boot packte Toms Hand. Sein Blick traf Tom wie ein Dolchstoß. »Bitte, rette Viv und stopp den Kerl! Ich wollte das alles nicht. Ich war nur neugierig, als ich die Linsen …«

Tom musste sich beherrschen, sonst hätte er Boot niedergeschlagen. »Beruhig dich«, sagte er mehr zu sich selbst. »Geh zu Surgery. Hilf ihm. Und halt deinen Mund. Wenn Surgery erfährt, dass … dann ist Prepender das kleinere Übel für dich.«

Boot vergrub sein Gesicht in den Händen.

»Ich finde Viv.« Tom sprang auf und wollte zum Wagen, doch Boots Rufen ließ ihn innehalten.

»Sie ist schon drin«, presste Boot hervor.

Tom begriff nicht. »Wo ist wer drin?«

»Viv. Sie ist im *White Maze*. Mit den Linsen.«

Der Boden tat sich auf und Tom stürzte in eine Leere, die jedes Gefühl in sich aufsog.

Vivian war infiziert. Sie war Prepender ausgeliefert. Und wenn er sie nicht schleunigst fand, war es zu spät.

//Vivian

Moms Jacht entpuppt sich als ein kleines, schnittiges Motorboot. Sie hat es *Vivian* getauft. Für einen Moment starre ich auf die geschwungene Schrift am Bug und mir wird zum ersten Mal bewusst, dass ich nun eine Waise bin.

Alleine für mich und mein Leben verantwortlich. Ohne Anker auf dem Ozean unterwegs.

Verliere dich nicht!

Du bist lustig, Mom. Du schickst mich in die AR, um einen Wahnsinnigen zu stoppen. Verliere dich nicht! *Schon klar. Nichts leichter als das, Mom.*

Seufzend klettere ich an Bord. Noch immer bin ich sauer auf mich wegen Tom, dass ich mich so von ihm, seinen blauen Augen und Neckereien habe um den Finger wickeln lassen. Sein Vorschlag, Prepender die Hand zu reichen, lässt mich erschaudern. Dennoch beschleicht mich der Gedanke, dieses Abenteuer würde sich besser anfühlen, wenn er bei mir wäre. Wenn ich mich an ihm festhalten könnte, damit ich nicht verloren gehe.

Das ist doch Quatsch, Viv!, rufe ich mich selbst zur Vernunft.

Lächelnd hole ich den Anker ein. Ich bin Vivian Tallert. Und ich bin mehr als nur ein oberflächliches Pacific-Palisades-Mädchen.

An Bord finde ich ein altmodisches Navigationssystem und ich weiß, Mom hat es absichtlich gewählt, denn es wird mir helfen, vor Prepender mein Ziel zu verschleiern.

Allerdings dauert es eine Weile, um herauszufinden, wie es funktioniert. Zwar bin ich wieder online und könnte mit einem Fingerzeig die Koordinaten anfragen, doch würde Prepender dadurch erfahren, wo ich hinwill. Unter keinen Umständen darf er vor mir die Insel erreichen, ich brauche wenigstens einen kleinen Vorsprung. Würde ich die Apps meiner manipulierten Linsen benutzen, könnte ich nicht sicher sein, dass das Ergebnis der Suchanfrage auch wirklich der Wahrheit entspricht.

Als ich endlich alles für die Abfahrt vorbereitet habe und das erste Seil am Steg löse, höre ich jemanden meinen Namen rufen.

Ich drehe mich um und entdecke Tom, der wild winkend den Steg entlang auf mich zurennt.

Eine Sekunde zögere ich, in der Erinnerung an seine Umarmungen und das schöne Gefühl, ihn bei mir zu haben. Doch dann binde ich das Seil los und renne zum nächsten. Die Diskussion mit ihm ist durch.

Hastig zerre ich den Knoten auf und will gerade ins Boot springen, da ist er auch schon bei mir. Er greift sich das Seil. »Stopp«, japst er.

»Lass gut sein!« Ich versuche, ihm das Seil aus der Hand zu reißen. Obwohl er völlig außer Puste ist, hält er es eisern fest.

»Nicht.« Er schnappt nach Luft. »Ohne.« Japsen. »Mich.«

Ich sehe ihn scharf an. »Ich dachte, wir hätten das geklärt. Ich werde auf jeden Fall ohne dich fahren.«

Mit einem gewagten Sprung bin ich an Bord und rupfe dort das Seil ab, das er auf dem Steg festhält.

Blitzschnell springt er mir nach, verliert dabei beinahe den Rucksack, den er geschultert hat. Kaum ist er neben mir, zieht er mich in seine Arme. Er atmet hektisch, ist verschwitzt. Schließlich sucht er meinen Blick, doch ich wende mich ab. »Was hat er getan?« Seine Stimme zittert und ich bin mir nicht sicher, ob er derart außer Atem ist oder ob es Angst ist.

»Lass mich los, Tom!« Ich versuche, mich aus seinen Armen zu winden, das Boot beginnt zu schaukeln.

»Hat er dich bedroht?«

»Wovon zum Teufel redest du? *Du* wolltest ihn doch treffen!«

Er wird blass und setzt sich. »Wann habe ich das gesagt?«

»Eben gerade. Ich geh die Welt retten und du hörst dir in aller Ruhe Prependers Vision an. Weil Revolutionen was Tolles sind!« Am liebsten würde ich ihn über Bord werfen.

Jetzt weiß ich, dass es Angst ist, die seine Stimme zittern lässt. »Ich bin eben mit dem Van über drei rote Ampeln hierhergerast.«

Verständnislos sehe ich ihn an. »Wenn das wieder eine von deinen philosophischen Metaphern ist: Kapier ich nicht.«

»Viv!« Er versucht, sein Zittern zu unterdrücken. »Boot ist infiziert. Schon seit Tagen. Prepender hat ihn gezwungen …« Er stockt. Räuspert sich. »Ich weiß, dass du die Lucent-Linsen eingesetzt hast. Anscheinend hast du so die Nachricht deiner Mom gefunden. Das ist gut. Aber ich bleibe bei dir. Ich werde dich nicht verlassen, Viv! Auf keinen Fall! Ich werde die Falle sehen, die du nicht mehr wahrnehmen kannst.« Sein Blick dringt mir ins Herz und nistet sich dort ein. »Ich werde dich nicht verlieren«, sagt er leise. »Ohne dich will ich in keiner Welt leben.«

Meine Knie werden weich und ich muss mich ebenfalls setzen. »Du bist eben mit dem Van hierher…?«

Er nickt.

»Dann haben wir uns gerade nicht gestritten?«

»Wir haben uns gestern Abend gestritten. Wegen der Linsen. Ich schätze, du hast gewonnen.« Er lächelt traurig.

Ich schließe die Augen, beschwöre mich, bei klarem Verstand zu bleiben.

Verliere dich nicht!

Aber kann ich das? Habe ich noch einen klaren Verstand? Alles, was ich sehe, kann eine Lüge sein.

Als ich die Augen öffne, sitzt Tom noch vor mir. »Bis vor vielleicht zwanzig Minuten warst du hier bei mir«, murmle ich. »Wir haben über Prepender und sein Ziel gestritten. Du hast gesagt, dass gute Dinge oft mit einer blutigen Revolution beginnen. Dass wir Prepender zuhören sollten. Ich habe dir gesagt, wo ich hinfahre und was ich vorhabe.« Ich beobachte, wie alle Farbe aus Toms Gesicht weicht, und vergrabe mein Gesicht in den Händen.

Ich war so dumm. So blind! Hatte ich nicht sogar gespürt, dass etwas nicht stimmte? »Ich bin ein Vollidiot! Ich habe mich selbst verraten!« Mein Irrtum über Tom lässt mich so hilflos fühlen!

Tom springt auf. »Fahr los! Wir müssen vor ihm da sein!«

Doch ich rühre mich nicht. Mir ist jetzt schmerzlich bewusst, dass ich mich nicht mehr auf das, was ich sehe, verlassen kann. Ich muss *alles* hinterfragen! Wieder schließe ich die Augen.

Be real.

Verliere dich nicht!

Ich muss einen Weg finden, die echte Welt von Prependers Trugbildern zu unterscheiden.

»Kannst du das Boot steuern? Wo ist der Schlüssel?« Tom hat sich über das Cockpit gebeugt, sieht mich nun aber Hilfe suchend an.

Ich öffne die Augen und starre ihn an. Seine Augen haben dieses Blau, die Haare sind etwas zu lang. Und seltsamerweise duftet er immer leicht nach altem Leder. »Viv?«

»Es tut mir leid. Ich weiß nicht, wie ich mir sicher sein soll.« Den letzten Teil des Satzes bringe ich nicht über die Lippen. Wie ich mir sicher sein soll … *dass du es bist.*

Kann ich ihm vertrauen?

»Ob ich ich bin?«

Unsicher nicke ich. Es spricht viel dafür, dass der richtige Tom vor mir steht. Er wusste von unserem Streit gestern Abend und er hält Prepender nicht für einen verehrungswürdigen Gott. Aber was, wenn Prepender einfach seine Taktik geändert hat?

Bevor ich mich weiter in Gedanken verstricke, nimmt Tom mich in seine Arme und küsst mich.

Lange.

Und voller Leidenschaft.

Es kribbelt und ein wohliger Schauer erfasst meinen ganzen Körper.

Ich spüre seine Wärme.

Sein Herz schlägt schnell, ich kann es fühlen, als ich meine Hand auf seine Brust lege.

Er riecht nach Schweiß und altem Leder.

Mir ist, als verliere ich den Boden unter den Füßen und zerberste in tausend Farben.

Dieser Kuss … er ist noch wundervoller als unser erster. Er lässt mich atemlos zurück.

Tom löst sich von mir und legt seine Stirn an meine. Tief sieht er mir in die Augen. »Ich *bin* es«, sagt er. Und zieht mir mit einem Schmunzeln den Zündschlüssel aus der Hosentasche.

//Vivian

Schweigend steuern wir die Insel an, zu der uns die Koordinaten führen. Vor uns die unendlichen Wellen. Ein paar Möwen und der Geschmack von Salz auf meiner Haut.

Meine Gedanken kreisen um das, was mich erwartet.

Was, wenn Prepender schneller war und uns auflauert?

Vom Horizont nähert sich dunkel die Insel.

Mom wartet dort auf mich. In der Mitte vom *White Maze*. Nervös taste ich nach Toms Hand. Ich darf mich nicht verlieren.

Das Ufer ist felsig mit wenig Grün. Wir vertäuen das Boot an einem Holzsteg, der in einer versteckten Bucht liegt.

»Scheint, als wären wir die Ersten«, bemerkt Tom, denn weit und breit ist kein anderes Schiff zu sehen.

»Vielleicht gibt es noch eine zweite Anlegestelle?«

»Du bist mir ja eine Optimistin.«

»Ich bin vorsichtig.«

Wir folgen einem gepflasterten Weg bergauf durch die wilde Natur. Je weiter wir uns von der Küste entfernen, umso dichter werden Büsche und Gräser, überwuchern das Pflaster, verstecken den Weg.

Eine Erinnerung meiner Kindheit steigt in mir auf. »Wir hatten hier mal ein Ferienhaus. Einen kleinen Bungalow. Für einen Sommer. Mitten im Grün, mit Zugang zu einer idyllischen Bucht.« Ich wende mich um und blicke zurück, hinab auf das Meer. Unbeschwerte Sommertage mit Mom.

»Man kann seine Sommer schlechter verbringen«, meint Tom. »Zum Beispiel in einem Gewächshaus.«

Er lacht und legt seinen Arm um mich. »Na, ich weiß nicht. Gewächshaus über den Dächern von L. A. – das ist nur was für die ganz Coolen.«

»Ja, schon klar.« Ich atme tief ein. »Riechst du das? So rein ist die Luft nicht mal im Camp.«

»Hätte nicht gedacht, dass du so ein Naturfreak bist.« Er kramt die AR-Brille aus seinem Rucksack. »Mal sehen, ob du das Gleiche siehst wie ich.«

Eigentlich will ich ihn davon abhalten. Denn es ist hier wirklich schön. Und wenn diese Schönheit nur Fake ist, dann will ich es gar nicht wissen.

Er sieht nur kurz hindurch. »Selbes Grün.«

Erleichtert, dass diese Pracht der Natur echt ist, gehe ich weiter. Früher war es mir egal, ob ich in der AR oder der Wirklichkeit unterwegs war. Hauptsache, es hat mich unterhalten. Jetzt bedeutet es mir alles, sicher zu sein, dass ich kein Trugbild anhimmele.

»Was ist das dort?« Tom deutet auf etwas Weißes, das zwischen Palmen hervorblitzt.

»Das ist unser Haus!« Mich überrollt eine Welle des Glücks. Es ist, als hätte ich einen lang verlorenen Freund wiedergefunden. Ich beginne zu rennen und bald neigt sich der Pfad zu einer Klippe hin und wir erreichen den Ferienbungalow.

Er steht auf einer Klippe und ich erinnere mich an die steile Treppe hinunter zur Badebucht. Das Grün ringsherum wurde damals von Gärtnern in Schach gehalten und der Blick konnte über Land und Meer schweifen.

»Wow«, hauche ich. »Ich dachte immer, als Kind erscheinen einem die Dinge riesig, weil man so klein ist. Und später ist man dann enttäuscht, weil sich herausstellt, dass alles eine ganz normale Größe hat.«

Wieder wirft Tom einen Kontrollblick durch die Brille.

»Hier ist es andersherum.« Mein Blick gleitet über die Anlage. Der Bungalow ist riesig. Mom hat Stockwerke, Anbauten, Mauern, Höfe, Türmchen und Terrassen anfügen lassen. Alles erstrahlt in makellosem Weiß.

»Das *White Maze«*, murmelt Tom.

Wir laufen die letzten Meter und gelangen an eine mannshohe Gartenmauer. Der Weg verschwindet darin. Mom hat sie einfach auf den Weg gebaut – und das Tor vergessen.

Ich bleibe stehen und sehe zu beiden Seiten an der Mauer entlang, doch nirgends kann ich ein Tor oder ein Fenster entdecken.

»Was jetzt?«, will ich Tom fragen, doch da sehe ich, wie er mir nichts, dir nichts durch die Wand hindurchmarschiert. »Tom!«

»Was ist?« Sein Kopf taucht aus der Wand wieder auf und sieht mich fragend an.

»Du steckst in einer Mauer fest.«

Überrascht blickt er durch Surgerys Brille. »Tatsächlich. Eine Mauer.« Er grinst mich an. »Ich bin ein Geist!« Dann winkt er mir. »Na los, lass uns diese Notabschaltung suchen.« Er verschwindet wieder.

Ich beschließe, mein Hirn weiß, dass diese Wand nicht real ist, und gehe entschlossen darauf zu. Doch die Kommunikation mit meinem Gehirn ist mangelhaft: Ich hole mir eine schmerzhafte Beule, als ich gegen die Mauer renne.

»Tom!« Panik liegt in meiner Stimme. Das *White Maze* hat ihn hereingelassen und mich nicht. Mit den Händen trommle ich gegen die Wand. Sie ist hart und der weiße Putz glatt. Ich kann die Spuren der Kelle erkennen, die Richtung, in der die Masse aufgetragen wurde. Mit den Fingern fahre ich darüber, spüre das raue Material, jede kleinste Wölbung darin, doch einen Spalt, der auf eine geheime Tür hinweist, kann ich nicht ertasten.

Erschrocken schreie ich auf, als plötzlich Toms Kopf neben mir aus der Mauer ragt.

»Was tust du da? Sieht aus, als würdest du Pantomime spielen. Das Mädchen und die unsichtbare Wand.«

»Komm da raus, du Spukgestalt. Hilf mir lieber.« Fast erwarte ich, ein Schmatzen zu hören, als Tom aus der Mauer heraustritt.

»Wo ist das Problem?«

»Das ist eine Mauer! Verstehst du? Sie umschließt die Gebäude. Und das Problem ist – sie hat keine Tür. Jedenfalls für mich nicht.«

»Du kommst nicht durch?«

Ich deute auf die schmerzende Stelle an meiner Stirn.

Tom betrachtet sie verwundert. »Ich kann dir nicht folgen … Ich sehe nichts.«

»Und ich kann dir nicht folgen! Meine AR ist real. Und diese Wand verdammt hart. Ich hab ’ne Beule!«

»Übertreib nicht …«

»Ey! Das tut weh! Hilf mir lieber. Wie soll ich da reinkommen?«

Er setzt die Brille auf und sieht sich um. »Tja … wir könnten der Mauer folgen …«

»Nein. Der Weg führt hier eindeutig hinein.« Ich trete einige Schritte zurück und betrachte die Wand mit der darin verschwindenden Straße. »Rätsel waren noch nie meine Stärke.« Enttäuscht setze ich mich ins Gras und starre die Wand an. Es kann doch nicht sein, dass ich schon an der ersten Hürde scheitere! »Hilf mir, Tom.«

»In der AR kann ich auch keinen Hinweis auf einen Durchgang finden. Aber ich behalte jetzt mal lieber die Realität im Auge. Ich will wissen, wenn etwas auf uns zukommt.« Er bleibt neben mir stehen und sieht zum Wald.

Frustriert zerrupfe ich einen Grashalm und starre die Wand an.

»Deine Mutter hat dieses Rätsel geschaffen – und sie wollte, dass nur du es öffnen kannst.« Tom klopft mir auf die Schulter. »Du schaffst das, Viv.«

Er hat recht. Alle Hinweise waren allein für mich bestimmt. Prepender hat keine Chance, sie zu finden. Er kann in seiner AR auch nicht durch diese erfundene Mauer. Nur ich.

Aber wie?

Ich beobachte das Licht, das über die Mauer wandert, wie die Schatten sich verändern, doch nichts verrät eine verborgene Tür.

Es ist, als ob ich mich auf ein Hypnose-Duell mit der Mauer einlasse – irgendwann verliere ich das Gefühl für Zeit. Denn es dämmert bereits. Ich stehe auf und strecke mich. »Es tut mir leid, Tom, ich hatte nicht damit gerechnet, dass wir hier so lange bleiben müssten. Noch dazu im Freien. Keine Ahnung, wie und wo wir übernachten.«

Tom sieht mich stirnrunzelnd an. »Ich habe keinen blassen Schimmer, was du mir sagen willst.«

Inzwischen ist es dunkel, die Sterne leuchten über uns. Deutlich kann ich die Milchstraße erkennen. Sie erscheint zum Greifen nah. Versunken beobachte ich den Nachthimmel. Es ist so wunderschön!

»Viv?«

Mit einem Seufzer wende ich mich wieder meiner falschen Realität zu. »Ja, du hast recht, wir können nicht die ganze Nacht hierbleiben! Vielleicht habe ich morgen die Eingebung, wie ich diese Tür finde.«

Er verschränkt die Arme und sieht mich sauer an. »Vivian Tallert! Du gibst definitiv zu schnell auf! Ein Rätsel, das du binnen drei Minuten lösen kannst, wäre ein schlechtes Schloss, meinst du nicht?«

»Drei Minuten?« Überrascht sehe ich ihn an. »Ist das dein Ernst? Den ganzen Nachmittag bis tief in die Nacht hinein mit Nachdenken zu verbringen, verbuche ich nicht gerade unter *schnell aufgeben.*«

Morgendämmerung überzieht den Himmel mit einem rosa Hauch und die ersten Sonnenstrahlen tauchen die Mauer in ein warmes Licht.

»Wovon redest du?«

Ich glaube, mir steht der Mund offen, während ich zusehe, wie die Sonne binnen weniger Sekunden in den Himmel hinaufsteigt, dort kurz verweilt, um sich sogleich wieder hinter den Horizont zu rollen, worauf die Sterne erneut über mir funkeln.

»Ich verstehe«, murmle ich. »Dein Tag dauert länger als meiner.«

»Kannst du mir bitte sagen, was in deinem Kopf vorgeht?« Mit verschränkten Armen mustert er mich, die AR-Brille in die Stirn geschoben. Er kann nicht einschätzen, ob ich den Verstand verliere oder tatsächlich eine sehr unmotivierte Rätselfee bin.

»Ich erlebe hier gerade meinen zweiten Sonnenaufgang«, versuche ich, ihm zu erklären, und beschreibe den Weg der Sonne, die schon wieder über den Himmel eilt. »Wirklich ein Meisterwerk. Ganz wundervoll.« Ich lasse mich zurück ins Gras fallen und starre die weiße Wand an. Das Licht des Morgens ist weich und zart, mittags lässt es das Weiß grell erstrahlen. Die Mauer zeigt keinerlei Schatten, plan und eben wirkt sie, bevor dann der Abend harte Schatten daraufzeichnet, die immer weiter wachsen, und die Palmen auf der Wand ein Schattentheater vorführen.

Wie auf einer Leinwand.

Ein weißes Papier, auf dem alles entstehen kann …

Lächelnd beobachte ich den erneuten Sonnenaufgang – und verstehe. »Das ist es!« Ich taste nach meiner Kette und springe auf.

»Typisch Mom.« Ich werfe Tom einen verschmitzten Blick zu, der mich nur stoisch beobachtet. Mir ist bewusst, dass er kein Wort versteht. Natürlich nicht. Dieses Tor ist ganz allein für mich gemacht.

Geduldig warte ich, bis die Sonne wieder im Zenit steht.

Das Prisma dreht sich am Band, als ich es hochhalte, damit die Sonne darauftrifft. Die Sonnenstrahlen brechen sich in den Facetten der Kugel und unzählige Regenbögen flirren über das makellose Weiß der Wand.

»Weiß ist der Anfang«, murmle ich. »Auf einem weißen Blatt Papier kann alles geschehen.« Ein warmes Gefühl der Trauer überkommt mich, während ich zusehe, wie das Weiß der Wand versickert und eine dunkle, schwere Holztür zum Vorschein kommt.

»Alle Farben der Welt sind unsichtbar im Licht verborgen«, sage zu Tom. »Doch mit dem richtigen Werkzeug kannst du sie hervorholen. Und dann siehst du eine neue Welt. – Das hat Mom mir immer gepredigt.«

Tom legt mir den Arm um die Schulter. »Gut, dass du ihr zugehört hast.«

Ich öffne die Tür.

Ein Hauch von Zimt weht mir entgegen und ich meine, kurz die Musik des Karussells zu hören.

Die Erinnerung kann wie ein Labyrinth sein.

Ein glückliches Lächeln streift meine Lippen und ich betrete Moms Welt.

//Vivian

Wir gelangen in einen Säulengang, der einen Hof einfasst. In dessen Mitte plätschert ein Springbrunnen. Rosen blühen und Lavendel steht in voller Pracht. Der leichte Wind trägt ihren Duft zu mir herüber.

»Deine Mutter hat sich ganz schön ins Zeug gelegt, um dem Namen *White Maze* alle Ehre zu machen.«

Tom kassiert von mir einen mahnenden Seitenblick.

»Na komm. Es ist schon sehr puristisch, alles in Weiß zu halten. Wenigstens den Hof hätte sie mit Kakteen bepflanzen können.« Er deutet hinter sich zu den Rosen.

Ich tippe gegen die Brille, die er sich auf die Stirn geschoben hat. »Das *White Maze* ist kein farbloser Irrgarten. Du weißt doch: Auf einer weißen Leinwand kann alles passieren.«

Er riskiert einen kurzen Blick durch die Brille und pfeift anerkennend. »Der Punkt geht an deine Mom.«

Wir halten uns im Schatten der Säulen, bis wir zu einer Tür kommen. Sie ist offen. Dahinter führen Stufen in einen weiß verputzten Gang.

»Hier ist es eher schmucklos«, informiere ich Tom. »Aber ich rieche Zimt.«

»Zimt?«

»Von den Churros. Moms Geheimzeichen für mich. Wir sind also auf dem richtigen Weg.«

Wir folgen dem Duft zu einem zweiflügeligen Tor. Die Eichentüren stehen offen und ich trete hindurch. Tom untersucht sogleich penibel den Boden, ob sich nicht eine morsche Falltür unter den Bodenfliesen verbirgt. Doch während er noch nach der verborgenen Realität sucht, bewundere ich die offensichtliche Irrealität.

Denn vor mir führen Treppen hinauf und hinab, sie reichen zu Türen und Emporen, eine führt hinaus in einen Garten. Dort kann ich einen Apfelbaum erkennen. Doch etwas stimmt mit diesen Treppen nicht.

Alles ist weiß getüncht und das Sonnenlicht, das durch die vielen, auf verschiedenen Höhen angebrachten Fenster und Durchgänge fällt, wirft seltsame Schatten.

»Das ist … das ist ja …« Jetzt ist mir klar, was mich auf den ersten Blick befremdet hat. Dieser Raum ist völlig verdreht, er ist nicht *möglich!* Treppen laufen kopfüber zu Türen, die sich waagrecht in der Wand befinden, Geländer sind vor den Stufen und doch enden sie dahinter. Nichts folgt den Regeln von Physik und Perspektive …

Tom sieht sich ziemlich unbeeindruckt um. »Na ja. Ich will nicht wissen, wie viel es gekostet hat, hier auf der Insel zu bauen. Aber manches scheint mir unvollendet.«

Verärgert knuffe ich ihn. »Mach keine doofen Witze. Das hier ist der Wahnsinn! Sie hat das Unmögliche möglich gemacht!« Vorsichtig setze ich einen Fuß auf eine Stufe, von der ich nicht sicher bin, ob sie nach oben oder unten führt. »Wir hatten mal ein Bild von so einem Raum. In unserem alten Haus. Bevor wir nach Palisades gezogen sind. Es hing im Treppenhaus.«

Inzwischen hat Tom die Brille aufgesetzt und räuspert sich. »Okay. Verstehe. Das ist wie bei M. C. Escher. Allerdings …« Er geht ein paar Schritte in den Raum und betritt eine der Treppen. Er blickt hinauf, verdreht den Hals, da der Raum kippt und irgendwie plötzlich kopfsteht. Er zieht die Brille wieder ab und sieht mich an. »Willst du da rauf?«

»Natürlich!«

Er streckt die Hand aus. »Dann führe ich dich. In Wirklichkeit gibt es nur eine einzige Treppe. Sie hat kein Geländer und führt zu einem schmalen Durchlass. Alle anderen, wie real sie sich für dich auch anfühlen mögen, sind es nicht. Besser, du probierst nicht aus, ob deine Mutter die Schwerkraft tatsächlich umgangen hat.«

Ich greife seine Hand und er leitet mich. Meine Hände gleiten über das Geländer, die Wände entlang, berühren die Treppen, die über mir verkehrt herum verlaufen. Die Stufen sind aus weißem, glattem Stein, ebenso der Handlauf. Die Wände bestehen aus großen Quadern, deren Oberfläche wunderbar ebenmäßig und kühl ist.

Als wir an der obersten Stufe angelangt sind, drehe ich mich um und sehe hinunter, und prompt wird mir schwindelig. Es ist, als blicke ich nicht nach unten, sondern hoch hinauf. Zum Glück hält Tom mich fest, weil ich ins Taumeln gerate.

»Vorsicht. Hier entlang.« Er zieht mich zurück durch einen schmalen Durchlass.

Nun stehen wir auf einer geschwungenen Treppe und unter uns breitet sich ein herrlicher Garten aus, den leise plätschernd ein Bach durchzieht. Vögel singen und steigen hinauf in die gläserne Kuppel, die alles überspannt.

Dieser Ort erinnert mich an diese riesigen Glaspaläste, Gewächshäuser, die einst in Europa gebaut wurden. Aus meinen Erinnerungen schwebt ein Bild empor, von einer Reise mit Mom nach London. Ich war vielleicht sechs oder sieben Jahre alt und wir haben so ein Gewächshaus besucht. Lächelnd erinnere ich mich, dass ich einen Schmetterling stehlen wollte.

Tom sieht sich angestrengt um, dann lässt er meine Hand los. »Was siehst du?«

»Eine Brücke. Sie führt in ungefähr zehn Metern Höhe über einen paradiesischen Garten.«

»Na ja. Über diesen *Garten* sag ich mal lieber nichts. Aber die Brücke scheint sich mit der Realität zu decken.«

»Setz die Brille auf. Es ist wunderschön!«, fordere ich ihn auf.

»Schöner als ein Raum voller Säulen?«

»Du kannst es nicht riechen – es ist fantastisch.« Ich fühle mich wie das Kind von damals, in London, als ich die Brücke hinüberlaufe und eine gusseiserne, weiß lackierte Wendeltreppe hinab ins Grün stürme. Riesige Palmwedel streifen mein Gesicht, exotische Pflanzen verzaubern mich mit ihren ausgefallenen Formen und Farben. Ein Schmetterling, so groß wie meine Hand, flattert vorbei. Das ist er! So einen wollte ich damals in meiner Manteltasche mitnehmen. Er schimmert in allen erdenklichen Blautönen.

Natürlich renne ich ihm hinterher, folge ihm kreuz und quer durch den Urwald. Wie damals als Kind.

Das Wissen, nur durch eine Projektion zu laufen, entfernt sich immer weiter von mir. Obwohl mir bewusst ist, dass Mom all das für mich erschaffen hat. Das sind meine Erinnerungen an Orte und Momente, die mich glücklich gemacht haben.

Danke, Mom.

Schließlich gelange ich an eine gläserne Pforte. Sie steht offen und der Falter entschlüpft in die Freiheit. Ich trete hinaus und ein erfrischender Wind vom Meer streicht mir übers Gesicht, ich rieche das Salz und höre in der Ferne die Brandung. Da ist noch ein anderes Geräusch, ein fröhliches Plätschern. Gleich in der Nähe muss ein Bachlauf sein.

Der Boden unter meinen Füßen ist weich, er duftet nach kühlem Wald. Ein schmaler Trampelpfad eines Tieres führt mich durch Farne und Moose zum idyllischen Bach. Fast erwarte ich, ein Reh aufzuschrecken. Am liebsten würde ich mich ins Moos fallen lassen und alles andere vergessen. Ich könnte hier auf ewig glücklich sein.

//Tom

Tom hielt auf der Wendeltreppe inne, denn er meinte, ein Geräusch hinter sich gehört zu haben. Doch die Quelle war schwer auszumachen. Jeder Laut wurde in diesem Kuppelbau hundertfach zurückgeworfen. Vielleicht waren es nur Vivians Schritte auf der eisernen Treppe gewesen.

Er rannte ihr hinterher, doch sie war zu schnell. Als er unten ankam, war sie zwischen riesigen Blättern verschwunden. Also schob er die Brille auf die Stirn, um in der nüchternen Realität nachzusehen, wo Vivian war. Doch die Realität machte es nicht besser. Sie war in dem Dickicht der hoch aufragenden Säulen untergetaucht. Architektonisch machte dieser Säulenwald keinerlei Sinn. Tom jedoch bescherte er ein ziemliches Problem: Vivian war außer Sicht.

»Viv!«, brüllte er. Keine Antwort. Angst machte sich in ihm breit. Warum hatte sie nicht gewartet? So konnte er sie doch nicht beschützen. Immer schneller rannte er im Zickzack durch die Säulen.

Er durfte die Orientierung nicht verlieren, deshalb zählte er mit, vier Säulen vor und nach rechts, vor und nach links. Wo war sie nur so schnell hin?

»Viv! Vivian! Antworte mir!«

Endlich – die Säulen endeten … aber vor einer Mauer.

Was zum Teufel! Atemlos starrte Tom auf eine lange Reihe von Türen. Jede war anders in Form und Farbe. Anscheinend umliefen sie den gesamten Säulenwald.

»Witzig, Mrs Tallert!«, murmelte er und öffnete eine blaue Holztür. Dahinter befand sich ein leeres Zimmer.

Die nächste Tür, mit Gold beschlagen, öffnete den Zugang zu einem weiteren Raum. Auch dieser war leer. Keine Vivian.

Wütend donnerte Tom die Tür zu. Wie viele Türen musste er öffnen, bevor er sie wiederfand?

»Vivian! Komm zurück!«, brüllte er.

//Vivian

Ich sehe mich um und stelle fest, dass ich Tom verloren habe. Aber er wird sicher gleich kommen.

Ich pflücke eine reife Walderdbeere. Sie fühlt sich fest an und die kleinen Körnchen piksen meinen Finger. Sie duftet unbeschreiblich, und als ich sie im Mund zerdrücke, entfaltet sich ihr intensives Aroma.

Es macht keinen Unterschied. Und es ist auch nicht wichtig, ob das alles hier real ist oder nicht. Denn ich bin glücklich. Seitdem ich diese Insel betreten habe, fühle ich mich mehr und mehr erleichtert und frei.

Vielleicht kann ich hierbleiben? Und einfach nur glücklich sein, in meinem ganz privaten Paradies?

Gedankenverloren schlendere ich an dem Bächlein entlang – und bemerke einen Schatten. Jemand sitzt auf einem Stein und beobachtet mich.

Mit einem Schrei springe ich zurück, als mir bewusst wird, wer dort sitzt.

Prepender.

Wie hat er es geschafft, hier reinzukommen?

Freundlich winkt er mir zu.

»Wie kommen Sie hierher?« Wie angewurzelt stehe ich da und alle Fasern in meinem Körper spannen sich an.

»Ich bin hier. Das ist das alles, was uns beschäftigen sollte.« Er klingt fröhlich, entspannt, als hätten wir uns zum Kaffeeklatsch verabredet.

Mit Sicherheit hat er mich angepeilt und seinen Avatar in die AR gesetzt. Aber es ist egal, ob es der reale Prepender ist oder sein Avatar. Beide können mich angreifen und real töten. Momentan sieht er aus, als könne er kein Wässerchen trüben. Nur ein Wanderer, der die Idylle der Natur genießt.

Unauffällig sehe ich mich um, doch ich kann Tom nirgends entdecken.

»Hier ist es wundervoll, nicht wahr?« Er mustert mich.

Warum ist er hier? Wenn er mich wirklich umbringen will, weil ich zu viel weiß – warum hat er es nicht schon längst getan? Will er mich aushorchen? Welche Infos könnte ich haben, die für ihn relevant sind? *Sei auf der Hut, Vivian!*

»Ja, ganz hübsch«, antworte ich möglichst gleichgültig.

Prepender lacht. »Du kannst es ruhig zugeben. Es ist das Werk deiner Mutter. *Ich* hab mit diesem Wunder nichts zu tun.«

Ich bleibe auf Abstand und wachsam, damit mir keine Veränderung entgeht. Ich werde nicht in seine Fallen tappen.

Er schließt die Augen, hebt den Kopf und atmet tief durch. »Diese Welt ist wahr gewordene Utopie, Viv. Eine Welt voller Frieden! Deine Mutter besaß eine große Vision und eine gottgleiche Genialität, dass sie es geschafft hat, diese Welt lebendig werden zu lassen. Und doch hat sie viel zu kurz gedacht.«

Ich schweige. Eigentlich möchte ich weglaufen. Mich gar

nicht erst auf ihn einlassen. Aber Wut steigt in mir auf und der Wunsch, ihn zu verletzen, ihm das Leben zu nehmen, wie er es mit Mom und Amelie, mit all den Menschen in Tokio getan hat. Unauffällig such ich die Umgebung nach einer möglichen Waffe ab. Vielleicht der Ast dort? Kann ich damit Prepender verletzen, auch wenn er nur ein Avatar ist?

»Nun entspann dich. Setz dich her. Hast du die Fische gesehen?«

Mein Blick huscht zum Bach. Im kristallklaren Wasser tummeln sich tatsächlich Fische. Ein Lächeln entkommt mir, als ich die Färbung ihrer Schuppen bemerke – sie schillern in allen Regenbogenfarben.

»Siehst du. Es macht dich glücklich, hier zu sein.« Prepender wirft ein Steinchen ins Wasser. Es platscht, lässt kreisrunde Wellen entstehen und verscheucht die Fische für einen Moment. Ich sehe zu, wie der Stein auf den Grund des glasklaren Gewässers sinkt.

»Was unterscheidet diese Welt von deiner?«

Immer noch schweige ich. Wenn ich antworte, habe ich Angst, mich hilflos in seinem Netz zu verheddern.

Er seufzt. »Na gut. Dann wird es eben ein Monolog. Mir ist nur wichtig, dass du zuhörst … und *verstehst*. Denn *nichts* unterscheidet diese Welt von deiner. Alles ist hier ebenso real wie in deiner alten Welt.«

Toms Geschichte von dem Gehirn im Tank kommt mir erneut in den Sinn. Der Duft des Waldes füllt meine Lungen. Ich höre das Wasser plätschern und erinnere mich an das Aroma der Erdbeere. Mein Hirn verarbeitet nur Impulse – ist es tatsächlich egal, woher sie stammen?

Hör ihm nicht zu, Vivian!

Denn wenn alles um mich herum fake ist …

»Es geht nicht darum, *wie* es sich anfühlt. Es geht darum, was es mit den Menschen *macht.«* Schon während die Worte aus meinem Mund sprudeln, weiß ich, dass sie falsch sind. Denn ich bin glücklich hier. Wie kann ich mich so wahrhaftig glücklich *fühlen,* wenn das, was das Glück in mir auslöst, gar nicht real ist? Habe ich doch kein vom Körper getrenntes *Sein?* Sind meine Empfindungen nur Reaktionen in einem großen neuronalen Netzwerk?

»Du kannst deinen eigenen Worten nicht glauben, nicht wahr?« Sein mitfühlender Blick ist zum Kotzen. »Erkennst du die Chance, die diese Welt für uns bereithält?«

Ich bemerke, wie sich sein Gesichtsausdruck verändert. Seine Augen leuchten vor Begeisterung.

»Wir können unsere Welt perfekt machen. Wir können alles, was schlecht ist, eliminieren! Es braucht nur einen Neustart. Es ist alles fertig. Das ist es, Vivian! Wir haben die Chance, ins Paradies zurückzukehren!«

»Sie wollen ein Paradies? Was soll das für ein Paradies sein, wenn Sie es mit Blut gründen?« Die Wut ballt meine Fäuste, dennoch kann ich ihn nicht angreifen. Nicht weil ich Angst habe, gegen ihn zu verlieren, oder befürchte, ihm nicht schaden zu können – nein, etwas in mir träumt von Moms Oase, die sie hier für mich gebaut hat.

»Ich sagte doch, große Veränderungen fordern immer Opfer. Menschen, die nicht ins Paradies gehören, müssen aussortiert werden.«

»Wie bitte? Ein Paradies, das nicht jeder betreten darf?« Deshalb tötet er – jeder, der seinen Plan durchkreuzen könnte, wird von ihm eliminiert. Geschockt weiche ich einen Schritt zurück.

Doch er ist wie im Wahn, seine Augen sprühen regelrecht

Funken vor Begeisterung. »Wer den Frieden stört, fliegt raus. Stell dir nur vor, was für ein herrliches Leben das wäre! Kein Neid, kein Hass.«

Ich starre ihn an. Ich hasse ihn – und seine Worte! Und mich, denn etwas in mir schreit: Ja. Er hat recht. Obwohl ich tief in mir fühle, dass es falsch ist.

»Es ist eine Illusion«, widerspreche ich und fühle mich kraftlos. »Meine Mom hat ein *Spiel* kreiert. Um Spaß zu haben. Nicht, um darin zu leben.«

»Siehst du es denn nicht?« Er breitet die Arme aus, als wolle er die Idylle, in der wir stehen, wie ein riesiges Blumenbouquet umfangen. »Deine Mutter hat eine Welt geschaffen, in die die Menschen vor ihrem deprimierenden Leben flüchten können. Ihrem Leben entfliehen können, das überfüllt ist mit Ungerechtigkeit, Hass, Neid und Unglück.«

»In eine Welt, in der ein Irrer herumläuft und wahllos Leute umbringt. Das ist besser für die Menschen?«

Er winkt ab. »Jede Revolution hat ihre Opfer. Sowohl auf Seiten des alten Systems als auch unter den Helden, die die Welt verbessern wollen. Doch diese Opfer wiegen nichts im Vergleich zum Wohlergehen der Gemeinschaft.«

Ich kann nicht glauben, was er da von sich gibt. »Diese Welt ist eine Lüge! Eine Lüge kann kein Paradies erschaffen!«

»Mach die Augen auf, Vivian! Im realen Leben regiert die Gier. Die Gier nach Geld und Macht. Die kleinen Farmer werden niedergewalzt von der Gier der Großunternehmen. Der kleine Mann hat doch gar keine Chance mehr auf Glück. Aber hier …« Er sieht sich um. »Hier ist das egal, hier zählen Macht und Reichtum nicht.« Er springt auf und geht langsam auf mich zu. »Was wäre, wenn wir die Welt durch das Wunder, das deine

Mutter vollbracht hat, was wäre, wenn wir damit die Welt heilen könnten?«

»Heilen?« Voller Entsetzen weiche ich vor ihm zurück.

»Die Menschen werden nichts bemerken. Wir starten *White Maze* neu, mit meinen Veränderungen. Die Menschen werden schmecken, riechen, hören wie immer. Wir umhüllen sie mit einer fröhlichen, sorgenfreien Welt! Kein Hunger, kein Leid und Schmerz mehr. Keine Kriege.«

Sprachlos stehe ich da. Das ist sein Ziel? Alle Menschen ungefragt in ein AR-Spiel sperren, damit sie endlich in Frieden leben?

»Vivian?« Er macht einen weiteren Schritt auf mich zu. »Begreifst du es?«

Natürlich. Auf den ersten Blick erscheint Prependers Utopie verlockend. Abtauchen in eine heile Welt. Das echte, mühsame Leben vergessen. Wie eine Droge würde dieses künstliche Paradies die Menschen betäuben, ihnen vorgaukeln, dass alles watteweichrosa und fröhlich ist. Keine Sorgen. Keine Ängste.

Wenn ich mich diesem Rausch, das Prependers Paradies verspricht, hingebe – dann verliere ich mich. Meine Ziele, meine Gedanken, meine eigenen, echten Gefühle – das macht mich aber doch aus.

Verliere dich nicht!

Mein Blick gleitet zu den Fischen. Sie tragen Moms Zeichen. Den Regenbogen.

Be real.

Bin ich die, die ich bin, wegen meiner Umwelt?

Ich muss an Boot denken, der mich als verwöhnte Palisades-Prinzessin sah – und er hatte recht. Meine Umwelt hat mich in diese Rolle gedrängt. Ich habe es zugelassen. Aber jetzt, jetzt bin ich Vivian, jetzt treffe ich meine eigenen Entscheidungen.

»Los, Vivian! Wir retten die Welt! Ich habe alles vorbereitet – wir starten *White Maze 2.0.* Zusammen …« Prepender streckt die Hand nach mir aus. »Komm!«

Mir wird übel. Die Idee einer friedlichen Welt ist wunderbar … aber was ist mit den Menschen? In Prependers Welt wären wir alle Marionetten. Willenlose Puppen, die er dirigiert. Alles, was wir sehen und erleben würden, worauf wir unsere Entscheidungen gründen würden, hätte er für uns bestimmt. Keine Erfahrung, kein Sinneseindruck, wäre echt. Kann ich noch *ich* sein, kann ich noch *leben,* wenn meine Realität mich manipuliert?

»Nein!« Entschlossen trete ich Prepender gegenüber. »Ich will selbst entscheiden, wer ich bin und wie ich mein Leben gestalte. Ich möchte keine Puppe sein, die Sie nach Ihren Vorstellungen kontrollieren. Die Menschen wollen nicht in einem Traum gefangen sein. Sie wollen das echte Leben! Wir sind mehr als nur eine Ansammlung aus Zellen, die auf elektrische Impulse reagieren. Und dieses Etwas, dieses Bewusstsein, lässt sich nicht einsperren. Es ist das, was uns ausmacht!«

»Natürlich!« Er lacht bitter auf. »Dann mach dir doch die Realität bewusst! In der realen Welt toben Kriege und Hungersnot. Menschen werden ausgebeutet und misshandelt, Tag für Tag! Nein, Vivian. Die Menschen wollen *diese* Welt! *Meine* Welt. Denn hier wird nichts dergleichen passieren. Ich wache darüber!«

»Ja, ich habe gesehen, wie Sie über den Frieden wachen wollen! Mit Mord und Heimtücke! Wer sich nicht in die Rolle fügen will, die Sie ihm zuteilen, den löschen Sie einfach aus, nicht wahr? Nur wer willenlos Ihren Gesetzen folgt, bleibt am Leben. Das ist kein Paradies. Keine Freiheit. Das ist eine Diktatur!«

»Sei doch nicht so engstirnig! Es ist ein fairer Preis für ein Leben in der perfekten Welt. Ich schütze damit die Gemeinschaft. Wer zur Gefahr wird, den eliminiere ich.«

Wir stehen uns gegenüber wie Duellanten.

»Nein! Ich werde nicht zulassen, dass Sie sie ihres freien Willens berauben! Nein!« Ich drehe mich um und renne den Weg zurück zum Tropenhaus. Ich muss *White Maze* abschalten!

Denn das Paradies ist die Hölle.

//Vivian

Der Urwald im Glashaus kommt mir plötzlich beängstigend dicht vor. Ich schlage die Palmblätter beiseite und versuche, aus diesem Dschungel zu entkommen.

»Vivian?« Es ist Tom und seine Stimme klingt panisch.

»Tom? Bist du das?« Welch alberne Frage. Selbst wenn er es nicht ist, wird er sie mit Ja beantworten.

»Hier drüben!«

Ich kämpfe mich durch das Grün in seine Richtung und finde die gläserne Pforte.

»Vivian!« Er stürmt auf mich zu und umarmt mich stürmisch.

»He … Tom«, ächze ich. »Sorry, aber … ich bekomm kaum Luft.«

Er reagiert nicht, sein Gesicht drückt sich an meinen Hals und ich spüre seinen hektischen Atem. »Ich dachte, du wärst …«

»Es geht mir gut. Aber wir müssen uns beeilen. Prepender ist hier.«

Entsetzt sieht er mich an. »Du hast ihn gesehen?«

»Sogar mit ihm gesprochen. Er ist absolut irre!«

»Das ist nichts Neues.« Er ist schrecklich verschwitzt. Wie lange war ich weg, dass Tom so aufgelöst wirkt? »Also gut, keine Zeit zu verlieren. Wo geht es weiter?« Er fasst meine Hand, als ob er sie nie wieder loslassen will.

»Durch die Tür?«, schlage ich vor.

Für einen kurzen Augenblick habe ich den Eindruck, dass er gleich einen Lachanfall bekommt. Doch dann räuspert er sich. »Na gut. Komm mit. Ich weiß, wo du hinmusst.«

Er führt mich zu einer unscheinbaren Zimmertür. Dahinter öffnet sich eine Halle, die links und rechts von Arkadengängen gesäumt ist und scheinbar ins Endlose reicht. Als ich hinaufsehe, blicke ich ebenfalls in Unendlichkeit. In den Fenstersimsen haben sich Wolken verfangen. Es duftet nach Zimt.

Sicherheitshalber drehe ich mich um und mustere das Dickicht hinter uns. Folgt uns Prepender? Ich bin davon überzeugt, dass nur sein Avatar hier ist. Auch wenn es keinen Unterschied macht, ob er wie Tom und ich durch Moms Labyrinth geht oder als Teil der AR. Selbst wenn er mich am Ende umbringen will, damit ich sein Paradies nicht zerstöre – vorerst braucht er mich, um die Abschaltung zu finden.

»Ich hatte auch eine Begegnung.« Tom nimmt meine Hand und führt mich in den Arkadengang zu unserer Linken.

Und plötzlich stehen wir am Strand.

Der Sand rieselt warm in meine Sandalen. Eine Möwe fliegt über unseren Köpfen vorbei und der Seewind zerzaust meine Haare. Ich kann das Salz in der Luft schmecken.

»Wow!«, hauche ich. Ich kenne den Strand. Mom liebte Strandspaziergänge und die Unendlichkeit des Ozeans.

»Von der Optik her ist es wirklich beeindruckend.« Tom trägt wieder die Brille und zeigt zum Wasser.

Da steht jemand an der Wasserkante und blickt zu uns herüber. Ich muss gegen die Helligkeit blinzeln. Die Sonne spiegelt sich auf den Wellen, doch diese Silhouette würde ich unter Tausenden erkennen.

»Mom!« Ich renne durch den heißen Sand auf sie zu. Sie breitet die Arme aus und ich fliege hinein. Lachend fängt sie mich und wir drehen uns einmal um uns selbst, bevor meine Füße wieder den Sand berühren. Genau wie früher, als ich noch klein war.

»Mom!« Meine Stimme bricht und Tränen laufen mir über die Wangen. Fest, ganz fest umklammere ich sie. Spüre den feinen Stoff ihrer Seidenbluse, spüre die Wärme ihrer Haut darunter, spüre ihr Herz schlagen.

Ihr Herz schlägt!

»Mom?«

»Vivian. Nicht weinen.« Liebevoll streicht sie mir das Haar aus dem Gesicht und betrachtet mich mit ihrem typischen Blick. Amüsiert, besorgt und voller Liebe und Stolz. »Du bist hier bei mir. Keine Angst. Alles wird gut.«

Schniefend richte ich mich auf. Ich lege ihre Hand in die meine und sehe die Adern, bläulich schimmernd, spüre die Knochen, die kleine Narbe am Zeigefinger, als sie sich damals an Thanksgiving schnitt. Es musste genäht werden.

»Es tut mir so leid, Liebes. Ich hatte zu wenig Zeit.«

»*Wir* hatten zu wenig Zeit. Wir wollten doch noch so viel zusammen erleben, Mom. Ich brauch dich.«

Sie lacht und umarmt mich erneut. »Nein. Du bist hier. Du hast zu mir gefunden. Das bedeutet, dass du sehr gut alleine klarkommst.«

Ich will nicht alleine klarkommen! »*Er* ist hier, Mom.«

Sie nickt. »Ich weiß. Sehr dreist. Er hat sich nicht mal vorgestellt. Aber dein netter Begleiter hat sich mir vorgestellt. Ein interessanter junger Mann.« Sie deutet auf Tom, der ein paar Schritte abseits steht und Mom regelrecht angafft.

»Tom kenne ich aus der Schule. Er – er hat mir sehr geholfen. Ich hätte dich nie ...«

Sie ist tot.

Meine Hand zittert leicht, als ich ihre Wange berühre. Sie ist so real! Alles in mir sagt mir, dass Mom hier ist. Sie lebt!

Erneut falle ich ihr um den Hals und weine, als mir bewusst wird, dass sie sogar nach Mom riecht! Der Duft des Waschmittels ... ihr Parfüm ... Es stimmt alles.

»Schhhht. Viv. Es ist gut.«

Ich versuche zu nicken. Doch ich kann nicht. Der Verlust, das Loch, das sie in mir zurückgelassen hat, wird mir überdeutlich und ich kann nicht anders, als es mit Tränen zu füllen. Sie hören gar nicht mehr auf zu fließen.

»Sag, dass du nie wieder gehst!«

»Vivian. Sei vernünftig. Du hast etwas zu erledigen.«

»Ja, sicher. Aber dann, dann bleibst du, ja? Versprich mir, dass du mich nie wieder allein lässt!«

Sie legt mit diesem bestimmten Seufzen den Kopf schief, wie immer, wenn etwas, das sie mir schon seit Stunden versucht zu erklären, nicht in meinen Kopf will. »Das kann ich nicht, Viv. Das weißt du!« Sie streckt ihre Hand aus und ich ergreife sie. »Komm, ich zeig es dir.«

//Tom

Inzwischen hatte Tom aufgehört, sich die Brille ungläubig rauf- und runterzuschieben. Er war Sofia Tallert nie begegnet, als sie noch lebte. Und dass die Grafik des Spiels absolut realistisch wirkte, war ihm schon lange klar.

Aber diese künstliche Intelligenz, die in der Figur steckte, war schlicht genial. Als er sich vorhin mit ihr unterhalten hatte, hatte es sich wie ein Gespräch mit einem echten Menschen angefühlt. Das war keine programmierte Small-Talk-Schleife gewesen.

Sie hatten über Prepender gesprochen, was sie bisher über ihn wussten, was passiert war. Sofia Tallert hatte sich sogar eine Sekunde abgewandt, als sie vom Tod Milos, Amelies und dem Massaker in Tokio erfahren hatte. Tom hätte schwören können, dass sie sich eine Träne aus dem Augenwinkel gewischt hatte.

Jetzt folgte er Viv und ihrer Mom mit einigem Abstand den Strand hinunter. Die beiden schwelgten in Erinnerungen. Ob Vivian bewusst war, wie viel Ähnlichkeit sie mit ihrer Mutter hatte?

Bewegung, die Neigung des Kopfs, der ausschreitende Gang …

Er ertappte sich dabei, wie er verliebt lächelte. Vivian war ihm durchaus im Geo-Unterricht aufgefallen. Natürlich hatte er auch gewusst, wer ihre Mutter war. Doch dass er sich mal in sie verlieben würde … Sie war mehr als nur so ein verwöhntes It-Girl, das nur bis zum nächsten Klamottenladen denken konnte. Und es amüsierte ihn, dass sie das nicht wusste.

Mutter und Tochter waren ganz in ihr Wiedersehen vertieft. Als hätten sie sich jahrelang nicht gesehen und müssten nun die verlorene Zeit wiedergutmachen.

Das Thema Prepender und die Abschaltung des Spiels schienen vergessen.

Vivian drehte sich zu ihm um. Ein glückliches Strahlen lag auf ihrem Gesicht und sie winkte ihm, dass er zu ihnen aufschließen solle.

Vorsichtig lüpfte er die Brille und musterte die Umgebung. Dort vorne endete der Raum, links führte ein Durchgang in ein neues Zimmer. Inzwischen hatte er aufgehört, die Räume zu zählen. Einer glich dem anderen, weiß vom Boden bis zur Decke, ohne ein Zeichen von Leben. Keine Fußspuren, keine Pflanzen.

Er beschleunigte seine Schritte und überholte die beiden. Ohne Brille warf er einen prüfenden Blick in den angrenzenden Raum.

Der Raum sah harmlos aus und er ließ die beiden hinein.

»Vivian hat mir eben erzählt, dass Sie ein hervorragender Cracker sind.« Sofia Tallert lächelte spitzbübisch und musterte ihn von der Seite.

Verlegen räusperte er sich. »Na ja. Es ist nur ein Hobby.«

Sie zog die Augenbrauen hoch. »Ein Hobby?«

Viv grinste ihn an und schüttelte dabei kaum merklich den Kopf. Ihr Blick sagte ihm, dass er es versaut hatte. Mit dieser

Antwort hatte er den Test *Sind-Sie-der-Richtige-für-meine-Tochter?* wohl nicht bestanden. »Na ja, also, ich …«, versuchte er, sich zu retten. »Das klang jetzt etwas … also es ist schon eine ernste Sache für mich.« Sein Blick glitt zu Vivian. »Mit der Programmierung. Auch. Meine ich … Es ist nur nicht mein Berufswunsch, verstehen Sie?«

»Sie müssen sich vor mir nicht für Ihre Wünsche rechtfertigen. Hauptsache, Sie sind glücklich, nicht wahr?«

Verblüfft sah er sie an. Ihr schon leicht grau meliertes Haar hatte sie hochgesteckt, doch Strähnen lösten sich und flatterten im Wind. Es war kein altmodischer Dutt, sondern eine schnelle und praktische Frisur. Ihre helle Seidenbluse und der weite Rock passten nicht ganz in sein Bild der weltbesten Programmiererin, aber die Frau hatte Charisma. Genau wie ihre Tochter.

Und noch nie in seinem Leben hatte ihn jemand aufgefordert, schlichtweg glücklich zu sein. Jeder hatte bisher von ihm gefordert, sich anzupassen und herausragend erfolgreich zu sein.

Sofia Tallert lächelte ihn an und er hatte das Gefühl, dass diese Frau wirklich weise war und dass sie ihm direkt ins Herz sehen konnte.

»Wir müssen dort entlang.« Sie deutete durch den Raum zu einem Durchgang am anderen Ende. Tom kontrollierte kurz die AR, einen Plankenweg, der vom Strand zwischen die Dünen führte.

»Ach, Mom!« Vivian hakte sich bei Sofia ein. »Ich weiß noch, wie oft wir hier Sandburgen gebaut haben.« Dann lachte sie, weil ihr anscheinend etwas eingefallen war. »Du hast eine Zeit lang nur Labyrinthe gebaut …«

Schmunzelnd nickte ihre Mutter. »Und du hast Murmeln hindurchkullern lassen.«

Tom blickte ihnen nach. Sie ist tot, rief er sich in Erinnerung. Du hast gerade gut Wetter bei einer KI gemacht, damit du von einer Toten, die nur ein Hologramm hinterlassen hat, die Erlaubnis hast, ihre Tochter zu daten!

Du bist inzwischen völlig irre, Tom.

Er zog die Brille vor die Augen und sah Vivian hinterher, die fröhlich lachend zwischen den Dünen verschwand. Sie hat es vergessen, dachte er. Sie verdrängt, dass es eine Illusion ist. Dass ihre Mutter tot ist.

//Vivian

Mein Kopf schmerzt. Grummelnd wälze ich mich auf die Seite und schmiege mich in das weiche Kissen.

Welcher Tag ist heute?

Die Schmerzen verhindern ein Nachdenken. Ist mir auch egal. Es ist zu kuschelig hier in meinem Bett.

»Vivian?« Mom ruft.

»Hm«, murmle ich zurück. Allerdings wird sie es wohl kaum gehört haben, da sie schon unten in der Küche ist.

Küche!

Ich reiße die Augen auf und schnelle hoch. Für mehrere Sekunden sitze ich wie elektrisiert in meinem Bett und starre mein Zimmer an. Hell, ordentlich, freundlich und sauber. Das türkisfarbene Kleid hängt am Schrank.

Mein Kopf dröhnt.

White Maze …

»Vivian? Kommst du runter?«

Mühsam hieve ich mich auf die Beine. Verdammt! Ich bin zu Hause!

Mom ist zu Hause!

Ich laufe zur Treppe und sehe hinunter. An die Küchenzeile gelehnt steht sie da und prostet mir mit ihrer Kaffeetasse entgegen.

Mom!

»Na, du Morgenmuffel. Gut geschlafen?«

Sie ist es! Wie ein Orkan wirbeln in mir Bilder von einer Farm und einem Feuer auf. Da war ein Wald, ich am Strand, mit Mom … Das Gefühl von Angst und Verlust drängt sich in mein Bewusstsein, doch ich lache. Ich habe geträumt!

Der beschissenste Traum meines Lebens, aber nur ein Traum!

Glücklich renne die Stufen hinab und falle Mom um den Hals. »Mom! Ich hab dich so unglaublich lieb!«

Sie lacht. »Na, dir auch einen guten Morgen. Was ist denn los?«

»Ich hatte einen wirklich, wirklich schrecklichen Traum!«

»Willst du mir davon erzählen?«

Will ich ihr davon erzählen, dass sie in meinem Traum ermordet wurde? Dass ihr *White Maze* das Tor zur Hölle war? Langsam schüttle ich den Kopf.

»Dann komm frühstücken.« Sie schlendert zur Terrasse.

Wind bauscht die weißen Vorhänge, der Himmel strahlt in sattem Blau. Ein perfekter Tag.

Grinsend fahre ich mit den Zehen durch den flauschigen Teppich und grinse von einem Ohr zum anderen. Ich habe all diese schrecklichen Dinge nur geträumt? Unfassbar – Manchmal können Träume sich sehr real anfühlen …

Mein Kopf dröhnt.

Was einem das Hirn alles vorgaukeln kann … Erleichtert folge ich Mom auf die Terrasse. Aber nun ist der Spuk vorbei. Ich bin wieder wach und mein Leben wieder im Lot.

Irgendetwas klopft beim Gehen gegen meine Brust. Was ist das, das ich um den Hals trage?

Verdutzt sehe ich auf das Kugelprisma.

Sie war mir immer zu klobig. Bisher habe ich sie nie getragen.

Die Kopfschmerzen bringen mich fast um den Verstand. Ich schnappe mir ein Glas Orangensaft und lasse mich in eine der Sonnenliegen fallen.

Warum trage ich diese Kette, die mir eigentlich nie gefallen hat?

»Träume können sehr real wirken«, meint Mom und sieht mich mitfühlend an.

Die Kette … Ich trug sie auch im Traum … Für einen kurzen Augenblick spüre ich Zweifel. Träume ich etwa jetzt?

»Welcher Tag ist heute?«, will ich wissen.

Mom wirft mir einen tadelnden Blick zu. »Vivian! Du bist zu jung, um morgens aufzuwachen und nicht zu wissen, welcher Tag ist.«

»Der Traum hat mich völlig kirre gemacht.«

»Der Traum oder diese Party?«

»Party?«

Mom seufzt. »Glaub nicht, dass ich nicht weiß, wo du dich mit Kelly und Sara so herumtreibst.«

Zögernd nicke ich. Welche Party meint sie? Lennys? Ich kann mich nicht daran erinnern. Da sind nur verwackelte Bilder …

»Hast du ihnen die Linsen gegeben?«

»Die Linsen?«

Mom sieht mich leicht gekränkt an. »Die Lucent-Linsen. Ich hatte sie dir auf den Tresen gelegt.«

Mom rennt zur Küche.

Als sie die Mikrowelle aufreißt, die Linsen hineinschmeißt und auf volle Power stellt, setzt bei mir für einen Moment das Herz aus.

Die Kopfschmerzen sind unerträglich.

»Richtig, die Linsen. Und *White Maze*? Ist es fertig?«

Moms Blick schweift zur Stadt. »Es wird zauberhaft. Regelrecht paradiesisch.«

Mit großen Schlucken leere ich mein Glas. »Hast du es schon ausprobiert?«

Verliere dich nicht!

»Warum fragst du?«

»Ich bin nur neugierig. Du erzählst nie von deiner Arbeit.«

»Du erzählst nie von der Schule.«

Touché. Ich lehne mich zurück.

Die Bilder in meinem Kopf sind nicht real.

Es war nur ein Traum.

»Vivian! Wach auf!«

Unwirsch blinzle ich gegen die Sonne. Anscheinend bin ich auf der Liege weggedöst. Aber nun fühle ich mich etwas besser. Die Kopfschmerzen sind fast weg.

»Mom?« Ich sehe mich um, aber sie ist nicht da. Panisch springe ich auf. »Mom!« Ihr Frühstück ist unberührt. Wo ist sie? »Mom!«

»Was ist denn, Schätzchen?« Besorgt kommt sie aus dem Wohnzimmer und ich atme erleichtert auf.

Dieser Albtraum steckt mir wirklich tief in den Knochen.

»Ich hatte einfach Angst, dass du weg bist.«

Sie schüttelt lachend den Kopf. »Du solltest wohl lieber noch weiterschlafen. Mir scheint, du bist noch nicht du selbst.«

Ich selbst?

Bin ich noch ich selbst?

Verliere dich nicht!

Mom hat recht, mir geht es nicht gut. Ich schlurfe zurück zur Sonnenliege und sehe in das glitzernde Blau des Pools.

Tom!

Mein Entsetzensschrei bringt Mom zurück. Alarmiert eilt sie zu mir. »Was ist denn nur los mit dir?«

Doch ich bin wie gelähmt. Sprachlos starre ich in das Wasser, doch nicht mein Spiegelbild sieht mich an, sondern Tom! Verwaschen und durchsichtig wie eine Erinnerung.

Tom … Der Kerl von meiner Schule … der Kerl aus meinem Traum …

Vivian! Wach auf!

Ich bin doch wach, Mom.

Sie lächelt mich an. »Trink etwas.«

Mir wird schwindelig.

Vivian!

Wieso ist da dieser Typ … in meinem Traum … War es überhaupt ein Traum?

Verliere dich nicht!

Mom steht noch immer neben mir und lächelt.

»Mom?«

»Was ist?«

»Was machst du hier?«

»Ich bin hier. Bei dir.«

»Aber …« Meine Hand umfasst die Kugel um meinen Hals. *Ich habe sie nie getragen. Sie war mir immer zu klobig.*

Doch ich trage die Kugel. Ich spüre ihre Kühle, ihre Kanten auf meiner Haut.

Mein Blick gleitet zum Wasser.

Tom. Er schreit etwas.

Ich kann ihn nicht hören, aber tief in mir ist da ein Gefühl.

Das Feuer. Amelie. *White Maze*. Prepender. Das alles ist kein Traum!

Tränen steigen in mir auf. Ich blinzle sie weg, während ich mich umsehe. Hier könnte ich glücklich leben. Mit Mom. Eine Mom, die da ist, mit mir lacht, mich tröstet. Es wäre ... perfekt.

Ich könnte so glücklich sein.

Ich.

Tom. Sein Gesicht glitzert im Blau des Pools.

Mir wird klar, dass dies hier Prependers Werk ist. Sein Versuch, mich zu verführen.

Seine Version eines wunderbaren Lebens. Ich weiß, dass ich hier glücklich sein werde.

Immer.

Auf ewig.

Gefangen in meinem eigenen perfekten Glück.

»Mom.« Entschlossen sehe ich sie an. »Ich habe dich unendlich lieb. Und es tut mir leid, dass wir so wenig Zeit hatten. Aber ich verspreche dir, dass ich es schaffe. Ich werde mich nicht verlieren!«

Sie sieht mich verwirrt an. »Wohin willst du denn?«

»Nach Hause. In die Realität.«

Mit einer festen Umarmung verabschiede ich mich von Mom und lasse mich entschlossen ins Wasser fallen. Die Prismenkugel fest umschlossen, sinke ich auf den Grund des Pools.

Mein Atem formt silbrige Kugeln, die emporsteigen, während ich untergehe.

»Vivian! Wach auf!«

Wie eine Ertrinkende schnelle ich hoch und schnappe nach Luft. Doch ein stechender Schmerz in meinem Kopf lässt mich sofort zurückfallen.

»Ich hab dich.« Tom kauert neben mir und hält mich fest. »Viv! Ich hatte so eine Angst, dass du nicht mehr aufwachst!«

»Was ist passiert?« Der Schmerz schießt Blitze durch meine Schläfen.

»Um ehrlich zu sein, weiß ich es nicht. Du warst außer Sicht. Deine Mom schrie. Und als ich da war, lagst du hier.« Er umschließt meine Hand mit seiner.

Mein Schädel dröhnt und ich taste vorsichtig an meine Stirn. Da ist die Beule, die ich mir an der Mauer geholt habe. Doch – Schmerz durchzuckt mich, als ich meine Schläfe berühre. Zitternd betrachte ich meine Hand. An den Fingerspitzen klebt Blut.

»Ich bin verletzt.«

»Nein, nein, da ist nichts.« Tom beugt sich besorgt über mich. »Wie schlimm ist es?«

»Eine Wunde, an der Schläfe.« Ich versuche, mich zu erinnern. Ich bin mit Mom den Strand entlang. Und dann … plötzlich stand er vor mir. Ich erinnere mich. Sein kalter Blick, die Waffe, die er auf uns richtet …

»Prepender. Er hat auf mich geschossen.« Erneut taste ich nach der Wunde … Er wollte mich umbringen …

Tom zieht seine Brille auf und scannt die Umgebung. »Ich kann ihn nirgends sehen.«

»Wo ist Mom?«, frage ich voller Panik. Da ist der Himmel, das Meer, die Dünen – aber keine Mom.

Tom sieht mich etwas zu lang an. »Sie ist weg.«

//Vivian

Wohin ist sie?« Wackelig komme ich auf die Beine.

»Sie war schon fort, als ich kam. Es tut mir leid.«

Mein Blick schweift über die Dünenlandschaft. Natürlich ist Mom weg. Sie ist tot.

Ich aber nicht.

»Ich hätte in deiner Nähe bleiben sollen.« Tom macht sich Vorwürfe. Er hat Angst um mich. Das Blau seiner Augen ist dunkel wie der Ozean.

»Du hättest Prependers Angriff nicht verhindern können.«

»Ich kann dich nicht beschützen.« Er klingt verzweifelt und ich nehme seine Hand.

»Du bist da. Und du hilfst mir. Wir werden das Ding jetzt abschalten.« Ich ziehe ihn mit mir, denn ich meine, etwas entdeckt zu haben. »Hast du das da schon gesehen?«

Am Ende des Plankenwegs ragt ein dunkles Rechteck empor.

Ruckartig bleibt er stehen und dreht mich zu sich um. »Viv?«

»Was ist?«

»Du bist … ich könnte nicht ohne dich … Wenn ich dich verlieren würde, das wäre …« Ohne seinen Satz zu Ende zu sprechen, zieht er mich an sich und küsst mich.

Mein Herz ist völlig überrumpelt. Ich schmiege mich an ihn und erwidere seinen Kuss – mit Haut und Haar. Als wir uns voneinander lösen, sehe ich ein Lachen in seinen Augen. Und ich fühle mich lebendig.

»Viv …« Tom hält noch immer meine Hände fest. »Du bist unglaublich.« Dieses Lächeln.

Ich versinke in seinem Blick. Wir küssen uns erneut und in mir zündet ein Feuerwerk. Jede Faser meines Körpers kribbelt unter seiner Berührung.

»Vivian!«, schreit Tom.

Ich erstarre. Woher kam der Ruf?

»Vivian!« Tom brüllt. Doch er steht stumm vor mir, sein Lächeln erstirbt. Seine Pupillen weiten sich, Panik legt sich über sein Gesicht.

Mit stockt der Atem.

Jemand rennt auf uns zu.

Es ist – Tom.

Der Tom, der mich in den Armen hält, wendet sich irritiert zu sich selbst um. Beide Toms sind blass vor Schreck, schockiert vom Anblick ihres Gegenübers.

Nach Luft ringend, wende ich mich ab. Mir ist schlecht. Meine Finger tasten zitterig über meine Lippen.

Das war echt.

Der Kuss hat mich bis in die Zehenspitzen hinein elektrisiert. Das Lächeln, seine Umarmung.

Ich habe *gefühlt* –

Das war mehr als eine bloße Reizübermittlung.

Ich versuche, ruhig zu bleiben, und drehe mich zu den beiden um. Sie stehen sich gegenüber, starren sich feindselig an. Tom gegen Tom. Da sind Wut und Hass und Verzweiflung – in beiden Gesichtern.

»Wie kannst du es wagen!«, brüllt der eine Tom.

»Du bist doch wahnsinnig! Viv wird dich durchschauen«, gibt der andere knurrend zurück.

Klar werde ich das. Der eine trägt schließlich diese abgewetzte Lederjacke, die absolut identisch ist mit der, die auch der andere trägt. Und wie hätte auch nur einer von ihnen die Chucks vergessen können!

Ein Tom streckt die Hand zu mir aus. »Viv. Der Kuss … du hast das doch auch gespürt? Das ist Liebe! Das ist echt!«

Ich nicke. Ganz selbstverständlich.

Das war echt. Mehr echt geht nicht.

Da stürzt sich Tom Nummer zwei auf ihn, ringt mit ihm. »Lauf, Viv!«, ruft er mir zu. »Dort hinten, der Eingang! Beende es. Schalt es ab. Jetzt!«

Ohne nachzudenken, renne ich los. Meine Gedanken – ich versuche, sie zu fassen. Wenn ich *White Maze* beende, bleibt mein Tom übrig. Natürlich! Der von Perpender generierte Avatar wird verschwinden.

Kurz vor der dunklen Öffnung, die wie ein Riss in einer Leinwand die Dünenlandschaft spaltet, halte ich inne. Und wenn Prepender mich nur wegschickt, um in Ruhe den echten Tom auszuschalten?

Wir haben uns geküsst!

Ich kann Prepender nicht trauen, er würde nie so offensichtlich …

Mir ist schwindlig. Die Wunde an meiner Schläfe pocht.

Wie soll ich eine Entscheidung treffen? Sie basiert doch auf meinen Gedanken. Die sich jedoch auf meine Erfahrungen stützen. Und diese Sinneswahrnehmungen sind nicht echt. Prepender gaukelt sie mir vor.

Ein Schmetterling trudelt an mir vorbei, setzt sich auf die Blüte einer Distel. Ich kann die winzigen schillernden Schuppen seiner Flügel erkennen. Die Sonne wärmt meine Haut und der sanfte Wind spielt mit meinen Haaren.

Ich *fühle* es –

Dennoch bin ich wie tot, denn es ist nur eine Illusion.

Bin ich eine Marionette? Seinem Willen ausgeliefert?

Meine Liebe, mein Leben, meine Entscheidungen … alles, was mich ausmacht … Fake?

Ich stolpere auf das Loch in der Welt zu. Es ist schwarz wie die Nacht.

Verliere dich nicht!

Kann ich leben, obwohl ich eigentlich nur eine Täuschung träume? Eine glückliche Illusion?

Ich sehe mich zu Tom um.

Die beiden haben ihre Prügelei beendet. Jeder hat ordentlich Schläge einstecken müssen. Sie sind gleich stark.

Man kann sich wohl selbst nicht besiegen.

Das Schwarz in dem Durchgang kommt mir vor wie das Ende der Welt.

Wenn ich es betrete – dann verschluckt es mich. Meinen Körper, diesen Verräter, der mich Emotionen fühlen lässt, die mich belügen.

Verliere dich nicht, Vivian!

//Vivian

Entschlossen betrete ich die Dunkelheit.

Ich schließe die Augen, aber es verändert sich nichts. Auch als ich sie weit aufreiße, bleibt es um mich schwarz. Als ich die Arme ausstrecke, ist da nur Leere.

Meine Füße scheinen zu schwimmen. Ist da überhaupt ein Boden? Meine Sinne versagen. Ich kann nichts ertasten …

Nichts.

Keine Wärme, keine Kälte, keinen Widerstand, keine Flüssigkeit.

Nichts.

Meine Nervenzellen spielen verrückt, als sie merken, dass sie keine Nachrichten über die Welt empfangen.

Und ich verharre.

Denn natürlich spüre ich noch etwas.

Mich.

Mein Herz schlägt.

Meine Lungen füllen sich.

Langsam atme ich aus.

Ich bin da. Egal, was um mich herum ist.

Das ist doch schon mal gut.

Mein Herz bilde ich mir nicht ein.

Ich atme, also bin ich.

Dann muss ich an Mom denken. Und dass ihr Herz, als Prepender ihm gesagt hat, es sei tödlich verletzt, ihm geglaubt hat und still wurde.

Auf mein Herz ist also auch kein Verlass.

Nach ein, zwei Schritten in bodenloser Finsternis umschließt mich plötzlich gleißendes Licht. Geblendet muss ich die Augen zukneifen.

Blinzelnd erkenne ich einen runden Raum. Ich stehe in einer weißen Kugel.

Ach, Mom!

In der Mitte schwebt, pochend und um sich rotierend, eine Lichtkugel. Einer heißen Sonne gleich, brodelt sie und schleudert in kleinen Eruptionen Regenbögen an die weißen Wände.

Du hast es nicht lassen können, Mom, denke ich schmunzelnd.

Da poltern hinter mir Tom und Tom in den Raum.

Atemlos staunend blicken sie sich um.

Tom-Eins läuft zu mir. »Vivian! Schalt es ab!« Er deutet auf die Kugel.

Fast will ich lächeln, weil es das ist, was mein Tom will.

Doch Tom-Zwei springt ebenfalls auf mich zu. »Warte! Vivian. Es ist eine Falle.«

Er trägt die Brille nicht. Sieht er etwas, was ich nicht mehr wahrnehmen kann? Unsicher blicke ich zur Regenbogenkugel, dann zu Tom-Eins – er hat die Brille auf. Aber kaum bemerkt er meinen unsicheren Blick, schiebt er sie ebenfalls hoch und blickt sich prüfend um.

»Hör nicht auf ihn«, sagt Tom-Eins eindringlich. »Er versucht, dich zu manipulieren. Der einzige Weg, ihn auszuschalten, ist *White Maze* auszuschalten.«

»Lass Vivian in Ruhe!«, fährt Tom-Zwei seinen Doppelgänger an. »Du wirst sie nicht töten!«

»Sie muss das Spiel beenden!«

»Aber das hier ist fake!« Tom-Zwei deutet Richtung Kugel. »Du wirst dich an dem Ventilator verletzen, Vivian! Fass sie nicht an! Die Notabschaltung muss woanders sein.«

Entsetzt sehe ich zu der sich drehenden Lichtkugel. Ist das wahr? Hat Prepender die Wirklichkeit mit diesem Bild überklebt?

Tom-Zwei sieht sich suchend um. »Wo kann Sofia ihn angebracht haben?«

Mir dröhnt der Kopf, mein Blut rauscht so laut in meinen Ohren … Hat Tom-Zwei gerade Tom-Eins zugestimmt, das Spiel abzuschalten? Wie kann das sein? Prepender will doch genau das verhindern! Er will – natürlich. Ich muss es abschalten, damit er *White Maze* in seiner Version neustarten kann.

Aber das ändert nichts. Ich muss *White Maze* beenden, endgültig, um Prependers Neustart zu verhindern.

Mom! Mom, wo bist du? Komm zurück! Verzweifelt sehe ich mich um. Doch mir wird nur noch schwindliger. Der Raum ist rund und durch den Lichtball in der Mitte entstehen keine Schatten. Mir ist, als würde ich erneut im Nichts schweben. Diesmal im gleißend hellen, warmen Nichts.

Verliere dich nicht!

Bin ich nicht schon verloren?

Argwöhnisch betrachte ich meine Hände, die mir nur noch etwas vorflunkern. Ich sehe zu Tom und Tom. Auch diese beiden sind nur Trugbilder.

Der Kuss?

Der Kuss, von dem ich dachte, er sei das Wahrhaftigste, das ich je erlebt habe … fake?

Ich hefte meinen Blick auf die Kugel. Sie blendet mich und ich muss die Augen zusammenkneifen. Zögernd trete ich näher. Hitze strahlt von ihr ab. Ich gehe noch dichter an sie heran. Ich muss nur die Hand ausstrecken und kann sie berühren. Doch sie ist so heiß, dass mein Körper mir sagt, ich werde mich verbrennen.

»Tu es nicht!« Tom-Zwei will zu mir. »Du wirst dir die Hand abschneiden!«

Doch Tom-Eins wirft sich auf ihn. »Zerstör es!«, ruft er mir zu.

Ich kann sie nicht unterscheiden! Ich kann die Wahrheit nicht mehr erkennen. Aber ich muss mich für eine entscheiden.

//Vivian

Neben mir rollen Tom und Tom über den Boden und prügeln sich wieder.

Vor mir glüht weißes Licht, es rotiert wie ein Atomkern und versprüht Regenbögen um mich herum, dass mir fast schlecht wird. Die Hitze auf meiner Haut wird unerträglich.

Ich schließe die Augen und verkrieche mich in mich hinein.

Nur in mich. Denn es gibt mich, hinter der Hülle, hinter all den körperlichen Wahrnehmungen – da bin ich.

Kein falscher Kuss. Keine unechte Hitze. Kein Schwindel, weil der Raum um mich herum kein Oben und Unten zulässt.

Hier drin, da bin nur *ich*.

Und wer bin *ich*?

Eine junge Frau, die auf tragische Weise ihre Mutter verloren hat.

Dieser Schmerz ist echt.

Ich kann ihn fühlen. Er kommt nicht von außen. Er ist keine erweiterte Realität. Er ist in mir.

Ich habe in Amelie eine Freundin gefunden und Prepender hat sie getötet. Auch dieser Schmerz ist real.

Ich sinke auf die Knie. Noch immer halte ich die Welt aus mir heraus und ich erinnere mich an Toms Schweigen, im Auto, das mir so sehr geholfen hat. Dieses Gefühl der Geborgenheit ist ebenfalls meines.

Meine Erinnerungen kann mir Prepender nicht stehlen. Nicht meine Seele. Nicht meinen Geist – denn mein Geist braucht keine Sinneswahrnehmungen, um zu fühlen.

Man kann sich nur über das Innere seines eigenen Bewusstseins ganz sicher sein.

Trauer und Schmerz sind real.

Ebenso wie Hoffnung und Mut.

Ich öffne die Augen und wende mich zu Tom und Tom. Keine Ahnung, wer Eins und wer Zwei ist. Sie starren mich an.

»Ich sehe euch«, sage ich ruhig. »Ich höre euch und spüre euch. Ich kann sogar euren Geruch wahrnehmen. Aber aufgrund von Wahrnehmungen kann ich nicht entscheiden, wer von euch echt ist. Das ist auch nicht wichtig.«

»Hör mir zu –«, unterbricht mich der eine Tom, doch ich bringe ihn mit einer Handbewegung zum Schweigen.

»Ich weiß jedoch sehr genau, was wichtig ist!« Entschlossen blicke ich die beiden an. »Mein *Ich*. Und ich bin nicht das, was ihr mir sagt. Ich bin das, was *in* mir ist. Dein falsches Paradies kann daran nichts ändern, Prepender. Und deshalb kann es niemals Hoffnungen und Träume auslöschen. Du kannst die Menschheit nicht in eine Glückseligkeitsillusion sperren! Ich werde verhindern, dass du den Menschen ihre wahren Träume nimmst. Und ich werde nicht zulassen, dass du Menschen ermordest, weil sie stark genug sind, sich deinem Wahnsinn zu widersetzen.«

Ich wende mich der Kugel zu, strecke die Hand aus.

Es gibt keine Zweifel mehr. Mom liebt mich. Sie will, dass ich lebe. Frei. Mir wird nichts passieren.

Die Hitze wird unerträglich, doch bevor ich sie zu fassen kriege, höre ich Tom aufschreien. Er brüllt etwas, springt auf mich zu, instinktiv ducke ich mich, sehe etwas aufblitzen, höre den Knall.

Der Einschlag reißt mich zurück, schleudert mich zu Boden.

Feuer in mir.

In meinem Bauch. Zittrig betrachte ich meine Hand – sie ist rot.

Tom stürzt zu mir. »Es ist nicht real, hörst du? Du bist nicht verletzt!« In seinem Blick steht Angst.

Ich versuche zu lachen, doch die Schusswunde zerreißt mich. Hitze versengt mich innerlich, Kälte überrollt mich und ein schier bodenloser Schmerz frisst mich auf.

Es ist nicht real.

Entschlossen klammere ich mich an Toms Arm fest und ziehe mich hoch. Ich spüre Wut und Schmerz. Ich blende sie aus, auch wenn es gar nicht möglich ist, denn mein Körper besteht nur noch aus Schmerz. Aber ich will nicht. Ich werde es nicht zulassen.

Tom hilft mir hoch und ich strecke meine blutigen Finger nach der Lichtkugel aus – ein weiterer Schuss trifft mich.

Shut down.

Meine Sicht verdunkelt sich – nur der Lichtball dringt noch vage zu mir durch.

Kälte.

So kalt.

Mein Körper sackt weg, doch ich packe zu.

Ich greife das Licht. Presse es an mich und sinke zu Boden.

//Vivian

Ich falle.

In einer Wolke aus blutrotem Schmerz falle ich.

Das Licht glimmt in meiner Hand. Ich halte mich daran fest. Mein Körper ist wie ein lebloses Blatt in einem reißenden Strom. Herumgewirbelt, untergetaucht, emporgeschleudert, fortgerissen.

Mühsam versuche ich, etwas zu erkennen, aber der Raum ist verbogen und windet sich wie ein Fisch, der erstickt – ich bemerke meine Beine ... sie dehnen sich, als bestünden sie aus einer zähen Masse. Ich werde unendlich.

Schreie ich?

Der Schmerz zerreißt mich.

Dann erkenne ich Tom. Sein Körper biegt sich wie meiner. Wie im Zerrspiegel wird er gestaucht und gezogen und ich sehe seine Angst.

Mein Rot fließt aus mir heraus, bildet einen See.

Ich ertrinke darin!

Ich sterbe!

Er packt mich.
So fest, dass ich glaube, ich bekomme keine Luft.
Mein Blick erfasst Tom. Er ist so nah.
Er hält mich …
Doch mein Blut fließt über ihn, mein Körper ist reiner Schmerz.
»Schließ die Augen!«, befiehlt er mir.
Sind sie nicht zu?
»Schließ die Augen, Viv! Was immer du siehst – es ist nicht real. Dir kann nichts passieren.«
Wie kann er mich so fest halten? Obwohl die Welt gerade auseinanderfällt?
Ich sterbe.
Erschöpft schließe ich die Augen.
»Du bist hier. Bei mir«, flüstert er mir ins Ohr. Absurderweise kann ich ihn riechen. Spüre seinen Atem an meiner Wange.
»Ich halte dich, Viv. Wir sind sicher. Alles ist gut. Du bist sicher!«
Sicher …
»Ich halte dich.«
Mein Körper zersplittert. Ich kann es fühlen. Es reißt an ihm, in alle Richtungen gleichzeitig.
Doch dann ist da auch diese feste Umarmung. Wie eine Erinnerung schimmert sie unter dem Schmerz hervor.
»Ich halte dich. Du bist sicher.«
Seine Stimme. Seine Umarmung.
Mein Atem gurgelt. Ich schmecke metallisches Blut in meinem Mund.
»Verlier dich nicht! Ich halte dich! Viv! Ich bin da!«
Panik in seiner Stimme.
Ich kann nicht atmen. Ich ersticke an meinem Blut.

Mit letzter Kraft öffne ich wieder die Augen.

Die Welt explodiert. Sie dehnt sich aus und fällt in sich zusammen. Mein Körper wirbelt herum und ist doch an einer Stelle.

Tom hält mich.

Ich suche seinen Blick.

Er weint.

Und mein Blick gleitet in seinen.

Und dann …

Dann bin da nur noch *ich*.

Mein Körper ist fort.

Der Schmerz verpufft.

Ich sehe Tom.

Schmerz.

Trauer.

Wut.

Hoffnung.

Liebe.

Und ich lächle.

Hier bin ich.

Ich fühle. Ohne Körper. Nur ich. Nenn es, wie du willst. Aber ich weiß es.

Dies bin *ich*. Mein *Sein*.

Und ich schlinge meine Arme um seinen Hals und klammere mich an unsere Liebe.

Die Welt knallt zu mir zurück und sie birst und zersplittert und brüllt und verschlingt sich selbst.

Dann sind da nur noch wir.

In einem weißen Raum.

Eng umschlungen liegen wir auf dem kalten harten Boden.

Der Schmerz, der blutige See – Prepender, *White Maze* –, pulverisiert, zu einer Erinnerung zerschellt.

Ich lächle.

Und Tom lächelt.

Denn wir wissen, dass das hier real ist.

Als er mich küsst, spüre ich nur eines: meine Liebe. Und sie ist so was von real.

Für Vivian gleicht es einer Ewigkeit, die sie erschöpft in Toms Armen liegt. Noch immer umklammert ihre Hand einen USB-Stick.

Ein Rechner steht verloren inmitten des niedrigen, fensterlosen Raums. Er ist verstummt. Auf dem kleinen Monitor ist zu lesen: »Das Programm *White Maze* wurde unerwartet beendet.« Daneben dreht sich eine Scheibe und zeigt an, dass der Rechner diesen Vorfall noch verarbeitet.

»Viv?« Behutsam hilft Tom ihr, sich aufzurichten. »Alles okay?«

Mit einem erlösten Lächeln betastet Viv ihren Körper. Sie fühlt sich gut. Kein Schmerz mehr, kein Blut. Wackelig kommt sie auf die Beine und sieht sich in dem leeren Raum um.

»Etwas eintönig hier«, stellt sie fest und lacht. Es tut ihr gut, es macht sie glücklich, dass sie lacht.

Doch Tom sieht sie ernst an. »Eintönig? Die Realität? Nein, das ist die aufregendste, die ich mir vorstellen kann.« Er zieht sie zu sich heran und küsst sie.

Viv schlingt die Arme um seinen Nacken und erwidert den Kuss.

Schließlich lösen sie sich voneinander. Viv nimmt Toms Hand. Noch einmal sieht sie zurück in den Raum. Prependers Avatar ist verschwunden. Das Programm *White Maze* steckt in ihrer Tasche.

»Auf einem weißen Papier kann alles passieren«, murmelt sie. »Wir besorgen uns Farbe und sehen, was passiert.«

»Zusammen.« Toms Schmunzeln lässt sie lachen, als sie den Raum verlassen.

Der Monitor des Rechners wird schwarz.

In grellem Grün leuchtet Schrift auf:

```
Home:\>reboot
>Yes          >No
```

//Danksagung

Die Idee für dieses Buch hat sich wie ein Samenkorn in mir eingenistet und ist zu einer immer größeren Pflanze gewachsen. Ohne das tolle Zeitschriften-Abo über neuste technologische Entwicklungen und die wunderbar inspirierenden und philosophischen Gespräche wäre die Geschichte sicher nicht so prächtig gediehen – vielen Dank, liebe Familie, für Dünger und liebevolle Pflege.

Ebenso ein inniges Dankeschön an Ina Lemm, die mir Thomas Nagel nahelegte und damit Tom und mir genau die richtigen philosophischen Gedankenspiele anbot.

Außerdem bedanke ich mich bei Dorotheé, die auch bei dieser Geschichte wieder mit aufmerksamen Augen gelesen und mich auf so manche Ungenauigkeit hingewiesen hat, auch wenn die entscheidenden Fragen unbeantwortet bleiben. Aber ich freue mich, wenn der ein oder andere von euch zum Philosophieren angestiftet wurde.

Ella Blix

Der Schein

Alina ist neu auf dem Internat Hoge Zand auf der kleinen Ostseeinsel Griffiun. Eines Nachts sieht Alina aus einem der Turmzimmer ein dunkles Schiff am Horizont, das seltsame Blitze über das angrenzende Naturschutzgebiet schießt. Auf der Suche nach Antworten trifft sie in den Dünen auf Tinka, der sie sich sofort auf unheimliche Weise verbunden fühlt. Das Mädchen mit der seltsamen Ausrüstung weiß viel mehr, als sie wissen dürfte und verschwindet immer wieder spurlos. Als Alina mit Hilfe der Lonelies, ihrer neuen Freundes-Clique, versucht, den Rätseln der kleinen Insel auf die Spur zu kommen, macht sie eine Entdeckung, die alles in Frage stellt, was sie jemals für wahr gehalten hat ...

Carlie Sorosiak

Mein wildes blaues Wunder

Winship in Maine ist ein Küstenstädtchen voller Magie. Blaubeersträucher blühen im Winter und Wünsche hängen an den Bäumen. Aber seit letztem Sommer spürt Quinn nichts Magisches mehr. Ihr bester Freund und erste große Liebe Dylan kam ums Leben und daran gibt sie sich die Schuld – ebenso ihre beiden Geschwister. Ihr Bruder Bear sieht seitdem durch sie hindurch und ihrer Schwester Fern tropfen die Worte wie Gift aus dem Mund. Erst als der stille Alexander ins Haus nebenan einzieht, scheinen das Vergeben und die Magie wieder in Quinns Welt Einzug zu erhalten ...

Arena

360 Seiten • Gebunden
ISBN 978-3-401-60352-0
www.arena-verlag.de

David Arnold

Herzdenker

Früher dachte Victor, die Liebe wäre ein System aus Zahlen: der erste Kuss, der zweite Tanz, unendlich viele gebrochene Herzen. Er dachte, die Liebe wäre schwer und schmerzhaft. Das war früher. Als Victor auf Madeline trifft, ist er gerade dabei, die Asche seines Dads in den Hudson River zu streuen. Doch die Botschaft, die er in der Urne findet, ergibt keinen Sinn. Und nur Madeline und ihre seltsame kleine Straßengang können ihm helfen, die Orte zu finden, zu denen sein Dad ihn führen will. Die Suche bringt so manches Geheimnis ans Licht – über Victor, über Mad und darüber, was es eigentlich bedeutet, mit dem Herzen zu denken.

Arena

376 Seiten • Gebunden
ISBN 978-3-401-60371-1
www.arena-verlag.de

M.A. Bennett

Bloody Weekend

Neun Jugendliche. Drei Tage. Ein Opfer.

Greer will eigentlich nicht dazugehören. Als Außenseiterin folgt sie zwar den unausgesprochenen Regeln des altehrwürdigen Internats St. Aiden – kein Handy, kein Internet, kein Plastik. Doch sie weiß: Zu den »Medievals«, der herrschenden Clique um den reichen Henry de Warlencourt, wird sie nie gehören. Als ausgerechnet sie eine der drei begehrten Einladungen erhält, ein Jagdwochenende auf Henrys Anwesen zu verbringen, fühlt sich Greer wider Willen geschmeichelt und sagt zu. Vor Ort wird allerdings schnell klar, dass dort weit mehr gejagt wird als nur Hirsche und Fasane. Mit zwei weiteren Jugendlichen kämpft Greer im Schatten des Anwesens schon bald um ihr Überleben ... und die Jagd ist erst der Anfang.

Arena

Auch als E-Book erhältlich

344 Seiten • Gebunden
ISBN 978-3-401-60399-5
www.arena-verlag.de

Stefanie Gerstenberger / Marta Martin

Ava und der Junge in Schwarz-Weiß

Schmetterlinge im Bauch, so richtig über beide Ohren verliebt? Ava ist 15 Jahre alt und hat keinen blassen Schimmer, wie sich das anfühlt. Als sie dann auch noch während der Sommerferien im alten Kino ihrer Oma Luise aushelfen soll, scheint ihr Schicksal als Ungeküsste ein für allemal besiegelt. Doch schnell wird klar, dass Luise nicht nur mit ihrem gebrochenen Handgelenk Hilfe braucht – der »Titania Palast« ist in Gefahr, verkauft zu werden! Und wer ist der seltsame junge Typ, der in Lederjacke und mit komischer Schmalzfrisur dauernd mit ihrer Oma abhängt? Ava ist fasziniert von ihm, denn er ist anders als alle Jungs, die sie kennt – und er teilt offenbar mit ihrer Oma ein Geheimnis. Kann er der Junge sein, in den Ava sich verlieben wird?

Arena

376 Seiten • Gebunden
ISBN 978-3-401-60411-4
www.arena-verlag.de